미국의 목가 2

세계문학전집
118

Philip Roth : American Pastoral

미국의 목가 2

필립 로스 장편소설

정영목 옮김

문학동네

차례 ▍

6

딸은 자이나교도가 되었다. 아버지는 딸이 아무런 막힘 없이 읊조리는 듯한 말―아이가 부모의 보호를 받으며 사는 동안 말더듬증을 정복할 수 있었다면 집에서 들을 수 있었을 아무런 장애가 없는 말―로 참을성 있게 설명해주었을 때에야 그 뜻을 이해할 수 있었다. 자이나교는 인도의 상대적으로 작은 종교였다. 그는 그것은 사실로 받아들일 수 있었다. 그러나 메리가 실천하는 것이 그 종교에서 전형적인 것인지 아니면 아이가 스스로 고안해낸 것인지는 알 수 없었다. 물론 아이는 자신이 지금 하는 모든 일이 종교적 믿음의 표현이라고 주장했다. 아이는 우리가 숨쉬는 공기 속에 사는 미생물을 해치지 않으려고 베일을 썼다. 해충을 포함한 모든 생명을 존중했기 때문에 목욕을 하지 않았다. 씻지도 않아요. 아이는 말했다. "물에 해를 주지 않으려고요." 혹시 살아 있는 것을 밟을까 두려워 어두워진 뒤에는 자기 방에서도 걸어다니지 않았다. 모든 물질 형태에는 영혼이 갇혀 있어요. 아이는 그렇게 설명했다. 생명 형태가 낮아질수록 그 안에 갇힌 영혼의 고통도 컸다. 물질에서 벗어나 아이가 "영원토록 자족적인 행복"이라고 묘사한 것에 이르는 유일한 길은 아이가 경건하게 말하는 "완전한 영혼"이 되는 것뿐이었다. 사람은 엄격한 금욕주의와 자기부정과 아힘사, 즉 비폭력의 교리를 통해서만 이런 완전한 상태에 이를 수 있었다.

청소하지 않는 바닥에 놓인, 더러운 폼러버*로 만든 좁은 매트 위의 벽에는 아이가 한 다섯 가지 '맹세'를 타이프로 친 색인 카드가 테이프로 붙어 있었다. 그곳이 아이가 자는 곳이었다. 방의 한쪽 구석에 매트가 있고 다른 쪽 구석에 넝마 더미—아이의 옷이었다—가 있을 뿐 다른 건 없는 것으로 보아, 뭔지는 몰라도 어쨌든 죽지 않으려고 뭔가 먹을 때도 그 매트에 앉아서 먹는 것이 틀림없었다. 그리고 아이의 얼굴로 보아 아주, 아주 적게 먹는 것 같았다. 아이의 얼굴로 보아 올드림록에서 동쪽으로 오십 분 떨어진 곳에 사는 것이 아니라 델리나 캘커타 근처에서 아사 직전의 상태로 살아가는 것 같았다. 고행에 의해 정화되려는 신자로서 굶는 것이 아니라, 앙상한 팔다리로 비참하게 움직이는 최하층 카스트에 속한 경멸당하는 사람, 불가촉천민으로서 굶는 것 같았다.

방은 아주 좁았다. 그가 잠이 오지 않을 때, 아이가 체포당하면 면회를 가게 될 거라고 상상했던 소년원의 감방보다 더 좁아 밀실공포증이

---

* 스펀지 같은 고무로, 방석이나 침구 따위에 주로 사용한다.

생길 정도였다. 그들은 동물병원에서 역 쪽으로 걸어가다, 서쪽으로 방향을 틀어 매카터 하이웨이로 통하는 지하도를 통과해 아이의 방에 왔다. 그 지하도는 길이가 50미터밖에 되지 않았지만, 운전자들이 자기도 모르게 문의 잠금 단추를 누르게 만드는 곳이었다. 머리 위에는 조명이 없었고, 보행로에는 부서진 가구, 맥주 캔, 병, 또 뭔지 알 수 없는 덩어리들이 흩어져 있었다. 자동차 번호판이 밟히기도 했다. 십 년 동안 한 번도 청소를 안 한 것 같았다. 한 걸음 디딜 때마다 구두 밑에서 유리 조각이 바스러졌다. 보행로 한가운데에 바에서 사용하는 스툴이 있었다. 도대체 어디에서 온 것일까? 누가 가져왔을까? 비비 꼬인 남자 바지 한 벌이 있었다. 더러웠다. 바지의 주인은 누구일까? 그에게 무슨 일이 일어난 걸까? 스위드는 그곳에서 팔이나 다리를 봤다 해도 놀라지 않았을 것이다. 쓰레기봉투가 길을 막았다. 거무스름한 비닐이었다. 매듭을 묶어 봉해놓았다. 저 안에는 뭐가 있을까? 시체가 들어갈 만큼 컸다. 실제로 몸도 있었다. 살아 있는 몸들. 사람들이 그 더러운 곳에서 몸을 이리저리 움직이고 있었다. 뒤편 어두운 곳에 자리잡은 위험해 보이는 사람들이었다. 시커메진 서까래들 위에서 열차가 덜커덩거리는 소리가 들렸다. 열차가 역으로 굴러들어가는 소리가 열차 바퀴 밑에서 들리는 것이었다. 하루에 오륙백 대가 머리 위를 지나갔다.

그러니까 매카터 하이웨이 바로 옆 메리가 세든 방에 가려면 뉴어크의 어느 곳 못지않게 위험할 뿐 아니라, 세상 어느 지하도 못지않게 위험한 지하도를 통과해야 했다.

메리가 그와 함께 차를 타려 하지 않았기 때문에 그들은 걸어가고 있었다. "저는 걷기만 해요, 아빠. 모터가 달린 차량은 타지 않아요."

그래서 스위드는 누가 와서 훔쳐가건 말건 레일로드 애비뉴에 차를 세워놓고 딸과 나란히 딸의 방까지 십 분을 걸어갔다. 만일 걸어가면서 속으로 계속 "이게 삶이야! 이게 우리 삶이야! 나는 이애를 놓칠 수 없어" 하고 되뇌지 않았다면, 딸의 손을 잡고 그 무시무시한 지하도를 함께 통과하면서 스스로 "이건 이애 손이야. 메리 손이야. 이애 손 말고는 하나도 중요한 게 없어" 하고 일깨우지 않았다면, 아마 첫 열 걸음을 걷지 못하고 눈물을 쏟았을 것이다. 딸아이가 예닐곱 살 때 해병대 놀이를 하는 것을 좋아했기 때문에 눈물을 쏟았을 것이다. "차렷! 열중쉬어! 쉬어!" 스위드가 메리에게 그렇게 소리치거나 메리가 스위드에게 그렇게 소리쳤다. 아이는 그와 함께 행진하는 것을 무척 좋아했다. "부대 앞으로 가! 좌향 앞으로 가! 뒤로 돌아 가! 반우향 앞으로!" 그와 함께 해병대 체조를 하는 것도 좋아했다. "부대, 기상." 메리는 해병대식으로 땅을 '갑판'으로, 화장실을 '헤드'로, 침대를 '선반'으로, 돈의 밥을 '짬밥'으로 부르기를 좋아했다. 그러나 무엇보다도 아빠의 목에 올라타 엄마의 소들을 찾으러 초원을 걸으면서 스위드를 위해 패리스섬 식으로 박자를 세는 것을 좋아했다. "바이 요 레, 라, 레, 라, 레, 라 요 레, 레, 라, 요 레……" 그것도 말 하나 더듬지 않고. 메리는 스위드와 함께 해병대 놀이를 할 때는 한 단어도 더듬지 않았다.

메리의 방은 백 년 전에 하숙집이었을 만한 집의 1층에 있었다. 그때는 나쁜 하숙집이 아니라, 품위 있는 집이었을 것이다. 응접실이 있는 층 아래는 갈색 사암이었고, 그 위는 깔끔하게 벽돌로 쌓았다. 두 짝짜리 문으로 통하는 벽돌 층계에는 곡선을 그리는 주철 난간이 달려 있었다. 그러나 이 낡은 하숙집은 집이 세 채만 남은 좁은 도로에 버려진 난파선이었다. 믿을 수 없는 일이었지만, 과거의 뉴어크 플라타너스도 두 그루 남아 있었다. 집은 버려진 창고들과 풀이 높이 자란 빈터 사이에 자리잡고 있었다. 빈터의 잡초들 사이에는 녹슨 쇳덩어리들과 부서진 기계들이 흩어져 있었다.

집의 문 위쪽 박공벽은 뜯겨나갔다. 처마 돌림띠도 뜯겨나갔다. 누가 조심스럽게 떼어가 뉴욕의 골동품상에 팔았을 것이다. 실제로 뉴어크 전체에서 오래된 집들의 장식용 돌 돌림띠가 사라지고 있었다. 무려 4층짜리 건물의 처마 돌림띠도 대낮에 이동식 크레인을 끌고 와서, 그 십만 달러짜리 장비를 끌고 와서 떼어 갔다. 하지만 경찰은 잠을 자거나 뇌물을 받는다. 이동식 크레인을 가지고 있는 어느 기관의 누가 부수입으로 돈 몇 푼 만지는지 몰라도 아무도 막지 않는다. 워싱턴과 린든의 오래된 에식스 농산물시장을 둘러싸고 있는 칠면조 소벽小壁, 과일이 흘러넘치는 거대한 풍요의 뿔과 테라코타 칠면조가 있는 소벽도 도난당했다. 건물에 불이 났고 소벽은 밤새 사라졌다. 커다란 니그로 교회들(베서니 침례교회는 문을 닫고, 판자를 치고, 약탈을 당하고, 불도저로 밀렸다. 위클리프 장로교회는 화재로 속이 참담하게 비어버렸다)도 처마 띠장식을 도난당했다. 심지어 사람이 사는 건물, 제대로 서 있는 건물의 알루미늄 배수관도 도난당했다. 홈통, 도관, 일반 배수관도 도난당했다. 손을 댈 수 있는 것이면 다 사라졌다. 그냥 올라가서 가져간다. 판자로 문을 막아놓은 공장의 구리 배관, 그것도 떼다가 팔아먹는다. 창문이 사라져 판자를 덮어놓은 곳은 어디든 그 즉시 사람들에게 이렇게 말하는 것과 같다. "들어와 벗겨가라. 뭐가 남았든 벗겨가고, 훔쳐가고, 팔아먹어라." 물건을 벗겨가는 것, 그것은 먹이사슬과 같다. 팔려고 내놓은 집이라는 표지판이 붙어 있는 곳을 차를 타고 지나가보라. 거기에는 아무것도 없다. 팔 것이 없다. 다 차를 탄 갱이 훔쳐가고, 쇼핑 카트를 들고 도시를 배회하는 사람들이 훔쳐가고, 혼자 행동하는 도둑이 훔쳐갔기 때문이다. 사람들은 필사적이어서 무엇이든 가져간다. 상어가 물고기를 잡아먹듯 '쓰레기 처리'를 해버린다.

스위드의 아버지는 소리를 질렀다. "벽돌 두 개가 포개져 있으면, 그놈들은 그 중간에 있는 모르타르가 쓸모 있을지도 모른다고 생각해. 그래서 그걸 떼어내고 모르타르를 가져가. 왜 안 그러겠어? 모르타르인데! 시모어, 이 도시는 도시가 아니야. 시체야! 거기서 나와!"

메리가 사는 거리에는 보도에 벽돌이 깔려 있었다. 도시 전체에서 이런 벽돌 거리가 말짱하게 보존되어 있는 곳은 여남은 곳이 넘지 않을 터였다. 자갈이 깔린 마지막 거리, 자갈이 깔린 오래되고 예쁜 거리는 폭동이 일어나고 삼 주쯤 후에 약탈당했다. 약탈을 가장 심하게 당한 곳에서는 아직도 파편에서 연기 냄새가 얼얼하게 날 때였는데, 교외의 한 개발업자가 새벽 한시쯤 사람들을 데려왔다. 트럭 세 대와 일꾼 약 스무 명은 살금살금 움직였다. 귀찮게 굴 경찰도 없는 밤에 그들은 뉴어크 메이드의 뒤쪽을 대각선으로 가르는 좁은 이면도로에서 자갈을 캐내 모두 싣고 가버렸다. 다음날 아침 스위드가 출근하니 거리가 사라져버렸다.

"이제는 거리도 훔쳐간다고?" 스위드의 아버지가 물었다. "뉴어크는 이제 심지어 자기 거리도 유지하지 못한다고? 시모어, 거기서 좀 나오라니까!" 아버지의 목소리는 이성의 목소리가 되었다.

메리가 사는 거리는 길이가 50미터 정도였는데, 매카터 스트리트—

평소와 마찬가지로 밤이나 낮이나 무거운 트럭들이 질주했다—와 폐허가 된 멀베리 스트리트 사이의 삼각형 속에 끼어들어가 있었다. 스위드는 멀베리를 오래전 1930년대에는 차이나타운 슬럼이었던 곳으로 기억했다. 뉴어크의 레보브 가족, 그러니까 제리, 시모어, 어머니, 아버지가 일요일 저녁에 차우멘을 먹으려고 어느 패밀리 레스토랑의 좁은 층계를 줄지어 오르던 기억이 났다. 아버지는 식사 후에 차를 몰아 키어 애비뉴로 돌아오면서 아이들에게 멀베리 스트리트에서 옛날에 벌어졌던 '통* 전쟁'에 관한 믿기지 않는 이야기를 들려주곤 했다.

옛날. 옛날이야기들. 이제는 옛날이야기들이 없었다. 아무것도 없었다. 만화에 나오는 주정뱅이처럼 장대에 기대 늘어진 매트리스, 색이 바래고 물을 먹은 매트리스가 있었다. 장대에는 그래도 여기가 어느 모퉁이라는 것을 알려주는 이정표가 붙어 있었다. 그러나 그것뿐이었다.

메리가 사는 집의 지붕 선 너머 위쪽으로 1킬로미터도 떨어지지 않은 곳에 뉴어크 상업 지구의 스카이라인과 더불어 마음에 위로가 되는 눈에 익은 세 단어, 영어에서 가장 마음이 놓이는 세 단어가, 우아하게 장식된 절벽 같은 건물 한 면을 따라 폭포처럼 흘러내리는 것이 보였다. 이 건물은 한때 시끌벅적했던 다운타운의 중심을 이루던 곳이었다. 10층 높이에 있는 이 거대하고 선명한 하얀색 글자들은 재정의 자신감과 제도의 지속성, 도시의 진보와 기회와 자부심을 세상에 알렸다. 북쪽에서 국제공항으로 내려오는 제트기 좌석에서도 읽을 수 있는 불멸

---

* tong. 중국의 당(黨)이나 결사체를 가리키는 말.

의 글자였다. 퍼스트 피델리티 뱅크.[*]

그것은 그대로 남아 있었다. 그 거짓말은. 퍼스트라니. 라스트지. 라스트 피델리티 뱅크. 아래 땅에서는, 지금 그의 딸이 살고 있는 컬럼비아와 그린 두 거리가 만나는 모퉁이—딸아이의 증조부모가 삼등 선실에서 막 내린 풋내기 이민자로서 프린스 스트리트의 셋집에 살 때보다 훨씬 더 형편없이 살고 있는 모퉁이—에서는 진실을 감추려고 걸어놓은 그 거대한 간판을 볼 수 있었다. 미친 사람만이 믿을 수 있는 간판. 동화에 나오는 간판.

삼대. 그들 모두가 성장했다. 일을 하고. 저축을 하고. 성공. 미국에 환호하던 삼대. 국민과 하나가 되었던 삼대. 그런데 이제 사대째에 와서 모든 것이 무無로 돌아가버렸다. 그들 세계의 완전한 파괴.

딸의 방에는 창문이 없었다. 문 위에 불 꺼진 복도가 내다보이는 좁은 채광창이 하나 있을 뿐이었다. 지린내가 진동하는 5미터 정도의 복도는 벽의 회반죽이 거의 다 떨어져나간 상태였다. 스위드는 건물에 들어서서 냄새를 맡는 순간 주먹으로 그 벽을 부수어버리고 싶었다. 복도는 자물쇠도 손잡이도 없는 문, 이중 창틀에 유리도 없는 문을 통해 거리와 연결되었다. 딸의 방 어디에도 수도꼭지나 라디에이터는 보이지 않았다. 스위드는 화장실 상태가 어떨지, 화장실이 도대체 어디에 있을지 상상할 수 없었다. 혹시 하이웨이에서 내려오거나 멀베리 스트리트를 걷다가 들어온 부랑자들에게나 딸에게나 복도가 화장실 역할을 하는 것은 아닐까? 돈의 소떼 가운데 한 마리였다 해도 이보다

---

[*] FIRST FIDELITY BANK. '제일 성실 은행' 정도의 의미. 뒤에 나오는 LAST는 마지막 이라는 뜻.

는 잘, 훨씬 잘 살 수 있을 것 같았다. 소떼는 아무리 궂은 날씨에도 축사에 함께 모여 가까이에 있는 서로의 몸통의 온기를 느낄 수 있었다. 겨울에는 거친 외투처럼 털도 자랐다. 메리의 어머니는 진눈깨비가 쏟아지는 날에도, 추운 겨울날에도, 여섯시 전에 일어나 건초 꾸러미를 들고 가 소떼를 먹였다. 그는 소떼가 겨울에 그곳에 있어도 전혀 불행하지 않다고 생각했다. 그들이 '부랑자'라고 부르던 짐승 두 마리가 떠올랐다. 하나는 돈의 은퇴한 거인 카운트였고, 또하나는 암말 샐리였다. 이들은 인간 나이로 치면 일흔이나 일흔다섯쯤 되었을 텐데, 둘 다 전성기를 지난 뒤에 서로를 발견하여 그뒤로는 떨어질 수 없는 사이가 되었다. 한 마리가 가면 다른 짐승이 따라가면서 그들의 건강과 행복을 유지해줄 수 있는 모든 일을 함께 했다. 그들의 일상과 그들이 누리는 훌륭한 삶을 지켜보는 것은 매혹적인 일이었다. 스위드는 그들이 화창한 날 가죽을 덥히려고 해를 받으며 몸을 쭉 뻗고 있던 모습을 떠올리며 생각했다. 차라리 메리가 짐승이 될 수만 있었다면.

메리가 어쩌다 이런 우리 같은 곳에서 천민처럼 살게 되었는지, 메리가 어쩌다가 살인 혐의로 수배를 받는 도망자가 되었는지, 그것도 이해 못할 일이었지만, 그와 아내 돈이 어쩌다 그 모든 것의 원천이 되었는지, 그것도 정말이지 이해 못할 일이었다. 어쩌다 그들의 해로울 것 없는 결점들이 합쳐져 이런 인간이 되고 말았는지. 이런 일이 없었다 해도, 메리가 그냥 집에서 살면서 고등학교를 마치고 대학에 갔다 해도, 물론 문제는 있었을 것이다. 큰 문제들이 있었을 것이다. 메리는 반항이라는 면에서는 조숙했기 때문에 베트남전쟁이 없었다 해도 문제는 생겼을 것이다. 아마 저항의 기쁨과 자신이 제약에서 얼마나 벗어날 수 있는지 알아보려는 도전에 오랫동안 탐닉했을 것이다. 그래도 집에는 있었을 것이다. 집에서야 조금 이상한 행동을 한다 해도 그것으로 그만이다. 집에서는 이른바 불순한 것이 섞이지 않은 쾌락이라는 쾌락을 맛볼 수 없으며, 조금 이상한 짓을 여러 번 하다가 마침내 이거 아주, 아주 짜릿한데, 뭐 좀 많이 하면 어때, 하고 마음먹는 지점까지 나아가지는 않는다. 집에서는 이런 너저분한 곳에 처박힐 기회가 없다. 집에서는 무질서가 판치는 곳에서 살 수가 없다. 집에서는 어떤 것도 억제되지 않는 곳에서 살 수가 없다. 집에서는 아이가 상상하는 세상과 실제로 그 아이에게 존재하는 세상 사이에 엄청난 괴리가 있다. 그래, 집에서는 아이의 평형을 흔들어놓을 그런 불협화가 없다. 반면 여기에는 아이가 림록에서 품은 환상들이 무시무시한 모습으로 완성되어 있다.

그들의 파국은 시간이 비극적으로 빚어놓은 것이었다. 그들이 메리와 충분한 시간을 가질 수 없었기 때문에 벌어진 일이었다. 딸이 피보호자일 때, 딸이 옆에 있을 때는 그럴 수 있다. 오랜 시간에 걸쳐 자식과 꾸준히 접촉했다면, 어긋난 것—양쪽에서 내린 잘못된 판단들—은 그 꾸준하고 인내심 있는 접촉을 통해 어떤 식으로든 점점 나아지고, 마침내 조금씩, 매일 조금씩 교정이 이루어진다. 부모의 인내가 보상을 받고, 일이 풀려간다는 평범한 만족감이 있다…… 하지만 이것은. 이것에 어떻게 교정이 가능할까? 돈을 여기로 데려와 메리를 보라고 할 수 있을까? 밝고 팽팽한 새로운 얼굴의 돈과 다 떨어진 스웨터에 모양이 망가진 바지 차림으로 검은 플라스틱 샤워 슬리퍼를 신고, 그 구역질나는 베일 뒤에서 온화하고 차분한 표정을 지은 채 매트 위에 책상다리를 하고 앉아 있는 메리. 아이의 어깨뼈는 얼마나 넓은지. 마치 그의 어깨뼈 같았다. 그러나 그 뼈에는 살이 붙어 있지 않았다. 그의 눈앞에 앉아 있는 것은 딸도, 여자도, 소녀도 아니었다. 그의 눈에 보이는 것, 허수아비 옷을 입고 또 허수아비처럼 바싹 마른 것은 농장에 세워놓은 가장 빈약한 생명의 상징이었다. 인간을 우스꽝스럽게 흉내낸 것이었다. 레보브가 보기에는 인간과 닮은 점이 너무 없어서, 겨우 새나 속일 수 있을 것 같았다. 여기에 어떻게 돈을 데려온단 말인가? 돈을 차에 태워 매카터 하이웨이를 따라 달리다. 매카터에서 벗어나 이 거리로 들어오고, 그다음에 창고들, 잡석 더미, 쓰레기, 잔해……돈이 이 방을 보고, 이 방의 냄새를 맡고, 손으로 이 방의 벽을 만지고, 거기에 씻지 않은 살, 야만적으로 짧게 쳐낸, 더럽기 짝이 없는 머리까지 만지고……

스위드는 무릎을 꿇고 색인 카드에 적힌 것을 읽었다. 한때 딸이 올드림록에서 잡지에 나온 오드리 헵번의 사진을 벽에 붙여놓고 숭배하던 자리, 침대 위의 바로 그 자리였다.

나는 작든 크든, 움직이든 움직이지 않든, 모든 생물을 죽이는 일을 그만둔다.

분노나 탐욕이나 공포나 환희에서 나오는 모든 거짓말을 그만둔다.

마을이든 도시든 숲이든, 적든 많든, 작든 크든, 살아 있는 것이든 살아 있지 않은 것이든, 주어지지 않은 것을 가지는 일을 그만둔다.

신, 사람, 동물을 가리지 않고 누구하고든 성적 쾌락을 얻는 일을 그만둔다.

적든 많든, 작든 크든, 살아 있든 살아 있지 않든, 어떤 것에든 애착을 가지는 일을 그만둔다. 나 자신이 그런 애착을 갖지 않고, 남들에게 갖게 하지 않고, 남들이 가지는 것에 동의하지 않는다.

스위드는 사업가로서 빈틈이 없었다. 필요하다면, 남자 중의 남자라는 온화한 표면 아래에서, 그 온화한 표면을 이용하여, 거래에서 요구되는 대로 교활하게 계산할 수 있었다. 그러나 여기에서는 아무리 냉정한 계산을 한다 해도 과연 도움이 될지 알 수 없었다. 세상 모든 아버지로서의 재능을 자기 한 사람 안에 다 모아 활용한다 해도 과연 도움이 될지 알 수가 없었다. 스위드는 그 다섯 가지 맹세를 다시 읽으며 최대한 진지하게 생각했지만, 그러면서도 그 생각에 당황했다. 정결을 위해서? 정결의 이름으로?
왜? 사람을 죽였기 때문에? 아니면 파리 한 마리 죽인 적 없다 해도 정결이 필요했을 것이기 때문에? 나와 관계가 있는 것일까? 그 어리석은 입맞춤과? 하지만 그것은 이미 십 년 전의 일이었다. 게다가 그것은 아무것도 아니었고, 아무런 결과도 낳지 않았고, 심지어 그때조차도 딸아이에게 별 의미가 없는 것처럼 보였다. 그런 의미 없고, 평범하고, 덧없고, 이해할 만하고, 용서할 만하고, 순수한 것이…… 아니야! 어째서 나에게는 계속 심각하지도 않은 것을 심각하게 받아들이라는 요구가 들어오는 것인가? 사실 그것이 오래전 메리가 저녁 식탁에서 그들의 부르주아적 삶의 비도덕성에 대해 분통을 터뜨렸을 때 그에게 강요한 곤경이기도 했다. 하지만 누가 그런 유치한 고함을 심각하게 받아들일 수 있겠는가? 그는 여느 부모 못지않게 잘해왔다. 식탁에서 일어나 나가버리지 않기 위해 할 수 있는 일이라고는 그냥 듣는 것뿐이었을 때, 그는 아이가 속에 있는 것을 다 뿜어낼 때까지 듣고 또 들었다. 조금이라도 동의할 수 있는 것이 있으면 고개를 끄덕이고 동의해주었다. 이의 제기를 할 때도—예를 들어 이윤 동기의 도덕적 유효성에 대해—늘 자제하면서, 그로서는 최대한 인내심을 발휘하며 합리적으로 이의를 제기했다. 이것은 그에게 쉽지 않은 일이었다. 치열교정, 심리 상담, 언어치료—성장하면서 아이가 무슨 일이 있어도 받아야 한다고 안달을 하던 발레 레슨, 승마 레슨, 테니스 레슨은 말할 것도 없고—등 엄청난 돈이 들어간 아이라면, 그 이윤 동기에 충성심 같은 것은 아니더라도 적어도 아주 약간은 감사하는 마음을 가져야 한다고 생각할 수도 있었기 때문이다. 어쩌면 그의 실수는 결코 심각하지 않은 것을 심각하게 받아들이려고 너무 열심히 노력한 것인지도 모른다. 어쩌면 그렇게 열심히, 그렇게 예의바르게 아이의 무지한 헛소리를 들어주는 것이 아니라, 식탁 너머로 팔을 뻗어 아이의 따귀를 갈겨야 했던 것인지도 모른다.

하지만 따귀를 때렸다 한들 그것이 이윤 동기에 대해 아이에게 무엇을 가르쳐주었을까? 그에 대해 뭘 가르쳐주었을까? 그러나 그렇게 했다면, 그랬다면, 지금 베일로 가린 저 얼굴을 심각하게 받아들일 수는 있을 것이다. 그는 지금 자신을 꾸짖을 수 있을 것이다. "그래, 나 때문에 저애가 이렇게 된 거야. 내가 화를 못 참아서, 내 성질 때문에 이렇게 된 거야." 하지만 실제로는, 아이가 어떻게 된 것이건, 오히려 그의 성질대로 하지 못했기 때문에, 그러고 싶지도 않았고 감히 그럴 엄두도 내지 못했기 때문인 것 같았다. 입맞춤 때문에 이런 일이 생긴 것이다. 그러나 사실 그럴 수는 없었다. 이 어떤 것도 가능한 일이 아니었다.

그러나 이렇게 되었다. 여기 우리가 있지 않은가. 여기 아이가 있지 않은가. 저 '맹세'와 함께 이 쥐구멍 안에 갇힌 채.

메리는 차라리 경멸 속에 빠져 있을 때가 더 나았다. 공산주의자로서 느끼는 격분을 더듬는 말로 토해내던 성나고 뚱뚱한 메리와 지금 이 메리, 베일을 쓰고 평온하고 더럽고 무한히 동정적인 메리, 이 넝마를 걸친 허수아비 메리 둘 중 하나를 꼭 선택할 수밖에 없다면…… 하지만 왜 둘 중 하나를 선택해야 하는가? 왜 이 아이는 늘 가장 편리하고 골이 빈 관념의 노예가 되어야 하는가? 메리는 스스로 생각할 수 있을 만큼 나이가 든 순간부터 스스로 생각하는 것이 아니라 정신 나간 사람들의 생각에 지배를 받았다. 그가 도대체 무슨 짓을 했기에, 딸은 학교에서 오랫동안 그렇게 뛰어난 능력을 보여줬음에도 스스로 생각하려 하지 않게 된 것일까? 눈에 보이는 모든 것에 격렬하게 반대하거나, 아니면 모든 것을, 심지어 우리가 숨쉬는 공기중의 미생물까지 애처롭게 지지하는 딸. 왜 메리처럼 똑똑한 아이가 자기 대신 다른 사람들이 생각하게 하려고 애를 쓰는 것일까? 왜 그가 평생 매일 해왔던 것과는 달리, 자기 자신에게 충실해지려고, 자신에게 진실해지려고 노력할 수 없게 되었을까? "하지만 스스로 생각하지 않는 사람은 바로 아빠예요!" 딸에게 너는 다른 사람들의 상투적인 말을 앵무새처럼 되풀이한다고 하자 아이는 그렇게 말했다. "아빠야말로 절대 스스로 생각하지 않는 사람의 살아 있는 본보기란 말이에요!" "내가 정말 그러냐?" 스위드는 웃음을 터뜨렸다. "그래요! 아빠는 내가 만나본 가장 순응적인 사람이에요! 아빠는 자기한테 기-기-기대되는 일만 할 뿐이라고요!" "그것도 끔찍한 거냐?" "그건 생각하는 게 아니에요, 아-아-아빠! 아니라고요! 그건 머-머-멍청한 자-자-자-자-자-자동인형이 되는 거라고요! 로-로-로-로-로봇이 되는 거라고요!" "글쎄다." 그는 이것이 모두 하나의 단계, 아이가 성장하면서 벗어나게 될 심술쟁이 단계라고 믿었다. "아무래도 너는 이 생에서는 순응주의자 아빠하고 살아야 하나보다. 다음에는 운이 더 좋기를 바라마." 그러면서 스위드는 딸아이의 부풀어오른, 고동치는, 거품이 이는 입술이 마치 미치광이가 못을 박듯 격렬하게 그의 얼굴을 향해 "로-로-로-로-로봇"이라는 말을 두드려댈 때도 겁에 질리지 않은 척했다. 하나의 단계야. 스위드는 생각했고, 편안함을 느꼈다. 그런 식으로 '하나의 단계'라고 생각하는 것이 스스로 생각하지 않는 상태의 적절한 예가 될 수도 있다는 생각은 한 번도 해보지 않았다.

환상과 마법. 늘 다른 사람인 척하는 것. 오드리 헵번 놀이를 하던 때에 온화하게 시작했던 것이 불과 십 년 뒤에 이런 터무니없는 이타주의의 신화로 진화해버렸다. 처음에는 '민중'이라는 이타적인 헛소리더니, 이제는 '완전한 영혼'이라는 이타적인 헛소리였다. 다음에는 뭘까? 드와이어 할머니의 십자가일까? '영원한 촛불'과 '거룩한 마음'이라는 이타적인 헛소리로 돌아갈까? 늘 과대한 비현실, 머나먼 추상만 있을 뿐, 자기를 찾는 일은 한 번도 없었다. 백만 년이 지나도 불가능할 것이다. 이 모든 이타주의의 사람을 속이는 비인간적인 공포.

그래, 흠 하나 없는 언어와 괴물 같은 이타주의의 축복을 받았을 때보다는 다른 모든 사람들처럼 자기를 찾을 때의 딸이 더 좋았다.

"여기에 얼마나 있었니?" 그가 딸에게 물었다.

"어디에요?"

"이 방에. 이 거리에. 뉴어크에. 뉴어크에 얼마나 있었던 거야?"

"여섯 달 전에 왔어요."

"그러니까 너는……" 할말, 물을 말, 알고 싶은 것이 너무나 많아 더는 말을 할 수가 없었다. 여섯 달. 뉴어크에서 여섯 달. 스위드에게 지금 여기는 없었다. 딸이 아무렇지도 않게 말해버린, 그를 격앙시키는 두 단어가 있을 뿐이었다. 여섯 달.

스위드는 딸을 내려다보고, 얼굴을 마주보고 섰다. 발뒤꿈치에 중심을 잡은 몸이 보일 듯 말듯 뒤로 쏠리며 등으로 있는 힘껏 벽을 밀었다. 그러다가 벽을 뚫고 나가 아이와 작별할 것 같았다. 이윽고 무게중심이 발가락으로 옮겨지며 몸이 앞으로 기울었다. 당장이라도 아이를 움켜쥔 다음 품에 휙 안고 밖으로 나갈 것 같았다. 메리가 그 매트 위에서 그런 넝마를 입고 그런 베일을 쓰고 산다는 것을 알면서, 세상에서 가장 외로운 사람 몰골로 살아간다는 것을 알면서, 조만간 아이한테 위험 요소가 되고야 말 복도에서 불과 몇 센티미터밖에 떨어지지 않은 곳에서 잠을 잔다는 것을 알면서, 혼자 돌아가 완벽하게 안전한 올드림록 집에서 잠을 잘 수는 없었다.

이 아이는 열다섯이 되었을 때 미쳤는데, 그는 착하게도 또 멍청하게도 그 미친 상태를 용납하면서, 아이의 관점이 마음에 들지는 않지만 반항적인 청소년기를 지나면 틀림없이 달라질 거라고 생각했다. 그런데 지금 아이가 어떤 모습인지 보라. 두 매력적인 부모에게서 태어난 가장 추한 딸이 되었다. 나는 이것을 그만두겠어요! 저것을 그만두겠어요! 나는 모든 것을 그만두겠어요! 이럴 수는 없는 것 아닌가? 그의 외모와 돈의 외모를 가지는 것을 그만두려고 그 모든 짓을? 어머니가 한때 미스 뉴저지였기 때문에 그 모든 짓을? 삶이 이렇게 하찮은 것인가? 그럴 수는 없어. 받아들이지 않을 거야!

"자이나교도가 된 지는 얼마나 됐니?"

"일 년이요."

"이런 건 다 어떻게 알게 되었어?"

"종교를 공부했어요."

"몸무게는 얼마나 나가니, 메러디스?"

"충분하고도 남아요, 아빠."

메리의 눈구멍은 거대했다. 베일 바로 위에 크나큰 검은 눈구멍이 있고, 눈구멍 조금 위로 머리카락이 보였다. 머리카락은 이제 등으로 흘러내리는 것이 아니라 그냥 어쩌다가 아이 머리에 붙어 있게 된 것처럼 보였다. 여전히 그의 머리처럼 금발이었지만, 이제는 길지도 숱이 많지도 않았다. 이렇게 머리를 자른 것 자체가 폭력적인 행동이었다. 누가 이런 것일까? 이 아이일까, 아니면 다른 사람일까? 무엇으로? 설마 이 아이가 다섯 가지 맹세를 지키겠다면서, 한때 아름다웠던 머리카락에 애착을 갖는 것을 이렇게 가혹하게 그만두었듯이 어떤 것에든 애착을 갖는 일을 다 그만두게 된 것일까?

"하지만 아무것도 안 먹는 것처럼 보이는데." 아무런 감정을 담지 않고 말하려 했지만, 사실 그 말은 신음과 비슷했다. 원하지 않았는데 스위드의 모든 불안이 비참하게 수놓인 목소리가 나와버린 것이다. "도대체 뭘 먹는 거니?"

"식물의 생명을 파괴해요. 아직 자비심이 부족해서 그것까지 거부하지는 못해요."

"채소를 먹는다는 말이구나. 그 뜻이야? 그게 뭐가 문제야? 그걸 어떻게 거부할 수가 있어? 왜 거부해야 돼?"

"그건 개인적인 거룩함의 문제예요. 생명에 대한 존중의 문제죠. 나는 생물을 해치지 말아야 할 의무가 있어요. 사람이건, 동물이건, 식물이건."

"하지만 그러다 네가 죽겠다. 어떻게 그런 의무가 있을 수 있어? 그러다 아무것도 먹지 못하겠구나."

"심오한 질문을 하시네요. 아빠는 아주 똑똑한 분이에요. 아빠는 이렇게 물으신 거죠. '모든 형태의 생명을 존중한다면 어떻게 살 수 있느냐?' 답은 살 수 없다는 거예요. 자이나교의 거룩한 사람이 자신의 생명을 끝내는 전통적인 방법은 살라 카나, 그러니까 스스로 굶어 죽는 거예요. 살라 카나에 의한 제의적인 죽음은 완전한 자이나교도가 완전함을 위해 치르는 대가죠."

"네가 이러는 걸 믿을 수가 없구나. 내 생각을 이야기해야만 하겠다."

"물론 그러셔야죠."

"네가 똑똑한 아이이기는 하다만, 네가 하는 말이 무엇이고, 네가 여기서 뭘 하고 있는지, 왜 여기 있는지 스스로 알고 있다고는 믿을 수가 없어. 어느 시점에 이르면 네가 심지어 식물의 생명도 파괴하지 않겠다고, 아무것도 먹지 않겠다고, 그냥 죽겠다고 결정할 거라는 말을 나한테 한다는 걸 믿을 수가 없어. 누구를 위해서니, 메리? 뭘 위해서야?"

"괜찮아요. 괜찮아요, 아빠. 제가 하는 말이 무엇이고, 제가 여기서 뭘 하고 있는지, 왜 여기 있는지 제가 안다고는 믿을 수가 없다고 그러셨는데, 저는 아빠 말을 믿을 수 있어요."

메리는 스위드가 자식이고 자기가 부모인 것처럼 이야기하고 있었다. 무조건 공감하고 다 이해한다는 듯이, 그가 한때 메리에게 그렇게 참담한 결과를 낳은 관용을 보였던 것처럼 그에게 관용을 보이면서. 그래서 스위드는 악이 올랐다. 미치광이가 이렇게 생색을 내다니. 그럼에도 스위드는 문으로 달려가지 않았고, 후다닥 해야 할 일을 하지도 않았다. 합리적인 아버지 역할에서 벗어나지 않았다. 미친 사람의 합리적인 아버지. 뭔가 해! 뭐라도! 합리적인 모든 것의 이름으로 말하노니, 제발 합리적인 짓 좀 그만둬. 이 아이에게는 병원이 필요해. 판자때기 위에 앉아 바다 한가운데에서 표류한다 해도 이보다 위험하지는 않을 거야. 이애는 배 가장자리를 넘어가버렸어. 어떻게 이렇게 되었느냐는 지금 중요한 게 아니야. 당장 구출하고 봐야 돼!

"어디서 종교를 공부했어?"

"도서관에서요. 거기는 아무도 뒤지지 않거든요. 저는 도서관에 자주 갔고, 그래서 책을 읽었어요. 많이 읽었어요."

"너는 어렸을 때도 책을 많이 읽었어."

"그랬어요? 저 책 읽는 거 좋아해요."

"거기서 이 종교에 들어가게 되었구나. 도서관에서."

"네."

"교회는? 교회 같은 데도 가니?"

"우리의 중심에는 교회가 없어요. 우리의 중심에는 신이 없어요. 신은 유대-기독교 전통의 중심에 있는 거예요. 그 신은 이렇게 말할 수도 있죠. '생명을 취하라.' 그러면 그것은 단지 허용되는 게 아니라 의무가 되어버려요. 구약 전체가 그래요. 신약에도 그런 예들이 있어요. 유대교와 기독교는 생명이 하느님에게 속해 있다는 입장이에요. 생명은 신성하지 않아요. 신이 신성한 거지. 하지만 우리의 중심에는 신의 주권에 대한 믿음이 있는 것이 아니라 생명의 거룩함에 대한 믿음이 있어요."

세뇌된, 머리부터 발끝까지 이념으로 무장한 단조로운 읊조림. 내부의 격렬한 교란을 고도의 일관성을 갖춘 꿈이라는 숨막히는 구속복 안에만 가둘 수 있는 사람들의 주문을 외우는 듯한 단조로운 읊조림. 메리의 더듬지 않는 말에는 생명의 거룩함은커녕 생명의 소리 자체가 사라지고 없었다.

"몇 명이나 되니?" 스위드는 점점 당혹스럽게만 느껴지는 아이의 설명에 적응하려고 맹렬히 안간힘을 쓰고 있었다.

"삼백만이요."

메리 같은 사람이 삼백만이나 된다고? 그럴 리가 없었다. 이런 방에? 이런 끔찍한 방 삼백만 개에 갇혀 있다고? "그 사람들이 어디 있는데, 메리?"

"인도에요."

"나는 지금 인도 얘기를 하는 게 아니야. 나는 인도에는 관심 없어. 미국 얘기야. 미국에는 몇 명이나 있는데?"

"모르겠어요. 그건 중요하지 않아요."

"아주 적을 것 같은데."

"모르겠어요."

"메리, 너 혼자뿐이니?"

"제 영적 탐험은 저 혼자 하는 거예요."

"이해가 안 되는구나. 메리, 이해가 안 돼. 어떻게 린던 존슨에서 여기로 온 거냐? 어떻게 A 지점에서 Z 지점으로 온 거야? 접점이 전혀 없는 곳으로? 메리, 앞뒤가 맞지 않아."

"접점이 있어요. 분명히 있다고 말씀드릴 수 있어요. 다 앞뒤가 맞아요. 아빠가 보지 못할 뿐이에요."

"너는 보이니?"

"그럼요."

"그럼 말을 좀 해다오. 너한테 무슨 일이 일어난 건지 이해를 좀 할 수 있게 나한테 말을 해줬으면 좋겠다."

"논리가 있어요, 아빠. 목소리를 높이시면 안 돼요. 제가 설명할게요. 모두 연결이 돼요. 제가 생각을 많이 해봤어요. 이렇게 되는 거예요. 자이나교도의 비폭력 개념인 아힘사는 마하트마 간디에게 큰 영향을 주었어요. 간디는 자이나교도가 아니었어요. 힌두교도였죠. 하지만 간디는 인도에서 서구적이지 않고 정말로 인도적인 집단, 기독교 선교사들이 해낸 것 같은 인상 깊은 자선사업을 하는 집단을 찾다가 자이나교도에게 눈을 돌리게 되었어요. 우리는 작은 집단이에요. 힌두교도는 아니지만 우리 믿음은 힌두교도의 믿음과 비슷해요. 우리는 기원전 6세기에 세워진 종교예요. 마하트마 간디는 우리한테서 이 아힘사, 즉 비폭력이라는 개념을 가져갔어요. 따라서 우리는 마하트마 간디를 창조한 진리의 핵이에요. 그리고 비폭력을 앞세운 마하트마 간디는 마틴 루서 킹을 창조한 진리의 핵이 되는 거고요. 또 마틴 루서 킹은 민권운동을 창조한 진리의 핵이에요. 마틴 루서 킹은 삶의 마지막에, 민권운동을 넘어 더 큰 비전으로 넘어갈 때, 베트남전쟁을 반대할 때……"

말더듬증은 없었다. 예전 같으면 아이가 얼굴을 찌푸리고 창백해지고 탁자를 치게 했을 말—아이를 말로 공격받고 완강하게 말로 반격하는 전투적인 연사로 만들었을 말—이 지금은 끈기 있게, 우아하게 계속 그 단조로운 읊조림에 실려 흘러나오고 있었다. 다만 지금은 영적인 긴박함 때문에 아주 부드럽게 날이 서 있을 뿐이었다. 언어치료사와 정신과의사와 말더듬증 일기로도 해내지 못했던 것을 이 아이는 미쳐버림으로써 아름답게 이룩해낸 것이다. 고립과 불결과 끔찍한 위험에 굴복함으로써, 자신이 내뱉는 모든 소리에 대한 정신적이고 육체적인 통제를 얻어낸 것이다. 이제 아이의 지능은 말더듬이라는 마름병의 방해를 받지 않았다.

지금 스위드는 그 지능을 듣고 있었다. 메리의 빠르고, 날카롭고, 학습에 뛰어난 두뇌. 아주 어렸을 때부터 소유했던 논리적 정신. 그것이 들리자 스위드는 전에는 상상한 적도 없던 고통을 느꼈다. 지능이 말짱했음에도 아이는 미쳤다. 아이의 논리는 열 살 때 이미 끌어안았던 추론의 힘을 완전히 상실한 논리였다. 터무니없었다. 이런 아이에게 이렇게 합리적으로 군다면, 아이의 종교가 삶이 무엇이고 무엇이 아닌지 전혀 이해를 못하고 있는 판에 그 종교를 존중하는 척하려고 노력하면서 거기 앉아 있다면, 그 자신도 미친 것이었다. 그들 둘은 마치 그가 교육을 받으러 거기에 간 것처럼 행동하고 있었다. 강의를 듣다니, 이 아이에게서!

"……우리는 구원을 인간 영혼이 그 너머의 어떤 것과 결합한다는 식으로 이해하지 않아요. 자이나교 신앙의 정신은 창건자인 마하비라의 다음과 같은 말에 살아 있어요. '오 인간이여, 그대는 그대 자신의 친구로다. 왜 그대는 그대를 넘어선 곳에서 친구를 찾으려 하는가?'"

"메리, 네가 그런 거냐? 지금 이걸 꼭 물어봐야겠다. 네가 그런 거야?"

사실 그것은 일단 아이의 방에 다다르면, 다른 끔찍한 모든 것을 고통스럽게 심문하고 조사하기 전에 가장 먼저 묻고 싶었던 질문이었다. 그러나 지금까지 참고 기다린 것은 아이를 이렇게 마침내 만나는 것, 아이를 돌보는 것, 아이의 행복에 관심을 가지는 것 외에 다른 것을 그가 우선시하고 있다는 인상을 주고 싶지 않았기 때문이라고 생각하고 있었다. 그러나 막상 묻고 나니, 더 빨리 묻지 못한 것은 답을 듣는 것을 견딜 수가 없었기 때문임을 깨달았다.

"뭘 그래요, 아빠?"

"네가 우체국을 폭파했느냐고?"

"네."

"햄린의 가게도 폭파하려고 했던 거야?"

"달리 방법이 없었어요."

"아예 하지 않는 것 말고는 말이지. 메리, 이제 누가 너한테 그런 일을 시켰는지 꼭 얘기를 좀 해줘야겠다."

"린던 존슨이요."

"그건 말이 안 돼. 안 돼! 대답해봐. 누가 너한테 그걸 하라고 시킨 거니? 누가 널 세뇌했어? 누구를 위해서 그 짓을 한 거야?"

외부에 세력이 있는 것이 틀림없었다. 기도문에서는 이렇게 말한다. "유혹에 빠지지 말게 하소서."* 사람들이 다른 사람들에게 이끌리지 않는다면, 그 기도문이 왜 그렇게 유명해졌겠는가? 모든 특권의 축복을 받은 아이가 그런 짓을 혼자서 했을 리가 없었다. 사랑의 축복을 받은 아이가. 아이를 사랑하는 윤리적이고 부유한 가족이라는 축복을 받은 아이가. 누가 이 아이를 징발해서 그런 짓을 하도록 유혹했을까?

"죄 없는 자식이라는 관념을 여전히 강렬하게 갈망하시는군요."

"누구였어? 그 사람들을 보호할 필요 없어. 누가 책임자야?"

"아빠, 저 하나만 싫어하시면 돼요. 괜찮아요."

"그걸 다 너 혼자서 했다는 얘기야? 햄린네 가게도 부서질 걸 알면서? 지금 그 말을 하는 거야?"

"네. 제가 혐오의 대상이에요. 저를 혐오하세요."

그 순간 스위드는 메리가 모리스타운 고등학교에 가기 전, 6학년인가 7학년인가일 때 쓴 글이 떠올랐다. 몬테소리 학교에서는 학생들에게 학생들이 갖고 있는 '철학'에 관해서 일주일에 한 가지씩 열 가지 질문을 했다. 첫번째 주에 교사가 물었다. "우리가 왜 이 세상에 있는 거지?" 메리는 다른 아이들처럼 답—좋은 일을 하려고요. 세상을 더 나은 곳으로 만들려고요 등등—을 쓰는 대신 되물었다. "원숭이들은 왜 이 세상에 있는 거죠?" 그러나 교사는 이것을 부적절한 응답이라고 생각하여, 메리에게 집에 가서 그 질문을 더 진지하게 생각해보라고 말

---

* 주기도문의 한 구절로 보통 "시험에 들지 말게 하옵시며"로 번역한다.

했다. "더 깊이 생각해봐." 교사는 그렇게 말했다. 그래서 메리는 집에 가서 시키는 대로 하고 나서 다음날 추가로 질문을 던졌다. "캥거루는 왜 이 세상에 있는 거죠?" 바로 이 시점에 메리는 교사로부터 '고집스러운 경향'이 있다는 이야기를 들었다. 학생들에게 던져진 마지막 질문은 '인생은 무엇인가?'였다. 그 질문에 대한 메리의 답 때문에 아이의 아버지와 어머니는 그날 밤 함께 깔깔 웃음을 터뜨렸다. 메리의 말에 따르면 다른 학생들은 엉터리 심오한 생각을 열심히 쓰느라 바빴지만, 메리는 책상에 앉아 한 시간 동안 생각을 한 뒤 단 한 줄의 비범한 선언적 문장을 적었다. "인생이란 우리가 살아 있는 짧은 기간일 뿐이다." 스위드가 말했다. "여보. 그건 보기보다 영리한 말이야. 메리는 애야. 그런데 어떻게 인생이 짧다는 걸 알았을까? 대단한 녀석이야, 우리 조숙한 딸은. 그 아이는 하버드에 갈 거야." 그러나 이번에도 교사는 동의하지 않았기 때문에 메리의 답 옆에 이렇게 적었다. "이게 다야?" 그래, 그게 다야. 스위드는 지금 생각하고 있었다. 다행히도 그게 다다. 설령 그것이 견딜 수 없는 것이라 해도.

사실 스위드는 그동안 쭉 알고 있었다. 유혹에 빠지게 하는 자의 도움이 없었어도 메리 내부의 노여움은 모두 밖으로 터져나왔음을. 이 아이, 다른 아이들처럼 인생은 아름다운 선물이고 위대한 기회이고 고귀한 노력이고 하느님이 주신 축복이라고 쓰는 대신, 우리가 살아 있는 짧은 기간일 뿐이라고 선생님에게 써낸 아이는 누가 으른 것도 아니고, 으를 수도 없었다. 그래, 모두 아이 혼자 작정한 것이었다. 그럴 수밖에 없었다. 아이의 적대감은 살인을 작정하고 있었으며, 절대 그 이하가 아니었다. 그렇지 않았다면 그 결과로 이런 미친 평온의 상태가 나오지도 않았을 것이다.

스위드는 다시 이성을 표면으로 끌어올리려 애썼다. 얼마나 열심히 노력을 했는지. 합리적인 사람은 다음에 무슨 말을 할까? 방금 아이가 아무렇지도 않게 한 말—아무렇지도 않게 한 믿어지지 않는 모든 말—에 두들겨 맞고 다시 한번 거의 눈물을 흘릴 뻔한 뒤에도 계속 버티면서 합리적일 수 있다면, 이다음에는 뭐라고 해야 하는 걸까? 합리적인, 책임감 있는 아버지는 무슨 말을 할까? 여전히 말짱하게 아버지 역할을 할 수 있다고 느낀다면.

"메리, 내 생각이 뭔지 말해도 되겠니? 나는 네가 그 일 때문에 벌을 받는 걸 두려워한다고 생각해. 하지만 벌을 피하는 대신 너 스스로 벌을 만들어냈다고 생각해. 나는 그게 그리 생각해내기 어려운 결론이라고 생각하지 않아, 얘야. 여기서 너를 보면, 여기서 이렇게 사는 너를 보면, 아마 많은 사람들이 그렇게 생각할 거야. 너는 착한 아이고 그래서 참회를 하고 싶은 거야. 하지만 이건 참회가 아니야. 나라도 너를 이렇게 벌하지는 않을 거야. 이 말은 해야겠다, 메리. 이게 나한테 어떻게 보이는지 솔직히 말을 해야겠어."

"물론 하셔야죠."

"네가 너 자신을 어떻게 만들어놓았는지 좀 봐라. 계속 이런 식으로 살면 너는 죽을 거야. 일 년만 이렇게 살면 너는 죽는다고. 굶어 죽을 거야. 영양부족으로 죽을 거야. 더러워서 죽을 거야. 매일 그 철도 밑을 왔다갔다할 수는 없어. 그 지하도는 부랑자들의 본거지야. 네 규칙대로 놀아주지 않는 부랑자들이란 말이야. 그자들의 세상은 무자비한 세상이야, 메리, 끔찍한 세상이라고. 폭력적인 세상이란 말이야."

"그 사람들은 저를 해치지 않아요. 제가 자기들을 사랑한다는 걸 알거든요."

그는 그 말에, 그 명백한 유치함에, 그 자기기만의 감상적인 과장에 역겨움을 느꼈다. 도대체 그 야비한 사람들이 가망 없이 허둥거리는 모습 어디에서 그런 생각을 정당화해줄 만한 것을 발견할 수 있단 말인가? 부랑자와의 사랑? 지하도에서 사는 부랑자가 된다는 것은 수도 없이 두들겨 맞아서 아주 작은 사랑의 감수성조차 사라져버렸다는 뜻이다. 끔찍했다. 이제야 마침내 아이의 말더듬증이 깨끗하게 사라져버렸는데, 그 입에서 흘러나오는 말이라는 것이 고작 이런 쓰레기라니. 그가 꿈꾸어오던 일, 자신의 훌륭하고 재능 많은 아이에게서 언젠가는 말더듬증이 사라질 것이라는 꿈이 현실이 되었다. 그런데, 흥분으로 인한 말더듬증을 기적적으로 정복했는데, 아이의 폭발적인 성격, 그 폭풍의 눈에 이런 광기에 사로잡힌 명료함과 차분함이 자리잡고 있다는 사실이 드러나다니. 이 얼마나 멋진 복수인가. 이게 아빠가 원하던 거예요? 자, 여기 있어요.

아이가 훌륭하게 설명하고 말할 수 있다는 것이 이제 최악의 일이 되어버렸다.

그는 모질어지는 마음을 아이에게 들키고 싶지 않았지만, 그럼에도 목소리에서 그것이 묻어나왔다. "너는 폭력적인 종말을 맞이하게 될 거야, 메러디스. 그 사람들을 계속 하루에 두 번씩 시험해봐라. 계속 그렇게 해봐. 그러면 그 사람들이 네가 말하는 사랑에 관해 얼마나 많이 알고 있는지 확인하게 될 거야. 메리, 그 사람들은 사랑에 굶주린 게 아니야. 누군가 너를 죽일 거야!"

"그럼 다시 태어나겠죠, 뭐."

"안 그럴걸. 얘야. 정말이지, 그런 일은 없을 거다."

"제 추측이나 아빠 추측이나 어차피 추측이긴 마찬가지 아닌가요, 아빠?"

"우리가 이야기하는 동안 제발 그 마스크만이라도 벗을 수 없니? 네 얼굴 좀 보게?"

"제가 말 더듬는 걸 보시게요? 그런 뜻이에요?"

"글쎄, 네가 그걸 쓰는 게 말더듬증이 사라진 거하고 무슨 관계가 있는지 없는지 나는 잘 모르겠구나. 그러니까 너는 관계가 있다는 거니? 말더듬증이 공기와 공중에 사는 것들한테 폭력을 휘두르지 않는 네 나름의 방법일 뿐이었다는 거야…… 맞아? 네가 하는 말을 내가 제대로 이해한 거니?"

"네."

"흠…… 그걸 인정한다 해도, 차라리 너에게 말더듬증이 그대로 있었다면 결과적으로 더 나은 삶을 살게 되었을 거라고 생각한다는 건 분명히 말하고 싶구나. 네가 그것 때문에 겪은 곤경을 하찮게 보려는 게 아니야. 하지만 네가 그 염병할 걸 없애느라고 이런 극단적인 일을 해야 했던 거라면…… 그렇다면 정말 궁금하구나…… 그러니까, 그게 생각할 수 있는 최상의 거래였는지 말이다."

"제가 한 일을 동기만 가지고 설명할 수는 없어요, 아빠. 저 같으면 아빠가 한 일을 절대 동기만 가지고 설명하지는 않을 것 같아요."

"하지만 나한테는 동기가 있는걸. 누구에게나 동기는 있어."

"영혼의 여행을 그런 식의 심리학으로 환원시킬 수는 없어요. 아빠답지 않아요."

"그럼 네가 설명을 해봐라. 나한테 설명을 해줘, 제발. 너는 어떻게 설명할 거니? 네가 이 모든 것을 택했을 때…… 나한테는 그냥 비참한 걸로만 보일 뿐인데, 네가 그렇게 했을 때, 네가 진짜 고난을 떠안았을 때, 이게 다 그런 거잖아, 네가 선택한 고난이야, 메리, 진짜 고난이고, 고난 그 이상도 이하도 아니야." 목소리가 흔들리고 있었지만 그는 계속 말을 이어나갔다. 합리적으로, 합리적으로, 책임감 있게, 책임감 있게. "어쨌든 그랬을 때, 오직 그랬을 때에야―내가 무슨 말 하는지 알겠니?―말더듬증이 사라진 걸 말이다."

"말씀드렸잖아요. 저는 갈망이나 이기심은 끝냈다고."

"착하고, 착한 아이야, 메리, 내 아이야." 그는 더러운 바닥에 주저 앉았다. 자제력을 잃지 않으려고 최선을 다하는 것 외에는 아무것도 할 수 없을 만큼 무력했다.

서로 겨우 팔 하나 거리를 두고 앉아 있는 이 아주 작은 방에는 문 위의 더러운 채광창으로 들어오는 빛 외에 다른 빛은 없었다. 메리는 빛 없이 살고 있었다. 왜? 이 아이는 전기라는 악덕을 사용하는 일도 그만둔 것인가? 이 아이는 빛 없이 살았고, 모든 것 없이 살았다. 이것이 그들의 삶이 전개된 방식이었다. 메리는 아무것도 없이 뉴어크에 살고, 그는 메리 외에는 모든 것을 갖고 올드림록에 사는 것. 이것에 대해서도 그의 행운이 비난받아야 하는 것일까? 가지고 소유한 사람들에 대한 가지지 못한 자들의 복수. 부모의 최악의 적들과 관련을 맺고자 하는, 무엇이든 자신들을 가장 사랑했던 사람들이 가장 혐오하는 것을 모범으로 삼고자 하는 자칭 가지지 못한 모든 자들, 연극을 하는 모든 리타 코언들.

　예전에 아이의 책상 위에는 판지 조각에 두 가지 색 크레용으로 써놓은 슬로건, 손으로 만든 포스터가 걸려 있었다. 그의 위퀘이크 풋볼 팀 페넌트를 대신해 그 자리를 차지한 것이었다. 그 포스터는 아이가 사라지기 전 일 년 동안 내내 아무도 건드리지 않고 거기 그대로 걸려 있었다. 그 포스터가 걸리기 전까지 메리는 늘 수줍어하며 위퀘이크 페넌트를 탐냈다. 스위드의 고등학교 시절 애인이 1943년에 그것을 바느질 수업시간에 가지고 들어가, 주황색과 갈색이 섞인 삼각형의 아랫변에 펠트를 붙여 꿰매고, 거기에 굵고 하얀 실로 '도시 대표 레보브에게, XXXX*, 앨린'이라고 새겨놓았기 때문이다. 스위드가 아이의 방에서 감히 떼어내 없애버린 유일한 것이 그 포스터였다. 그러나 그렇게 하는 데도 세 달이 걸렸다. 어른이건 아이건 남의 소유물에 손을 대는 것은 그가 아주 싫어하는 일이었기 때문이다. 그러나 폭파 세 달 뒤에 그는 층계를 쿵쿵 올라가 아이의 방으로 들어가서 포스터를 떼어냈다. 거기에는 이렇게 적혀 있었다. "우리는 흰둥이의 미국에서 선하고 품위 있는 모든 것에 반대한다. 우리는 약탈하고 태우고 파괴할 것이다. 우리는 네 어머니의 악몽을 부화하는 존재가 될 것이다." 그런 다음 굵은 글씨로 출처가 밝혀져 있었다. "웨더맨의 모토." 그는 너그러운 사람이었기 때문에 그것도 너그럽게 봐주었다. 딸의 손으로 쓴 '흰둥이'라는 말. 붉은 글자 하나하나에 검은 그림자가 짙게 드리운 그 포스터는 그의 집에 일 년 동안 걸려 있었다.

---

* X는 키스의 표시.

그 자신은 그 포스터를 조금도 좋아하지 않았지만 그것이 그의 권리라고 믿지 않는다 등등의 이유 때문에, 아이의 소유물과 개인적 자유를 존중하여 끔찍한 포스터 한 장도 자기 마음대로 떼어내지 않았기 때문에, 그런 정당한 폭력도 행사하지 않았기 때문에, 이제 그 악몽은 무시무시한 현실이 되어 그의 계몽된 관용의 한계를 훨씬 가혹하게 시험하고 있었다. 메리는 손을 들어올리면 옆에 둥둥 떠다니던 아무 죄 없는 진드기를 때려죽일 거라고 생각한다. 따라서 자신의 모든 동작이 엄청나게 무시무시한 결과를 낳게 되는 환경과 접촉하고 있는 셈이다. 그리고 그는 아이가 붙여놓은 가증스럽고 역겨운 포스터를 떼면 아이의 흠 없는 상태에, 아이의 심리에, 아이의 수정헌법 제1조에 따른 권리에 피해를 주게 될 것이라고 생각한다. 아니, 나는 자이나교도가 아니야. 스위드는 생각했다. 하지만 차라리 자이나교도였으면 좋겠어. 그도 그들과 다름없이 애처롭게 또 순진하게 비폭력적이었기 때문이다. 그가 세워놓은 고결한 목표들의 어리석음.

"리타 코언이 누구냐?" 그가 물었다.

"모르겠는데요. 그게 누구죠?"

"너 대신 나한테 왔던 여자애 말이야. 1968년에. 네가 사라진 뒤에. 내 사무실로 왔어."

"저 대신 아빠한테 간 사람은 아무도 없어요. 저는 아무도 보낸 적이 없어요."

"있어. 키가 작고 몸집도 작은 여자애. 아주 창백하고. 머리는 아프로 식이고. 짙은 색 머리야. 그 여자애한테 네 발레 신발하고 네 오드리 헵번 스크랩북하고 네 일기를 줬는데. 그 여자애가 너를 이렇게 만든 거니? 그애가 폭탄을 만든 거야? 너는 집에 있을 때도 전화로 누군가와 이야기를 하곤 했어. 비밀 대화를 했잖아." 그는 그 비밀 대화도 포스터처럼 '존중했다'. 그때 그 자리에서 그 포스터를 찢어버리고 전화기의 선을 뽑아버리고 아이를 가두었다면! "그 여자애가 그런 거야?" 스위드는 묻고 있었다. "진실을 말해다오, 제발."

"저는 진실만 말해요."

"너한테 주라고 그애한테 만 달러를 줬는데. 현금으로. 그 돈을 받았니 못 받았니?"

메리의 웃음소리는 다정했다. "만 달러요? 아직 못 받았는데요, 아빠."

"그럼 너한테서 대답을 들어야겠구나. 나한테 너를 찾을 수 있는 곳을 말해준 리타 코언이 도대체 누구냐? 뉴욕의 멀리사니?"

"아빠는 저를 찾고 있었기 때문에 저를 찾아냈어요. 저는 아빠가 저를 찾아내지 못할 거라고 생각한 적이 한 번도 없어요. 아빠는 저를 찾아야만 했기 때문에 찾아낸 거예요."

"내가 널 찾는 걸 도와주려고 네가 뉴어크로 온 거야? 그래서 여기 온 거야?"

그러나 메리는 이렇게 대답했다. "아뇨."

"그럼 왜 온 거니? 무슨 생각을 했던 거야? 생각을 하기는 했니? 내 사무실이 어디인지 너도 알잖아. 여기서 얼마나 가까운지 알잖아. 논리는 어디로 간 거니, 메리? 이렇게 가까운데……"

"차를 얻어 탔어요. 그래서 보시다시피 여기 오게 된 거예요."

"그렇게. 우연의 일치로. 아무런 논리 없이. 어디에도 논리는 없구나."

"세상은 제가 영향을 줄 수 있는 곳이 아니고, 주고 싶지도 않아요. 저는 모든 것에 대한 모든 영향력을 포기해요. 무엇이 우연의 일치를 이루느냐 하는 건, 아빠와 제가, 아빠……"

"'모든 영향력을 포기'한다고?" 스위드가 소리쳤다. "그래? '모든 영향력을'?" 그의 인생에서 가장 미칠 것 같은 대화였다. 아이가 터무니없이 순진하게, 완전히 제정신이 아닌 상태에서, 전혀 말을 더듬지 않고 엄숙한 태도로 모든 것을 다 안다고 하는 것. 방과 바깥 거리의 끔찍한 솔직함, 그의 외부에 있는 모든 것, 엄청난 힘으로 그를 통제하는 모든 것의 그 끔찍한 솔직함. "너는 나한테 영향력이 있어." 그가 소리를 질렀다. "나한테 영향을 주고 있단 말이야! 진드기 하나 못 죽이면서 나는 죽이고 있단 말이야! 네가 거기 앉아서 '우연의 일치'라고 부르는 게 실제로 영향을 주고 있어. 네 무력함이 나에게는 엄청난 힘이야, 빌어먹을! 네 어머니에게는, 네 할아버지에게는, 네 할머니에게는, 너를 사랑하는 모든 사람에게는. 그렇게 베일을 쓰고 있는 건 웃기는 짓이야, 메리. 정말로, 완전히 웃기는 짓이라고! 너는 세상에서 가장 힘센 사람이야!"

이것은 내 삶이 아니야, 이것은 내 삶의 꿈이야. 그렇게 생각해도 아무런 위안을 찾을 수 없었다. 그런다고 해서 조금이라도 덜 비참해지는 것이 아니었다. 딸에 대한 분노, 그들의 구세주 역할을 연기하도록 그가 방치했던 그 자그마한 범죄자에 대한 분노도 마찬가지였다. 아주 수월하게 그를 속였던 교활하고 사악한 사기꾼. 나를 십 분 정도 네 번만 만나면 마음대로 할 수 있는 사람으로 여겼겠지. 그 사악함. 그 오만함. 그 흔들리지 않는 배짱. 그런 아이들이 도대체 어디서 나오는지는 신만이 알고 있었다.

그 순간 그는 그런 아이들 가운데 하나가 자기 집에서 나왔다는 사실을 떠올렸다. 리타 코언도 그저 다른 누군가의 집에서 나왔을 뿐이었다. 그들은 그 자신의 집과 같은 집에서 자랐다. 그와 같은 부모가 길렀다. 게다가 여자아이들이 아주 많았다. 정치적 정체성이 완전한 여자아이들. 남자아이들 못지않게 공격적이고 전투적인, 남자아이들 못지않게 '무장 행동'에 이끌리는 여자아이들. 그들의 폭력과 자기 변화에 대한 갈망에는 무서울 정도로 순수한 구석이 있다. 그들은 뿌리를 포기하고 신념을 가장 무자비하게 행동으로 옮긴 혁명가들을 모범으로 삼는다. 그들은 멈출 수 없는 기계처럼 자신들의 강철 같은 이상주의를 추동할 혐오를 만들어낸다. 그들의 분노는 가연성이다. 그들은 역사를 바꾸기 위해 상상할 수 있는 무슨 일이든 하려 한다. 그들에겐 징병 문제 같은 것도 없는데 그들은 전쟁에 반대하여 공포를 일으키는 일에 거리낌없이 또 두려움 없이 가담한다. 총을 들이대고 강도질을 할 만큼 유능하다. 폭약으로 사람을 죽이고 불구로 만들 수 있을 만큼 많은 장비를 갖추고 있다. 두려움이나 의심이나 내적인 모순의 방해를 받지 않는다. 숨어 있는 여자애들, 위험한 여자애들, 공격하는 아이들, 인정사정없이 극단적이고, 사교성이라고는 전혀 없는 아이들. 반전운동에서 파생된 범죄를 저지른 혐의로 당국의 수배를 받는 여자애들, 메리가 알고 있다고 상상했던 여자애들, 딸의 삶과 얽혀 있다고 상상했던 여자애들의 이름을 그는 신문에서 보았다. 버나딘, 퍼트리샤, 주디스, 캐슬린, 수전, 린다…… 그의 아버지는 지하의 웨더멘―그들 가운데는 마크 러드, 캐서린 부댕, 제인 앨퍼트도 있었는데, 모두 이십

대였고, 유대인이었고, 중간계급 출신이었고, 대학 교육을 받았고, 반전이라는 대의를 위해 폭력을 휘둘렀고, 혁명적 변화에 헌신했고, 미합중국 정부를 전복하겠다는 결의를 굳히고 있었다―을 추적하는 경찰에 관한 텔레비전 특집 뉴스를 멍하니 보고 있다가 이렇게 말했다. "유대인 애들이 집에서 숙제를 하던 때가 기억나는구나. 그런데 어떻게 된 거냐? 우리 똑똑한 유대인 애들이 도대체 어떻게 된 거야? 하느님 맙소사, 부모들이 이제 잠시 억압을 안 당하나 했더니, 아이들이 억압이 있는 곳을 찾아 달려가다니. 억압 없이는 살 수가 없는가보구나. 한때는 유대인들이 억압을 피해 달아났는데. 이제는 억압이 없는 걸 피해 달아나잖아. 한때는 가난을 피해 달아났는데. 이제는 부를 피해 달아나잖아. 미친 짓이야. 부모는 너무 잘해줘서 도저히 미워할 수 없으니까 대신 미국을 미워하는 거야." 하지만 리타 코언은 그 자체로 특수한 사례였다. 사악한 암캐이자 흔해빠진 사기꾼이었다.

그런데 만일 그게 그 아이의 전부라면 그 편지는 어떻게 설명할까? 우리 똑똑한 유대인 애들이 도대체 어떻게 된 걸까? 미친 것이다. 뭔가가 그 아이들을 미치게 하고 있다. 뭔가가 그 아이들이 모든 것에 반대하도록 몰아가고 있다. 뭔가가 그 아이들을 파국으로 이끌고 있다. 이 아이들은 시키는 일을 남들보다 잘해서 앞서 나가는 데 열중하는 그 똑똑한 유대인 아이들이 아니다. 이 아이들은 시키지 않은 일을 남들보다 잘할 때만 편안함을 느낀다. 불신이야말로 이 아이들을 불러모은 광기다.

그리고 여기 이 방에 그 결과가 정말 가슴 아픈 형태로 나타나 있다. 종교적 개종. 세상을 굴복시키지 못하면, 너 자신을 세상에 굴복시켜라.

"나는 너를 사랑해." 그는 메리에게 말하고 있었다. "내가 너를 찾을 거라는 걸 너도 알고 있잖아. 너는 내 자식이야. 하지만 그런 마스크를 쓰고 몸무게는 40킬로그램밖에 안 나가고 이런 식으로 살고 있으면 백만 년이 흐른다 해도 내가 어떻게 너를 찾을 수 있겠니? 누군들 너를 찾을 수 있겠어? 여기에 있다 해도? 도대체 어디에 있었던 거야?" 그는 소리를 질렀다. 딸이나 아들한테 배반을 당해 가장 화가 난 아버지처럼 화가 났다. 너무 화가 나서 케네디가 총에 맞았을 때처럼 그의 머리가 뇌를 뿜어내지나 않을까 두려웠다. "어디에 있었던 거야? 대답해!"

그러자 메리는 자기가 어디에 있었는지 말했다.

그가 그 이야기를 어떻게 들었을까? 궁금해하면서 들었다—아이가 엉뚱한 길을 택하기 전에 그들의 삶에 어떤 중요한 지점이 있었다면, 그건 언제 어디였을까? 생각하면서 들었다—그런 지점은 없었다. 절대 메리를 통제할 수는 없었다. 오랫동안 메리가 그들을 속여, 안전하게 그들의 것인 양, 그들의 세력하에 있는 양 보였을 수는 있겠지만. 생각하면서 들었다—다 소용없었다. 그가 한 모든 일이 소용없었다. 준비, 연습, 복종. 핵심적인 문제, 가장 중요한 문제에서 타협하지 않고 헌신하는 태도. 짜임새 있는 체계의 구축, 작든 크든 모든 문제의 끈기 있는 정밀 조사. 표류도 없고, 이완도 없고, 나태도 없이. 모든 의무에 충실하게 대처하고, 상황이 요구하는 모든 것을 정력적으로 처리하고…… 그의 신조는 미합중국 헌법만큼이나 길었다. 하지만 모두 소용없었다. 모두 쓸모없는 것들의 체계화일 뿐이었다. 그가 그의 책임감으로 속박한 것은 그 자신뿐이었다.

생각하면서 들었다—이 아이는 내 힘으로 어쩔 수 없고, 과거에도 마찬가지였다. 이 아이는 나 같은 건 아랑곳하지 않는 어떤 것의 힘 안에 들어가 있다. 미쳐버린 어떤 것. 우리 모두가 마찬가지다. 그들의 부모도 이것에 책임이 없다. 그들 자신도 이것에 책임이 없다. 뭔가 다른 것의 책임이다.

그래, 1973년, 마흔여섯의 나이에, 고이 묻어주는 것 같은 사치스러운 일은 전혀 고려하지 않은 채 절단 난 아이들과 그들의 절단 난 부모들의 주검을 도처에 뿌려놓는 세월이 거의 칠십오 년이나 흐른 뒤에 스위드는 우리 모두가 미쳐버린 어떤 것의 힘에 휘둘린다는 것을 깨달았다. 단지 시간문제일 뿐이었어, 흰둥이. 우리 모두가 마찬가지라니까!

그들이 웃는 소리가 들렸다. 웨더멘, 팬서, 그가 소유하고 가진 자들 가운데 하나라는 이유로 그를 범죄자라고 부르고 몹시 싫어하는 폭력적인 자들, '부패하지 않은 자들'로 이루어진 성난 하층계급 군대의 웃음소리. 스위드가 마침내 깨달았네! 그들은 기뻐서 제정신이 아니었다. 한때 그의 응석받이였던 딸을 파괴하고, 그의 특권적인 삶을 파멸로 이끌어서, 마침내 그를 그들의 진실로 인도한 것을 기뻐했다. 그들이 보기에 그 진실이란 베트남의 모든 남자, 여자, 아이, 갓난아기, 미국의 식민화된 모든 흑인, 자본가 들과 그들의 채울 수 없는 탐욕 때문에 좆같이 희생당하는 모든 곳의 모든 사람들의 진실이었다. 어이 흰둥이, 미쳐버린 어떤 것이란 바로 미국의 역사야! 미 제국이라고! 체이스 맨해튼이고 제너럴 모터스고 스탠더드 오일이고 뉴어크 메이드 레더웨어라고! 승선을 축하해, 개 같은 자본가! 미국 때문에 좆같이 희생당하는 인류에게 온 것을 환영해!

메리는 폭파 후 첫 일흔두 시간은 모리스타운에 있는 언어치료사 실라 샐츠먼의 집에 숨어 있었다고 말했다. 무사히 실라의 집까지 갔고, 거기서 받아주자 낮에는 실라의 사무실 옆방에서, 밤에는 사무실에서 숨어 지냈다. 그때부터 방랑의 지하생활이 시작되었다. 겨우 두 달 동안 메리는 가명을 열다섯 개나 만들었고, 나흘이나 닷새마다 옮겨다녔다. 인디애나폴리스에서는 메리를 지하로 들어온 반전 활동가라고만 알고 있는 운동권 목사와 친해졌고, 묘지에 있는 묘석에서 이름을 하나 얻었다. 메리보다 몇 달 뒤에 태어났지만 유아기를 못 넘기고 죽은 아이의 이름이었다. 메리는 그 아기의 이름으로 가짜 출생증명서를 신청했고, 그렇게 해서 메리 스톨츠가 되었다. 그뒤에는 도서관 출입증, 사회보장번호를 얻었고, 열일곱 살이 되었을 때는 운전면허증도 땄다. 메리 스톨츠는 거의 일 년 동안 어떤 양로원 주방에서 설거지를 했다. 목사가 알선해준 일자리였다. 그러다 어느 날 아침 목사가 공중전화로 전화를 걸어, 당장 일을 그만두고 그레이하운드 정류장에서 만나자고 말했다. 그곳에서 목사는 시카고로 가는 표를 주면서, 거기에서 이틀을 머문 뒤 오리건으로 가는 표를 사라고 말했다. 포틀랜드 북쪽에 있는 어떤 코뮌에 가면 피신처를 구할 수 있을 것이라는 이야기였다. 목사는 코뮌의 주소와 함께, 옷, 음식, 차표를 살 수 있는 돈을 주었다. 메리는 시카고로 떠났지만, 거기 도착한 날 밤에 강간을 당했다. 붙들려 강간을 당하고 돈을 빼앗겼다. 겨우 열일곱 살이었다.

메리는 양로원 주방처럼 친절하지 않은 어느 싸구려 술집 주방에서 설거지를 했다. 오리건에 갈 돈을 벌려는 것이었다. 시카고에는 조언을 해줄 목사가 없었다. 지하와 연락을 시도하면 뭔가 잘못되어 체포될까봐 두려웠다. 너무 무서워서 인디애나폴리스의 목사에게 공중전화로 전화를 하지도 못했다. 메리는 다시 강간을 당했지만(네번째로 살게 된 하숙집에서), 이번에는 그래도 강도는 당하지 않아서, 여섯 주 동안 설거지를 한 끝에 코뮌으로 갈 만한 돈을 모으게 되었다.

시카고에서는 완전히 외로움에 휩싸였다. 마치 외로움이 물줄기가 되어 몸을 뚫고 지나가는 느낌이었다. 매일, 어떤 날은 매시간, 올드림록으로 전화를 걸러 갔다. 그러나 어린 시절의 방이 자신을 처음 상태로 완전히 되돌려놓을 수도 있다는 사실이 떠오르기 전에 얼른 식당이나 간이식당을 찾아가 카운터의 스툴에 앉아 BLT와 바닐라 밀크셰이크를 주문했다. 익숙한 말을 하고, 베이컨이 그릴 위에서 구부러지는 것을 지켜보고, 자신의 토스트가 톡 튀어나오는 것을 구경하고, 음식이 나오면 이쑤시개를 조심스럽게 뽑아내고, 밀크셰이크를 홀짝거리며 몇 겹의 샌드위치를 먹고, 상추의 맛없는 섬유를 아삭아삭 씹는 데 집중하고, 파삭파삭한 베이컨에서는 연기 냄새가 나는 지방을 또 부드러운 토마토에서는 꽃 같은 즙을 빨아들이고, 이제 걸쭉해진, 마요네즈를 바른 토스트와 함께 모든 것을 꿀꺽꿀꺽 삼키고, 참을성 있게 턱과 이를 움직였다. 생각에 잠긴 채 한입 넣을 때마다 그것을 부수어 자신을 진정시킬 먹이로 만들었다. 이렇게 어머니의 가축이 구유의 꼴에 집중하듯 자신의 BLT에 골똘히 집중하는 것이 아이에게 혼자 버틸 용기를 주었다. 메리는 샌드위치를 먹고 밀크셰이크를 마시며 자신이 거기에 오게 된 과정과 앞으로 할 일을 떠올렸다. 메리는 시카고를 떠날 때쯤 이제 집이 필요 없다는 것을 알았다. 다시는 가족과 집을 향한 갈망에 굴복하는 일 근처에도 가지 않을 것임을 알았다.

오리건에서 메리는 두 건의 폭파에 관여했다.

프레드 콘론을 죽인 사건은 아이를 멈추기는커녕, 아이에게 영감을 주었을 뿐이다. 프레드 콘론을 죽인 뒤 메리는 양심 때문에 불구가 된 것이 아니라, 남아 있던 모든 공포와 가책으로부터 해방되었다. 아무리 의도하지 않은 일이라 해도 죄 없는 사람, 그애가 아는, 또 앞으로 알기를 바라게 될 그 누구 못지않게 선량한 사람을 죽였다는 공포도 아이에게 그 가장 근본적인 금제를 전혀 가르쳐주지 못했다. 정말 까무러치게도, 이 아이는 그전에 스위드와 돈 밑에서 자라면서도 그런 금제를 준수해야 한다는 것을 배우지 못했다. 콘론을 죽인 사건은 악한 체계를 공격하는 수단이라면 아무리 무자비하다 하더라도 무엇이든 주저하지 않고 택하겠다는 이상주의적 혁명가 메리의 열정을 확인해주었을 뿐이다. 흰둥이의 미국에서 품위 있는 모든 것에 반대한다는 말이 침실 벽을 장식한 멋부리는 낙서가 아님을 증명해 보인 것이다.

그가 말했다. "네가 폭탄을 설치했다고?"

"제가 했어요."

"햄린네 가게에서, 그리고 오리건에서도 또 네가 폭탄을 설치했다고?"

"네."

"오리건에서 사람이 죽었니?"

"네."

"누가?"

"사람들이요."

"사람들," 그가 되풀이했다. "몇 사람이나, 메리?"

"세 사람이요."

코뮌에는 먹을 것이 많았다. 먹을 것을 대부분 직접 길렀기 때문에 처음 시카고에 갔을 때처럼 밤에 슈퍼마켓 바깥에서 시든 농산물을 찾을 필요가 없었다. 메리는 코뮌에서 사랑하게 된 여자와 자기 시작했다. 직조공의 부인이었는데, 메리는 폭탄 일을 하지 않을 때는 그녀의 베틀을 다루는 법을 배웠다. 메리가 두번째, 세번째 폭탄을 성공적으로 설치하고 나자 폭탄을 조립하는 것이 이 아이의 전공이 되었다. 메리는 다이너마이트를 공업뇌관에, 공업뇌관을 울워스 자명종에 안전하게 연결시키는 데 필요한 인내와 정확성을 사랑했다. 그때 처음으로 말더듬증이 사라졌다. 메리는 다이너마이트를 다룰 때는 전혀 말을 더듬지 않았다.

그러다 여자와 남편 사이에 문제가 생겼다. 폭력적인 말다툼이 벌어져, 메리는 평화를 위해 어쩔 수 없이 코뮌을 떠나야 했다.

메리는 아이다호 동부에 숨어 감자밭에서 일하다가 쿠바로 달아나기로 결심했다. 아이는 농장의 막사에서 밤에 스페인어를 공부하기 시작했다. 막사에서 다른 노동자들과 살면서 메리는 자신의 믿음에 더욱더 열정적으로 헌신하게 되었다. 그러나 술에 취한 남자들은 무서웠고, 이곳에서도 성적인 사건들이 있었다. 메리는 쿠바에서는 폭력을 걱정할 필요 없이 노동자들과 함께 살 수 있을 거라고 믿었다. 쿠바에 가면 메리 스톨츠가 아니라 메리 레보브가 될 수 있었다.

이 무렵 메리는 미국에서는 인종차별과 반동과 탐욕의 세력을 뿌리 뽑는 혁명이 결코 일어날 수 없다고 결론 내렸다. 무슨 일이 있어도 이윤 원칙을 방어하는 일을 멈추지 않는 열핵 초국가에 맞선 도시 게릴라전은 의미가 없었다. 미국에서 혁명을 일으키는 데 기여할 수 없었기 때문에 이제 유일한 희망은 이루어진 혁명에 헌신하는 것이었다. 거기에서 망명의 삶은 끝이 나고 진정한 삶이 시작될 터였다.

다음 한 해는 쿠바로, 프롤레타리아를 해방하고 사회주의로 불의를 제거한 피델 카스트로에게로 가는 길을 찾는 데 바쳤다. 그러다 플로리다에서 메리는 처음으로 연방수사국과 아슬아슬하게 스쳐갔다. 마이애미에는 도미니카 난민이 득시글한 공원이 있었다. 그곳은 스페인어를 연습하기 좋았고, 메리는 곧 그곳에서 아이들에게 영어를 가르치는 일을 하게 되었다. 아이들은 다정하게 메리를 라 파르푸야, 즉 말더듬이라고 불렀고, 메리가 가르쳐준 영어 단어를 따라할 때 장난스럽게 말을 더듬는 흉내를 내곤 했다. 메리는 스페인어로는 아무런 흠 없이 말을 할 수 있었다. 세계혁명의 품으로 달아나야 할 또하나의 이유인 셈이었다.

어느 날 공원에 처음 나타난 젊은 흑인 부랑자가 제가 아이들한테 영어를 가르치는 걸 지켜보는 게 눈에 띄었어요. 메리는 아버지에게 말했다. 메리는 즉시 그것이 무슨 의미인지 알아챘다. 전에도 메리는 수도 없이 연방수사국 요원이 나타났다고 생각했지만 그런 생각은 번번이 어긋났다. 오리건, 아이다호, 켄터키, 메릴랜드의 가게에서 점원으로 일할 때도 연방수사국 요원이 감시한다고 생각했다. 설거지를 하는 식당이나 카페테리아에서도. 메리가 사는 초라한 거리에서도. 숨어서 신문을 읽거나, 혁명적 사상가들을 공부하거나, 마르크스, 마르쿠제, 맬컴 X, 프란츠 파농을 독파하던 도서관에서도. 파농은 프랑스의 이론가로, 밤에 잠자리에서 그의 문장을 탄원의 기도문처럼 읊으면 바닐라 밀크셰이크와 BLT로 이루어진 제의의 성찬을 먹을 때와 마찬가지로 버틸 힘을 얻을 수 있었다. 헌신적인 알제리 여자는 '거리에 홀로 있는 여자'라는 역할과 혁명적인 임무 양쪽을 본능적으로 익힌다는 사실을 늘 염두에 두어야 한다. 알제리 여자는 비밀 요원이 아니다. 하지만 수습 기간도 없이, 브리핑도 받지 않고, 소란도 떨지 않고, 핸드백에 수류탄 세 개를 넣고 거리로 나간다. 그녀는 자신이 어떤 역할을 한다는 느낌을 갖지 않는다. 모방할 인물도 없다. 반대로 여기에서는 강렬한 극화가 이루어진다. 여자와 혁명가 사이에는 연속성이 있다. 이 알제리 여자는 곧바로 비극의 수준으로 올라간다.

스위드는 생각하면서 들었다―그런데 이 뉴저지 여자아이는 백치의 수준으로 내려간다. 아주 똑똑해서 우리가 몬테소리 학교에 보낸 이 뉴저지 여자아이, 모리스타운 고등학교에서 A와 B만 받았던 이 뉴저지 여자아이, 이 뉴저지 여자아이는 곧바로 수치스러운 연극을 하는 수준으로 올라가버린다. 이 뉴저지 여자아이는 정신병의 수준으로 올라가버린다.

메리는 피신하는 모든 도시 어디에서나 연방수사국 요원을 보았다고 생각했다. 하지만 마이애미의 공원 벤치에서 남자아이들에게 영어를 가르치려고 말을 더듬고 있다가 마침내 진짜를 발견했다. 그렇다고 어떻게 그 아이들을 가르치지 않을 수 있단 말인가? 아무것도 아닌 존재로 태어나, 아무것도 아닌 존재로 살아갈 운명에 놓인 사람들, 심지어 그들 자신에게도 인간쓰레기로 보이는 사람들에게서 어떻게 등을 돌릴 수 있단 말인가? 그러나 둘째 날 공원에 갔을 때도 어제의 그 젊은 흑인 부랑자가 벤치에서 신문지를 담요처럼 덮고 자는 척하는 것이 보이자 메리는 다시 거리로 돌아가 달리기 시작했다. 쉬지 않고 달리다가 거리에서 구걸을 하는 눈먼 여자를 보게 되었다. 개를 데리고 있는 커다란 흑인 여자였다. 여자는 컵을 짤랑거리며 작은 소리로 말하고 있었다. "장님이에요, 장님이에요, 장님이에요." 그녀 발치의 보도에 넝마가 된 모직 코트가 놓여 있었다. 메리는 그 안에 숨을 수 있다는 것을 깨달았다. 그러나 그것을 빼앗을 수는 없었다. 그래서 메리는 여자한테 구걸을 도와주어도 되겠느냐고 물었다. 여자는, 좋지, 하고 대답했다. 메리는 다시 여자의 선글라스를 쓰고 코트를 입어도 괜찮겠느냐고 물었다. 여자가 말했다. "마음대로 해, 아가씨." 그래서 메리는 마이애미에서 무겁고 낡은 코트를 입고 선글라스를 쓰고 서서 땡볕을 쬐며 컵을 흔들었고, 여자는 계속 "장님이에요, 장님이에요, 장님이에요" 하고 읊조렸다. 그날 밤 메리는 다리 밑에 혼자 숨어 있었다. 그러나 다음날은 다시 흑인 여자와 함께 구걸했다. 이번에도 코트와 선글라스로 변장을 했다. 결국 메리는 그 여자와 개와 함께 살면서 여자를 돌보게 되었다.

그때부터 메리는 종교를 공부하기 시작했다. 그 흑인 여자 버니스는 아침에 메리와 개와 더불어 잠을 잔 침대에서 깨어나면 메리에게 노래를 불러주었다. 하지만 버니스는 암에 걸려 죽었고, 그것은 메리에게 최악의 경험이었다. 진료실, 병동, 메리가 유일한 조객이었던 장례식, 세상에서 가장 사랑하는 사람을 잃는 것…… 그것은 가장 견디기 힘든 일이었다.

버니스가 죽어가는 몇 달 동안 메리는 도서관에서 유대-기독교 전통을 완전히 버리고 아힘사, 즉 생명을 체계적으로 존중하고 생물을 해치지 않는 최고의 윤리적 명령으로 가는 길을 열어주는 책들을 발견했다.

메리의 아버지는 이제 어느 시점에서 자신이 아이의 인생에 대한 통제력을 상실했는지 궁금하지 않았다. 자신이 한 모든 일이 쓸모없었다는 생각도, 메리가 미쳐버린 어떤 것의 힘에 휘둘리고 있다는 생각도 하지 않았다. 대신 메리 스톨츠는 자신의 딸이 아니라는 생각을 하고 있었다. 자신의 딸이 그렇게 많은 고통을 흡수했을 리 없다는 간단한 이유 때문이었다. 메리는 올드림록 출신의 아이, 특권을 누리던 낙원 출신의 아이였다. 그런 아이가 감자밭에서 일을 하고, 다리 밑에서 자고, 오 년 동안 체포를 두려워하며 여기저기 떠돌아다녔을 리 없었다. 절대 눈먼 여자와 개와 함께 잤을 리 없었다. 인디애나폴리스, 시카고, 포틀랜드, 아이다호, 켄터키, 메릴랜드, 플로리다─메리는 그 모든 곳에서 혼자 살았을 리 없고, 고립된 방랑자가 되어 설거지를 하고 경찰을 피해 다니고 공원 벤치에서 가난한 사람들과 친해졌을 리 없었다. 게다가 절대 뉴어크까지 오지도 못했을 것이다. 절대. 십 분 거리에 여섯 달 동안 살면서, 그 지하도를 통해 아이언바운드까지 걸어다니고, 매일 아침 매일 밤 그 베일을 쓴 채로 그 모든 부랑자와 그 모든 더러운 것들을 지나 혼자 걸어다니고─아니야! 이 이야기는 거짓이었다. 그 목적은 그들이 생각하는 악당, 즉 그를 파괴하는 것이었다. 이 이야기는 캐리커처, 선정적인 캐리커처였다. 메리는 배우였다. 이 아이는 전문가였다. 그가 그들과는 정반대였기 때문에 그를 괴롭히겠다고 결심한 그들이 그 임무를 맡기기 위해 고용한 사람이었다. 그들은 아이의 가족이 가능한 한 모든 방법으로 뿌리를 내리는 데 성공한 바로 그 나라에서 유배자가 된 천민의 이야기로 그를 죽이고 싶어했다. 그래서 그는 메리가 말하는 어떤 것도 믿지 않기로 했다. 스위드는 생각했다.

강간? 폭탄? 모든 미치광이의 봉? 그것은 곤경이라는 말로는 부족했다. 그것은 지옥이었다. 메리는 그 어떤 것에서도 살아남을 수 없었다. 사람을 네 명이나 죽이고 살아남을 수는 없었다. 그렇게 냉정하게 살인을 하고 살아남을 수는 없었다.

그 순간 스위드는 메리가 살아남은 것이 아님을 깨달았다. 진실이 무엇이든, 이 아이에게 진실로 무슨 일이 일어난 것이든, 부모의 경멸스러운 삶을 폐허 속에 버려두고 가겠다는 아이의 결의 때문에 아이는 결국 자신을 파괴해버리는 참사를 맞이하게 된 것이었다.

물론 그 모든 일이 아이에게 일어났을 수도 있었다. 그런 일은 매일 지구상의 모든 곳에서 일어나니까. 그는 사람들이 어떻게 행동하는지 전혀 알지 못했다.

"너는 내 딸이 아니야. 너는 메리가 아니야."

"그렇게 믿고 싶으시면 그러는 것도 좋겠죠. 그게 최선일지도 모르겠어요."

"왜 네 어머니 이야기는 묻지 않는 거니, 메러디스? 내가 물어볼까? 네 어머니는 어디에서 태어났지? 처녀 때 이름은 뭐지? 외할아버지 이름은 뭐야?"

"어머니 이야기는 하고 싶지 않아요."

"아무것도 모르기 때문이지. 나에 관해서도 아무것도 모르고. 또 네가 흉내내고 있는 메리에 관해서도 아무것도 모르고. 해안의 우리집 이야기를 해봐라. 초등학교 때 선생님 이야기를 해봐. 2학년 때 선생님은 누구였지? 왜 내 딸인 척하는 건지 얘기를 좀 해봐!"

"제가 그 질문들에 답을 하면 아빠는 더 괴로우실 거예요. 아빠가 얼마나 큰 고통을 원하시는 건지 모르겠어요."

"아, 내 괴로움은 걱정하지 마. 그냥 내 질문에 대답이나 해. 왜 내 딸인 척하고 있는 거야? 너는 누구야? '리타 코언'이 누구지? 너희 둘이 지금 뭘 하자는 거야? 내 딸은 어디 있어? 지금 이게 다 무슨 일이고, 내 딸이 어디 있는지 말하지 않으면 경찰에 신고할 거야."

"지금 제가 하는 행동은 신고 대상이 아니에요, 아빠."

끔찍한 법률주의. 끔찍한 자이나교로도 모자라 이제는 이런 지저분한 것까지. "아니지." 스위드는 말했다. "지금은 아니겠지. 지금은 그냥 끔찍한 일일 뿐이지! 하지만 네가 전에 한 일은 어떻지?"

"저는 네 사람을 죽였어요." 메리는 예전에 "오늘 오후에는 톨하우스 쿠키를 구웠어요" 하고 이야기하던 것처럼 순진하게 말했다.

"아냐!" 스위드는 소리를 질렀다. 자이나교, 법률주의, 터무니없는 순진함, 모두가 절망에서 나온 거야, 이 모든 것이 죽은 네 사람으로부터 자신을 떼어놓으려는 거야. "이건 안 통해! 너는 알제리 여자가 아니야! 너는 알제리 출신도 아니고, 인도 출신도 아니야! 너는 뉴저지 주 올드림록 출신의 미국 여자애야! 완전히, 완전히 엉망이 된 미국 여자애라고! 네 사람? 아냐!" 이제는 그가 그것을 믿으려 하지 않았다. 이제는 그에게 그 죄가 말이 되지 않았고, 말이 될 수가 없었다. 그것이 사실이기에는 이 아이는 너무 많은 축복을 받았다. 그도 마찬가지였다. 그는 네 명을 죽인 아이의 아버지일 수가 없었다. 삶이 아이에게 준 모든 것, 삶이 아이에게 제시한 모든 것, 삶이 아이에게 요구한 모든 것, 아이가 태어나던 날부터 아이에게 일어난 모든 것이 그것을 불가능하게 만들었다. 사람을 죽여? 그것은 그들의 문제가 될 수 없었다.

자비롭게도 삶은 그들의 인생에서는 그 문제를 생략해주었다. 사람을 죽이는 것은 레보브 가족에게 주어진 모든 일로부터 가장 멀리 떨어져 있는 일이었다. 아니, 이 아이는 그의 아이가 아니었고, 그럴 수도 없었다. "네가 거짓말을 안 하겠다고, 작든 크든 어떤 것이든 죽이지 않겠다고 그렇게 큰소리를 치고 있으니, 그런 헛소리를 하고 있으니, 메리, 전혀 의미 없는 헛소리를 하고 있으니, 부탁하는데 제발 나한테 진실을 말해줘!"

"진실은 간단해요. 자, 이게 진실이에요. 갈망이나 자아와 결별해야 해요."

"메리." 스위드는 소리쳤다. "메리, 메리." 그의 안에서 어떤 것이 고삐에서 풀려 걷잡을 수 없이 날뛰면서, 공격을 하지 않도록 억누르는 힘이 사라지면서, 그는 남자의 모든 완력을 동원해 때 묻은 매트에 웅크리고 있는 아이를 붙들었다. "그건 네가 아니야! 너는 그런 짓을 했을 리가 없어!" 아이는 그가 스타킹 끝을 잘라 만든 베일을 얼굴에서 떼어내도 아무런 저항을 하지 않았다. 스타킹의 발꿈치가 있는 곳에 아이의 턱이 있었다. 발이 닿았던 곳보다 악취가 나는 곳은 없는데, 이 아이는 거기에 입을 대고 있다니. 우리는 이 아이를 사랑했고, 이 아이도 우리를 사랑했는데. 그런데 그 결과가 얼굴에 스타킹이나 쓰고 있는 것이라니. "이제 말해봐." 스위드는 명령했다.

그러나 아이는 말하지 않으려 했다. 그는 전에는 한 번도 어긴 적 없는 지침, 폭력을 사용하지 말라는 명령을 무시하고 강제로 아이의 입을 비틀어 열었다. 그것으로 모든 이해는 끝이었다. 그도 폭력이 비인간적이고 무익하며 상호 이해만이―서로 일치를 이루는 데 아무리 오래 걸리더라도 분별력 있게 이야기를 나누는 것이—지속적인 결과를 낳을 수 있는 유일한 방법임을 알고 있었지만, 이제 이해가 들어설 여지는 없었다. 자식에게 한 번도 힘을 사용해본 적 없는 아버지, 힘이란 곧 도덕적 파산의 표현이라고 여겼던 아버지가 아이의 입을 강제로 열고 손가락으로 아이의 혀를 쥐고 있었다. 아이의 이 하나가 없었다. 그 아름다운 이 하나가. 이것이야말로 이 아이가 메리가 아니라는 증거였다. 치열 교정기, 리테이너, 야간 교정기를 끼고 다니던 세월. 완벽하게 이가 물리게 해주고, 잇몸을 보호하고, 미소를 아름답게 만들어주기 위한 그 모든 장치들—이 아이가 그 아이일 리 없었다.

"말해!" 스위드는 다그쳤다. 마침내 아이의 진짜 냄새가 그에게 이르렀다. 썩어가는 산 것과 썩어가는 죽은 것의 악취를 제외한 가장 고약한 인간 냄새. 물에 해를 주지 않으려 씻지 않는다고 아이가 이미 말했음에도, 이상하게 지금까지는 아무런 냄새를 맡지 못했다. 거리에서 끌어안고, 침침한 곳에서 매트 바로 앞에 앉아 있으면서도, 시큼하고 구역질나는, 익숙하지 않은 어떤 냄새 외에는 아무런 냄새를 맡지 못했고, 또 그것마저 지린내가 진동하는 건물에서 나는 것이라고 생각했다. 그러나 아이의 입을 강제로 열었을 때 난 냄새는 건물이 아니라 인간, 쾌락을 위하여 자기 똥을 헤집는 미친 인간에게서 나는 냄새였다. 아이의 더러움이 그에게 이른 것이다. 아이는 역겹다. 그의 딸은 인간 오물의 악취가 나는 인간쓰레기다. 아이의 냄새는 유기적인 모든 것이 부서지는 냄새다. 아무런 일관성이 없는 냄새다. 이렇게 되어버린 아이의 모든 것이 풍기는 냄새다. 이 아이는 그런 짓을 할 수 있었고, 실제로 그런 짓을 했다. 그리고 생명에 대한 이런 식의 존중은 그 마지막

외설적 행위다.

스위드는 머릿속 어딘가에서 그의 목 위쪽 출구를 막을 근육을 찾으려 했다. 속에 있는 것이 올라오는 것을 막고, 그들이 더러움 속으로 더 깊이 미끄러지는 것을 막아줄 뭔가를 찾으려 했다. 그러나 그런 근육은 없었다. 위의 분비물과 소화되지 않은 음식이 경련을 일으키며 내장의 관을 따라 올라오기 시작하고, 씁쓸하고 시큼한 흐름을 이루며 역겹게 그의 혀 위로 솟아오르더니, 그가 "너는 도대체 누구야!" 하고 소리를 지를 때 그 말들과 함께 아이의 얼굴로 쏟아져나갔다.

방이 침침하기는 했지만, 일단 아이에게 그것을 쏟아내고 나자 그는 이 아이가 누구인지 아주 잘 알게 되었다. 아이가 무방비 상태의 얼굴로 그가 한때 안다고 생각했던 것은 이제 모두 불가해한 것으로 완전히 바뀌어버렸다고 그에게 알려줄 필요가 없었다. 말더듬증으로 메리 레보브라는 것을 확인할 수 없다 해도, 눈을 보고 아이를 의심의 여지 없이 알아볼 수 있었다. 끌로 깎아낸 듯한 지나치게 큰 눈구멍 속의 눈은 분명히 그의 것이었다. 큰 키도 그의 것이었고, 눈도 그의 것이었다. 아이는 모두 그의 것이었다. 빠진 이는 뽑았거나 부러진 것이었다.

스위드가 문으로 물러날 때 아이는 그를 보지 않고 불안한 표정으로 좁은 방을 둘러보았다. 그가 광기에 사로잡힌 상태에서 혼자 있는 아이와 함께 살았던 무해한 미생물들을 야만적으로 두들겨 패기라도 한 것 같았다.

네 사람. 아이가 사라진 것도 놀랄 일은 아니었다. 그가 사라진 것도 놀랄 일은 아니었다. 이것은 그의 딸이었지만, 알 수 없는 존재였다. 이 살인자가 내 아이라니. 그의 토사물이 아이의 얼굴 위에 있었다. 눈을 제외하면 이제 아이의 어머니나 아버지와 전혀 닮지 않은 얼굴이었다. 베일은 벗겨졌지만, 베일 뒤에 또다른 베일이 있었다. 늘 베일이 있는 것은 아닐까?

"함께 가자." 스위드가 간청했다.

"가세요, 아빠. 가세요."

"메리, 너는 지금 나한테 가혹할 정도로 고통스러운 일을 하라고 말하고 있어. 나더러 떠나라고 하고 있어. 방금 너를 찾아냈는데. 제발," 그는 애원했다. "함께 가자. 집에 가자."

"아빠, 저를 그냥 놔두세요."

"하지만 나는 너를 봐야겠어. 너를 여기 두고 갈 수가 없어. 너를 봐야만 해!"

"보셨잖아요. 그러니 이제 가주세요. 저를 사랑하신다면, 그냥 이대로 놔두세요, 아빠."

세상에서 가장 완벽한 여자아이, 그의 딸이 강간을 당했다.

그는 아이가 두 번 강간을 당했다는 것 외에 다른 것은 생각할 수가 없었다. 아이가 폭탄으로 날려버린 네 사람—그것은 너무 기괴하고, 너무 어마어마해서 상상도 할 수 없었다. 그럴 수밖에 없었다. 그 얼굴들을 본다는 것, 그 이름들을 듣는다는 것, 그들에 관해 안다는 것, 한 사람은 세 아이의 어머니이고, 다른 사람은 막 결혼했고, 또 한 사람은 이제 퇴직할 참이었고…… 아이는 그들이 누구이고 뭘 하는 사람들인지 알았을까…… 그들이 누구인지 관심이나 가졌을까……? 그는 그 어떤 것도 상상할 수 없었다. 상상하지 않으려 했다. 오직 강간만 상상이 가능했다. 강간만 상상할 수 있고 나머지는 꽉 막혀버렸다. 그들의 얼굴은 계속 보이지 않는다. 그들의 안경, 머리 모양, 가족, 직장, 출생일, 주소, 아무런 책임도 죄도 없는 상태, 그런 것들은 보이지 않는다.

한 명의 프레드 콜론이 아니라, 네 명의 프레드 콜론.

강간. 강간이 다른 모든 것을 희미하게 만들었다. 강간에 집중하라.

자세한 내막은 어떤 것일까? 그 남자들은 누구일까? 그 삶의 일부를 이루던 남자, 전쟁에 반대하고 그 아이처럼 도망다니던 남자였을까? 아이가 아는 남자였을까 아니면 낯선 남자, 부랑자, 중독자, 칼을 들고 집안까지 쫓아들어온 미치광이였을까? 무슨 일이 벌어졌을까? 아이를 찍어누르고 칼로 위협했을까? 때렸을까? 어떻게 강요했을까? 도와줄 사람이 아무도 없었을까? 아이에게 무슨 짓을 하게 했을까? 그는 그들을 죽일 것이었다. 메리는 그들이 누구였는지 말해야만 했다. 그놈들이 누구였는지 알아내고 싶어. 어디서 그런 일이 벌어졌는지 알고 싶어. 언제 그런 일이 벌어졌는지 알고 싶어. 우리는 돌아가서 그놈들을 찾아낼 거고, 나는 그놈들을 죽일 거야!

이제 스워드는 강간에 관한 상상을 멈출 수가 없었기 때문에, 누군가를 찾아가서 죽여버리고 싶다는 욕망으로부터 잠시도 놓여날 수가 없었다. 그가 그렇게 보호벽을 세워놨는데 아이가 강간을 당하다니. 그렇게 보호를 했는데 아이가 강간당하는 것을 막지 못했다니. 나한테다 이야기해! 그놈들을 죽여버리겠어!

하지만 너무 늦었다. 이미 일어난 일이었다. 무슨 짓을 해도 일어나지 않게 할 수는 없었다. 일어나지 않게 하려면, 일어나기 전에 그놈들을 죽여야 할 텐데, 어떻게 그럴 수 있단 말인가? 스위드 레보브? 경기장 밖에서 스위드 레보브가 언제 누구한테 손을 댔던가? 이 근육질의 남자에게는 신체의 힘을 사용하는 것만큼 역겨운 일이 없었다.

아이가 있던 곳들. 사람들. 아이는 어떻게 사람들 없이 살아남았을까? 지금 아이가 있는 곳. 아이가 살던 곳이 다 지금 있는 곳 같았을까, 아니면 그보다 더 나빴을까? 그래. 그 아이는 애초에 그런 짓을 하지 말았어야 했어, 절대 하지 말았어야 했어. 하지만 그애가 어떻게 살아야 했는지 생각해보면……

스위드는 책상에 앉아 있었다. 보고 싶지 않았던 것을 본 충격에서 어느 정도 놓여나야 했다. 공장은 텅 비어 있었다. 야간 경비원 한 명만 개를 데리고 근무중이었다. 경비원은 지금 주차장에 나가 두 겹 철조망을 따라 순찰을 돌고 있었다. 철조망은 폭동 뒤 위에 둘둘 말린 가시 철망을 달아 보강을 했는데, 그것이 매일 아침 사장이 차를 끌고 와 주차할 때마다 "떠나! 떠나! 떠나!" 하고 충고하는 것 같았다. 그는 세상 최악의 도시에 남은 마지막 공장에 혼자 앉아 있었다. 하지만 폭동 기간에 앉아 있을 때보다도 심각했다. 그때는 스프링필드 애비뉴가 불에 탔고, 사우스오렌지 애비뉴가 불에 탔고, 버건 스트리트가 공격을 당했고, 사이렌이 울려퍼졌고, 무기가 발사되었고, 지붕 위의 저격수들이 가로등을 쏘아 깨뜨렸고, 약탈하는 군중이 미친듯이 거리를 돌아다녔고, 아이들이 라디오와 램프와 텔레비전을 들고 다녔고, 남자들이 옷을 한아름 안고 다녔고, 여자들이 술 상자와 맥주 상자가 잔뜩 쌓인 유모차를 밀고 다녔고, 사람들이 도로 한가운데에서 새 가구를 밀고 다녔고, 소파와 아기 침대와 식탁을 훔쳤고, 세탁기와 건조기와 오

분을 훔쳤다. 어두운 곳이 아니라 다 보이는 데서 훔쳤다. 그들의 힘은 엄청나고, 팀워크는 흠잡을 데가 없다. 유리창을 박살내는 일은 전율을 일으킨다. 물건값을 안 내는 것에 도취된다. 소유에 대한 미국의 욕구는 보기만 해도 눈부시다. 이것이 가게 물건 훔치기다. 모두가 갈망하는 모든 것이 공짜다. 흥청망청 모두에게 공짜이고 무료다. 바로 이거다! 드디어 시작이다! 하는 생각으로 모두 가득차 있어 통제가 불가능하다. 마디그라 축제가 벌어진 듯 타오르는 뉴어크의 거리들에서 구원의 느낌을 주는 힘이 하나 풀려난다. 뭔가 정화를 해주는 일이 일어나고 있다. 모두가 어떤 영적이고 혁명적인 것을 느낄 수 있다. 바깥 별빛 아래로 끌려나온 가전제품들이 센트럴 워드를 태우는 불빛에 반짝이는 초현실적인 광경은 모든 인류의 해방을 약속한다. 그래, 바로 이거다, 드디어 시작이다. 그래, 웅장한 순간이다, 역사상 보기 드문 변화의 순간이다. 낡은 고난의 방식들은 축복을 받으며 불길 속에서 타올라 다시는 부활하지 않겠지만, 대신 몇 시간이 지나지 않아 너무 섬뜩하고, 너무 소름 끼치고, 너무 무자비하고, 너무 많아서 앞으로 오백 년은 지나야 줄어들 것 같은 고난이 대신 자리를 잡는다. 이번에는 불이다. 하지만 다음에는? 불 다음에는? 아무것도 없다. 뉴어크에는 이제 아무것도 없다.

그동안 내내 스위드는 비키와 함께 공장 안에 있었다. 비키만 곁에 두고 그의 터전이 불에 타기를 기다렸다. 권총을 든 경찰을, 기관단총을 가진 군인을 기다리고, 뉴어크 경찰, 주 경찰, 주 방위군, 또는 그 누구든 다가와서 보호해주기를 기다렸다. 아버지가 세우고, 아버지가 그에게 맡긴 사업이 그들의 손에 모두 타 잿더미가 되기 전에…… 하지만 그것도 지금만큼 나쁘지는 않았다. 경찰차가 길 건너 술집에 대고 총을 쏜다. 그는 창문으로 한 여자가 쓰러지는 것, 허리를 꺾고 쓰러지는 것을 본다. 거리에서 총에 맞고 죽는다. 그의 눈앞에서 한 여자가 죽임을 당한 것이다…… 그러나 그것도 지금만큼 나쁘지는 않았다. 사람들은 비명을 지르고, 소리를 지르고, 소방관들은 총알이 날아다니는 바람에 땅바닥에서 일어나지 못해 불과 싸울 수가 없다. 폭발, 갑작스러운 봉고 드럼 소리, 한밤중에 비키가 쓴 알림판을 내건 1층의 모든 창을 날려버린 권총 일제사격…… 그러나 그것보다도 지금이 훨씬 더 나쁘다. 그런 뒤에 사람들은 떠났다. 모두 연기가 피어오르는 폐허를 떠났다. 제조업자, 소매업자, 은행, 상점주, 기업, 백화점 들 모두. 그다음 일 년 내내 사우스 워드 주택 지구에는 거리마다 하루에 이삿짐 차가 두 대씩 서 있다. 주택 소유자들이 달아나는 것이다. 끔찍이도 소중하게 여기던 수수한 집을 버리고 달아나는 것이다…… 하지만 그는 계속 남는다. 떠나려 하지 않는다. 뉴어크 메이드는 뒤에 남는다. 그러나 그것도 아이가 강간을 당하는 것을 막지 못했다. 최악의 상황에서도 그는 공장을 파괴자들에게 내팽개치지 않는다. 그뒤에도 노동자들을 버리지 않는다. 그 사람들에게 등을 돌리지 않는다. 그래도 그의 딸은 강간을 당한다.

그의 책상 바로 뒤쪽 벽에는 주지사 직속 '시민 무질서 특별위원회'가 폭동의 증인으로 증언해준 것에 감사하며 시모어 I. 레보브 씨에게 보낸 편지가 액자에 담겨 걸려 있다. 이 편지는 그의 용기, 뉴어크에 대한 그의 헌신을 찬양하고 있다. 이 공식 서한에는 저명한 시민 열 명이 서명했다. 두 명은 가톨릭 주교이고, 두 명은 전 주지사다. 그 액자

옆에는 역시 액자에 담긴 기사, 그 편지를 받기 여섯 달 전에 〈스타 레저〉에 실린 기사가 담겨 있다. '뉴어크를 떠나지 않은 장갑회사 찬사를 받다'라는 표제를 단 기사에는 그의 사진도 실려 있다. 그래도 그애는 강간을 당한다.

강간은 그의 핏줄에 들어가 있어서 그는 절대 그걸 꺼낼 수가 없었다. 그 냄새가 그의 핏줄에 들어가 있고, 그 모습, 다리와 팔과 머리카락과 옷이 그의 핏줄에 들어가 있었다. 소리도 있었다—쿵 하는 소리, 아이의 비명, 아주 비좁은 공간에서 후다닥 달아나는 소리. 절정에 오른 한 남자의 무시무시한 울부짖음. 남자의 끙끙거림. 아이의 훌쩍거림. 엄청난 강간이 모든 것을 지워버렸다. 아이는 아무것도 모른 채 문밖으로 발을 내딛고, 그들은 뒤에서 아이를 잡아 쓰러뜨렸다. 이제 그들은 아이의 몸을 마음대로 할 수 있었다. 약간의 천만이 아이의 몸을 가리고 있는데, 그들은 그것마저 찢어버렸다. 아이의 몸과 그들의 손 사이에는 아무것도 없었다. 아이의 몸안. 아이의 몸안을 채우는 것. 그 짓을 하는 그들의 엄청난 힘. 찢어발기는 힘. 그들은 아이의 이를 부러뜨렸다. 그들 가운데 한 명은 제정신이 아니었다. 그놈은 아이 위에 걸터앉아 똥을 줄줄 싸질렀다. 그들은 모두 아이를 덮치고 있었다. 그놈들은. 그들은 외국어를 하고 있었다. 웃음을 터뜨리고 있었다. 뭔가를 하고 싶은 충동이 생기기만 하면 해버렸다. 한 놈이 다른 놈 뒤에서 기다렸다. 아이는 그놈이 기다리는 것을 보았다. 그러나 아이가 할 수 있는 일은 아무것도 없었다.

그리고 그가 할 수 있는 일도 아무것도 없었다. 사람은 할 수 있는 일이 하나도 남지 않았을 때 뭔가를 해보려고 점점 더 미쳐간다.

아기 침대 안의 그 아이의 몸. 요람 안의 아이의 몸. 아이가 그의 배 위에 서기 시작했을 때 아이의 몸. 퇴근을 한 그에게 아이가 거꾸로 매달릴 때 무명천으로 만든 바지와 셔츠 사이에 드러나던 배. 땅에서 그의 품으로 뛰어오를 때 아이의 몸. 그의 품으로 날아들어, 그에게 아버지로서 어루만질 수 있는 자격을 부여하던 아이의 몸의 분방함. 그 뛰어오르는 몸안에 담긴, 그에 대한 무조건적인 사랑, 모든 것이 완성된 것처럼 보이던 몸, 작은 것의 매력을 모두 갖춘 아주 작고 완벽한 창조물. 마치 방금 다리미질을 한 뒤 바로 입은 것처럼 보이는 몸—어디에도 주름이 없는 몸. 그 몸을 드러내던 그 순진한 자유. 그것만 보면 부드러워지던 마음. 작은 동물의 발처럼 도톰하던 맨발. 새롭고 닳지 않은, 부패하지 않은 앞발. 움켜쥐는 발가락들. 가늘고 긴 다리. 실용적인 다리. 단단한 다리. 아이의 몸 가운데 가장 근육이 발달한 부분. 셔벗 색깔의 속옷. 몸의 대분수령에 자리잡은 아기 투차스*, 중력에 도전하는 엉덩이, 거짓말 같은 일이지만 아직 아래쪽 메리가 아니라 위쪽 메리에 속해 있는 엉덩이. 지방脂肪은 없다. 어디에도 단 1그램도 없다. 송곳으로 그어놓은 듯한 갈라진 틈—나중에 바깥으로 꽃잎처럼 펼쳐지게 될, 시간의 순환에 따라 오리가미**처럼 접힌 어른의 성기로 진화하게 될, 아름답게 빗각으로 닫혀 있는 곳. 믿기 어려운 배꼽. 기하학적인 몸통. 흉곽의 해부학적 정확성. 척추의 유연성. 등의 뼈로 이루어진, 조그만 실로폰 건반 같은 융기. 부풀어오르기 전 보이지 않는 가슴의 어여쁜 잠복. 지금은 행복하게, 행복하게 잠들어 있지만 사실 그 모

---

* 엉덩이를 가리키는 유대인 속어.
** 일본의 종이접기 기예 또는 그렇게 접은 종이.

든 곳에서 소용돌이치고 있는 미래에 되고 싶은 모습들. 그러나 어찌된 일인지 이 아이가 앞으로 될 여자는 그 목에, 솜털로 장식된 그 건축용 블록 같은 목 안에 있다. 얼굴. 그것은 영광이다. 앞으로 계속 가지고 가지는 못하지만, 그럼에도 미래의 지문인 얼굴. 앞으로 사라지겠지만, 그럼에도 오십 년 뒤에도 남아 있을 표지. 그 얼굴에는 아이의 이야기 가운데 얼마나 적은 부분만 드러나 있는지. 그가 볼 수 있는 것은 그 얼굴이 어리다는 것뿐이다. 이제 막 순환의 새 출발을 했다는 것뿐이다. 완전히 규정된 것이 아직 하나도 없음에도, 아이의 얼굴에는 시간이 매우 강력하게 자리잡고 있다. 두개골은 부드럽다. 아직 구조가 잡히지 않은 코의 나팔꽃처럼 벌어진 부분, 그것이 코 전체다. 눈의 색깔. 희디흰 하얀색. 맑은 파란색. 구름 한 점 없는 눈. 모두 구름 한 점 없지만, 특히 눈이 그렇다. 창문, 안에 있는 것이 아직 전혀 드러나지 않은 깨끗하게 닦인 창문. 태아 때 그대로인 이마에 담긴 역사. 마른 살구 같은 귀. 맛있다. 일단 먹기 시작하면 절대 멈출 수가 없다. 그 작은 귀는 늘 아이보다 나이가 많다. 절대 네 살이라는 어린 나이가 아니지만, 그럼에도 사실 십사 개월 이후로는 변하지 않은 귀. 아이의 머리카락의 초자연적인 가는 결. 그 머리카락의 건강. 붉그스름한 쪽이다. 당시에는 그의 머리보다는 그의 어머니의 머리카락에 가까워, 여전히 불의 기운이 감돈다. 아이의 머리카락에서 나는 하루의 냄새. 그의 품안에 있는 그 몸의 태평함, 방종. 막강한 아버지, 마음을 편하게 해주는 거인에게 모든 것을 내맡겨버린 고양이 같은 방종. 그렇다, 사실이다. 아이는 그에게 몸을 내맡길 때 아이를 안심시켜주고 싶은 그의 본능을 자극한다. 풍부하게 용솟음치는 그 본능적 느낌은 돈이 젖

64

을 빨릴 때 느낀다고 하는 것과 비슷할 것이 틀림없다. 딸이 땅에서 뛰어올라 그의 품에 안길 때 그가 느끼는 것은 절대적인 친밀감이다. 거기에는 언제나 그가 멀리 떠나지 않을 것이라는 사실, 그럴 수 없다는 사실, 그것이 외려 엄청난 자유이자 엄청난 기쁨이라는 사실이 내재되어 있다. 돈이 젖을 먹이며 맺는 유대와 같다. 그것은 사실이다. 부정할 수 없다. 그는 그 순간 경이로운 존재였고, 아이도 마찬가지였다. 무척이나 경이로운 존재였다. 이 경이로운 아이에게 어떻게 이 모든 일이 일어났을까? 아이는 말을 더듬었다. 그래서? 그게 뭐가 대순가? 이 완벽하게 정상적인 아이에게 어떻게 이런 모든 일이 일어난 걸까? 하긴 이것은 경이롭고, 완벽하게 정상인 아이들에게 일어나는 일이다. 미치광이들은 이런 일을 하지 않는다. 정상적인 아이들이 한다. 아이를 보호하고 또 보호하지만, 아이는 보호가 불가능하다. 아이를 보호하지 않는다 해도 견딜 수 없고, 보호한다 해도 견딜 수 없다. 다 견딜 수 없다. 아이의 무시무시한 자율성의 끔찍함. 세상에서 최악의 것이 그의 자식을 데려갔다. 그 끝로 쪼아놓은 듯한 아름다운 몸이 차라리 세상에 태어나지 않았더라면.

스위드는 동생에게 전화를 건다. 위로를 구하기에는 적당하지 않은 동생이지만, 어쩐단 말인가. 위로를 구하는 문제에서는 동생은 늘 적당하지 않고, 아버지도 적당하지 않고, 어머니도 적당하지 않고, 아내도 적당하지 않다. 그래서 스스로 위로하고 강해져서 계속 남들을 위로하는 데 만족해야 하는 것이다. 하지만 이 강간에서는 좀 놓여날 필요가 있다. 심장에서 강간을 떼어낼 필요가 있다. 강간이 심장을 죽어라 찔러대는 바람에 도저히 견딜 수가 없다. 그래서 하나뿐인 동생에게 전화를 건다. 형제가 하나 더 있다면 그 형제에게 전화했을 것이다. 하지만 형제라고는 제리뿐이고, 제리에게도 그뿐이다. 딸이라고는 메리뿐이다. 딸에게도 아버지라고는 그뿐이다. 이런 것은 어찌해볼 도리가 없다. 다른 어떤 것도 현실이 될 수 없다.

금요일 오후 다섯시 반이다. 제리는 진료실에서 수술을 받은 환자들을 살피고 있다. 하지만 얘기할 수 있어. 제리는 말한다. 환자들은 좀 기다려도 돼. "왜 그래? 무슨 일이야?"

스위드는 제리의 목소리를 듣기만 하면 된다. 그 목소리의 짜증, 거친 독선을 듣고, 이 녀석은 나한테는 소용이 없군, 하고 생각하면 된다. "애를 찾았어. 방금 메리를 만나고 오는 길이야. 뉴어크에서 찾았어. 여기 있어. 어떤 방에. 애를 봤어. 이애가 무슨 일을 겪었는지, 어떤 꼴인지, 어디에서 사는지…… 너는 상상도 못할 거야. 도저히 상상도 못할 거야." 스위드는 아이의 이야기를 해주기 시작한다. 무너지지 않고, 아이가 자신에게 한 이야기를, 어디에 있었고, 어떻게 살았고, 어떻게 되었는지를 되풀이하려 한다. 그 이야기를 자기 머리에, 그 자신의 머리에 집어넣으려 한다. 그 모든 것이 들어갈 공간을 그의 머릿속에서 찾으려고 한다. 실제로는 아이가 사는 공간이 들어갈 공간조차 없는데도. 스위드는 동생에게 아이가 두 번 강간당했다는 이야기를 하면서 울 뻔한다.

"끝났어?" 제리가 묻는다.

"뭐?"

"끝났으면, 그게 다면, 이제 어떻게 할 건지 얘기해봐. 어떻게 할 거야, 시모어?"

"할 수 있는 일이 뭐가 있는지 모르겠어. 메리가 한 짓이었어. 햄린 네 가게를 날려버렸어. 콘론을 죽였어." 오리건과 다른 세 명은 차마 이야기할 수 없다. "혼자서 한 거야."

"뭐, 당연히 그랬겠지. 맙소사. 아니면 지금까지 누가 그랬다고 생각한 거야? 애는 지금 어디 있어? 그 방에?"

"응. 끔찍해."

"그럼 방으로 돌아가서 데려와."

"못해. 못하게 해. 혼자 놔두래."

"씨발 혼자는 무슨 혼자. 염병할 차로 돌아가 거기 다시 가서 머리채를 잡고 그 좆같은 방에서 끌고 나와. 진정제를 먹여. 묶어. 어쨌든 데려와. 내 말 잘 들어. 형은 지금 마비 상태야. 가족을 단단하게 유지하는 것이 살면서 가장 중요한 일이라고 생각하는 건 내가 아니야. 형이야. 어서 차로 돌아가서 애를 데려오라니까!"

"그렇게 되지가 않아. 나는 애를 끌고 올 수가 없어. 네가 이해하지 못하는 게 있어. 억지로 데려와 집안에 집어넣었다 치자. 그다음에는 어쩔 거야? 그렇게 허세를 부릴 수는 있겠지. 그런데 그다음에는 어쩔 거냐고? 복잡한 일이야, 너무 복잡한 일이야. 네 식대로 되지 않아."

"그런 식으로 하는 거라니까."

"애가 세 명을 더 죽였어. 네 명을 죽였단 말이야."

"씨발 네 명이 뭐가 어쨌다고. 형 도대체 왜 그래? 형은 아버지의 요구를 다 들어주었듯이, 형 인생의 모든 것이 요구하는 대로 다 들어주었듯이 그애가 해달라는 걸 다 해주고 있어."

"애가 강간을 당했어. 애가 미쳤어, 미쳐버렸단 말이야. 보기만 해도 알 수 있어. 두 번이나 강간을 당했어."

"그럼 무슨 일이 있었을 거라고 생각한 거야? 꼭 놀란 듯한 목소리네. 당연히 강간을 당했겠지. 지금 당장 일어나서 뭔가를 하지 않으면, 세번째로 강간을 당하게 될 거야. 그애를 사랑해, 사랑하지 않아?"

"어떻게 그걸 물어볼 수 있어?"

"형이 물어보게 하잖아."

"제발, 지금은 그만해. 나를 찢어발기지 마, 나를 좀 부수지 마. 나는 딸을 사랑해. 이 세상에서 그애만큼 사랑한 건 아무것도 없어."

"물건으로서."

"뭐? 그게 무슨 말이야?"

"물건으로서…… 형은 그애를 좆같은 물건으로서 사랑했단 말이야. 형이 형 부인을 사랑하듯이. 아, 언젠가 형이 자기가 지금 왜 이러고 있는지 의식할 수 있는 날이 왔으면 좋겠어. 형이 왜 이러는지 그 이유를 알아? 알고는 있느냐고? 볼썽사나운 장면을 만드는 게 두려워서 이러는 거야! 가방에서 짐승이 튀어나올까봐 무서운 거라고!"

"무슨 소리를 하는 거야? 짐승? 무슨 짐승?" 물론 제리에게서 완벽한 위안을 기대한 것은 아니지만, 이런 공격은…… 왜 위로한다는 핑계조차 없이 이런 공격을 하는 걸까? 모든 일이 그들이 예상했던 것보다 천 배, 몇천 배나 심각하다는 것이 드러났다고 막 설명한 판에, 도대체 왜?

"형은 도대체 어떤 인간이야? 알기는 알아? 형이라는 사람은 늘 모든 것을 매끈하게 다듬으려고 노력하는 사람이라고. 형이라는 사람은 늘 온건해지려고 노력하는 사람이야. 형이라는 사람은 남의 감정을 다

치게 할 것 같으면 절대 진실을 말하지 않는 사람이야. 형이라는 사람
은 늘 타협하는 사람이야. 형이라는 사람은 늘 자족하는 사람이야. 형
이라는 사람은 늘 상황의 밝은 면을 찾으려고 하는 사람이야. 예의바
른 사람이지. 모든 것을 참을성 있게 견디는 사람이지. 최고의 예절을
갖춘 사람이지. 절대 규약을 깨지 않는 아이야. 사회가 뭘 하라고 하
건, 그냥 시키는 대로 하지. 예절. 하지만 예절이란 건 형이 그 얼굴에
침을 뱉어야 하는 거라고. 하긴 뭐, 형 딸이 형 대신 침을 뱉고 있네, 안
그래? 네 사람? 형 딸이 예절을 단단히 혼내줬네."

　전화를 끊으면 스위드는 혼자 그 복도에 있게 될 것이다. 층계에서
메리를 찢어발기는 사람 뒤에서 그 짓을 끝내기를 기다리는 사람 뒤에
있게 될 것이다. 그는 보고 싶지 않은 모든 것을 보게 될 것이다. 알고
는 견딜 수 없는 모든 것을 알게 될 것이다. 그는 그 이야기의 나머지
부분을 상상하며 거기 앉아 있을 수 없다. 전화를 끊으면, 제리가 그
짐승 이야기―제리는 무슨 이유에서인지 그 이야기를 하고 싶어하는
것 같은데―를 다 한 뒤에 또 무슨 말을 할지 절대 알지 못할 것이다.
그런데 무슨 짐승일까? 이 녀석의 인간관계는 모두 이런 식이다. 이것
은 나에 대한 공격이 아니다. 그냥 제리란 녀석은 이런 녀석인 것이다.
아무도 그를 통제할 수 없다. 제리는 그렇게 태어났다. 전화를 걸기 전
부터 그것을 알고 있었다. 평생 그것을 알고 있었다. 우리는 똑같은 방
식으로 살지 않는다. 동생 아닌 동생. 나는 공황에 빠졌다. 지금 공황
상태다. 이것이 공황이다. 세상에서 전화를 하기에 가장 적당치 않은
인간에게 전화를 했다. 이 녀석은 살기 위해 칼을 휘두른다. 아픈 곳
을 칼로 치료한다. 썩어가는 곳을 칼로 도려낸다. 나는 밧줄에 매달려

있다. 아무도 대처할 수 없는 것에 대처하고 있다. 하지만 이 녀석에게 는 늘 맞닥뜨리는 일이다. 그냥 자기 칼을 들고 나에게 다가오려 할 뿐 이다.

"나는 배교자가 아니야." 스워드가 말한다. "나는 배교자가 아니야. 네가 배교자야."

"맞아, 형은 배교자가 아니야. 형은 모든 것을 올바르게 하는 사람 이지."

"이해를 못하겠어. 네가 그 말을 하니까 꼭 모욕처럼 들려." 스워드 는 화가 나서 말한다. "일을 올바르게 하는 게 도대체 뭐가 문제야?"

"아무 문제 없어. 아무 문제도. 다만 바로 그게 형 딸이 평생 폭탄으 로 날려버리려 했던 거라는 얘기야. 형은 사람들한테 자신을 드러내지 않아, 시모어. 형 자신을 비밀로 유지해. 아무도 형이 어떤 사람인지 몰라. 틀림없이 딸한테도 형이 누구인지 절대 알려주지 않았을걸. 형 딸 은 그걸 날려버리려 했던 거야. 그 겉면을. 형의 모든 좆같은 규범들을. 딸이 형의 규범들에 무슨 짓을 했는지 잘 봐."

"네가 나한테 뭘 원하는지 모르겠어. 너는 늘 너무 똑똑해서 나는 도 무지 이해할 수가 없어. 이게 네 응답이야? 이게 그거야?"

"형은 트로피를 타. 늘 올바르게 움직이지. 모든 사람의 사랑을 받 아. 미스 뉴저지하고 결혼을 해, 젠장. 하지만 이걸 한번 생각해봐. 왜 형수하고 결혼했어? 겉모습 때문이지. 형은 왜 그런 모든 일을 하는 거 야? 겉모습 때문이야!"

"나는 그 여자를 사랑했어! 그 여자를 너무 사랑해서 아버지하고도 맞섰어!"

제리는 웃음을 터뜨리고 있다. "형은 그렇게 믿고 있어? 형이 정말로 아버지한테 맞섰다고 생각해? 형은 그 겉모습에서 빠져나올 수가 없었기 때문에 형수하고 결혼한 거야. 아버지가 사무실에서 형수를 으를 때 형은 거기 앉아서 염병할 한마디도 하지 않았잖아. 어때, 사실 아냐?"

"내 딸이 지금 그 방에 있단 말이야, 제리. 그런데 이게 다 뭐하자는 소리야?"

하지만 제리는 그의 이야기를 듣지 않는다. 자기 이야기만 들을 뿐이다. 왜 이것이 제리가 형에게 진실을 이야기하는 중요한 기회가 되는 걸까? 형은 최악의 고난을 겪고 있는데, 어떻게 제리는 성격 분석이라는 미명하에 오랫동안 형에게 품고 있던 모든 경멸을 쏟아내는 걸까? 왜 지금이 그래야 할 때라고 판단한 것일까? 내 고난 속의 어떤 것 때문에 자신의 우월성을 그렇게 충만하게, 그렇게 크게 느끼고, 그 표현을 그렇게 즐기는 것일까? 왜 지금 이 일을 계기로 내 그늘에서 사는 것에 이의를 제기하기 시작하는 걸까? 이런 이야기를 꼭 해야 했다면, 왜 내가 으스댈 때 하지 않았던 걸까? 왜 이 녀석은 자기가 내 그림자 속에 있다고 생각하는 걸까? 마이애미 최고의 심장전문의가! 심장에 문제가 있는 사람의 구세주, 닥터 레보브가!

"아버지? 아버지는 씨발 형이 미끄러져 빠져나가도록 그냥 내버려뒀어. 그걸 모른다는 거야? 만일 아버지가 이랬어봐. '너는 절대 내 허락을 못 받아. 절대. 나는 반은 이쪽이고 반은 저쪽인 손주는 두지 않을 거야.' 그랬다면 형은 선택을 해야 했을 거야. 하지만 형은 전혀 선택할 필요가 없었지. 전혀. 아버지가 그냥 넘어가주었으니까. 그래서 오늘날까지도 아무도 형이 누구인지 모르는 거야. 형은 드러나지 않았어—그게 핵심이야, 시모어, 드러나지 않았다고. 그래서 형 딸이 형을 날려버리겠다고 결정한 거야. 형은 어떤 것에 관해서도 솔직했던 적이 없고, 그애는 그것 때문에 형을 싫어한 거야. 형은 늘 자신을 비밀로 했어. 형은 선택을 하지 않아, 절대."

"왜 이런 말을 하는 거야? 나더러 뭘 선택하라는 거야? 도대체 무슨 이야기를 하는 거야?"

"형은 사람이 뭔지 안다고 생각해? 형은 사람이 뭔지 조금도 몰라. 형은 딸이 뭔지 안다고 생각해? 형은 딸이 뭔지 조금도 몰라. 형은 이 나라가 뭔지 안다고 생각해? 형은 이 나라가 뭔지 조금도 몰라. 형은 모든 것에 가짜 이미지를 갖고 있어. 형이 아는 것은 오로지 좆같은 장갑뿐이야. 이 나라는 무시무시해. 당연히 그애는 강간을 당했겠지. 형은 그애가 어떤 사람들하고 어울린다고 생각했어? 당연히 밖에 나가면 강간을 당하지. 거긴 올드림록이 아니야, 형. 그애는 저 밖에 나가 있단 말이야, 형, 미합중국에. 그애는 세상에, 저 밖에 있는 미친 세상에 들어간 거야. 거기에서는 벌어질 일들이 다 벌어지고 있어. 그런데 뭘 기대해? 뉴저지 주 림록 출신의 아이, 당연히 그애는 저 바깥에서는 어떻게 행동해야 할지 모르지. 당연히 빌어먹을 혼란에 빠져버리지. 그애가 뭘 알 수 있겠어? 그애는 세상의 저 바깥에 있는 야생의 아이나 다름없어. 아무리 세상을 겪어도 부족하다고 생각해. 지금도 여전히 장난을 치고 있어. 매카터 하이웨이 옆의 방에서. 왜 아니겠어? 누군들 안 그러겠어? 형은 그애한테 소젖을 짜는 삶을 살아갈 준비를 시킨 건가? 도대체 어떤 삶을 살 준비를 시킨 거야? 부자연스러워. 다 인공적이야.

모두가. 형이 품고 사는 그 가정假定들이. 형은 여전히 아버지의 꿈의 세계에 있다고. 여전히 저 위 장갑의 천국에 루 레보브와 함께 있어. 장갑이 압제자가 된 집안, 장갑이 을러대는 집안. 세상에 오직 하나, 여성용 장갑밖에 없는 것처럼 말이야! 아버지가 지금도 장갑 색깔이 바뀔 때마다 세면대에서 손을 씻으면서 장갑을 파는 그 여자에 관한 흥미진진한 이야기를 해주나? 아 어디에, 아 어디에 그런 낡은 미국이 있어? 여자가 장갑을 스물다섯 켤레 갖추고 사는 그 예의바른 미국이 어디에 있어? 형네 애는 형의 규범들을 완전히 다 날려버리고 있는데, 형은 지금도 인생이 뭔지 안다고 생각하는 거야!"

인생이란 우리가 살아 있는 짧은 기간일 뿐이다. 메러디스 레보브, 1964년.

"미스 아메리카를 원했어? 그래, 형은 미스 아메리카를 얻었네, 말그대로 말이야—형 딸이 미스 아메리카잖아! 진짜 미국 운동선수가 되고 싶었고, 진짜 미국 해병대가 되고 싶었고, 아름다운 이방인 아가씨를 품에 안은 진짜 미국 거물이 되고 싶었어? 다른 모든 사람들처럼 미합중국에 속하기를 갈망했어? 그래, 이제 그렇게 됐네, 형, 딸 덕분에 말이야. 이곳의 현실이 바로 형 입안에 있어. 딸 덕분에 형은 그 똥더미, 진짜 미국의 미친 똥더미 속으로 내려갈 수 있는 한 깊이 내려가 있단 말이야. 미친듯이 날뛰는 미국에! 길길이 날뛰는 미국에! 젠장, 시모어, 이 빌어먹을 인간아, 네가 딸을 사랑하는 아버지라면," 제리가 전화기에 대고 천둥처럼 소리를 질렀다. 새로운 판막과 새로운 동맥을 검진받으려고, 새로운 생명을 줘서 얼마나 감사한지 모른다고 말하려고 복도에서 기다리고 있는 회복기의 환자들은 다 꺼지라고 해. 제리는 소리를 질러버린다. 자신이 하고 싶은 것이 소리를 지르는 것이면 원하는 대로 소리를 질러버린다. 병원의 규칙은 다 꺼지라고 해. 그는 소리를 지르는 외과의다. 의견이 다르면 소리를 지르고, 약이 오르면 소리를 지르고, 누가 가만히 서서 아무것도 하지 않으면 소리를 지른다. 그는 병원에서 하라는 일을 하지 않고, 아버지가 기대하는 일을 하지 않고, 아내가 원하는 일을 하지 않는다. 그는 자기가 원하는 일을 하고, 자기 좋을 대로 하고, 하루 매분마다 자기가 누구이고 어떤 사람인지 사람들에게 말하기 때문에 그에 관한 어떤 것도 비밀이 아니다. 그의 의견도, 그의 좌절도, 그의 충동도, 또 그의 욕구나 증오도 비밀이 아니다. 의지의 영역에서 그는 얼버무리지도 타협하지도 않는다. 그는 왕이다. 그는 자신이 하거나 하지 않은 일을 후회하거나 자신의 혐오스러운 면을 남들에게 정당화하면서 시간을 보내지 않는다. 메시지는 간단하다. 나를 있는 그대로 받아들여라—선택은 없다. 그는 뭐든 삼키는 것을 견딜 수 없다. 그냥 풀어놓는다.

그런데 이 둘은 형제다. 똑같은 부모의 아들이다. 한 명은 공격성이 제거된 채 길러졌고, 다른 한 명은 공격성이 포함된 채 길러졌다.

"네가 딸을 사랑하는 아버지라면," 제리가 스위드에게 소리치고 있었다. "딸을 절대 그 방에 두고 오지 않았을 거야! 절대 딸이 시야에서 사라지게 하지 않았을 거야!"

스위드는 책상에 앉아 눈물을 흘리고 있다. 제리는 평생 이 전화를 기다린 것 같다. 뭔가가 괴상하게 어긋나는 바람에 그는 형에게 분통을 터뜨렸다. 이제 그가 하지 않을 말은 없다. 평생 이런 끔찍한 말로 나를 공격할 기회를 기다렸구나. 스위드는 그렇게 생각한다. 이 점에서 사람들은 어김없다. 상대가 원하는 것을 알아내 절대 그것을 주지 않는다.

"나도 그애를 두고 오고 싶지 않았어." 스위드가 말한다. "너는 이해 못해. 너는 이해하고 싶어하지 않아. 그래서 내가 그냥 온 게 아니란 말이야. 그애를 두고 오면서 나는 죽을 것 같았어! 너는 이해 못해. 앞으로도 못할 거야. 왜 내가 그애를 사랑하지 않는다고 말하는 거야? 이건 끔찍해. 무시무시해." 그 순간 갑자기 아이의 얼굴을 덮은 자신의 토사물이 보인다. 그는 소리를 지른다. "모든 게 무시무시하다고!"

"이제야 제대로 아네. 좋아! 우리 형이 관점을 가지기 시작하네. 다른 모든 사람의 관점이 아니라 자기 자신의 관점을 말이야. 당의 노선 외에 다른 것을 가지게 됐어. 좋아. 이제 성과가 좀 있군. 생각이 약간 흔들렸어. 모든 게 무시무시해. 그래서 형은 그걸 어쩔 건데? 아무것도 못하잖아. 형, 내가 거기 가서 애를 데려올까? 내가 애를 데려오기를 원해? 원해, 아니야?"

"아니야."

"그런데 왜 나한테 전화했어?"

"모르겠어. 나한테 도움이 될 것 같아서."

"아무도 형을 도와주지 못해."

"너는 모진 사람이야. 너는 나한테 모진 사람이야."

"그래, 나는 결국 별로 좋은 사람으로 보이지 않지. 절대 그렇지 않지. 우리 아버지한테 내가 그렇게 보이냐고 물어봐. 결국 늘 좋게 보이는 사람은 형이야. 그래서 형이 어떻게 됐는지 좀 봐. 남을 불쾌하게 하지 않으려고 해. 자신을 탓해. 관용을 갖고 모든 입장을 존중해. 그래, 그게 '자유주의적'인 거야. 나도 알아, 자유주의적인 아버지. 하지만 그게 무슨 뜻이야? 그 중심에 뭐가 있어? 늘 상황을 지탱하려는 거. 그런데 그러다 씨발 지금 어떻게 됐나 보란 말이야!"

"내가 베트남전쟁을 일으킨 게 아니야. 내가 텔레비전 전쟁을 일으킨 게 아니야. 내가 린던 존슨을 린던 존슨으로 만든 게 아니라고. 너는 이게 어디에서 시작되었는지 잊고 있어. 왜 그애가 폭탄을 던졌는지. 그 좆같은 전쟁 때문이란 말이야."

"맞아, 형이 전쟁을 일으킨 게 아니지. 형은 미국에서 가장 분노에 사로잡힌 아이를 만들었지. 그애는 어렸을 때부터 하는 말 한마디 한마디가 폭탄이었어."

"나는 그애한테 내가 줄 수 있는 걸 다 주었어. 모든 걸, 모든 걸, 모든 걸 다 주었어. 너한테 맹세하는데, 모든 걸 다 주었어." 이제 그는 편하게 울고 있다. 그와 그의 울음 사이에는 구분선이 없다. 이것은 새로운 경험이다. 마치 이렇게 우는 것이 그의 인생의 큰 목적이었던 것처럼 울고 있다. 그동안 쭉 이렇게 우는 것이 그가 깊이 간직했던 야망이었는데, 이제 그가 준 모든 것과 그애가 가져간 모든 것을 기억하기 때문에, 그들의 삶을 채웠던 그 모든 자발적인 주고받음을 기억하기 때문에, 또 어느 날 갑자기, 불가해하게 (제리가 하는 모든 말에도 불구하고, 지금 제리가 기뻐하며 스위드에게 떠안기는 모든 비난에도 불구하고) 정말로 불가해하게 자신이 그애에게 거슬리는 존재가 되었기 때문에, 그 야망을 성취한 것처럼 울고 있다. "너는 내가 지금 대처하는 상황이 누구라도 대처할 수 있는 상황인 것처럼 얘기해. 하지만 아무도 대처할 수 없어. 아무도! 이런 상황을 다룰 수 있는 무기는 누구에게도 없어. 너는 내가 서툴다고 생각하지? 내가 무능하다고 생각하지? 내가 무능하다면 어디서 유능한 사람을 찾을 거야…… 내가…… 내가 무슨 말 하는지 이해하지? 내가 뭐가 되어야 해? 내가 무능하다면 다른 사람들은 뭐야?"

"아, 나는 형을 이해해."

스위드에겐 편하게 우는 것이 걸을 때 균형을 잃는 것이나 일부러 남에게 나쁜 영향을 주는 것만큼이나 어려운 일이었다. 가끔 다른 사람들에게서 부러워하기까지 하던 것이었다. 그런데 그동안 울음을 막아온 커다란 장애, 남자다움이라는 장애 가운데 어떤 덩어리와 조각이 아직 남아 있었는지 몰라도, 그의 고통에 대한 동생의 대응이 그것을 부숴버린다. "네가 지금 나한테 하는 말이 내가……" 스위드가 입을 연다. "……내가, 내가 충분치 않다는 뜻이라면, 그러면, 그러면…… 너한테 장담하는데…… 너한테 장담하는데, 어떤 사람이라도, 어떤 인간이라 해도, 충분치 않은 거야."

"바로 그거야! 맞았어! 우리는 충분치 않아. 우리 누구도 충분치 않아! 모든 일을 올바르게 하는 사람도 포함해서 말이야! 일을 올바르게 하다니." 제리는 역겨움을 담아 말한다. "세상에, 일을 올바르게 하고 다니다니. 형, 겉모습을 깨버리고 형 딸의 의지와 형의 의지를 맞세우는 일을 할 거야, 말 거야? 운동장에서는 그랬잖아. 그래서 점수를 냈잖아, 기억나? 다른 선수의 의지에 형의 의지를 맞세워서 점수를 냈잖아. 도움이 된다면 이게 시합이라고 생각해. 하지만 도움은 안 될 거야. 경기장에 나간 건 전형적인 남성적 활동을 하기 위해서였지. 형은 행동하는 남자였어. 하지만 이건 전형적인 남성적 활동이 아니거든. 좋아.

형은 자기가 그러는 꼴을 볼 수 없겠지. 형은 자기가 시합을 하고 장갑을 만들고 미스 아메리카하고 결혼하는 모습만 볼 수 있겠지. 저 밖에서 미스 아메리카와 함께 말이야. 계속 수준이 낮아지고 계속 둔해지면서. 저 밖에서 와스프 놀이를 하면서. 엘리자베스 부두 출신의 자그마한 아일랜드 소녀와 위퀘이크 고등학교 출신의 유대인 소년이 말이야. 소떼. 소 협회. 식민지 시대의 옛 미국. 형은 그 모든 겉모습이 대가 없이 그냥 올 거라고 생각했지. 점잖고 순수한 겉모습이. 하지만 그것도 대가를 치러야 하는 거야, 시모어. 나라도 폭탄을 던졌을 거야. 나라도 자이나교도가 되어 뉴어크에 살 거야. 그따위 와스프 헛소리라니! 나는 형이 속으로 얼마나 꽉 막혀 있는지 몰랐어. 하지만 형은 이 정도로 막혀 있는 거였어. 우리 아버지는 정말이지 형을 완전히 포대기로 싸놨어. 뭘 원해, 시모어? 손을 떼고 싶어? 그것도 괜찮아. 다른 사람 같으면 벌써 오래전에 손을 뗐을 거야. 어서, 손을 떼. 그애가 형 인생을 경멸하는 걸 받아들이고 손을 떼. 그애가 미워하는 건 형의 아주 개인적인 어떤 거라는 걸 인정하고 씨발 손을 떼고 그년을 다시는 보지 마. 그애가 괴물이라는 걸 인정해, 시모어. 괴물이라도 어딘가에서 나오는 거야. 괴물이라도 부모가 필요한 거야. 하지만 부모는 괴물이 필요 없어. 손떼! 하지만 손을 떼지 않을 거라면, 그래서 나한테 전화한 거라면, 그럼 제발 거기 가서 그애를 데려와. 내가 가서 데려올게. 그건 어때? 마지막 기회야. 마지막 제안이야. 내가 가기를 원하면, 지금 여기를 나가서 비행기를 타고 갈게. 내가 거기 가서, 장담하는데, 그 매카터 하이웨이에서 그애를, 그 조그만 똥덩어리를, 그 이기적인 조그만 좆같은 똥덩어리를, 형하고 좆같은 게임이나 하고 있는 그 똥덩어리를 데려올

게! 그애는 나하고는 게임을 못해, 정말이야. 그걸 원해, 원치 않아?"

"원치 않아." 스위드가 알지 못하는―제리는 그렇다고 확신하고 있다―이런 것들. 모든 것이 연결되어 있다는 제리의 생각. 그러나 연결은 없다. 우리가 산 방식과 그애가 한 짓? 그애를 기른 곳과 그애가 한 짓? 그것들은 다른 모든 것과 마찬가지로 단절되어 있다. 모두가 똑같은 지저분한 혼란의 한 부분일 뿐이다! 제리야말로 아무것도 모르는 사람이다. 제리는 늘 장담한다. 제리는 장담을 하고 소리를 질러서 당혹스러움에서 벗어날 수 있다고 생각하지만, 그가 소리치는 모든 것은 틀렸다. 그 어느 것도 사실이 아니다. 원인도, 분명한 대답도, 누구한테 책임이 있느냐 하는 것도. 이유도. 이유 같은 것은 없다. 메리는 그냥 지금처럼 될 수밖에 없다. 우리 모두가 그렇다. 이유는 책에나 있는 것이다. 우리가 한 가족으로 산 방식이 이런 괴상하고 무시무시한 공포가 되어 돌아올 수 있는 것인가? 그럴 수 없다. 그렇지 않다. 제리는 그것을 합리적으로 설명하려고 하지만, 그럴 수 없다. 이것은 모두 다른 어떤 것, 제리가 전혀 알지 못하는 어떤 것이다. 아무도 모른다. 이것은 합리적인 것이 아니다. 혼돈이다. 처음부터 끝까지 혼돈이다. "원치 않아." 스위드는 제리에게 말한다. "그건 감당할 수 없어."

"형한테는 너무 잔인한 짓이라는 거지? 세상에, 너무 잔인하다는 거지? 딸은 살인자지만 이건 너무 잔인하다는 거지? 해병대의 훈련 교관이었지만 이건 너무 잔인하다는 거지? 좋아, 빅 스위드, 착한 거인. 지금 대기실에 환자들이 잔뜩 기다리고 있거든. 형 혼자 알아서 잘해봐."

3부

잃어버린 낙원

7

워터게이트 청문회가 열리던 여름이었다. 레보브 가족은 거의 매일 밤 뒤쪽 포치에서 채널 13으로 낮에 열렸던 청문회 재방송을 보았다. 농장 설비와 소를 다 팔아치우기 전에는 따뜻한 저녁이면 그곳에서 돈의 소떼가 언덕 가장자리를 따라 풀을 뜯는 광경을 구경하곤 했다. 집에서 위쪽으로 한참 떨어진 곳에 18에이커의 들판이 있었는데, 몇 년 동안 여름이면 소떼를 다 그곳에 올려다놓고 내내 잊어버리곤 했다. 그러나 근처에서 소가 보이지 않고 파자마를 입은 메리가 자러 가기 전에 소를 보고 싶어하면 돈은 "이러, 이러" 하고 소리쳤다. 수천 년 동안 사람들이 소를 부르던 그 소리였다. 그러면 소도 마주 소리를 지르며 언덕을 올라오고 늪에서 나오고, 어디든 있던 곳에서 나와 돈의 목소리를 향해 터벅터벅 걸어오면서 큰 소리로 울었다. "아름답지 않니,

우리 아가씨들이?" 돈은 딸에게 그렇게 묻곤 했다. 다음날이 되면 메리와 돈은 해가 뜰 때 밖으로 나가 소를 다시 다 모았다. 스위드는 돈이 말하는 소리를 들었다. "좋아, 이제 길을 건널 거야." 그러면 메리는 문을 열었고, 어머니와 아주 작은 딸은 막대기 하나, 그리고 오스트레일리아의 양치기 개인 아푸를 데리고 열두 마리, 또는 열다섯 마리, 또는 열여덟 마리의 소, 각각 900킬로그램이 넘는 소를 이동시키기 시작했다. 메리, 아푸, 돈, 가끔은 수의사, 그리고 일손이 필요할 때 와서 담장 치는 일이나 건초 만드는 일을 도와주던 길 아래쪽에 사는 청년. 나는 메리가 건초 만드는 일을 돕게 했어요. 길 잃은 송아지가 있으면 메리가 쫓아가요. 시모어가 안으로 들어가면 그 암소 두 마리가 아주 싫어해요. 앞발로 풀을 헤치고, 시모어를 향해 고개를 저어대죠. 하지만 메리가 들어가면, 있잖아요, 그 소들은 메리를 알아요. 그래서 메리한테 자기들이 원하는 걸 얘기해요. 소들은 메리를 알고, 메리가 자기들한테 어떻게 해줄지도 잘 알아요.

그런데 그애가 어떻게 스위드에게 "어머니 이야기는 하고 싶지 않아요"라고 말할 수 있을까? 도대체 어머니가 무슨 짓을 했기에? 어머니가 무슨 죄를 저질렀기에? 이 유순한 소떼에게 상냥한 주인이 되어준 죄?

스위드의 부모가 예년처럼 늦여름에 플로리다에서 그들을 찾아온 지 한 주가 넘었지만, 돈은 두 사람을 즐겁게 해주는 일에는 전혀 관심이 없었다. 돈이 새집 건축 현장에서 돌아오거나 건축가 사무실에서 차를 몰고 올 때면, 그들은 텔레비전 앞에 앉아 있었고, 시아버지는 위원회의 보조 법률고문인 양 행동하고 있었다. 돈의 시부모는 하루종일 청문회를 보고, 밤에 또 재방송을 다 보았다. 시아버지는 낮에 혼자 있을 시간이 나면 위원들에게 보낼 편지를 써서 저녁식사 때 모든 사람에게 읽어주었다. "웨이커 상원의원 귀하. 의원님은 트리키 디키*의 백악관에서 벌어진 일이 놀랍다고 하셨나요? 슈누크** 같은 짓 마십시오. 해리 트루먼은 1948년에 그를 트리키 디키라고 부를 때 이미 그것을 파악했습니다." "거니 상원의원 귀하. 닉슨은 전염병 보균자와 같습니다. 그가 손대는 모든 것에 독이 묻습니다. 의원님을 포함해서 말입니다." "베이커 상원의원 귀하. 이유를 알고 싶다고요? 그들이 모두 흔하디흔한 범죄자들이기 때문이죠. 그게 이유입니다!" "대시 씨 귀하." 그는 위원회의 뉴욕 법률고문에게 편지를 썼다. "귀하에게 박수를 보냅니다. 신의 축복이 있기를. 귀하 덕분에 내가 미국인이자 유대인인 것이 자랑스럽습니다."

그가 가장 큰 경멸을 퍼붓는 대상은 상대적으로 하찮은 인물로, 캄바크라는 이름의 변호사였다. 그는 거액의 불법 기부금이 워터게이트 작전으로 스며들도록 주선했으나, 노인의 마음에 들 만큼 충분히 망신을 당하지 않았다. "캄바크 씨 귀하. 귀하가 유대인이고 실제로 그런 일을 했다면 온 세상은 이렇게 말할 거요. '저 유대인들 좀 봐, 진짜 수전노들이야.' 하지만 누가 수전노요, 친애하는 컨트리클럽 씨? 누가 도둑이고 사기꾼이오? 누가 미국인이고 누가 갱이오? 귀하의 입에 발린 말에 나는 절대 속지 않소, 컨트리클럽 캄바크 씨. 나는 절대 당신 골프에 속지 않소. 절대 당신 예절에 속지 않소. 나는 귀하의 깨끗한 손이 늘 더럽다는 것을 알고 있소. 그리고 이제는 온 세상이 알고 있소.

---

* Tricky Dicky. 리처드 닉슨의 별명. 교활한 리처드라는 의미.
** shnook. 이디시어에서 나온 말로 봉 역할을 하는 사람이나 멍청한 사람.

귀하는 창피한 줄 알아야 하오."

"내가 이 개자식한테서 답장을 받을 것 같냐? 이걸 책으로 펴내야 해. 이걸 인쇄할 사람을 찾아내서 무료로 배포해야 해. 그래야 저 개자식들이 저런 짓을 하면 보통 미국인이 어떤 기분인지 사람들이 알 거…… 봐, 저것 좀 봐, 저자 좀 봐." 닉슨의 전 비서실장 얼리크먼이 화면에 나타났다.

"저 사람만 보면 구역질이 나." 스위드의 어머니가 말했다. "저 사람하고 그 트리샤."

"제발, 그 여자는 중요하지 않다니까." 남편이 말했다. "이건 진짜 파시스트야. 저놈들 죄다, 폰 얼리크먼, 폰 홀드먼, 폰 캄바크……"*

"그래도 그 여자를 보면 구역질이 난다니까요." 부인이 말했다. "사람들은 그 여자가 공주라고 생각했을 거야, 그 여자 주위에서 사람들이 그러고 다니는 걸 보면 말이야."

루 레보브가 돈에게 말했다. "이 이른바 애국자들이 이 나라를 나치 독일로 만들 거야. 너 『여기에서는 일어날 수 없는 일』이라는 책 아니? 훌륭한 책이야. 저자는 잊어버렸다만, 그 내용은 지금 시기에 딱 들어맞아. 이자들이 우리를 끔찍한 곳으로 데려가고 있어. 저 개자식 좀 봐."

"어떤 자가 더 미운지 모르겠어요." 부인이 말했다. "저 사람인지, 아니면 또다른 사람인지."

"다 똑같아." 노인이 말했다. "바꿔놔도 똑같아. 저놈들 다 말이야."

메리의 유산. 그의 아버지는 메리가 있다 해도 다 함께 텔레비전 앞

---

* 나치와 연결시키기 위해 일부러 독일식으로 '폰'을 넣어 부른 것.

에 앉았을 때 똑같이 씩씩거렸을지 모른다. 스위드도 그 점은 인정했다. 그러나 이제 메리가 없으니, 아이에게 일어난 일과 관련하여 이 워터게이트 놈들보다 더 미워하기 좋은 놈들이 어디 있겠는가?

베트남전쟁 동안 루 레보브는 존슨 대통령에게 보낸 편지 사본을 메리에게 보내기 시작했다. 그 편지들은 대통령의 행동보다도 메리의 행동에 영향을 주려고 쓴 편지들이었다. 베트남전쟁을 둘러싼 상황이 엉뚱한 방향으로 흐르기 시작하면서 자신의 십대 손녀가 자신도 따라가지 못할 만큼 전쟁에 분노한다는 것을 알게 되자, 노인은 너무 괴로워서 아들을 따로 불러다놓고 말하곤 했다. "왜 저애가 저렇게 관심을 갖는 거냐? 도대체 그런 생각을 어디서 얻어오는 거야? 누가 저애한테 그런 걸 줘? 그게 저애한테 무슨 상관인데? 저애가 학교에서도 계속 저런 식이냐? 학교에서는 저러면 안 돼. 그러면 학교에서 누릴 수 있는 기회들을 못 누리게 돼. 대학 가는 데도 문제가 생겨. 공적인 자리에서는 사람들이 저걸 참지 않을 거야. 저애 머리를 잘라버릴 거야. 저애는 아직 어린애일 뿐인데……" 노인은 할 수 있다면 메리를, 메리의 의견보다는 그애가 그것을 내뱉는 격렬함을 통제해보려고 겉으로 아이와 동조하는 태도를 취하면서 플로리다 신문에서 잘라낸 기사 여백에 그 나름의 반전 구호를 적어 보내곤 했다. 올드림록을 찾아올 때면 존슨에게 보낸 편지들을 담은 손가방을 겨드랑이에 끼고 집안을 돌아다니다 아이 앞에서 낭독을 했다. 메리를 메리 자신으로부터 구한답시고 노인 자신이 메리라도 된 것처럼 그애 뒤를 졸졸 따라다닌 것이다. 노인은 아들에게 털어놓았다. "이건 봉오리 때 잘라버려야 돼. 이건 안 돼, 절대 안 돼."

"자," 노인은 대통령에게 보내는 청원, 대통령에게 미국이 얼마나 위대한 나라이고, 프랭클린 루스벨트가 얼마나 위대한 대통령이고, 그의 가족이 이 나라에 얼마나 많은 빚을 지고 있으며, 미국 청년들이 집에서 사랑하는 사람들과 함께 있어야 하는데도 지구 반 바퀴를 돌아가 남의 전쟁에서 싸움을 하는 것이 그와 그가 사랑하는 사람들에게 개인적으로 얼마나 실망스러운 일인지 대통령에게 알리는 편지를 한 장 더 읽은 뒤에 메리에게 말했다. "자, 너는 네 할애비를 어떻게 생각하니?"

"조-조-존슨은 전범이에요." 메리는 말하곤 했다. "할아버지가 아무리 이야기해도 그 사람은 저-저-전쟁을 머-머-머-멈추지 않을 거예요."

"그 사람은 또 자기 할 일을 하려고 노력하는 사람이기도 해."

"그 사람은 제국주의의 개예요."

"뭐, 그것도 한 의견이지."

"그 사람하고 히틀러 사이에는 아무런 차-차-차-차이가 없어요."

"그건 과장이다, 애야. 존슨이 우리를 실망시키지 않는다는 게 아니야. 하지만 너는 히틀러가 유대인에게 한 일을 잊고 있어, 메리. 너는 그때 태어나지 않았기 때문에 그 생각을 못하는 거야."

"히틀러가 한 일 가운데 존슨이 베트남 사람들한테 하지 않는 일은 없어요."

"베트남 사람들이 강제수용소에 들어가지는 않잖아."

"베트남 자체가 하나의 커-커-커다란 수용소라고요! '미국 청년들'이 문제가 아니란 말이에요. 그건 꼭, '크리스-크리스-크리스-크리스마스 때에 맞춰 돌격대원들을 아우슈비츠에서 빼내라'고 말하는 것과 같아요."

"나는 그 사람한테 정치적으로 이야기해야만 해, 얘야. 내가 그 사람한테 보내는 편지에서 그 사람을 살인자라고 부르면서 그 사람이 내 얘기를 들어주기를 기대할 수는 없잖아. 안 그러냐, 시모어?"

"그러면 도움이 안 될 것 같은데요." 스위드가 말했다.

"메리, 우리 모두 너하고 똑같이 느끼고 있어." 할아버지는 메리에게 말했다. "이해하겠니? 정말이다. 나도 신문을 읽다가 열이 뻗치기 시작하는 그 기분을 잘 알아. 코글린 신부, 그 개자식. 영웅 찰스 린드버그―친나치, 친히틀러, 그런데도 이 나라에서는 국민적 영웅이라나 뭐라나. 제럴드 L. K. 스미스 씨. 위대한 빌보 상원의원. 그래, 이 나라에는 나쁜 놈들이 많아. 이 나라에서 자라난 그런 놈들이 많아. 아무도 그걸 부정하지 않아. 랜킨 씨. 디스 씨. 디스 씨와 그 위원회. 뉴저지 주 출신의 J. 파넬 토머스 씨. 고립주의자, 미합중국 하원을 차지하고 있는 고집스럽고 아무것도 모르는 파시스트들, J. 파넬 토머스 같은 사기꾼들, 결국 감옥에 간 사기꾼들, 그런데 그 사람들 봉급은 미국 납세자가 냈잖냐. 끔찍한 사람들이야. 최악이지. 매캐런 씨. 제너 씨. 먼트 씨. 위스콘신 출신의 괴벨스인 매카시 의원은 지금 지옥에서 불타고 있을 거야. 그의 동료 콘 씨. 수치야. 유대인인데 정말 수치야! 다른 어느 나라나 마찬가지로 여기에도 늘 개자식들이 있었지. 그런데 그 사람들을 공직에 보낸 게 투표권을 가진 저 밖의 모든 천재들이란 말이야. 그리고 신문은 또 어때? 허스트 씨. 매코믹 씨. 웨스트브룩 페글러 씨. 진짜 파시스트적이고 반동적인 개들이지. 나는 그 사람들이 정말 싫었어. 네 아버지한테 물어봐라. 내가, 시모어, 그놈들을 싫어하지 않았냐?"

"싫어하셨죠."

"얘야, 우리는 민주국가에 살잖아. 그걸 감사해야지. 자기 가족에게 화를 내면서 돌아다닐 필요는 없잖아. 편지를 쓰면 돼. 투표를 하면 돼. 궤짝 위에 올라가 연설을 하면 돼. 맙소사, 네 아버지가 했던 일을 할 수도 있어. 해병대에 입대할 수도 있단 말이야."

"아, 할아버지. 해병대야말로 무-무-문……"

"그럼 젠장, 메리, 반대편에 입대해." 노인은 잠시 통제력을 잃고 말했다. "그건 어떠니? 원한다면 그쪽 해병대에 입대하면 되잖아. 전에도 있었던 일이야. 사실이야. 역사를 봐. 네가 그러고 싶으면 나이가 들었을 때 그쪽으로 가서 반대편 군대에 들어가 싸우면 돼. 물론 권하지는 않아. 사람들도 좋아하지 않을 거야. 너는 똑똑하니까 사람들이 왜 좋아하지 않는지 이해하겠지. '배신자'라는 말은 듣기 좋은 말이 아니거든. 하지만 그런 일이 있기는 했어. 그것도 선택할 수 있어. 베니딕트 아널드를 봐라. 그 사람을 봐. 그 사람은 그렇게 했어. 다른 편으로 넘어갔어. 내가 기억하기로는 그래. 학교에서 배웠어. 나는 그 사람을 존경할 수 있을 것 같아. 배짱이 있는 사람이니까. 자신이 믿는 것을 위해 일어섰으니까. 자신이 믿는 것을 위해 목숨을 걸었으니까. 하지만 내 평가로는, 그 사람은 틀렸어, 메리. 그 사람은 독립전쟁 때 상대편으로 넘어갔지만, 내가 보기에는, 완전히 틀린 거야. 하지만 너는 틀린 게 아니야. 옳아. 이 가족은 백 퍼센트 그 염병할 베트남 어쩌구에 반대를 해. 네 가족이 너하고 의견이 다르지 않다는 이유로 네 가족에게 반항할 필요는 없는 거 아니냐? 여기서 이 전쟁에 반대하는 사람은 너뿐이 아니야. 우리도 반대해. 보비 케네디도 반대해……"

"이제야." 메리가 역겹다는 표정으로 말했다.

"그래, 이제야. 하지만 이제라도 하는 게 아예 안 하는 것보다는 나아, 안 그러냐? 현실적으로 생각해라, 메리. 현실적이지 않은 건 아무런 도움이 안 돼. 보비 케네디가 반대를 해. 유진 매카시 상원의원도 반대해. 재비츠 상원의원도 전쟁에 반대하는데, 그 사람은 공화당원이야. 프랭크 처치 상원의원도 반대해. 웨인 모스 상원의원도 반대하고. 그런데 그 사람은 어떠냐? 나는 그 사람 존경해. 내가 그 사람한테 편지를 보내 그 이야기를 했어. 그랬더니 예의바르게도 자기 손으로 서명한 답장을 보냈더구나. 풀브라이트 상원의원도 물론 반대하지. 다들 인정하지만, 풀브라이트가 통킹 만 결의*······"

"푸-푸-푸-풀······"

"아무도······"

"아버지," 스위드가 말했다. "메리가 말을 끝내게 해주세요."

"미안하구나, 얘야." 루 레보브가 말했다. "마저 하렴."

"풀-풀-풀브라이트는 인종주의자예요."

"그래? 그게 무슨 소리지? 아칸소의 윌리엄 풀브라이트 상원의원을 말하는 거냐? 그 이야기 좀 해봐라. 그건 네가 잘못 알고 있는 것 같은데." 메리는 조 매카시와 맞서던, 루 레보브의 영웅 가운데 한 사람을 비방한 것이다. 노인은 풀브라이트에 관해 메리에게 쏟아붓고 싶은 것을 참느라 엄청나게 애를 쓰고 있었다. "하지만 우선 내가 하려던 말을

---

* 1946년 통킹 만에서 미군 함정이 북베트남의 공격을 받았다는 주장이 제기되면서 이에 대응하여 미국 양원에서 대통령에게 의회의 선전포고 없이 동남아시아에서 무력을 사용할 권한을 준 결의.

다 하게 해줄래? 내가 무슨 말을 하고 있었더라? 어디까지 했더라? 대체 내가 무슨 이야기를 하고 있었던 거냐, 시모어?"

스위드는 이 두 발전기 사이에서 공정하게 조정자 역할을 하고 있었다. 이 역할이 둘의 적이 되는 것보다 훨씬 마음에 들기도 했다. "아버지 말씀은 아버지와 메리 두 사람 다 전쟁에 반대하고 전쟁이 멈추기를 바란다는 거죠. 두 사람이 이 문제를 놓고 논쟁할 이유가 없다―이게 아버지 이야기의 요점 같은데요. 메리는 이미 문제가 대통령한테 편지를 쓰는 수준을 넘어섰다고 보는 것 같아요. 그게 쓸모없다는 거죠. 아버지는 쓸모가 있든 없든 그게 아버지가 할 수 있는 일이고 또 그렇게 할 것이라는 거고요. 어쨌든 아버지 생각을 계속 기록으로 남기겠다는 거죠."

"바로 그거야!" 노인이 소리쳤다. "자, 지금 내가 하는 이야기를 잘 들어. '나는 평생 민주당원이야.' 메리, 잘 들어라. '나는 평생 민주당원이야……'"

그러나 노인이 대통령에게 한 어떤 말도 전쟁을 끝내지 못했고, 그가 메리에게 한 어떤 말도 파국을 봉오리 상태에서 잘라내지 못했다. 그렇지만 가족 가운데 루 레보브만이 파국이 다가오는 것을 보았다. "그게 다가오는 게 보였어. 눈앞에 환하게 보였다고. 그걸 봤단 말이야. 그걸 알았어. 그걸 느꼈고. 그래서 싸웠어. 그 아이는 통제를 벗어났지. 뭔가 잘못된 거야. 나는 냄새를 맡을 수 있었어. 그래서 너한테 말했지. '저애를 어떻게든 해야 돼. 저 아이는 뭔가 잘못되고 있어.' 하지만 너는 한쪽 귀로 듣고 다른 귀로 흘려버렸지. 내가 너한테 들은 얘기는 이래. '아버지, 여유 있게 생각하세요.' 또 이래. '아버지, 과장하지 마세요. 아버지, 그런 시기일 뿐이에요. 루, 그애를 그냥 내버려두세요. 애하고 싸우지 마세요.' '아니, 나는 그 아이를 그냥 내버려두지 않을 거야. 이 아이는 내 손녀야. 나는 이 아이를 그냥 내버려두지 않겠어. 그냥 내버려둬서 손녀를 잃지 않겠어. 그 아이는 뭔가 잘못돼 있어.' 그랬더니 너는 나를 미친놈 보듯 했지. 여기 있는 사람 모두. 하지만 나만 미치지 않았던 거야. 내가 옳았어. 오로지 나만 옳았던 거야!"

집에 갔을 때 그에게 온 메시지는 없었다. 메리 스톨츠가 메시지를 남겨두었기를 간절히 바랐는데.

"별일 없어?" 스위드는 부엌에서 샐러드를 만드는 돈에게 물었다. 밭에서 딴 야채로 만드는 샐러드였다.

"없어."

스위드는 자신과 아버지가 마실 술을 따라 잔을 들고 뒤쪽 포치로 갔다. 그곳에는 아직 텔레비전이 켜져 있었다.

"스테이크 만들 거니?" 어머니가 스위드에게 물었다.

"스테이크, 옥수수, 샐러드, 메리의 커다란 비프스테이크 토마토죠." 돈의 토마토라고 말하려던 것이었지만, 일단 말이 나와버렸기 때문에 고치지는 않았다.

"아무도 너처럼 스테이크를 못 만들지." 스위드의 말이 준 첫 충격이 가시자 어머니가 말했다.

"고마워요. 어머니."

"내 큰아들. 누가 너보다 나은 아들을 원할 수 있겠니?" 어머니가 말했다. 그가 어머니를 끌어안자 어머니는 그 주 들어 처음으로 무너졌다. "미안하다. 예전에 전화 오던 게 기억나서."

"이해해요."

"그 아이는 아주 어렸지. 네가 전화를 해서 그 아이를 바꿔주면, 그 아이는 말하곤 했지. '안녕, 할머니! 알아맞혀보세요.' '모르겠는데, 우리 손녀딸. 뭘까?' 그럼 그 아이는 이야기를 시작하곤 했어."

"그만하세요. 지금까지 훌륭하게 버티셨잖아요. 계속 버티실 수 있어요. 그만. 기운내세요."

"사진을 보고 있었단다. 그 아이가 아기였을 때 사진……"

"보지 마세요. 보지 않으려고 노력하세요. 하실 수 있어요, 어머니. 그래야 돼요."

"오, 얘야, 너는 참 용감하구나. 참 힘이 돼. 너를 보러 오면 무척 힘이 난단다. 정말 너를 사랑해."

"고마워요, 어머니. 저도 어머니 사랑해요. 하지만 애엄마 앞에서 자제력을 잃으시면 안 돼요."

"그래, 그래, 뭐든지 네 말대로 하마."

"그래요, 그래야 우리 어머니죠."

아버지는 계속 텔레비전을 보고 있다가—그때까지 꼬박 열흘째 기적적으로 아이 이야기를 꺼내지 않았다—그에게 말했다. "소식은 없고?"

"없어요."

"아무것도?"

"아무것도요."

"조오아." 아버지는 숙명론을 가장했다. "조오아. 그래야 하는 거라면, 그래야 하는 거겠지." 그렇게 말하고 다시 텔레비전을 보기 시작했다.

"지금도 그 아이가 캐나다에 있다고 생각하니, 시모어?" 어머니가 물었다.

"캐나다에 있다고 생각한 적 없는데요."

"하지만 남자애들은 거기로 가서……"

"어머니, 이 이야기는 그만두는 게 어때요? 물어보시는 거야 아무 상관 없지만, 애엄마가 들락거리니까……"

"미안하다. 네 말이 맞아." 어머니가 말했다. "정말 미안하구나."

"그렇다고 상황이 변했다는 건 아니에요, 어머니. 모든 게 똑같아요."

"시모어……" 어머니는 머뭇거렸다. "얘야, 질문이 하나 있다. 그 아이가 지금 자수를 하면 어떻게 되는 거니? 네 아버지 말은……"

"왜 그런 걸로 애를 괴롭혀?" 아버지가 말했다. "방금 며느리 얘기를 했잖아. 자제 좀 해."

"나더러 자제하라고요?"

"어머니, 그런 생각 하시면 안 돼요. 그애는 사라졌어요. 우리를 다시 보고 싶어하지 않을지도 몰라요."

"왜?" 그의 아버지가 폭발했다. "당연히 우리를 다시 보고 싶어해. 그런 말은 믿지 않을 거다!"

"누가 누구더러 자제하래?" 어머니가 말했다.

"물론 우리를 다시 보고 싶어하죠. 문제는 그럴 수가 없다는 거예요."

"여보, 루." 어머니가 말했다. "평범한 집안에도 자라서 떠나버리면 그걸로 끝인 애들이 있어요."

"하지만 열여섯에 그러지는 않잖아. 맙소사, 이런 상황에서 그러지는 않잖아. 그리고 '평범한' 집안이라니 무슨 소리야? 우리는 평범한 집안이야. 이 아이는 도움이 필요한 거라고. 이 아이는 문제가 생긴 아이고, 우리는 문제가 생긴 아이를 버려두고 가버리는 집안이 아니야!"

"그애는 이제 스무 살이에요, 아버지. 스물한 살."

"스물한 살이지." 어머니가 말했다. "지난 1월로."

"뭐 이제는 애가 아니죠." 스위드가 말했다. "제가 하는 말은 그저 낙담하시면 안 된다는 거예요, 두 분 다."

"뭐, 난 낙담 안 해." 아버지가 말했다. "나는 그렇게 멍청한 사람이 아니야. 내 걱정은 마라."

"그래요, 낙담하시면 안 돼요. 저는 심각하게, 과연 우리가 그애를 다시 볼 수 있을까 하는 생각을 하고 있어요."

늙은 부모가 아이를 두 번 다시 보지 못하는 것보다 더 나쁜 유일한 것이 있다면 그것은 그가 그 방바닥에 아이를 두고 올 때의 모습으로 그애를 보는 것이었다. 지난 몇 년 동안 스위드는 그들을 이 방향으로, 완전한 체념은 아니라 해도 적응의 방향으로, 미래에 대한 현실적 평가의 방향으로 몰아오고 있었다. 그런데 이제 와서 그들한테 메리에게 일어난 일을 어떻게 이야기할 수 있단 말인가? 그들을 무너뜨리지 않고 그것을 묘사할 말을 어떻게 찾을 수 있단 말인가? 그들은 만에 하나라도 그애를 보게 될 경우 자기들 눈앞에 나타날 그애의 모습을 전혀 모르고 있었다. 누가 그것을 알 필요가 있을까? 그들이 아는 것이 꼭 그렇게 필요한 일일까?

"우리가 그 아이를 다시 보지 못할 거라고 말할 만한 이유가 있는 거냐?"

"오 년이에요. 흘러간 세월이요. 그거면 충분한 이유가 되죠."

"시모어, 가끔 거리를 걷다가, 앞에 누가 가면, 여자아이가 걸어가면, 그런데 그 아이가 키가 크면······"

스위드는 어머니의 손을 잡았다. "메리라고 생각한다는 거죠?"

"그래."

"우리 모두한테 일어나는 일이에요."

"계속 그런 일이 생겨."

"이해해요."

"그리고 전화벨이 울릴 때마다."

"알아요."

"나는 네 어머니한테 그래." 아버지가 말했다. "어차피 그 아이가 전화를 거는 방법은 사용하지 않을 거라고 말이야."

"왜요?" 어머니가 말했다. "왜 우리한테 전화를 하지 않아요? 그게 그 아이가 할 수 있는 가장 안전한 일인데. 우리한테 전화를 거는 게요."

"어머니, 그런 추측은 아무런 의미가 없어요. 오늘밤에는 그런 걸 좀 최소한으로 줄이는 게 어떨까요? 그런 생각이 드는 건 어쩔 수 없는 일이라는 거 저도 알아요. 거기에서 벗어날 수 없겠죠. 우리 다 마찬가지예요. 하지만 노력하셔야 돼요. 그냥 생각만으로 바라는 일이 일어나게 할 수는 없어요. 거기서 조금은 벗어나려고 노력해보세요."

"아무렴, 애야." 어머니가 대답했다. "이제 좀 낫구나. 그냥 얘기만 하는 걸로도 말이야. 늘 속에 묻어두고만 있을 수는 없어."

"알아요. 하지만 애엄마 주위에서 수군댈 수는 없어요."

어머니를 이해하는 것은 절대 어렵지 않았다. 적어도 불안정한 아버지를 이해하는 것만큼 어렵지는 않았다. 그의 아버지는 인생의 많은 부분을 자비와 적대 사이, 이해와 맹목 사이, 부드러운 친밀감과 폭력적인 분노 사이의 과도적 상태에서 살아온 사람이었다. 반면 어머니와는 결코 싸우는 것을 두려워해본 적이 없었고, 어머니가 어느 편인지 알 수 없어 궁금해한 적도 없었고, 다음에는 어머니가 무엇에 흥분할까 걱정한 적도 없었다. 어머니는 그녀의 남편과는 달리 오직 가족애로만 이루어진 커다란 산업이었다. 두 아들의 행복이 모든 것이라고 생각하는 단순한 인격체였다. 아주 어렸을 때부터 스위드는 어머니와 이야기를 하다보면 바로 어머니의 심장으로 깊이 스며드는 느낌을 받았다. 아버지의 경우에는 심장에 접근하는 것은 쉬웠지만, 우선 그 두개골, 싸움꾼의 두개골과 부딪쳐야 했고, 뭐든 그 안에 있는 것에 이르려면 최대한 피를 흘리지 않고 그것을 열 방법을 찾아야 했다.

어머니가 얼마나 작은 여자가 되어버렸는지 놀라웠다. 골다공증이 소진시켜버리지 않은 부분은 지난 오 년 동안 메리가 파괴해버렸다. 그의 젊은 시절의 활기 넘치던 어머니, 중년에 들어서까지 젊음의 활력으로 칭찬받던 어머니는 이제 노파가 되었다. 등뼈는 뒤틀리고 굽었으며, 얼굴의 주름에는 상처와 곤혹스러운 표정이 자리잡고 있었다. 이제 사람들이 자신을 지켜보고 있다는 것을 의식하지 않을 때면 눈에 눈물이 고이곤 했다. 고통스럽게 사는 데 오래전부터 익숙해진 동시에 그렇게 오랫동안 그렇게 큰 고통을 겪었다는 사실에 깜짝 놀라는 표정이 동시에 담겨 있는 눈이었다. 그럼에도 그의 소년 시절의 기억에 남아 있는 것은(믿기 어렵다 해도 그는 이것이 진짜임을 분명히 알았다. 무자비하게 환상을 깨버리는 제리조차 물어보면 확인해줄 것이었다) 나머지 가족을 굽어보며 우뚝 선 어머니의 모습이었다. 멋진 웃음을 터뜨리는 건강하고 키가 큰 불그스름한 금발의 여자, 그 남성적인 가정에서 여자 노릇을 하는 것을 무척 사랑하던 여자였다. 지금 어머니를 보고 있으면 이상하거나 놀라운 일로 느껴지지만, 어린 시절에는 사람들을 얼굴만큼이나 웃음으로도 쉽게 구별할 수 있었다. 어머니의 웃음은, 옛날에 뭔가 웃을 일이 있을 때 터져나오는 것을 들으면, 가벼운 새가 날아가는 것처럼 위로, 위로 솟아올랐고, 그녀의 자식 입장에서 들으면 즐겁게 한번 더 솟아오르는 느낌이었다. 스위드는 같은 방에 없어도 어머니가 어디 있는지 알 수 있었다. 그는 어머니의 웃음소리를 들으면 집의 지도에서 어머니가 어디 있는지 정확히 집어낼 수 있었다. 집의 지도는 그의 뇌 안에 있는 것이 아니었다. 그냥 그것이 그의 뇌 자체였다(그의 대뇌피질은 전두엽, 두정엽, 측두엽, 후두엽으로 나뉘어 있는 것이 아니라 아래층, 위층, 지하실, 거실, 식당, 부엌 등으로 나뉘어 있었다).

그녀가 지난주에 플로리다에서 왔을 때 그녀의 마음을 짓누르던 것은 가방 안에 몰래 넣어 온 편지, 루 레보브가 제리와 최근에 별거를 시작한 두번째 부인에게 보낸 편지였다. 실비아 레보브는 남편이 부치라는 편지를 한 묶음씩 받아들곤 했는데, 그 편지만큼은 도저히 보낼 수가 없었다. 그녀는 편지를 부치는 대신 용기를 내어 혼자 있을 수 있는 곳으로 가서 뜯어보았다. 그리고 시모어에게 보여주려고 그 내용물을 북쪽으로 가져온 것이다. "수전이 이걸 받으면 제리한테 무슨 일이 벌어질지 너도 알지? 제리가 얼마나 난리를 피울지 너도 알지? 그 아이는 성질이 있는 아이잖아. 늘 그랬잖아. 그 아이는 네가 아니란다, 얘야. 그 아이는 외교관이 아니야. 하지만 네 아버지는 무슨 일에나 참견을 해야 하는 사람이잖아. 아무 일에나 그냥 참견만 하면 되지. 결과가 어떻게 되든 아무 상관 없어. 네 아버지는 이 편지를 며느리한테 보내기만 하면, 그래서 제리를 이런 식으로 나쁜 쪽으로 몰아가면 끝이라고 생각하지. 하지만 네 동생한테서 지옥 같은 대가를 치러야 해. 생지옥 같은 대가를."

그 두 장 길이의 편지는 이렇게 시작되었다. "수지에게, 네게 주려고 수표를 동봉했으니, 다른 누구에게도 알리지 마라. 주운 돈이라 생각하고 아무도 모르는 곳에 넣어두어라. 나는 아무 말 안 할 테니 너도 아무 말 하지 마라. 내가 유언장을 쓸 때 너를 잊지 않았다는 사실을 너한테 알려주고 싶구나. 이 돈은 네가 네 마음대로 해도 되는 것이란다. 아이들은 내가 따로 챙기마. 어쨌든 네가 이걸 투자하고 싶다면, 나는 그렇게 하는 것을 강력하게 추천한다만, 내가 권하는 것은 금 관련 주식이다. 달러는 아무런 가치가 없을 거야. 나도 막 만 달러를 금 관련 주식세 개에 넣어두었다. 그 이름을 말해주마. 베닝턴 광산. 캐스트워프 개발. 슐리-웨이건 광업회사. 견실한 투자지. 지금까지 한 번도 나를 잘못된 방향으로 이끈 적이 없는 배링턴 뉴스레터에 나온 회사들이야."

편지에는 수전 R. 레보브에게 주는 칠천오백 달러짜리 수표가 스테이플러로 찍혀 있었다. 편지를 열 때 동봉한 것이 펄럭거리며 떨어져 소파 밑으로 들어가지 않게 붙여놓은 것이었다. 그녀가 전화를 걸어 제리가 그의 진료실의 새 간호사와 살려고 아침에 나갔다면서 흐느끼다가 도와달라고 비명을 지른 다음날 그 두 배 액수의 수표가 이미 그녀에게로 갔다. 진료실에서 새 간호사가 차지하고 있던 자리는 제리가 수전과 바람을 피워 첫번째 부인과 이혼하기 전 수전 자신이 차지하고 있던 자리였다. 스워드의 어머니 말에 따르면 제리는 만 오천 달러짜리 수표에 관해 알게 되자 전화로 아버지에게 "책에 나오는 모든 욕"을 퍼부으며 난리를 피웠고, 그날 밤 루 레보브는 평생 처음으로 가슴에 통증을 느꼈으며, 어머니는 새벽 두시에 의사에게 전화를 해야 했다.

그런데 네 달이 지난 지금 루 레보브는 다시 그 일을 하고 있었다. "시모어, 내가 어째야 하니? 네 아버지는 소리를 지르고 돌아다녀. '두 번째 이혼, 두번째로 깨진 가족, 더 늘어난 깨진 가정의 손자들, 부모의 인도를 받을 수 없는 훌륭한 자식이 셋이나 늘다니.' 너도 네 아버지가 그렇게 소리를 지르고 다니는 거 알지? 쉬지 않고, 끝도 없이 그러고 다녀. 내가 미쳐버릴 것 같다는 생각이 들 때까지. '어쩌다 내 아들이 이렇게 이혼하는 데 능력을 발휘하게 된 거야? 이 가족 전체의 역사에서 이혼을 한 사람이 도대체 누가 있어? 아무도 없어!' 더는 못 견디겠구나, 얘야. 네 아버지는 나한테 소리를 질러. '왜 당신 아들은 그냥 창녀촌에 가지 않는 거야? 창녀촌의 창녀하고 결혼을 하고 이제 이딴 짓은 그만 좀 끝내라고 해!' 네 아버지는 제리하고 또 싸울 거고, 제리는 사정을 봐주지 않을 거야. 제리는 너처럼 사려 깊지 않아. 옛날부터 그래. 그 외투 때문에 싸웠을 때, 제리가 햄스터로 외투를 만들었을 때…… 기억나니? 아마 너는 그때 군대에 가 있었나보구나. 제리가 어딘가에서 햄스터가죽을 가져왔어. 아마 학교에서 얻었을 거야. 그걸로 어떤 여자애를 준다고 외투를 만들었어. 선물을 주겠다고 생각한 거지. 그 여자애는 상자에 담긴 외투를 받았어. 아마 소포로 보냈을 거야. 포장을 다 했는데도 냄새가 코를 찔렀지. 여자애는 울음을 터뜨렸고, 그 아이 어머니가 전화를 했어. 네 아버지는 엄청나게 화가 났지. 몹시 노여웠나봐. 그래서 부자가 싸웠지. 네 아버지하고 제리가 말이야. 나는 무서워 죽는 줄 알았다. 열다섯 살짜리 애가 자기 아버지한테 소리를 질러대는데, '권리', '권리' 하면서 말이야. 브로드와 마켓 스트리트에서도 제리가 '권리' 얘기하는 걸 들을 수 있었을 거야. 제리는 물러서지 않았지. 그애는 '물러선다'는 말의 뜻을 몰라. 하지만 지금은 마흔다섯 살짜리 남자한테 소리를 지르는 게 아니잖아. 일흔다섯 살짜리 노인네한테 소리를 지르는 거란 말이야. 그것도 협심증이 있는 노인네한테. 이번에는 소화불량으로 끝나지 않을 거야. 두통으로 끝나지 않을 거라고. 이번에는 제대로 심장마비가 올 거야." "심장마비는 안 와요. 어머니, 진정하세요." "내가 잘못한 거냐? 나는 평생 다른 사람 편지는 건드린 적이 없어. 하지만 어떻게 이걸 수전한테 보내게 놔둔단 말이야? 수전이 혼자만 알고 있지 않을 텐데. 전에 했던 것과 똑같이 할 텐데. 이걸로 제리를 공격할 텐데. 다 말할 텐데. 이번에는 제리가 네 아버지를 죽일 거야." "제리가 아버지를 죽이는 일은 없어요. 제리는 아버지를 죽이고 싶어하지도 않고, 죽이지도 않을 거예요. 편지 부치세요, 어머니. 봉투는 아직 갖고 계시죠?" "응." "찢어지지 않았죠? 찢지 않았죠?" "너한테 말하기 창피하지만, 찢어지지 않았어. 증기를 이용했거든. 하지만 나는 네 아버지가 갑자기 죽는 걸 원치 않아." "그런 일은 없어요. 지금까지도 안 그랬잖아요. 어머니는 빠지세요. 봉투에 수표를 넣어서, 편지를 넣어서 수전한테 부치세요. 그리고 제리가 전화를 하면, 그냥 밖에 나가 산책이나 하세요." "그러다가 네 아버지 심장에 다시 통증이 오면?" "다시 심장에 통증이 오면 다시 의사를 부르세요. 어머니는 그냥 빠지세요. 어머니가 끼어든다고 해서 아버지를 아버지 자신으로부터 보호할 수는 없어요. 그러기에는 이미 너무 늦었어요." "아, 나한테 네가 있다니 정말 감사하구나. 너는 내가 의지할 수 있는 유일한 사람이야. 너한테도 그렇게 힘든 게 많고, 그런 일을 다 겪었는데도, 이 집안에서 나한테 완전히 정신 나간 소리를 하지 않는 사람은 너뿐이야."

"에미는 잘 버티고 있냐?" 아버지가 물었다.

"잘 있어요."

"꼭 백만장자 귀부인처럼 보이더구나." 아버지가 말했다. "다시 옛날처럼 보여. 그 암소들을 없애버린 건 네가 한 가장 똑똑한 일이었어. 나는 그게 애초부터 마음에 들지 않았다. 에미한테 그게 왜 필요한지 도무지 알 수가 없더구나. 그 얼굴 주름 펴는 수술을 해서 다행이야. 나는 반대했지만 내가 틀린 거였어. 완전히 틀렸어. 그걸 인정하게 됐다. 그 사람이 아주 훌륭하게 해놨더구나. 이제 우리 돈의 얼굴에서 그간 겪은 모든 일이 사라져서 다행이야."

"정말 훌륭하게 해놨죠." 스위드가 말했다. "그 고생을 다 지워버렸으니까요. 돈한테 자기 얼굴을 돌려줬어요." 이제 돈은 거울에서 자신의 불행의 기록을 볼 필요가 없다. 그것은 멋진 한 방이었다. 바로 자기 앞에 있던 것을 싹 없애버린 것이다.

"하지만 돈은 기다리고 있어. 내 눈에는 보인다. 시모어. 어머니들은 그런 걸 봐. 얼굴에서는 고통을 지울 수 있을지 모르지만, 안에 든 기억은 없앨 수 없지. 그 가엾은 것은 그 얼굴 밑에서는 기다리고 있어."

"돈은 가엾은 것이 아니에요, 어머니. 돈은 투사예요. 괜찮아요. 정말 많이 좋아졌어요." 사실이었다. 그가 초연하게 견디는 동안 돈은 그것이 견딜 수 없다는 것을 깨닫고, 그것에 압도되고, 그것에 파괴되고, 그런 다음 그것에서 벗어나버리는 장족의 발전을 했다. 돈은 스위드처럼 타격에 저항하지 않는다. 타격을 받고, 부서지고, 그래서 다시 일어서면서 이제 완전히 끝내겠다고 결심한다. 정말 감탄하지 않을 수 없다. 우선 아이에게 공격받은 얼굴을 버린다. 다음에는 아이에게 공격받은 집을 버린다. 결국 이것은 그녀의 인생이다. 그녀는 할 수만 있다면 원래의 자신을 일으켜 다시 나아갈 것이다. "어머니, 이 얘기는 그만해요. 저하고 함께 밖에 나가 숯에 불을 피워요."

"싫어." 어머니는 다시 울 것처럼 보였다. "고맙구나, 애야. 나는 그냥 여기서 아버지하고 텔레비전이나 볼란다."

"하루종일 보셨잖아요. 나가서 저 좀 도와주세요."

"고맙지만 됐다."

"네 어머니는 저 사람들이 닉슨을 불러내는 걸 기다리고 있어." 아버지가 말했다. "저 사람들이 닉슨을 불러내 그 심장에 말뚝을 박으면, 네 어머니는 미칠 듯이 기뻐할 거다."

"당신은 안 그러우?" 어머니가 말했다. "네 아버지는 저 맘처* 때문

---

* mamzer. 원래 유대교에서 금지하는 결혼에서 태어난 아이를 가리키는 말로, 악당이라는 뜻으로도 쓰임.

에 잠도 못 자. 한밤중에 일어나서 편지를 써. 어떤 편지는 내가 검열을 해야 돼. 아예 손을 붙들고 못 쓰게 해야 돼. 말이 너무 더럽거든."

"저 스컹크 같은 놈!" 스위드의 아버지가 신랄하게 내뱉었다. "저 야비한 파시스트의 개!" 그러더니 아버지의 입은 무시무시한 힘으로 욕, 미합중국 대통령에 대한 비방을 쏟아내기 시작했다. 전성기의 메리도 이길 수 없을 듯한 욕설이었다. 다만 메리의 혐오감은 모두 박살내버릴 듯한 그 기관총처럼 단단한 말더듬증으로 무장되어 있다는 것이 차이일 뿐이었다. 닉슨은 루 레보브가 무슨 말이든 할 수 있는 자유를 주었다. 존슨이 메리에게 그런 자유를 주었던 것과 마찬가지였다. 루 레보브는 닉슨에 대한 검열받지 않는 증오로 손녀의 린던 존슨에 대한 독설 섞인 혐오를 흉내내고 있는 것 같았다. 닉슨을 불러와. 어떤 식으로든 그 새끼를 불러와. 닉슨만 불러오면 모든 게 잘될 거야. 우리가 닉슨한테 타르를 바르고 거기에 새털을 덮을 수만 있으면,* 미국은 다시 미국이 될 거야. 미국에 기어들어온 혐오스럽고 불법적인 것들은 다 사라질 거야. 이 모든 폭력과 악의와 광기와 증오가 다 사라질 거야. 그놈을 우리에 처넣어. 그 사기꾼을 우리에 넣어. 그러면 우리는 우리의 위대한 나라를 옛날 그대로 되찾게 될 거야!

돈이 무슨 일인가 보려고 부엌에서 뛰어들어왔다. 곧 그들은 그 크고 낡은 뒤쪽 포치에서 함께 울음을 터뜨렸다. 서로 끌어안고, 서로 부둥켜안고 울었다. 집 바로 밑에 설치된 폭탄이 터지는 바람에 남은 것이라고는 포치밖에 없는 것 같았다. 그들을 막기 위해, 또는 그 자신을

---

* 린치의 일종.

막기 위해 스위드가 할 수 있는 일은 아무것도 없었다.

이 가족이 이렇게까지 망가진 모습을 보인 적은 없었다. 무시무시한 그날 사건의 여진을 줄이고 자신에게 금이 가는 것을 막으려고 모든 힘을 그러모았음에도, 지하도를 서둘러 통과해 그의 차가 으스스한 다운넥 스트리트에 세워놓았던 그대로 말짱하게 있는 것을 발견한 뒤 굳은 결의로 재무장을 했음에도, 제리가 전화로 공격을 한 뒤 또다시 굳은 결의로 재무장을 했음에도, 손에 차 열쇠를 쥐고 그의 주차장을 둘러싼 가시 철조망 앞에서 세번째로 결의를 끌어올렸음에도, 스스로 경계를 했음에도, 공을 들여 난공불락의 화신이 되려 했음에도, 아이가 죽인 네 명으로부터 사랑하는 사람들을 보호하기로 결심하고 정교하게 꾸민 자신감 있는 가짜 겉모습을 내세웠음에도, 그가 "돈의 커다란 비프스테이크 토마토"가 아니라 "메리의 커다란 비프스테이크 토마토"라고 말하자, 그 말실수 하나만으로 그들은 뭔가 감당할 수 없을 정도로 끔찍한 일이 벌어졌다고 느끼고 말았던 것이다.

그날 저녁 식탁에는 레보브 가족 외에 손님 여섯 명이 있었다. 처음 도착한 사람은 빌과 제시 오컷 부부로, 돈이 찾아가는 건축가 부부였다. 그들은 길을 따라 몇 킬로미터 떨어진 곳에 있는 오컷 집안의 옛집에 사는 오래고 가까운 이웃이었는데, 빌 오컷이 레보브의 새로운 집을 설계하기 시작한 이후로 저녁식사에 초대할 만큼 친한 사이가 되었다. 오컷 집안은 모리스 카운티에서는 유명한 법률가 집안으로, 오래전부터 변호사, 판사, 주 상원의원을 배출해왔다. 새로운 환경보호 세대의 역사적 양심을 표현하는 기관으로 오래전부터 확고하게 자리잡고 있던 지역 문화재 협회의 회장으로서 오켓은 주간 도로 287번이 모리스타운의 역사적 중심부를 관통하는 것을 막으려는 싸움—지고는 있었지만—에 앞장섰고, 채텀 서쪽의 '대습지'와 더불어 그곳의 야생 생물을 파괴할 수도 있는 제트기 비행장 건설에 반대하여 승리를 거두었다. 지금은 오염물질이 호파트콩 호수를 더럽히는 것을 막으려고 노력하는 중이었다. 오켓의 범퍼 스티커에는 '조용하고 깨끗한 녹색 모리스'라고 적혀 있었고, 스위드를 처음 만났을 때 그의 차에도 친절하게 스티커를 붙여주었다. "현대의 질병을 막으려면 얻을 수 있는 모든 도움이 필요하거든요." 오켓은 그렇게 말했다. 오켓은 새로 이사 온 이웃이 원래 도시 출신이고 모리스 하일랜드 시골 지역은 전혀 모른다는 것을 알게 되자, 자원해서 답사 안내를 해주었다. 답사는 하루종일 계속되었다. 만일 스위드가 아내와 아기를 데리고 다음날인 일요일 아침에 엘리자베스에 있는 처가에 가야 한다고 거짓말을 하지 않았다면 그 다음날까지도 이어졌을 것이다.

돈은 그런 답사에 대해 그 자리에서 싫다고 하지는 않았다. 그러나 처음 만나자마자 그 지역의 주인처럼 구는 오켓의 태도 때문에 그녀는 화가 났다. 그의 개방적인 호의에서 뭔가 거슬리는 자기중심적인 면을 본 것이다. 그래서 그녀는 이 매력적이고 예의바른 젊은 시골 신사에게 자신은 우스꽝스러운 중간계급 아일랜드인, 용케 자기보다 나은 사람들을 흉내내는 요령을 터득하여 이제 마침내 가소롭게도 그가 특권을 누리는 뒷마당까지 침입해 들어온 여자에 불과할 뿐이라고 믿게 되었다. 그런 자신감, 그것이 그녀를 건드린 것이었다. 그 커다란 자신감. 물론 돈은 미스 뉴저지였지만, 스위드는 그녀가 이런 셰틀랜드 스웨터를 입은 부유한 아이비리그 남자들과 함께 있는 것은 몇 번밖에 보지 못했다. 그녀가 모욕을 느끼고 방어적인 태도를 취하는 것이 스위드에게는 늘 놀라운 일이었다. 그녀는 전혀 자신감이 부족하지 않은 사람처럼 보였음에도 그런 남자들을 만나면 계급적 상처를 받았기 때문이다. "미안해." 돈은 말하곤 했다. "나도 이게 내 아일랜드 기질에서 나온 적개심일 뿐이라는 걸 알지만, 어쨌든 나는 경멸당하는 게 싫어." 스위드는 그녀의 이런 적개심에 은근히 끌렸던 것만큼이나—내 아내는 적과 맞서서도 만만하게 당할 사람이 아니구나, 그는 그렇게 자랑스러워했다—혼란을 느끼고 실망하기도 했다. 그는 돈이 아주 아름답고 교양 있는 젊은 여자로서, 워낙 유명하기 때문에 적개심 같은 것은 느낄 필요가 없다고 생각하는 쪽이 더 좋았다. "그들과 우리 사이의 유일한 차이는"—여기서 그녀가 말하는 "그들"이란 신교도였다—"우리 쪽이 술을 약간 더 많이 마신다는 거지. 그렇다고 그렇게 많이 마시는 것도 아니야. '우리 새 켈트족 이웃. 그리고 그 여자의 헤브라이인 남편.' 그 사람이 벌써 다른 부자들과 그렇게 이야기하는 소리가 들려. 미안해. 당신이 별 문제 없다면 나도 좋아. 하지만 나는 우리의 초라한 출신을 그 사람이 경멸하는 걸 존중할 수가 없어."

오컷이라는 인물을 이루는 주요한 요소—돈은 그와 이야기를 해보지 않고도 이 점을 확신했다—는 자신과 자신의 예절이 멀리 고상한 과거로부터 나왔다는 점을 너무나 잘 안다는 것이었으며, 그래서 그녀는 답사하는 날 그냥 집에 있었다. 아기와 단둘이 있는 것에 완벽하게 만족했다.

그녀의 남편과 오컷은 여덟시 정각에 대각선으로 이 지역의 북서쪽 구석을 향해 올라갔다가, 거기에서 옛 철광산으로 이루어진 등뼈를 따라 구불구불 남서쪽으로 되짚어 왔다. 오컷은 내내 철이 왕이었고, 바로 이 땅에서 철 수백만 톤을 끌어내던 19세기 영광의 날들을 자세히 이야기했다. 그때는 힐버니아와 분턴에서 모리스타운에 이르기까지, 작은 도시와 마을에 압연공장, 못과 대못공장, 주물공장과 대장간이 꽉 들어차 있었다. 오컷은 분턴의 옛 공장 자리를 보여주었다. 초창기 모리스 앤드 에식스 철도를 위해 축, 바퀴, 철로를 제작하던 곳이었다. 오컷은 스위드에게 켄빌의 화약공장을 보여주었다. 광산용 다이너마이트를 만들다가 1차대전 때는 TNT를 만들었고, 이 공장을 기반으로 정부에서는 피카티니에 병기고를 만들 수 있었다. 이 병기고에서는 2차대전 동안 커다란 폭탄을 만들었다. 1940년에 바로 이 켄빌 공장에서 탄약 폭발 사고가 일어났다. 쉰두 명이 죽었는데, 처음에는 외국 첩자나 간첩의 소행이라고 의심했지만, 결국 부주의가 원인임이 밝혀졌다. 오컷은 스위드를 태우고 옛 모리스 운하의 서쪽 수로를 따라 잠시 달렸다. 모리스 주물공장에서 연료로 쓸 무연탄을 바지선이 필립스버그에서 들여오던 통로였다. 오컷이 슬쩍 미소를 띠면서 필립스버그에서 델라웨어 강을 건너면 바로 이스턴이며, "이스턴은 올드림록의 젊은 남자들을 위한 매음굴이 있던 곳입니다" 하고 말하는 바람에 스위드는 깜짝 놀랐다.

모리스 운하의 동쪽 끝은 저지시티와 뉴어크였다. 스위드는 운하의 뉴어크 쪽 끝에 관해서는 어렸을 때부터 알고 있었다. 아버지는 시내에 나갔다가 레이먼드 불러바드 근처에 이르면, 스위드가 태어나던 해까지만 해도 진짜 운하가 하이 스트리트 옆, 유대인 YMCA가 있는 곳 근처를 흘렀다고 말하곤 했다. 지금은 도시를 관통하는 넓은 길인 이 레이먼드 불러바드까지 운하가 흘러내렸다는 것이다. 레이먼드 불러바드는 펜 역 밑의 브로드 스트리트에서 온 차량들이 옛 퍼세이익 애비뉴로 나가 스카이웨이에 이르는 길이었다.

어린 스위드의 머릿속에서 모리스 운하의 '모리스'는 모리스 카운티—당시에는 네브래스카만큼이나 멀게 느껴졌다—와 연결된 적이 없었고, 외려 아버지의 진취적인 맏형 모리스와 연결되곤 했다. 1918년 스물네 살의 나이에 이미 신발가게—가난한 폴란드인, 이탈리아인, 아일랜드인이 섞여 사는 다운넥 페리 스트리트에 위치한 비좁은 가게로, 전시 육군여성부대와 맺은 장갑 공급 계약 이전에 레보브 가족의 가장 큰 업적이었으며, 이 가게 덕분에 뉴어크 메이드가 지역에 이름을 알릴 수 있었다—를 소유하고 젊은 아내와 함께 운영하던 모리스는 인플루엔자 전염병이 돌 때 거의 하룻밤 사이 세상을 떴다. 그날 시골 답사를 할 때도 오컷이 모리스 운하 이야기를 할 때마다 스위드는 알지도 못했던 죽은 큰아버지, 아버지가 무척 그리워하고 사랑하던 형이자 스위드가 레이먼드 불러바드 밑을 흐르던 운하에 이름을 남겼다고 믿었던 큰아버지를 먼저 생각했다. 심지어 아버지가 센트럴 애비뉴에 가게를 샀을 때도(운하가 북쪽으로 벨빌을 향해 방향을 틀던 자리에서 100미터도 떨어지지 않은 곳으로, 옛 운하 길 밑에 건설된 도시 지하철에 등을 기대다시피 지어진 공장이었다), 스위드는 운하의 이름을 주의 더 큰 역사보다는 그들 집안의 생존 투쟁 이야기와 연결시키려 했다.

스위드와 오컷은 워싱턴 장군의 모리스타운 본부—스위드는 예의를 지키느라 뉴어크 초등학교 4학년 시절에 이미 본 구식 소총과 대포알과 구식 망원경을 처음 보는 척했다—를 한 바퀴 돌고 나서 남서쪽으로 한참을 달려 모리스타운에서 빠져나가 독립전쟁 시기에 조성된 오래된 교회 묘지에 이르렀다. 이곳에는 전쟁에서 죽은 병사들의 무덤만이 아니라, 1777년 봄 이 지역의 야영지를 휩쓴 천연두에 희생된 병사 스물일곱 명이 함께 묻힌 무덤도 있었다. 이 아주, 아주 오래된 묘비들 사이에서도 오컷은 아침 내내 도로에서 그랬던 것과 마찬가지로 역사 이야기로 스위드를 교화하려 했다. 그래서 그날 저녁 식탁에서 돈이 오컷 씨가 어디를 데려갔느냐고 물었을 때 스위드는 웃음을 터뜨리며 이렇게 대답할 수 있었다. "돈이 아깝지는 않았어. 그 사람은 걸어다니는 백과사전이더라고. 평생 내가 이렇게 무식하다는 느낌이 든 건 처음이야." "얼마나 지루했는데?" 돈이 물었다. "무슨, 전혀 지루하지 않았어. 우리는 즐거운 시간을 보냈어. 괜찮은 사람이야. 아주 착해. 당신이 처음 만났을 때 생각한 것보다 나은 것 같던데. 출신학교 넥타이만으로 오컷을 규정하면 안 될 것 같아." 그는 특히 이스턴의 매음굴을 염두에 두고 있었지만, 입으로는 다르게 말했다. "집안이 독립전쟁 때까지 거슬러올라간대." "놀랄 일도 아니네 뭐." 돈이 대꾸했다. "그 사람은 모르는 게 없어." 스위드는 그녀의 비꼬는 말투에 무심한 척하며 말을 이어나갔다. "예를 들어 우리가 갔던 오래된 묘지는 근처에서 가장 높은 언덕에 있어. 그래서 그곳에 있는 오래된 교회의 북쪽 지붕에 떨어지는 비는 북쪽의 퍼세이익 강으로 흘러가서 뉴어크 만까지 가. 그리고 남쪽 지붕에 떨어지는 비는 남쪽으로 래리턴 강의 한 지류까지 흘러서 결국에는 뉴브런즈윅으로 가고." "믿어지지 않네." 돈이 말했다. "하지만 사실인걸." "그래도 안 믿을래. 뉴브런즈윅으로 간다는 건 안 믿어." "아, 어린애처럼 굴지 마, 돈. 이건 지질학적으로 흥미로운 거야." 스위드는 일부러 "아주 흥미로워" 하고 덧붙였다. 돈에게 자신은 아일랜드적인 적개심을 공유하지 않는다는 것을 알리려는 것이었다. 그런 적개심은 그답지 않은 것이었고, 사실 그녀답지 않은 것이기도 했다.

그날 밤 침대에 들었을 때 스위드는 메리가 초등학생이 되면 오컷을 꾀어 메리도 똑같은 답사를 하게 해줘야겠다고 생각했다. 그러면 메리는 자신이 자라는 땅의 역사를 직접 배울 수 있을 것 같았다. 20세기 초에 헌터던 카운티의 과수원에서 나는 복숭아를 운반하기 위해 백악관에서 모리스타운까지 철로가 놓여 있었다는 증거를 메리가 직접 보게 해주고 싶었다. 단지 복숭아를 운송하려고 50킬로미터짜리 철로를 놓았다는 것. 당시 대도시 부자들 사이에 복숭아 열풍이 불어, 그들은 복숭아를 모리스타운에서 뉴욕까지 실어 날랐다. '복숭아 특별열차'. 대단하지 않은가? 어떤 날에는 헌터던 과수원에서 열차 칠십 대로 복숭아를 실어갔다. 마름병이 다 쓸어가버리기 전 그곳에는 복숭아나무가 이백만 그루 있었다. 하지만 때가 되면 그가 직접 그 기차와 나무와 마름병 이야기를 메리에게 해줄 수도 있었다. 직접 아이를 데리고 다니며 철로가 있던 곳을 보여줄 수도 있었다. 굳이 오컷이 대신할 필요가 없었다.

"모리스 카운티의 첫 오컷이죠." 오컷은 묘지에서 위에 날개 달린 천사가 조각되어 있는 닳고 닳은 갈색 묘석을 가리키며 말했다. 교회의 뒷

담에 바짝 붙어 있는 묘석이었다. "토머스. 북아일랜드 출신의 신교도 이민자. 1774년 도착. 스무 살. 지역 민병대에 입대. 이등병. 1777년 1월 2일 세컨드트렌턴에서 참전. 다음날 워싱턴이 프린스턴에서 승리를 거둘 수 있는 발판을 마련한 전투로 평가되죠."

"이건 몰랐네요." 스위드가 말했다.

"이 사람은 결국 모리스타운의 병참기지로 가게 되었습니다. 콘티넨털 포병 열차를 위한 병참 지원. 전쟁 뒤에 모리스타운 제철소 매입. 1795년 돌발 홍수로 파괴. 1794년과 1795년 두 번의 돌발 홍수. 제퍼슨의 중요한 지지자. 블룸스필드 주지사가 내린 관직이 그의 목숨을 구했죠. 모리스 카운티의 유언 검인 판사. 형평법 재판소 판사 보좌관. 결국 카운티 서기가 되었죠. 그게 이 사람입니다. 자식을 많이 거느린 억센 족장."

"재미있네요." 스위드가 말했다. 이 모든 것이 더할 나위 없이 따분하다고 생각하던 바로 그 순간에 흥미를 느꼈다. 이런 사람을 전에 만나본 적이 없다는 것 때문에 그런 일이 흥미로울 수 있었다.

"이쪽으로 와보세요." 오컷이 말하며 스무 걸음쯤 떨어진 곳에 있는 또하나의 갈색 묘석으로 갔다. 이 묘석에도 위에 천사가 새겨져 있었다. 묘석 아래쪽에는 판독할 수 없는 글이 네 줄 새겨져 있었다. "아까 그 사람의 아들 윌리엄입니다. 아들이 열 명이었죠. 한 명은 삼십대에 죽었지만 나머지는 장수했죠. 모리스 카운티 전체로 퍼져나갔습니다. 농부는 한 명도 없었죠. 치안판사. 보안관. 자유 보유 관직. 우체국장. 어디나 오컷이었죠. 심지어 워런 깊숙한 곳이나 위쪽 서식스까지. 윌리엄은 부자에다 잘나갔죠. 턴파이크 개발. 금융. 1828년 뉴저지 대통령 선거인. 앤드루 잭슨을 밀었죠. 잭슨의 승리로 사법부에서 중요한 자리를 맡을 수 있었고요. 주의 최고 사법부에 들어간 거예요. 변호사도 아니었는데 말이에요. 당시에는 그런 게 중요하지 않았죠. 사망했을 때는 아주 존경받는 판사였습니다. 보이죠, 묘석에? '덕망 있고 유능한 시민.' 여기는 이 사람 아들입니다—여기, 여기 이거요—이 사람 아들 조지인데 오거스트 핀들리 밑에서 직원으로 일하다 파트너가 되었죠. 핀들리는 주 입법가였어요. 노예제 문제 때문에 공화당에 들어가게 되었고……"

돈이 듣고 싶어하건 말건, 아니, 듣고 싶어하지 않았기 때문에 스위드가 그녀에게 말했듯이 그것은 "미국 역사 수업"이었다. "존 퀸시 애덤스. 앤드루 잭슨. 에이브러햄 링컨. 우드로 윌슨. 그 사람 할아버지가 우드로 윌슨과 동창이라더군. 프린스턴 동창. 몇 년도인지도 말해줬는데. 잊어버렸어. 1879년인가? 연도를 하도 많이 들어서 말이야, 도니. 그 사람이 하도 많이 말을 해줘서. 그런데 우리가 한 일이라고는 언덕 꼭대기에 있는 교회 뒤편의 묘지 주위를 걸어다닌 것뿐이야. 대단하더군. 학교나 다름없었어."

그러나 한 번으로 충분했다. 스위드는 최대한 관심을 기울였다. 거의 이백 년에 걸친 오컷 집안의 흐름을 머릿속에 똑바로 정리해두려고 계속 노력했다. 그러나 오컷이 모리스 카운티의 '모리스'라는 말을 할 때마다 스위드는 모리스 레보브의 '모리스'를 생각했다. 그는 평생 그 오컷 사람들의 묘지 주위를 걸어다닐 때처럼 자신이 아버지 같다는 느낌—아버지의 아들이 아니라 아버지—을 받아본 적이 없었다. 그의 가족은 오컷 집안과 조상에서는 상대가 되지 않았다. 이 분 정도만 이야기하면 조상 이야기는 더 할 것이 없었다. 뉴어크 이전으로, 예전 나라로 거슬러올라가는 순간, 아무도 아무것도 몰랐다. 뉴어크 이전에는 이름도, 그들에 관한 어떤 것도 몰랐다. 누가 누구에게 투표를 했는지는커녕 뭘 해 먹고살았는지도. 하지만 오컷은 쉬지 않고 조상 이야기를 풀어낼 수 있었다. 레보브 집안이 미국에서 한 계단을 올라갈 때마다 그 위에는 늘 더 올라가야 할 계단이 있었다. 이 사람은 바로 그 위의 계단에 있었다.

그래서 오컷이 약간 심하게 허풍을 떤 것일까? 오컷이 처음 만났을 때 미소 한 번으로 분명히 해두려 했다고 돈이 비난한 대로, 즉 자기가 누구이고 상대는 누가 아니라는 것을 분명히 하고 싶었던 것이었을까? 아니, 그것은 너무 아내처럼 생각하는 것이 아니라 너무 그의 아버지처럼 생각하는 것이었다. 유대인의 적대감도 아일랜드인의 적대감만큼이나 심해질 수 있었다. 더 심해질 수 있었다. 그러나 그들은 그런 것에 얽매이려고 올드림록에 나와 사는 것이 아니었다. 그 자신도 아이비리그 출신이 아니었다. 그는 돈과 마찬가지로 이스트오렌지의 하급 업살라 대학에서 교육을 받았고, '아이비리그'가 대학과 관련이 있다는 것을 알기 전에는 무슨 옷 이름인 줄 알았다. 물론 조금씩 그림이 잡히기 시작했다. 건물이 담쟁이덩굴로 덮이고 돈 있는 사람들이 특정한 스타일의 옷을 입고 다니는 이방인의 부의 세계. 이 세계는 유대인을 받아들이지 않았고, 유대인을 몰랐고, 아마 유대인을 그렇게 좋아하지도 않을 터였다. 어쩌면 아일랜드계 가톨릭도 좋아하지 않을지 몰랐다—그 점에 관해서는 돈의 말을 받아들일 수 있었다. 어쩌면 그들을 경멸까지 할지도 몰랐다. 그러나 오컷은 오컷이었다. 그는 '아이비리그'의 가치가 아니라 그 자신의 가치에 따라 평가받아야 했다. 그가 나에게 공정하고 예의를 갖추면, 나도 그에게 공정하고 예의를 갖출 것이다.

스위드의 머릿속에서 이 모든 것을 오컷은 과거 이야기가 나오면 지루해질 수 있는 사람이라는 식으로 정리해버렸다. 스위드는 거기에 그 이상의 의미가 있다는 말은 받아들이지 않을 생각이었다. 누군가가 그런 의미가 있다는 것을 증명한다면 몰라도. 그들은 보이지도 않는 집에 사는 언덕 너머 이웃들 때문에 씩씩거리려고 여기까지 나와 사는 것이 아니었다. "나는 돈으로 살 수 없는 것들을 소유하고 싶어요." 스위드가 어머니에게 농담으로 하곤 하던 그 말이 그들이 여기 나와 사는 이유였다. 짐을 싸서 뉴어크를 떠나는 다른 모든 사람들은 메이플우드나 사우스오렌지의 아늑한 교외 거리 가운데 한 곳을 택했다. 그러나 그들은 다른 사람들과는 달리 변경으로 나왔다. 스위드는 사우스캐롤라이나에 내려가 해병대 생활을 하던 이 년 동안 "여기는 오래된 남부야. 나는 메이슨-딕슨 선* 아래 내려와 있어. 나는 사람들이 '저 아래 남부'라고 부르는 곳에 와 있다고!" 하는 생각만으로도 흥분하곤 했다. 물론 남부에서 출퇴근을 할 수는 없었지만 대신 그는 메이플우드와 사우스오렌지는 건너뛰고, 사우스마운틴 보호구역은 훌쩍 넘어 뉴저지 서부로 최대한 멀리 나왔다. 그래도 매일 센트럴 애비뉴까지 한 시간이면 출근할 수 있었다. 뭐 어때? 미국 땅 100에이커인데. 농사를 지으려는 것이 아니라, 일 년에 100에이커의 나무를 소비하던 그 옛

---

* 19세기에 북부의 자유주와 남부의 노예주를 구분하던 선.

날 대장간에 목재를 공급하려고 개간한 땅이었다. (부동산회사 여자는 지역 역사에 관해 빌 오컷만큼이나 해박했으며, 또 그것을 뉴어크 거리에서 온 잠재적 구매자에게 잔뜩 떠먹이는 데도 그 못지않게 너그러웠다.) 축사, 물방아용 저수지, 물방아를 돌리는 물, 워싱턴의 군대에 곡물을 공급하던 방앗간의 기초만 남은 유적지. 땅 뒤쪽 어딘가에는 버려진 철광산도 있었다. 독립전쟁 직후 나무로 지은 원래의 집과 제재소는 불타버렸고, 그 집터에 현재의 집을 지었다. 지하실 문 위의 돌과 방 앞의 모퉁이 들보에 새겨놓은 연도에 따르면 1786년에 지은 것이었다. 외부 벽은 근처 언덕의 독립군 야영지의 난로에서 모은 돌로 쌓은 것이었다. 그가 늘 꿈꾸어오던 돌집이었다. 게다가 2단 맞배지붕이었다. 전에 부엌이었고 지금은 식당이 된 곳에는 그가 전에 본 적이 없는 벽난로가 있었다. 황소라도 구울 만큼 큰데다, 오븐 문을 달아놓았고, 쇠 주전자를 불 위에서 돌릴 수 있도록 크레인도 달아놓았다. 난로 전체를 가로질러 5미터 길이로 50센티미터 두께의 상인방 들보가 뻗어 있었다. 다른 방에 있는 작은 벽난로 네 개도 모두 사용이 가능했고, 원래의 굴뚝이 그대로 달려 있었다. 백육십여 년에 걸쳐 여러 번 칠한 페인트 밑으로 나뭇조각과 쇠시리가 보일 듯 말 듯 했지만, 복원하면 드러낼 수 있었다. 3미터 폭의 중앙 복도. 희미한 줄무늬가 있는 타이거 메이플을 깎아 만든 중심 기둥과 난간이 달린 층계—부동산회사 여자 말에 따르면 당시 이 지역에서는 타이거 메이플이 귀했다. 아래층과 위층 모두 층계 양편에 방이 두 개씩 있어 방은 모두 여덟 개였으며, 여기에 부엌, 그리고 커다란 뒤쪽 포치가 딸려 있었다…… 도대체 이것이 그의 것이 되지 않을 이유가 무엇인가? 그가 이것을 소유하지 말아야 할 이유가 무엇인가? "나는 누구 옆집에 살고 싶지 않아. 그건 이미 해봤어. 그렇게 자랐어. 창밖으로 현관 계단을 보고 싶지 않아. 땅을 보고 싶어. 어디에나 냇물이 흐르는 걸 보고 싶어. 소와 말을 보고 싶어. 길을 따라 차를 타고 가면 폭포가 나와. 우리는 다른 모든 사람처럼 살 필요가 없어. 우리는 이제 우리가 원하는 대로 살 수 있어. 우리는 해냈어. 아무도 우리를 막지 않았어. 막을 수가 없었어. 우리는 결혼했어. 우리는 아무데나 갈 수 있어. 뭐든지 할 수 있어. 도니, 우리는 자유야!"

게다가 이 자유를 얻는 데 고통이 없었던 것도 아니었다. 아버지는 교외 사우스오렌지의 뉴스테드 개발 지구에서 고르라고, 다 쓰러져가는 '영묘靈廟' 대신 모든 것이 새로운 현대 주택을 사라고 압력을 넣었다. "저건 절대 난방을 못할 거다." 루 레보브는 '파는 집' 표지판이 붙어 있는 거대하고 텅 빈 낡은 돌집을 처음 본 토요일에 그렇게 예언했다. 가장 가까운 기차역인 모리스타운의 래커워너 역, 노르스름한 등나무 좌석을 갖추고 스크린도어가 달린 녹색 열차들이 사람들을 뉴욕까지 실어나르는 역에서 서쪽으로 18킬로미터쯤 가다가 언덕 지대의 도로 옆에 느닷없이 나타나는 집이었다. 루 레보브가 그렇게 예언한 것은, 이 집에 100에이커의 땅과 쓰러져가는 축사와 쓰러진 방앗간이 딸려왔기 때문이다. 일 년 가까이 텅 빈 채 구매자를 기다렸고, 뉴스테드의 겨우 2에이커짜리 땅에 있는 집의 반밖에 안 하는 가격이었기 때문이다. "여기에 난방을 하려면 돈이 엄청 들 거야. 그래도 얼어죽을 거야. 여기에 눈이 오면, 시모어, 기차는 어떻게 타러 갈래? 이런 길은 못 다녀. 게다가 얘가 저 땅은 다 뭐에 쓰겠어?" 마지막 말은 루 레보브가 스위드의 어머니에게 던진 말이었다. 어머니는 외투를 입은 채 두 남자 사이에 서서 길가의 나무들 우듬지를 살피며(스위드는 그렇게 생각했지만, 나중에 알고 보니 어머니는 도로에서 가로등을 찾으려고 했던 것인데 결국 찾지 못했다) 두 사람의 토론에 끼지 않으려고 최선을 다하고 있었다. "저 땅은 다 어쩔 거냐?" 아버지가 이번에는 스위드에게 물었다. "굶주린 아르메니아 사람들을 먹일 거야? 알아? 넌 꿈을 꾸고 있는 거야. 여기가 어디라는 걸 네가 알고나 있는지 궁금하구나. 자, 우리 좀 솔직해지자. 여기는 편협하고 고집불통인 지역이야. 1920년대에는 클랜이 번성했어. 그거 알아? KKK, 큐 클럭스 클랜. 사람들이 여기 자기들 땅에서 십자가를 불태웠다고." "아버지, 이제 큐 클럭스 클랜은 없어요." "아, 그래? 여기는 완고한 공화당의 뉴저지야, 시모어. 여기는 머리에서 발끝까지 공화당이라고." "아버지, 지금은 아이젠하워가 대통령이에요. 온 나라가 공화당이라고요. 아이젠하워가 대통령이고 루스벨트는 죽었어요." "그래. 하지만 여기는 루스벨트가 살았을 때도 공화당이었어. 뉴딜 때도 공화당이었다고. 그걸 생각해봐. 여기서 왜 루스벨트를 싫어했겠니, 시모어?" "모르겠어요. 민주당원이라서 싫어했겠죠." "아니야, 유대인과 이탈리아인과 아일랜드인을 싫어했기 때문에 루스벨트를 싫어한 거야. 그래서 이 사람들이 애초에 여기로 나온 거야. 루스벨트가 새로운 미국인들에게 순응했기 때문에 그 사람을 싫어한 거야. 루스벨트는 새로운 미국인들한테 뭐가 필요한지 이해하고 그 사람들을 도와주려고 했거든. 하지만 이놈들은 안 그래. 이놈들은 유대인을 조금도 좋아하지 않아. 나는 지금 너한테 편협한 고집쟁이들 이야기를 하는 거야. 나치 이야기를 하는 게 아니야. 그냥 증오에 관해 이야기하는 거야. 여기가 그 증오꾼들이 사는 곳이란 말이야. 바로 여기가."

답은 뉴스테드였다. 뉴스테드에서라면 100에이커라는 골칫거리는 존재하지 않았다. 뉴스테드에서라면 완고한 민주당원뿐이었다. 뉴스테드에서라면 그의 가족은 젊은 유대인 부부들 사이에서 살 수 있고, 아기는 유대인 친구들과 함께 자랄 수 있고, 사우스오렌지 애비뉴를 이용하면 집 앞에서 뉴어크 메이드 문앞까지 늦어도 삼십 분이면 갈 수 있었다…… "아버지, 모리스타운까지 차로 십오 분이면 가요." "눈이 오면 못 가지. 교통법규를 준수하면 못 가지." "여덟시 이십팔분 특급을 타면 브로드 스트리트에 여덟시 오십육분에 떨어져요. 거기서 센트럴 애비뉴까지 걸어가면 아홉시 육분에는 출근할 수 있어요." "눈이 오면? 아직 그 질문에는 대답을 안 했잖아. 기차가 고장나면?" "주식 중개인들도 이 기차를 타고 출근해요. 맨해튼으로 가는 변호사, 사업가도요. 다 부자들이란 말이에요. 완행열차가 아니에요. 고장나지 않는다고요. 이른 아침에는 특등 객차도 있다니까요. 참 나. 여기는 벽지가 아니에요." "나를 속이지는 못해." 아버지는 대꾸했다.

그러나 스위드는 옛날 개척자들처럼 돌아서려 하지 않았다. 그의 아버지에게는 비실용적이고 지각없는 짓이 그에게는 용기 있는 행동이었다. 그 집과 100에이커의 땅을 사서 올드림록으로 나온 것은 그에게 돈 드와이어와 결혼한 것 다음으로 과감한 행동이었다. 아버지의 눈에는 화성으로 보인 것이 그의 눈에는 미국으로 보였다. 그는 마치 자신이 최초인 것처럼 독립전쟁기의 뉴저지에 정착하고 있었다. 올드림록으로 나오자, 미국 전체가 그들의 문간에 있었다. 그는 그 생각이 마음에 들었다. 유대인의 적개심, 아일랜드인의 적개심—다 꺼지라고 해. 스물다섯 살 동갑인 남편과 아내, 한 살이 안 된 아기. 그들이 올드림록으로 나오는 것은 용기 있는 일이었다. 그는 피혁업계의 강하고 똑똑하고 재능 있는 사람 여러 명이 자기들 아버지한테 짓눌렸다는 이야기를 이미 들었고, 자신은 그런 꼴을 당하지 않을 생각이었다. 그는 아버지와 똑같은 사업을 사랑하게 되었고, 장자상속권을 차지했으며, 이제 그것을 넘어 자신이 원하는 곳에서 정말 잘살아보려고 하는 중이었다.

아니, 누구도 우리에게 적개심을 갖지 않을 거야. 우리는 그 적개심 너머에, 거기에서 60킬로미터나 떨어진 곳에 있어. 그렇다고 종교적 경계를 가로질러 섞이는 것이 늘 쉽다고 말하는 것은 아니었다. 편견이 없다고 말하는 것은 아니었다. 해병대에서 신병으로 그런 편견과 마주한 일이 있었다. 신병 훈련소에서 두 번 정면으로 마주했다. 그러나 그것을 견뎌냈다. 돈도 애틀랜틱시티의 미인대회에서 뻔뻔스러운 반유대주의와 충돌한 일이 있었다. 그녀의 샤프롱이 베스 마이어슨이 미스 아메리카가 되었던 1945년을 혐오스러워하며 "유대인 여자애가 승리한 해"라고 말했던 것이다. 물론 돈도 어린 시절 유대인에 대한 가벼운 농담은 많이 들었지만, 애틀랜틱시티는 현실 세계였기 때문에 그것은 충격으로 다가왔다. 돈은 그때 그 이야기를 스위드에게 하지 않으려 했다. 그 멍청한 여자에게 당장 꺼지라는 말을 하지 못하고 그냥 예의를 지키려 입을 다물었기 때문이다. 더군다나 샤프롱은 이렇게 덧붙이기까지 했다. "나도 그 여자가 예쁘다는 것은 인정하지만, 그래도 미인대회에는 아주 창피스러운 일이었어요." 그렇다고 해서 그것이 이제 와서 어느 쪽으로든 중요하다는 것은 아니었다. 돈은 스물두 살짜리 대회 참가자에 불과했다. 그녀가 무슨 말이나 행동을 할 수 있었겠는가? 그가 하고자 하는 말은 그들 둘 다 그런 편견이 존재한다는 사실을 직접 경험해서 알고 있다는 것이었다. 그러나 올드림록과 같은 교양 있는 공동체에서는 종교의 차이에 대처하는 것이 돈이 힘들게 여기는 것만큼 어려울 필요가 없었다. 그녀가 유대인과 결혼할 수 있다면, 당연히 신교도하고도 친한 이웃이 될 수 있었다. 그녀의 남편이 그럴 수 있다면 당연히 그녀도 그럴 수 있었다. 신교도란 그냥 다른 종파에 불과했다. 물론 그녀가 자라던 곳에서는 드물었고, 또 그가 자라던 곳에서도 드물었지만, 그래도 미국에서는 드물지 않았다. 똑바로 보자, 그들이 바로 미국이다. 하지만 당신이 당신 어머니와는 달리 가톨릭의 방식이 더 우월하다고 주장하지 않는다면, 내가 우리 아버지와는 달리 유대교의 방식이 더 낫다고 주장하지 않는다면, 자기들 아버지나 어머니와는 달리 신교의 방식이 우월하다고 주장하지 않는 사람들을 많이 찾아낼 수 있을 것이 틀림없다. 이제 아무도 다른 사람을 지배하지 않는다. 그것이 전쟁의 교훈이었다. 우리 부모들은 전후 세계의 가능성, 그 현실, 사람들이 조화를 이루어 살 수 있다는 현실, 온갖 종류의 사람들이 출신에 관계없이 나란히 함께 살 수 있다는 현실에 적응하지 못하고 있다. 이제는 새로운 세대가 나타났고, 이제 그들이건 우리건 누구도 그 적개심 같은 것은 필요가 없다. 상층계급도 두려워할 것이 전혀 없다. 그들을 알면 그들에게서 뭘 보게 될지 알고 있지 않은가. 그들도 그저 함께 잘 지내고 싶어하는 다른 사람들일 뿐이다. 이 모든 일에 똑똑하게 대처하자.

사실 스위드는 오컷에게 너무 열을 내지 말라고 돈을 설득하기 위해 이런 빈틈없는 이야기를 할 필요가 없었다. 돈이 '오컷 가족묘지 답사'라고 부르게 된 그 관광 답사 이후 오컷이 그들의 삶에 별로 끼어들지 않았기 때문이다. 당시에는 오컷 가족과 레보브 가족 사이에 사교생활 같은 것은커녕 허물없는 우정조차 이루어지지 않았다. 물론 스위드는 토요일 아침에 오컷의 집 뒤쪽 목초지에서 주말마다 열리는 터치 풋볼 게임에는 참가했다. 여기에는 오컷의 동네 친구들을 비롯해 스위드 같은 사람들 몇 명, 에식스 카운티 주변 군인 출신으로 새로 가족을 이루어 넓게 펼쳐진 공간으로 흘러드는 사람들이 모였다.

그 가운데 버키 로빈슨이라는 안경점 주인이 있었다. 작고 근육질의 몸에 안짱다리이며, 동그란 얼굴은 천사 같은 느낌을 주는 이 사람은 스위드가 고등학교를 마칠 무렵 위퀘이크가 전통적으로 추수감사절이면 맞붙던 힐사이드 고등학교의 쿼터백 후보 선수였다. 버키가 터치 풋볼에 나온 첫 주에 스위드는 그가 오컷에게 손가락을 꼽아가며 스위드 레보브의 3학년 시절에 관해 이야기하는 소리를 들었다. "풋볼에서는 도시 대표 엔드였고, 농구에서는 도시 대표, 카운티 대표 센터였고, 야구에서는 도시 대표, 카운티 대표, 주 대표 일루수였고……" 보통 때 같으면 스위드는 다른 사람이 이렇게 노골적으로 경외감을 표현하는 것이 전혀 마음에 들지 않았을 것이다. 게다가 여기는 이웃으로서 친목을 다지는 자리, 그냥 공놀이나 즐기려고 나온 한 사람으로서 만족할 수 있는 자리였기 때문이다. 그러나 지금은 자신에 대한 버키의 과도한 열광을 견디며 서 있는 사람이 오컷이었기 때문에 괜찮다는 느낌이 들기도 했다. 그는 오컷과 싸운 적이 없고 싸울 이유도 없었지만, 자신이 보통 겸손한 태도 뒤에 감추던 모든 것을 버키가 오컷에게 그렇게 열광적으로 드러내는 것이 그가 상상했던 것 이상으로 기쁨을 주었다. 어쩌면 그 자신은 전혀 알지 못했던 욕망, 복수의 욕망이 충족되는 느낌 같기도 했다.

몇 주가 지나면서 버키와 스위드는 한 팀이 되었다. 버키는 자신의 행운을 믿을 수가 없었다. 다른 모든 사람에게 새로운 이웃 이름은 시모어였지만, 버키는 기회가 있을 때마다 그를 스위드라고 불렀다. 다른 누가 텅 빈 곳에서 공을 달라고 허공에 팔을 열심히 흔들어도 상관없었다. 버키의 눈에 패스를 받을 사람은 오직 스위드뿐이었다. "빅 스위드, 바로 그거야!" 그는 스위드가 또 한번 로빈슨의 패스를 받아낸 뒤 허들로 돌아올 때마다 그렇게 소리쳤다. 빅 스위드. 고등학교 이후 제리 외에는 누구도 그렇게 부른 적이 없었다. 게다가 제리에게는 그것이 늘 비꼬는 별명이었다.

어느 날 버키는 스위드의 차를 얻어 타고 자기 차 수리를 맡겨둔 동네 자동차 정비소까지 가게 되었다. 차를 타고 가던 중 놀랍게도 버키는 자기도 유대인이며, 그들 부부가 최근 모리스타운 회당에 등록했다는 이야기를 했다. 버키는 이쪽으로 나온 뒤로 모리스타운 유대인 공동체와 더 가깝게 지내게 되었다고 덧붙였다. "이방인 도시에서는 근처에 유대인 친구들이 있다는 게 아주 큰 힘이 되지." 모리스타운의 유대인 공동체는 그렇게 크지는 않았지만 확실히 자리를 잡고 있었고, 그 역사는 남북전쟁 이전으로 올라가며, 이 도시의 영향력 있는 사람들이 많이 포함되어 있었다. 모리스타운 메모리얼 병원의 이사—그의 고집으로 마침내 이 년 전에 이 병원에 첫 유대인 의사들을 초빙할 수 있었다—와 도시 최고의 백화점 사장이 그 예였다. 이렇게 성공을 거둔 유대인 가족들이 지금까지 오십 년째 웨스턴 애비뉴의 치장벽토를 바른 커다란 집에 살고 있지만, 전체적으로 이곳은 유대인에게 별로 친절한 지역은 아니었다. 버키는 어린 시절 가족과 함께 여름마다 근처 구릉지의 휴양 도시인 마운트프리덤에 와서 일주일 동안 리버먼 호텔에 묵곤 했다. 이곳에서 버키는 모리스 시골의 아름다움이나 고요와 첫사랑에 빠지게 되었다. 마운트프리덤은 말할 것도 없이 유대인에게 아주 좋았다. 열, 열하나의 큰 호텔들에 모두 유대인이 가득했다. 수만 명이 여름 이동을 했는데, 이들이 모두 유대인이었다. 휴가를 온 사람들도 농담으로 이곳을 '마운트프리드먼'*이라고 불렀다. 뉴어크나 퍼세이익이나 저지시티의 아파트에 산다면 마운트프리덤에서 보내는 일주일은 천국이었다. 모리스타운은 여전히 굳건하게 이방인의 도시였지만, 그럼에도 법률가, 의사, 주식중개인 들로 이루어진 코즈모폴리턴 공동체였으며, 버키 부부는 커뮤니티로 영화를 보러 가는 것을 좋아했고, 아주 훌륭한 가게들을 좋아했고, 오래된 아름다운 건물들을 좋아했고, 유대인 상점 주인들이 네온사인을 밝혀둔 스피드웰 애비뉴를 좋아했다. 하지만 전쟁 전에는 마운트프리덤 가장자리에 있는 골프 코스 표지판에 철십자 낙서가 있었다는 걸 알아? 분턴과 도버에서 클랜이 집회를 열었다는 걸 알아? 시골 사람들, 노동계급 사람들, 클랜 회원들이 말이야. 모리스타운 그린에서 10킬로미터도 떨어지지 않은 집 앞 잔디밭에서 십자가를 불태웠다는 걸 알아?

그날부터 버키는 상당한 대어라 할 수 있는 스위드를 낚아 모리스타

---

* 유대인에게 흔한 성.

운 유대인 공동체에 집어넣으려 했다. 바로 회당에 들어가지는 않더라도, 회당의 농구팀에 끌어들여 회당 간 리그로 벌이는 저녁 농구 시합에 뛰게 하려고 했다. 로빈슨의 그런 사명 의식에 스위드는 짜증이 났다. 돈이 임신을 하고 나서 몇 달 뒤 아기가 태어나기 전에 어머니가 돈이 개종할 거냐고 묻는 바람에 깜짝 놀랐을 때와 마찬가지였다. "어머니, 유대교를 따르는 것이 아무런 의미가 없는 남자는 부인한테 개종을 요구하지 않아요." 스위드는 평생 어머니에게 그렇게 딱딱했던 적이 없었다. 어머니가 눈물을 글썽이는 표정으로 물러서는 바람에 그는 당황했다. 그가 어머니한테 '화가 난' 것이 아니라는 사실, 그는 단지 자신이 성인으로서 성인의 권리를 가지고 있다는 점을 분명히 보여주려 했다는 사실을 이해시키려고 그날 어머니를 몇 번이나 끌어안았는지 모른다. 그는 돈에게 로빈슨 이야기를 했다. 밤에 잠자리에 누워 그에 관한 이야기를 많이 했다. "나는 그런 걸 하려고 여기로 이사 온 게 아니야. 어차피 그런 걸 했던 적도 없어. 어렸을 때 대제일大祭日에 아버지하고 함께 회당에 가보곤 했는데, 도대체 뭘 하려는 건지 이해할 수 없었어. 거기 있는 아버지의 모습도 도무지 말이 되지 않았고. 그건 아버지가 아니었어. 아버지 같지가 않았어. 아버지는 그럴 필요가 없는 것, 사실 이해도 못하는 것에 허리를 굽히고 있었어. 할아버지 때문에 그냥 허리를 굽히고 있었던 것뿐이야. 나는 그런 게 아버지가 인간이라는 것하고 도대체 무슨 상관이 있는 건지 이해하지 못했어. 장갑공장이 아버지가 인간이라는 것하고 관계가 있다는 건 누구라도 이해할 수 있는 거야—아주 중요한 관계가 있지. 아버지는 장갑 이야기를 할 때는 자신이 무슨 이야기를 하고 있는지 잘 알았어. 하지만 그것에 관해 이야기를 시작했을 때는? 당신도 한번 들어봤어야 하는데. 만일 아버지가 하느님을 아는 만큼 가죽을 알았다면, 우리 가족은 가난뱅이가 되었을 거야." "아, 하지만 버키 로빈슨이 하느님 이야기를 하는 건 아니잖아, 시모어. 그냥 당신 친구가 되고 싶어하는 거야. 그뿐이야." 그녀가 말했다. "그런 것 같기는 해. 하지만 나는 그런 종교적인 것에는 관심을 가진 적이 한 번도 없어, 도니. 내가 기억하는 한 말이야. 나는 그걸 도무지 이해할 수가 없었어. 이해하는 사람이 있나? 나는 도대체 무슨 소리를 하는 건지 알 수가 없어. 회당에 들어가면 나한테는 모든 게 너무나 이질적이야. 늘 그랬어. 어렸을 때 헤브라이 학교에 가야 할 때면, 교실에 있는 동안 내내 공을 가지고 놀러 밖으로 나가고 싶어 안달이었어. '여기 더 앉아 있다가는 병이 들겠다.' 그런 생각이 들었지. 그런 장소에는 뭔가 건강하지 않은 게 있었어. 그런 곳에 가까이 가기만 해도 그곳이 내가 있고 싶은 곳이 아니라는 걸 알 수 있었지. 공장은 내가 어렸을 때부터 있고 싶은 곳이었어. 경기장은 유치원에 다닐 때부터 있고 싶은 곳이었어. 보는 순간 이곳이 내가 있고 싶은 곳이다 하는 걸 알았어. 왜 내가 있고 싶은 곳에 있으면 안 돼? 왜 내가 함께 있고 싶은 사람하고 있으면 안 돼? 그렇게 있어도 된다는 게 이 나라의 핵심 아냐? 나는 있고 싶은 곳에 있고 싶고, 있기 싫은 곳에는 있기 싫어. 그게 미국인이라는 거야. 안 그래? 나는 당신하고 함께 있고, 나는 아기하고 함께 있고, 낮에는 공장에 있고, 나머지 시간에는 여기 나와 있어. 이것이 내가 이 세상에서 있고 싶어하는 모든 곳이야. 우리는 미국의 한 조각을 소유하고 있어, 돈. 노력을 해도 이보다 더 행복해질 수는 없을 거야. 나는 해냈어, 여보, 해낸 거야. 내가 하려고 하던 일을 해낸 거라고!"

한동안 스위드는 터치 풋볼 게임에 나가지 않았다. 회당 문제 때문에 버키 로빈슨의 말을 피해야 하는 자리를 아예 만들지 않으려는 것이었다. 로빈슨과 함께 있으면 그는 아버지 같다는 느낌이 들지 않았다—오컷 같다는 느낌이 들었……

아니, 아니. 그가 정말로 누구 같은 느낌이 드는지 아는가? 일주일에 한두 번씩 버키 로빈슨의 패스를 받는 엔드일 때 말고, 그 나머지 모든 시간에 누구 같은 느낌이 드는지? 물론 그는 아무에게도 말할 수가 없었다. 그는 스물여섯이었고 아기 아버지였다. 말을 하면 사람들이 그 유치함에 웃음을 터뜨릴 터였다. 그는 자기 자신에게 웃음을 터뜨렸다. 그것은 아무리 나이가 들어도 늘 마음에 품고 있는 아이 같은 면 가운데 하나였는데, 사실 그는 올드림록으로 이사왔을 때 자기가 조니 애플시드* 같다는 느낌이 들었다. 빌 오컷이 무슨 상관이랴. 우드로 윌슨이 오컷의 할아버지를 알았다고? 토머스 제퍼슨이 그의 할아버지의 아버지를 알았다고? 빌 오컷은 좋겠군. 하지만 조니 애플시드, 그게 나에게 맞는 사람이야. 유대인도 아니고, 아일랜드계 가톨릭도 아니고, 신교도도 아니었다. 그래, 조니 애플시드는 그저 행복한 미국인일 뿐이었다. 크고. 혈색이 좋고. 행복하고. 머리에 든 것은 없을지 몰라도, 그런 것은 필요 없었다. 조니 애플시드에게 필요한 것은 오로지 잘 걷는 것뿐이었다. 오로지 신체적인 기쁨뿐. 보폭이 컸고, 씨가 든 자루가 있었고, 누가 시키지 않아도 풍경을 엄청나게 사랑했다. 그는 가는 곳

---

* 본명은 존 채프먼. 미국인 묘목상으로 미국의 여러 지역에 사과를 소개하는 선구자적인 활동을 했다. 애플시드(Appleseed)는 '사과씨'라는 뜻.

마다 씨를 뿌렸다. 얼마나 대단한 이야기인가. 어디에나 가고, 어디나 걸어다니고. 스위드는 평생 그 이야기를 사랑했다. 누가 그 이야기를 썼을까? 그가 기억하는 한 누가 쓴 것도 아니었다. 그냥 초등학교 때 배운 것이었다. 도처에 사과나무를 심은 조니 애플시드. 씨가 든 자루. 나는 그 자루를 사랑했지. 어쩌면 모자였는지도 몰라—모자에 씨를 담아 다녔던가? 상관없었다. "누가 시킨 거예요?" 메리는 잠자기 전에 이야기를 들을 만큼 자라자 그렇게 물었다. 사실 메리는 아기였을 때도 다른 이야기, 예컨대 복숭아만 싣고 다니는 기차 이야기를 하려 하면 "조니! 조니 해줘요!" 하고 소리를 질렀다. "누가 시켰냐니? 아무도 안 시켰어. 조니 애플시드한테는 나무를 심으라는 말을 할 필요가 없어. 그냥 자기가 알아서 해." "조니의 부인은 누구예요?" "돈. 돈 애플시드지. 그 사람이 조니의 부인이야." "아기도 있어요?" "당연히 아기도 있지. 아기 이름이 뭔지 알아?" "뭐예요?" "메리 애플시드!" "그 아기도 모자에 사과씨를 심어요?" "당연히 심지. 하지만 모자에 심는 건 아냐. 모자에는 보관을 하는 거지. 그랬다가 그걸 뿌리는 거야. 씨를 있는 힘껏 멀리 던져. 가는 곳마다 씨앗을 뿌려. 그래서 씨앗이 땅에 닿으면 어떻게 되는지 알아?" "어떻게 돼요?" "사과나무가 자라는 거야, 바로 그 자리에서." 스위드는 올드림록 마을로 걸어들어갈 때마다 자신을 억제할 수 없었다. 주말에는 다른 일을 하기 전에 먼저 장화를 신고 언덕을 8킬로미터 걸어 마을까지 갔다 왔다. 아침 일찍 그저 토요일 신문을 사러 그 먼길을 걸었다. 그도 어쩔 수가 없었다. 그는 생각했다. "조니 애플시드!" 그 기쁨. 성큼성큼 걷는, 부력을 받는 듯한 그 순수하고 억제되지 않는 기쁨. 다시 공을 만지지 못하게 된다 해도 상관없었다. 그냥 밖으로 나가 성큼성큼 걷고 싶을 뿐이었다. 어쩐지 공을 가지고 놀던 것이 길을 닦아준 덕분에 그가 이렇게 하는 것, 한 시간 걸려 마을까지 성큼성큼 걸어가는 것이 허락된 듯한 느낌이었다. 마을에 가면 잡화점에서 〈뉴어크 뉴스〉의 래커워너 판을 집어들었다. 잡화점에는 앞쪽에 수노코 주유기가 한 대 있고, 층계의 상자와 삼베 자루에는 농산물이 담겨 있었다. 1950년대에는 그곳에 가게가 그것 하나뿐이었고, 1차대전이 끝난 뒤 햄린의 아들 러스가 물려받은 뒤로 전혀 바뀌지 않았다. 그들은 빨래판과 목욕통을 팔았다. 밖에는 알코올이 없는 음료인 프로스티를 판다는 안내판이 붙어 있었다. 미늘 판자에는 플라이슈만 효모를 판다는 다른 안내판이 붙어 있고, 피츠버그 페인트 제품을 판다는 안내판도 붙어 있었다. 심지어 앞쪽 바깥에는 '시러큐스 쟁기'라고 적힌 안내판도 있었는데, 그것은 이 가게가 농기구를 팔기 시작했을 때부터 붙어 있는 것이었다. 러스 햄린은 아주 어린 시절에 길 건너에 수레바퀴 가게가 자리잡고 있었던 것을 기억했다. 지금도 경사로를 따라 마차 바퀴를 굴려 냇물에 집어넣어 식히던 것을 본 기억이 났다. 또 뒤쪽에 증류주 제조소가 있었던 때도 기억했다. 이 지역에 있던 많은 증류주 제조소 가운데 하나로, 이 지방에서 유명한 사과 브랜디를 만들던 곳이었는데 볼스테드법이 통과되면서 문을 닫았다. 가게 맨 뒤쪽에는 창문이 하나 있었는데, 그것이 미합중국 우체국이었다. 창문 하나로 끝이었다. 그리고 다이얼 자물쇠가 달린 상자들이 서른 개 정도 있었다. 햄린의 잡화점은 안에는 우체국을 갖추고, 밖에는 게시판과 깃대와 주유기를 갖추고 있었다. 이 잡화점은 러스가 주인이 되었던 워런 거멜리얼 하딩 대통령 시절 이후 오랜 농업 공동체의 만남의 장소 역할을 해왔다. 대각선으로 길 건너, 수레바퀴 가게가 있던 곳 옆에 교실 여섯 개짜리 교사校舍가 있었다. 레보브의 딸의 첫 학교가 될 곳이었다. 아이들이 가게 층계에 앉아 있었다. 네 딸도 너를 저기서 만나겠지. 그곳은 만남의 장소이고, 인사하는 장소였다. 스위드는 그곳을 사랑했다. 그가 집어드는 오래되고 익숙한 〈뉴어크 뉴스〉는 이곳에서는 특별 섹션을 포함하고 있었다. '래커워너를 따라'라는 제목의 제2섹션이었다. 그것도 마음에 들었다. 집에서 모리스 현지 뉴스를 찾아 읽는 것만이 아니라, 그것을 손에 들고 집에 가는 것 자체가 그냥 마음에 들었다. '래커워너'라는 말도 마음에 들었다. 스위드는 메리 햄린이 손으로 꼭대기에 '레보브'라고 적어놓은 앞쪽 카운터에서 신문을 집어들고, 필요한 경우에는 우유 한 쿼트, 빵 한 덩어리, 길 위쪽 폴 햄린의 농장에서 온 새로 낳은 달걀 한 다스를 외상으로 사고, 주인한테 "또 봐요, 러셀" 하고 말한 다음 몸을 돌려 왔던 길을 성큼성큼 다시 걸어갔다. 그가 사랑하는 하얀 목초지 담장, 그가 사랑하는 굽이치는 건초밭, 옥수수밭, 순무밭, 축사, 말, 암소, 웅덩이, 냇물, 샘, 폭포, 물냉이, 속새, 초원, 그가 사랑하는—새로 시골에 살게 된 사람의 자연에 대한 풋사랑이지만—몇 에이커에 걸친 숲을 지나, 마침내 그가 사랑하는 백 년 된 단풍나무들과 그가 사랑하는 튼튼하고 오래된 돌집에 이르렀다. 그렇게 걸어오면서 모든 곳에 사과씨를 뿌리는 척했다.

한번은 돈이 위층 창문에서 스위드가 그들의 집이 자리잡은 언덕 기슭으로부터 집으로 다가오는 것을 보았다. 그때 그는 바로 그 일을 하고 있었다. 한쪽 팔을 밖으로 내던지고 있었다. 공을 던지거나 방망이를 휘두르는 것처럼 내던지는 것이 아니라, 식료품 봉투에서 씨를 한 줌 꺼내 온 힘을 다해 역사적인 땅에, 이제 윌리엄 오컷의 것일 뿐 아니라 그의 것이기도 한 땅에 흩뿌리는 동작이었다. "거기서 뭘 연습하고 있었던 거야?" 그녀가 침실로 힘차게 들어오는 그를 보고 웃음을 터뜨리며 물었다. 그는 그 아침 운동 때문에 엄청나게 잘생겨 보였고, 다름 아닌 조니 애플시드처럼 크고, 육감적이고, 혈색이 좋아 보였다. 뭔가 놀라운 일이 일어나고 있는 사람 같았다. 사람들이 잔을 들어올리고 젊은이에게 건배를 할 때, 사람들이 젊은이에게 "건강과 행운을 누리기를!" 하고 말할 때 마음속으로 그리는—또는 마음속으로 그려야 하는—땅에 속한 인간 표본의 모습, 구속받지 않는 남자다움을 표현한 바로 그 이미지가 아주 행복하게 침실로 들어와 그곳에서, 혼자 있는 작고 숭고한 짐승, 그의 젊은 아내를 발견했다. 처녀의 속박을 모두 벗어버리고 순수하고 행복하게 그의 것이 된 아내였다. "시모어, 햄린네 가게에 가서 도대체 뭘 하는 거야? 발레 레슨을 받아?" 그는 쉽게, 아주 쉽게, 보호하는 커다란 두 손으로 그녀의 47킬로그램의 무게를 그녀가 나이트가운을 입고 맨발로 서 있던 바닥에서 들어올렸다. 그리고 그의 상당한 힘 전체를 사용해 그녀를 자신의 몸에 끌어당겼다. 마치 부술 수 없는 하나의 실체, 미합중국 뉴저지 주 올드림록 아케이디힐 로드의 남편이자 아버지 시모어 레보브의 놀랍고도 새롭고 흠잡을 데 없는 존재 안으로 그녀를 합치려는 것, 묶으려는 것 같았다. 그가 길에서 하던 일—창피하거나 피상적인 일인 듯 차마 돈에게조차 공개적으로 고백할 수는 없었지만—은 자신의 삶과 사랑을 나누는 것이었다.

사실 그는 젊은 아내와의 강렬한 육체적 친밀성은 길에서 나누는 사랑처럼 겉으로 드러내지 않았다. 그들은 사람들이 있을 때는 얌전을 빼는 편이었다. 따라서 아무도 그들의 성생활이라는 비밀을 짐작하지 못했을 것이다. 스위드는 돈 이전에는 데이트하던 여자와 잔 적이 없었다. 해병대에 있을 때 창녀 두 명과 잔 적이 있지만 그것은 셈에 들어가지 않았다. 따라서 그는 결혼을 한 뒤에야 자신이 얼마나 정열적일 수 있는지 알았다. 그는 정력이 엄청나고 힘이 엄청났다. 그리고 그의 커다란 몸 옆에 있는 그녀의 작은 몸, 그가 그녀를 번쩍 들어 올릴 수 있다는 사실, 침대에서 그녀와 함께 있는 그의 커다란 몸집, 이런 것들이 그들 둘에게 강렬한 자극이 되는 것 같았다. 그녀는 사랑을 나눈 뒤에 그가 잠이 들면 산과 함께 자는 느낌이라고 했다. 가끔 엄청난 바위 옆에서 자고 있다는 생각을 하면서 그녀는 전율을 느꼈다. 그녀가 그의 몸 밑에 있을 때 그는 아주 세게 그녀의 몸안으로 들어갔다 나왔다 했지만 동시에 그녀가 짓눌리지 않도록 거리를 유지했다. 그는 정력과 힘 덕분에 오랫동안 지치지 않고 그렇게 계속할 수 있었다. 그는 한 팔로 그녀를 들어올려 무릎을 잡고 몸을 돌릴 수 있었고, 그녀를 허벅지 위에 앉히고도 그녀의 47킬로그램의 무게 밑에서 쉽게 움직일 수 있었다. 결혼 후 몇 달 또 몇 달 동안 그녀는 오르가슴에 이른 후 울기 시작했다. 그녀는 절정에 올랐고, 그녀는 울었다. 그는 이 상황을 어떻게 파악해야 할지 몰랐다. "왜 그래?" 그가 물었다. "모르겠어." "내가 아프게 한 거야?" "아니. 나도 눈물이 왜 나는지 모르겠어. 당신이 정액을 내 몸안에 쏘면 그게 눈물이 나오게 하는 것 같아." "하지만 아프게 하지는 않지?" "응." "기쁘게 해, 도니? 마음에 들어?" "아주 좋아. 뭔가가 있어…… 마치 다른 어떤 것도 다다를 수 없는 곳에 다다르는 것 같아. 그리고 그곳에 눈물이 있어. 당신은 내 안에서 다른 어떤 것도 다다르지 못하는 곳에 다다르고 있어." "알았어. 아프게 하지만 않으면 됐어." "아냐, 아냐. 그냥 이상한 거야…… 그냥 이상해…… 혼자가 아니라는 게 그냥 이상해." 그녀는 그가 처음으로 입을 이용해 그녀의 몸 아래로 내려갔을 때에야 울음을 그쳤다. "이렇게 하면 울지 않네." "많이 달라." 그녀가 말했다. "어떻게? 왜?" "아마…… 모르겠어. 아마 다시 혼자라서 그런가봐." "이렇게는 다시 하지 말까?" "어머, 아니야." 그녀는 웃음을 터뜨렸다. "절대로 아니야." "알았어." "시모어…… 그렇게 하는 걸 어떻게 알았어? 전에도 해본 적 있어?" "아니." "그럼 왜 그렇게 했어? 말해줘." 그러나 스위드는 그녀처럼 설명을 잘할 수가 없어서 시도해보려고 하지도 않았다. 그는 그냥 뭔가 더 하고 싶다는 욕망에 사로잡혔을 뿐이다. 그래서 한 손으로 그녀의 엉덩이를 들어올리고 그녀의 몸을 자신의 입안으로 들어올렸다. 얼굴을 거기에 박고 그냥 그렇게 간 것이다. 전에 가본 적이 없는 곳으로 간 것이다. 둘은, 그와 돈은 환희에 찬 공범이었다. 물론 그녀가 그에게도 똑같이 해줄 것이라고는 생각할 수 없었다. 그러나 어느 일요일 아침 그녀는 그냥 그렇게 했다. 그는 어떻게 생각해야 할지 몰랐다. 그의 귀여운 돈이 그녀의 아름답고 작은 입안에 그의 좆을 넣은 것이다. 그는 정신이 아찔했다. 둘 다 아찔했다. 그것은 그들 둘 모두에게 금기였다. 그때 이후로 그것은 오래오래 계속되었다. 절대 멈추지 않았다. 돈은 그에게 소곤거렸다. "당신한테는 무척 감동적인 데가 있어. 당신이 통제를 벗어난 지점으로 치달을 때 말이야." 정말로 감동적이야. 그녀는 그에게 말했다. 매우 자제력이 강하고, 선하고, 예의바르고, 훌륭하게 성장한 이 남자, 늘 자신의 힘을 책임지는 남자, 자신의 엄청난 힘을 정복하여 폭력이라고는 찾아볼 수 없는 남자, 이 남자가 돌아올 수 있는 지점을 지나가버릴 때, 누가 뭘 부끄러워하는 지점을 넘어가버릴 때, 그가 그녀를 판단할 수 있는 지점, 혹은 그때 그에게서 그것을 그렇게나 원한다는 이유로 그녀를 나쁜 여자라고 생각할 수 있는 지점을 넘어가버릴 때, 그가 그냥 그것을 원할 때, 비명을 지르는 오르가슴으로 치닫는 마지막 삼사 분 동안…… "나는 매우 여성적이 되는 느낌이야." 그녀는 말했다. "매우 힘이 세지는 느낌이야…… 그 두 가지 다야." 사랑을 나눈 뒤 그녀가 침대에서 나가, 완전히 헝클어진 모습으로, 얼굴은 발그레하고 머리는 사방으로 흐트러지고 눈화장은 번지고 입술은 부어오른 모습으로 오줌을 누러 욕실에 들어갈 때 그는 그녀를 따라 욕실로 들어갔다. 그는 그녀가 닦고 난 후 변기에서 그녀를 들어올린 다음 욕실 거울에 비친 두 사람의 모습을 보았다. 그러면 그녀도 그만큼이나 놀라곤 했다. 단지 그녀가 무척 아름다워 보여서가 아니라, 방금 한 짓이 그녀를 무척이나 아름답게 보이게 만들었기 때문이 아니라, 그녀가 무척이나 달라 보였기 때문이다. 사교적인 얼굴은 사라졌다―그냥 돈 자신이 있었다! 그러나 이 모든 것은 남들에게는 비밀이었고 또 비밀이어야 했다. 특히 아이에게는. 가끔 돈이 하루종일 소떼와 함께 서 있던 날이면, 스위드는 저녁을 먹고 나서 자기 의자를 그녀의 의자 가까이 가져가 그녀의 발을 주물러주곤 했다. 그러면 메리는 얼굴을 찌푸리며 말했다. "오, 아빠, 역겨워요." 그러나 그들이 아이 앞에서 진짜로 노골적으로 드러내는 모습은 그것뿐이었다. 그 외에 집안에서는, 아이들이 부모에게서 보길 예상하고 없으면 아쉬워할 일반적인 애정 표현뿐이었다. 그들이 침실 문 뒤에서 영위하는 생활은 다른 사람들만이 아니라 딸에게도 비밀이었다. 그 생활은 그렇게 계속되었다. 오랫동안 계속되었다. 폭탄이 터지고 결국 돈이 병원에 들어가기 전까지는 멈추지 않았다. 그리고 그녀가 퇴원한 다음부터 멈추기 시작했다.

　오컷은 '오컷, 핀들리, 모리스타운 법률회사'에서 그의 할아버지와 함께 일한 동업자의 손녀와 결혼했다. 다들 오컷도 이 회사에 입사할 거라고 생각했다. 그러나 오컷은 프린스턴을 졸업한 뒤 하버드 법대 자리를 받아들이지 않고—프린스턴과 하버드 법대는 백 년 넘게 오컷 집안 남자아이들 교육의 기본을 이루었다—자신이 태어난 세계의 전통을 깨며 추상화가로서 새로운 인간이 되려고 맨해튼 남부의 한 스튜디오로 갔다. 허드슨 스트리트의 트럭들을 굽어보는 더러운 창문 뒤에서 열병에 걸린 듯 그림을 그리며 우울한 삼 년을 보낸 뒤 그는 제시와 결혼을 하고 저지로 돌아와 프린스턴에서 건축을 공부하기 시작했다. 그러나 그는 예술적인 소명에 대한 꿈을 완전히 포기한 적이 없었다. 그래서 건축 작업—주로 모리스 카운티의 돈 많은 지역, 그리고 서머싯 카운티와 헌터던 카운티에서부터 저 아래 펜실베이니아 주의 벅스 카운티의 18세기와 19세기 주택을 복원하고, 오래된 헛간들을 우아한 시골집으로 개조하는 일이었다—에 행복하게 몰두하면서도, 삼사 년마다 모리스타운의 한 액자가게에서 전시회를 열었다. 레보브 부부는 개막식 초대를 받으면 늘 대접받는 기분이 들어 빠짐없이 참석했다.

스위드는 어떤 사교적인 상황에서도 오컷의 그림들 앞에 서 있을 때만큼 불편한 적이 없었다. 문간에서 받은 전단에는 이 그림들이 중국 서예의 영향을 받았다고 나와 있었지만, 스위드의 눈에는 별것 아닌 것으로 보였다. 중국 것처럼 보이지도 않았다. 반면 돈은 처음부터 그 그림들이 "생각을 자극한다"고 말했다. 이 그림들은 빌 오컷의 가장 있을 법하지 않은 측면, 그녀가 전에는 전혀 낌새도 채지 못했던 감수성을 보여준다는 것이었다. 그러나 이런 전시회가 스위드에게서 자극한 생각은 주로 한 캔버스를 얼마나 오래 보는 척하다가 다른 것으로 옮겨가야 하느냐 하는 것이었다. 그가 실제로 하고 싶어서 했던 유일한 일은 몸을 앞으로 기울여 각 그림 옆의 벽에 붙어 있는 제목을 읽는 것이었다. 그것이 도움이 될지도 모른다는 생각에서였다. 그래서 돈이 그러지 말라고 했음에도, 그의 재킷을 잡아당기며 작은 소리로 "그건 놔두고, 붓으로 그려놓은 것을 봐"라고 말했음에도 굳이 제목을 보았지만, 붓으로 그려놓은 것을 보았을 때보다 더 낙담하고 말았을 뿐이다. 〈구성 #16〉〈그림 #6〉〈명상 #11〉〈무제 #12〉…… 게다가 캔버스에 있는 것은 회색의 긴 얼룩으로 이루어진 띠뿐이었는데, 하얀 배경 위에서 너무나 창백해 보였기 때문에 그림을 그리려 한 것이 아니라 오히려 그림을 문질러 지우려 한 것처럼 보였다. 전단에 나온 전시 설명은 액자가게를 소유한 젊은 부부가 쓴 것이었는데, 그것도 전혀 도움이 되지 않았다. "오컷의 서예는 너무 강렬하여 형체가 해체된다. 그러다 그 자체의 에너지의 빛 속에서 붓질마저 해체된다……" 도대체 오컷 같은 남자, 자연 세계와 이 땅의 위대한 역사적 드라마를 모르는 것도 아닌 남자, 게다가 테니스를 대단히 잘 치는 남자가 왜 이런 아무것도 아닌 그림을 그리고 싶어할까? 스위드는 이 사람이 가짜는 아니라고 생각해야 했기 때문에—도대체 왜 오컷처럼 좋은 교육을 받고 자신만만한 사람이 가짜가 되는 데 모든 노력을 쏟아붓겠는가?—한동안 그런 혼란이 자신의 미술에 대한 무지 때문이라고 생각했다. 그러다 스위드는 때때로 이런 생각을 했다. "이 사람한테는 뭔가 문제가 있어. 뭔가 커다란 불만이 있어. 이 오컷이란 사람은 자기가 원하는 걸 갖지 못하고 있어." 그러다가 스위드는 그런 전단 같은 것을 읽을 때면, 자기가 잘 알지도 못하면서 멋대로 생각하고 있다고 자책했다. 전단은 이렇게 결론을 내렸다. "그리니치빌리지 이후 이십 년, 오컷의 야망은 여전히 높은 수준을 유지한다. 인간 조건을 규정하는 지속적인 도덕적 딜레마를 포함한 보편적 주제의 개인적 표현물을 창조해내는 것이다."

전단을 읽으면서 스위드는 그림이 그렇게 내용이 없기 때문에 아무 주장이나 할 수 있는 것이고, 아무것도 아닌 그림이라는 바로 그 이유 때문에 모든 것을 그린 그림이라고 말할 수밖에 없다는 생각까지는 하지 못했다. 그 모든 말은 그저 오컷이 재능이 없다는 말을 달리 표현한 것이며, 그가 아무리 진지하게 노력해도 그 스스로는 예술적인 특권을 절대 만들어낼 수 없다는 생각도 하지 못했다. 사실 태어날 때부터 엄격한 규정으로 그를 둘러싸고 있던 특권을 제외한 어떤 특권도 오컷 스스로는 만들어낼 수 없다는 생각 또한 하지 못했다. 스위드는 자신이 옳다는 생각은 하지 못했다. 즉 자기 자신과 완전한 일치를 이루고, 그가 사는 곳이나 그 주위의 사람들과 완벽하게 조율되어 있는 것처럼 보이는 이 사람에게 사실은 그런 조율이 어긋나는 것이 비밀스러운 오랜 욕망일지도 모른다는 것, 그러나 어떤 것과도 닮아 보이지 않는 그림을 그리려는 괴상한 노력을 제외하면 그 욕망을 달성할 방법을 전혀 모른다는 것을 오컷이 자신도 모르는 사이에 토로하고 있는지도 모른다는 생각은 하지 못했다. 어쩌면 이 사람이 달라지고자 하는 욕망을 가지고 할 수 있는 최선의 일이 이것인지도 몰랐다. 슬픈 일이었다. 어쨌든 그것이 얼마나 슬픈 일인가는 중요하지 않았다. 스위드가 그 화가에 관해 묻거나 묻지 않은 것, 이해하거나 이해하지 못한 것, 알거나 알지 못한 것은 중요하지 않았다. 돈이 새로운 얼굴로 제네바에서 돌아오고 나서 한 달 뒤, 인간 조건을 규정하는 보편적인 주제를 표현하는 그 서예적인 그림 가운데 한 점이 레보브 집의 거실에 걸리게 되었기 때문이다. 그때부터 스위드에게 약간 슬픈 일들이 시작되었다.

오컷이 〈명상 #27〉에서 지우려고 한 것은 회색 줄들이 아니라 갈색 줄들로 이루어진 띠였다. 배경은 흰색이라기보다는 자주색에 가까웠다. 돈의 말에 따르면, 어두운 색은 이 화가의 형식적 수단의 혁명을 알리는 신호였다. 그것이 돈이 스위드에게 한 말이었다. 그는 어떻게 반응해야 할지 알 수 없었기 때문에, 또 '형식적 수단'의 의미에 아무런 흥미가 없었기 때문에 그냥 우물우물 '흥미롭네' 하고 대꾸했다. 스위드가 어렸을 때 벽에는 '현대'미술은커녕 어떤 미술 작품도 걸린 적이 없었다. 미술은 그의 집에 존재한 적이 없었고, 이것은 돈의 집도 마찬가지였다. 그래도 드와이어 집에는 종교화가 있었는데, 어쩌면 그 덕분에 돈이 갑자기 '형식적 수단'의 감식가가 될 수 있었던 것인지도 몰랐다. 액자에 담긴 자신과 남동생 사진 외에는 동정녀 마리아와 예수의 심장 그림밖에 없던 집에서 성장한 것에 대한 은밀한 창피함 때문에. 이 취향 있는 사람들이 벽에 현대미술을 걸어놓으니, 우리도 벽에 현대미술을 걸어놓아야 한다. 형식적 수단을 벽에 걸어놓아야 한다. 돈이 아무리 부인한다 해도, 이 상황에는 그런 것이 있었던 게 아닐까? 아일랜드인의 질투라는 것이?

돈은 바로 오컷의 스튜디오에서, 어린 황소 카운트를 살 때 냈던 돈의 딱 반을 주고 그 그림을 샀다. 스위드는 혼잣말을 했다. "돈은 잊어버리자. 없던 돈으로 하자. 황소를 그림과 비교할 수는 없는 것 아닌가." 그는 이런 식으로 실망감을 다스리며 〈명상 #27〉이 그가 사랑하던 메리의 초상화가 있던 바로 그 자리에 걸리는 것을 보았다. 금발 앞머리를 가지런히 자른 여섯 살의 빛나는 아이를, 약간 지나치게 분홍빛이 돌기는 하지만, 그래도 정성들여 완벽하게 닮게 그린 그림이었다. 그 그림은 저 아래 뉴호프의 유쾌한 늙은 신사가 그들을 위해 그려준 유화로, 신사는 그곳의 스튜디오에서 작업복에 베레모 차림으로 작업을 했다. 그는 그들에게 향료를 넣어 데운 와인을 대접하며 루브르에서 그림을 베끼던 습작 시절을 이야기해주었다. 그는 집에 여섯 번 찾아와 메리를 피아노에 앉혔고, 그림에다 금박 액자까지 합쳐서 이천 달러만 받았다. 반면 스위드는 #27의 경우 액자가게에서 샀다면 추가로 내야 했을 30퍼센트를 오컷이 요구하지 않았기 때문에, 오천이면 싸게 산 것이라는 이야기를 들었다.

그의 아버지는 새 그림을 보더니 말했다. "저 사람이 저걸로 얼마를 받았냐?" 돈은 머뭇머뭇 대답했다. "오천 달러요." "초벌 칠을 한 것 치고는 엄청나게 비싸구나. 저게 앞으로 뭐가 될 거냐?" "뭐가 되다니요?" 돈이 떨떠름하게 대꾸했다. "어, 아직 완성된 게 아니니까……

설마 완성된 건…… 아니겠지?" "'완성되지' 않았다는 게 저 그림의 핵심이에요, 루." "그래?" 그는 그림을 다시 보았다. "아, 저 사람이 혹시 그림을 완성하고 싶다면, 내가 방법을 말해줄 수도 있는데." "아버지." 스위드가 더 비판이 나오는 것을 미리 막으려고 말했다. "돈은 저게 마음에 들어서 산 거예요." 스위드도 화가에게 그림을 완성하는 방법을 말해줄 수 있었지만(아마 아버지가 생각하는 것과 비슷한 말이었을 것이다), 돈이 오컷에게서 산 무엇이든 기꺼이 벽에 걸 생각이었다. 그녀가 샀으니까. 아일랜드인의 질투심이건 아니건, 그 그림은 돈의 마음속에서, 그녀를 정신병원에 두 번이나 들어가게 했던 죽고 싶다는 소망보다 살고자 하는 욕망이 더 강해졌다는 또하나의 표시였다. "그래요, 저 그림은 형편없어요." 스위드는 나중에 아버지에게 말했다. "핵심은 돈이 원한다는 거예요. 핵심은 돈이 다시 뭔가를 원하게 되었다는 거예요. 제발." 그는 자신이 분노의 가장자리에 다가섰다는 것을 느끼며—미미한 자극밖에 없었다는 것을 생각하면 이상한 일이었지만—아버지에게 경고했다. "그림 이야기는 그만하세요." 그러나 루 레보브는 루 레보브였기 때문에, 다음에 올드림록에 왔을 때 도착하자마자 그림으로 걸어가 큰 소리로 이렇게 말했다. "알아? 난 저게 마음에 들어. 익숙해지고 있고, 실제로 마음에 들어. 봐." 그는 부인에게 말했다. "저 사람이 저걸 완성하지 않은 걸 봐. 보여? 흐릿한 데 말이야? 저걸 일부러 저렇게 한 거라고. 저게 예술이야."

오컷의 밴 뒤쪽에는 식사 후 손님들에게 모습을 드러낼 준비를 마친

새 레보브 주택의 커다란 판지 모형이 자리잡고 있었다. 지금까지 몇 주 동안 돈의 서재에는 스케치와 청사진이 쌓여가고 있었고, 그중에는 매달 첫날 햇빛이 창문에 어떤 각도로 비쳐드는지 보여주는, 오컷이 만든 도표도 있었다. "홍수처럼 쏟아지는 햇빛." 돈이 말했다. "빛!" 그녀는 소리쳤다. "빛!" 그녀는 자신의 고통과 자신이 고안한 만병통치약을 스위드가 얼마나 이해하고 있는지 진짜로 시험해볼 수 있는 잔인하고 직접적인 말을 입에 올리지는 않았다. 그러나 "빛" 이야기를 함으로써 우회적으로 그가 사랑하는 돌집, 또 그가 사랑하는 오래된 단풍나무, 여름이면 집에 그늘을 드리워 더위를 막아주고 가을이면 격식을 갖추어 금빛 화환으로 잔디—그는 예전에 그 잔디 한가운데에 메리의 그네를 매달았다—를 덮어주던 거대한 나무들을 저주하고 있었다.

스위드는 올드림록에 온 처음 몇 해 동안 그 나무들에서 벗어날 수가 없었다. 내가 저 나무들을 소유하고 있어. 자신이 그 나무들을 소유했다는 사실은 자신이 공장을 소유했다는 사실보다 그를 더 놀라게 했다. 그 나무를 소유하고 있다는 사실이, 전혀 목가적이지 않은 위퀘이크 거리에서 놀고 경기장에서 뛰던 챈슬러 애비뉴의 아이가 독립전쟁 기간에 워싱턴이 두 번이나 겨울 야영을 했던 구릉지에 이런 웅장하고 오래된 돌집을 소유했다는 사실보다 놀라웠다. 나무를 소유한다는 것은 곤혹스러운 일이었다. 그것은 사업체를 소유하거나, 심지어 집을 소유하는 것과도 달랐다. 어느 쪽인가 하면 그것은 믿고 맡겨진 것이었다. 믿고. 그래, 메리와 그애의 자식들로부터 시작하는 모든 후손에게.

그는 진눈깨비와 강한 바람으로부터 나무를 보호해주려고 커다란 단풍나무 한 그루 한 그루마다 케이블을 설치해놓았다. 약 15미터 높이에 묵직한 가지들이 극적으로 펼쳐져 있는 하늘을 배경으로 케이블네 개가 대체로 평행사변형을 이루었다. 각 나무의 줄기에서 우듬지까지 구불구불 기어가는 피뢰침은 만일의 경우를 대비해 매년 확인했다. 일 년에 두 번씩 살충제를 뿌렸고, 삼 년마다 비료를 주었다. 그리고 정기적으로 나무 전문가가 찾아와 죽은 가지를 쳐내고 그들의 문 너머에 있는 개인 공원의 전체적인 건강 상태를 점검했다. 메리의 나무들. 메리 가족의 나무들.

가을이면 스위드는, 그가 늘 계획했던 그대로, 해가 지기 전에 퇴근하려고 애썼다. 그러면 아이가, 그가 늘 계획했던 그대로, 현관 옆의 단풍나무를 둘러싼 낙엽 위로 높이 그네를 타고 있었다. 그곳에서 가장 큰 나무로, 그는 아이가 겨우 두 살 때 그 나무에 처음으로 그네를 걸어놓았다. 아이는 그네를 타고 위로 올라갔다. 그들의 침실 창문 바로 너머까지 뻗은 가지에 달린 잎 속으로 들어갈 것 같았…… 매일매일을 마감하는 그 귀중한 순간이 그에게는 그의 모든 희망의 실현을 상징했지만, 아이에게는 그것이 빌어먹을 결국 아무런 의미도 없었다. 아이는 결국 돈이 집을 사랑하지 않았듯 나무를 사랑하지 않았다. 아이가 걱정한 것은 알제리였다. 아이는 알제리를 사랑했다. 그 그네를 타던 아이, 그 나무 속의 아이. 지금은 그 방바닥에 있는 그 나무 속의 아이.

오컷 부부는 일찍 왔다. 1층짜리 집을 2층짜리 차고와 연결하는 문제를 검토해보려는 것이었다. 오컷은 이틀 동안 뉴욕에 다녀왔는데, 돈은 그동안에도 이 문제, 마지막 남은 문제를 해결하고 싶어 안달이었다. 그녀는 서로 완전히 다른 두 건물 사이의 조화로운 관계를 만들어내는 방법을 몇 주째 생각하고 다시 생각하고 있었다. 차고는 헛간처럼 위장하고 있었지만, 돈은 이 건물이 집의 독특한 면들을 압도할까봐 너무 가까이 붙어 있는 것을 원치 않았다. 그렇다고 오컷의 제안대로 7미터가 넘는 연결로를 설치하면 모텔처럼 보일까봐 걱정했다. 그들은 크기만이 아니라 그 기능도 다시 생각하면서, 처음에는 단순한 통로로 계획했던 것이 온실 역할도 하면 어떨까 하는 문제를 놓고 거의 매일 함께 생각을 했다. 돈은 오컷이 아무리 우아한 방식이라 하더라도, 그녀가 새로운 집을 계획하며 염두에 둔 엄격하게 현대적인 방식이 아니라 그 자신의 구식 건축 미학과 관련이 있는 해결책을 강요하려 할 때마다 심하게 심술을 부렸다. 심지어 몇 번 그에게 심하게 화가 났을 때에는 그가 지역 건축업자들에게 상당한 권위가 있어서 일급의 건축 작업을 보장해줄 수 있고, 뛰어난 전문가로서 명성도 얻고 있다지만, "기본적으로 골동품 복원자"인 사람한테 일을 맡긴 것이 실수가 아니었나 하는 생각을 하기도 했다. 돈이 엘리자베스와 가족의 집 (그리고 벽의 그림과 복도의 조각상)으로부터 막 벗어난 시점에 오컷의 이야기를 들으며 느꼈던 속물주의를 위협적 요소로 받아들인 이후 시간이 꽤 흘렀다. 이제 두 사람 사이에 다툼이 생길 때면 돈은 그가 카운티의 명문가 출신이라는 점 때문에 더 신랄하게 굴었다. 그러나 싸움의 원인이 세탁기와 건조기의 위치였건, 욕실 천창이었건, 차고 위의 손님방으로 올라가는 층계였건, 오컷은 보통 스물네 시간이 지나지 않아 돈의 말을 빌리면 "완벽하게 우아한 설계"를 발견해서 그녀에게 다시 돌아왔고, 그러면 그녀의 성난 경멸도 사라졌다.

오컷은 밴에 커다란 16분의 1인치 축척 모형과 더불어 돈에게 본채와 차고 연결로의 벽과 천장용으로 고려해보라고 권하고 싶은 투명한 플라스틱 재료 견본을 싣고 왔다. 그는 그 견본을 그녀에게 보여주러 부엌으로 들어갔다. 그곳에서 둘은, 수완 있는 건축가와 까다로운 고객은 오컷이 처음에 차고의 외부와 연결로를 결합하는 방식으로 제안했던 판자와 좁은 널로 이루어진 닫힌 공간보다 투명한 연결로가 나은 점과 부족한 점에 관해 오랫동안 다시 토론을 벌였다. 돈은 이야기를 하는 동안 오컷이 자기네 정원에서 따 봉투에 담아 온 상추를 씻고, 토마토를 자르고, 옥수수 두 다스의 껍질을 벗겼다. 그동안 스위드는 한때 이런 저녁이면 늦여름의 화려한 석양 속에서 돈의 소매가 실루엣을 드러내던 언덕이 내다보이는 뒤쪽 테라스에서 바비큐용 석탄을 준비했다. 스위드 옆에는 그의 아버지와 요즘에는 좀처럼 빌과 함께 밖에 나와 사교생활을 하지 않는 제시 오컷이 있었다. 돈의 말에 따르면 그녀는 "곧 조증으로 감정이 고조될 것을 예고하는 차분한 시기"—저녁을 먹으러 부인과 함께 오지 않겠느냐고 전화로 물었을 때 오컷이 따분하게 묘사한 말이었다—를 겪고 있었다.

오컷 부부는 아들 셋과 딸 둘을 두었는데, 지금은 모두 장성하여 뉴욕에서 일자리를 잡고 살았다. 모든 소문을 종합해보건대, 제시는 그들 다섯 자식에게 성실한 어머니였다. 심한 음주가 시작된 것은 자식들이 떠난 뒤부터였다. 처음에는 그저 기운을 내려고 술을 마시기 시작했다가, 나중에는 괴로움을 누르려고 마셨고, 마지막에는 그냥 술을 마시려고 마셨다. 그러나 두 집 부부가 처음 만났을 때 스위드는 제시의 건전함에 감명을 받았다. 아주 싱그럽고, 야외활동을 아주 좋아하고, 아주 명랑하게 삶과 하나가 되어 있고, 허위나 무미건조의 느낌은 전혀 들지 않았다…… 아내 돈은 몰라도 스위드는 그녀의 그런 점에 강한 인상을 받았다.

제시는 필라델피아의 부잣집 상속녀로, 교양학교 출신이었으며, 낮에는 늘, 그리고 가끔 저녁에도 진흙이 튄 승마바지를 입었고, 솜털 같은 아맛빛 머리는 땋고 다녔다. 그 땋은 머리와 순수하고 동그랗고 깨끗한 얼굴—돈은 그 얼굴을 깨물면 뇌가 아니라 매킨토시 사과가 나올 거라고 수군거렸다—때문에 사십대 후반의 미네소타 농장 처녀라고 해도 좋을 것 같았다. 또 머리를 위로 올린 날에는 젊은 처녀 같아 보이기도 하고 젊은 총각 같아 보이기도 했다. 스위드는 제시의 자질에 뭔가 부족한 점이 있어서 그녀가 칭찬받는 어머니와 활기찬 부인으로서 노년까지 쭉 항해해가지 못할 거라고 상상해본 적이 없었다. 실제로 그녀는 낙엽에 갈퀴질을 하는 일만 가지고도 모든 사람의 아이들이 즐겁게 놀 수 있는 자리를 만들 수 있었다. 실제로 오컷의 오래된 장원 잔디밭에서 열리는 독립기념일 소풍은 그녀의 친구들과 이웃들 사이에서 귀중한 전통이기도 했다. 당시 스위드는 그녀의 성격이라는 화합물 속에서 절망과 공포를 퇴치하는 독약이 될 만한 것은 모두 찾아낼 수 있을 것이라는 느낌을 받았다. 그는 그녀의 핵심에서 그녀의 땋은 머리만큼이나 조밀하고 단정하게 땋아놓은 자신감의 핵을 발견할 수 있을 것이라고 상상했다.

그러나 그녀의 삶 또한 깨끗하게 두 조각이 나버렸다. 이제 머리칼은 진회색 삼을 뭉쳐놓은 듯 헝클어져 있었다. 제시는 쉰네 살의 초췌한 늙은 여자, 자루 같은 볼품없는 드레스 밑에 불룩 튀어나온 술배를 감춘 영양 부족의 술꾼이 되었다. 가끔 간신히 집에서 나와 사람들을 만날 때도 그녀가 입에 올리는 화제라고는 술도 마시지 않고 남편이나 자식도 없던 시절, 머릿속에 단 하나의 생각도 없던 시절, 자신이 믿음 직한 사람이라는 엄청난 만족감에 활기가 넘치던(그에게는 물론 그렇게 보였다) 시절에 그녀가 누리던 '재미'뿐이었다.

사람이 여러 겹의 생물이라는 것은 스위드에게 놀라운 일이 아니었다. 누군가에게 실망할 때면 그런 사실을 새삼 깨달으면서 약간 충격을 받기도 했지만. 그가 정말 놀라는 것은 사람들이 그들 자신의 존재가 바닥난 것처럼 보일 때였다. 그들을 그들로 만들어주는 재료가 바닥나 그들 자신이 다 빠져나가버리는 바람에 옛날 같으면 그들이 동정했을 법한 사람으로 변할 때였다. 그들은 삶이 풍요롭고 충만할 때는 은근히 그들 자신이 지겨운 것 같았다. 그래서 온전한 정신과 건강과 균형 감각을 몽땅 처분해버리고 어서 다른 자아로, 진정한 자아로, 완전히 착각에 빠져 좆같이 망가져버린 자아로 내려가고 싶어 안달인 것처럼 보였다. 삶과 조율되어 있는 상태는 가끔 운좋은 젊은 사람들에게나 생기는 우연한 일일 뿐, 대부분의 경우 인간들이 사실 별로 가까이 다가가고 싶지 않은 상태인지도 몰랐다. 얼마나 이상한 일인가. 괴로움에 시달리지 않는 정상적인 사람들, 그 헤아릴 수 없이 많은 사람들 가운데 하나가 되는 축복을 받았다고 생각하던 그가 사실은 비정상일 수도 있다고 생각하니, 그렇게 든든하게 뿌리를 내렸기 때문에 외려 현실 생활과는 동떨어진 사람일 수도 있다고 생각하니 그 자신이 얼마나 이상해 보이던지.

"우리는 파올리 너머에도 집이 하나 있었어요." 제시는 그의 아버지에게 말하고 있었다. "우리는 늘 동물을 길렀죠. 일곱 살 때는 정말 멋진 걸 얻었어요. 누가 나한테 조랑말하고 수레를 준 거예요. 그뒤로는 아무것도 저를 막지 못했죠. 저는 말을 사랑했어요. 평생 탔죠. 보여주고 사냥하고. 저 아래 버지니아 학교에서는 드래그에 끼기도 했어요. 버지니아에서 학교에 다닐 때는 내가 휩이었죠."

"잠깐." 레보브 씨가 말했다. "워 워. 나는 드래그가 뭔지 휩이 뭔지 몰라요. 천천히 말씀해주시오, 오컷 부인. 여기 이 사람은 뉴어크 출신이라오."

그녀는 '오컷 부인'이라는 말을 듣자 입술을 오므렸다. 그가 자신보다 사회적으로 우월한 존재를 상대하는 듯한 느낌을 주어서 그런 것 같았다. 스위드는 아버지가 그녀를 '오컷 부인'이라고 부른 데는 사실 그런 이유도 없지 않다는 것을 알았다. 그러나 루 레보브가 그녀를 '오컷 부인'이라고 부른 데에는 또 그녀의 술잔에 담긴 술—한 시간도 안되었는데 벌써 세 잔째 스카치 앤드 워터였다—과 떨리는 손가락 사이에서 타고 있는 담배—네 대째였다—를 경멸하여 거리를 두려는 것도 있었다. 그는 그녀의 통제력 부족에 놀랐다—누구에게 나타나는 것이든 통제력 부족에는 놀랐지만, 특히 술을 마시는 고이*의 통제력 부족에는 놀랐다. 술은 고이에게 숨어 있는 악마였다. 그의 아버지는 말했다. "거물 고이들, 회사의 사장들, 그들은 독주를 손에 든 인디언

---

* goy. 이디시어로 '이방인'이라는 뜻.

들 같아."

"'제시.'" 그녀가 말했다. "'제시'라고 불러주세요." 그녀의 웃음은 고통스러울 정도로 인공적이었다. 스위드가 판단하기에 그 웃음은 그녀가 개, 텔레비전 볼 때 쓰는 작은 식탁, 그녀만의 J&B 위스키가 있는 집에 혼자 있는 대신, 우스꽝스럽게도 갑자기 희망에 가슴이 부풀어 정상적인 아내처럼 남편과 함께 외출하는 쪽을 선택한 것 때문에 지금 느끼는 괴로움을 10퍼센트 정도밖에 가려주지 못했다. 집에는 J&B 옆에 전화기가 있었다. 그래서 잔 너머로 손을 뻗어 전화기를 집어들고 다이얼을 돌릴 수 있었다. 설령 옷을 반만 걸치고 있더라도, 얼굴을 마주할 두려움에 직면할 필요 없이 아는 사람들에게 자신이 얼마나 그들을 좋아하는지 말할 수 있었다. 아는 사람 쪽에서는 제시의 그런 전화를 받지 않고 몇 달이 그냥 흐르기도 했다. 그러다가 자려고 이미 잠자리에 들었는데 전화가 세 번 걸려오기도 했다. "시모어, 내가 댁을 얼마나 좋아하는지 말하려고 전화했어요." "아, 제시, 고맙습니다. 나도 좋아하죠." "그래요?" "그럼요. 잘 알잖아요." "그래요, 댁을 좋아해요, 시모어. 늘 좋아했어요. 내가 좋아한다는 걸 알았어요?" "그럼요, 알았죠." "늘 댁을 존경했어요. 빌도 마찬가지예요. 늘 댁을 존경하고 좋아했어요. 우리는 돈도 좋아해요." "네, 우리도 제시를 좋아해요." 폭탄이 터진 날 밤에는, 자정이 넘어서, 메리의 사진이 텔레비전에 나오고 미국의 모든 사람이 전날 메리가 학교의 누군가에게 올드 림록에 깜짝 놀랄 일이 생길 거라고 말했다는 것을 알고 난 뒤에, 제시는 레보브 부부를 보려고 그들의 집까지 5킬로미터를 걸어오려 했다. 그러나 어둠 속에서 혼자 포장되지 않은 시골길을 걷다 발목이 삐는 바람에, 그냥 그 자리에 누워 있다가 두 시간 뒤에 픽업트럭에 치일 뻔했다.

"그래요, 내 친구 제시, 좀 알려주시오. 드래그와 휩*이 뭐요?" 스위드의 아버지는 사실 사람들과 잘 지내지 못했지만, 그렇다고 노력을 하지 않았다고 말할 수는 없었다. 제시가 자식들의 손님이라면, 당연히 그의 친구이기도 했다. 담배, 위스키, 헝클어진 머리, 낡은 신발, 오용된 몸을 감추고 있는 굵은 삼베 텐트에서, 그녀가 낭비한 모든 특권과 그녀가 자신의 삶으로 만들어낸 수치에서 아무리 역겨움을 느낀다 해도 상관없었다.

"드래그는 사냥인데, 여우는 없죠. 이건 말을 타고 앞에 간 사람을 따라가는 거예요…… 그 사람은 향주머니를 갖고 있죠. 그냥 사냥 흉내를 내는 거예요. 사냥개들이 그걸 쫓아가죠. 엄청난, 엄청난 담장들이 있어요. 일종의 경주 코스 같은 데서 하는 거예요. 아주 재미있어요. 아주 빨리 가죠. 엄청나게, 엄청나게 크고 **빽빽한** 관목 담장이 있어요. 2미터, 3미터 폭에 위에는 빗장이 있어요. 아주 흥미진진해요. 저 아래쪽에는 장애물 경주가 많아요. 말을 잘 타는 사람도 많고요. 그런 사람들이 다 거기 나와서 그런 곳을 엄청난 속도로 달리죠. 재미있어요."

스위드가 보기에는 아버지가 나는 그저 멍청이올시다 하는 태도로 던진 상냥한 질문만이 아니라 자신의 곤경—파티에 와서 걷잡을 수 없이 수다를 떠는 주정뱅이 여자가 되어버린 상황—에 대한 그녀 자

---

* 휩은 사냥개 담당자를 말한다.

신의 당혹스러움도 그녀가 계속 비참하게 말을 이어나가는 원인이 되는 것 같았다. 발음이 뭉개질 때마다 그녀의 입은 자극을 받아 종처럼 맑게 울리는 말, 자이나교도 딸의 베일 뒤에서 완벽하게 울려퍼지는 "아빠!"만큼이나 맑게 울리는 말을 만들어내려 했으나 소용없었다.

스위드는 집게로 새빨간 석탄들을 피라미드처럼 쌓았다. 굳이 고개를 들지 않고도 아버지가 무슨 생각을 하는지 알 수 있었다. 재미. 그의 아버지는 생각하고 있었다. 그게 이 사람들이 말하는 재미인가? 이 재미라는 게 뭐야? 뭐가 그렇게 재미있는데? 그의 아버지는 아들이 키어 애비뉴에서 60킬로미터 이상 떨어진 곳에 집과 100에이커의 땅을 샀을 때와 마찬가지로 궁금해하고 있었다. 저 아이는 왜 이런 사람들하고 살고 싶어하는 걸까? 꼭 술 때문에 하는 얘기가 아니야. 술에 취하지 않았을 때도 나쁘기는 마찬가지야. 이 분만 함께 있어도 지루해 죽고 말 거야.

돈은 그들에게 반감을 가지는 그녀 나름의 이유가 있었고, 그의 아버지는 아버지 나름의 이유가 있었다.

"어쨌든," 제시가 말하고 있었다. 담배를 든 손을 흔들어서 어떤 결론으로 들어가려 하고 있었다. "그래서 내가 내 말하고 함께 학교에 다닌 거예요."

"말하고 함께 학교에 다녔다고요?"

다시 그녀는 초조해하며 입을 오므렸다. 아마 아버지가 자기 딴에는 질문으로 그녀를 돕는다고 생각했겠지만, 그녀를 평소보다 훨씬 빠른 속도로 예정된 붕괴 쪽으로 내몰고 있기 때문인 것 같았다. "네. 우리는 함께 기차에 탔죠." 그녀가 말했다. "내가 운이 좋지 않았나요?"

그녀는 그렇게 묻더니, 전혀 심각한 곤경에 빠지지 않은 것처럼—그런 곤경이 술에 취하지 않은 역겹도록 자족적인 사람들이 술꾼에게 늘 갖고 있는 웃어넘길 만한 환상이기라도 한 것처럼—마치 유혹하듯 루 레보브의 옆머리에 손을 대는 바람에 레보브 남자 둘 다 깜짝 놀라고 말았다.

"미안하오만, 어떻게 말하고 함께 기차에 탔는지 이해가 안 되는구려. 그 말이 얼마나 컸는데?"

"말은 그 시절에는 말을 싣는 화차에 태웠어요."

"아하." 레보브 씨는 마치 이방인의 쾌락을 보며 평생 느끼던 당혹감이 해결된 듯한 표정이었다. 그는 자신의 머리에 놓인 그녀의 손을 잡아, 마치 그가 인생의 목적에 관해 알고 있는 모든 것, 그러나 그녀는 잊은 것으로 보이는 모든 것을 짜서 넣어주려는 듯 그녀의 손을 자신의 두 손 안에 꼭 쥐었다. 한편 제시는 상황을 파악하지 못한 채, 밤이 끝나기 전에 그녀를 수치로 이끌고 갈 그 힘의 관성 때문에 흔들리면서도 계속 앞으로 나아갔다.

"모두 폴로 서킷과 함께 떠나고 있었어요. 모두 겨울 열차를 타고 남쪽으로 내려가고 있었죠. 기차는 필라델피아에서 섰어요. 그래서 나는 내 말을 거기 태웠죠. 나는 내가 탄 차량 두 칸 앞에 있는 차량에 말을 집어넣고, 가족한테 손을 흔들어 작별 인사를 했어요. 멋졌죠."

"그때가 몇 살이었소?"

"열세 살이었어요. 향수병 같은 건 전혀 없었어요. 그냥 멋졌어요, 멋졌어요, 멋졌어요." 여기서 그녀는 울기 시작했다. "재미있었죠."

열세 살. 그의 아버지는 생각하고 있었다. 피셰르케*잖아. 그런데 가족한테 손을 흔들며 작별 인사를 했다고? 어떻게 된 거야? 그 사람들 무슨 문제가 있는 거야? 열세 살에 도대체 어떻게 가족한테 손을 흔들며 작별 인사를 해? 당신이 지금 술고래인 것도 놀랄 일이 아니군.

하지만 말은 이렇게 했다. "괜찮아요. 다 쏟아내시구려. 뭐 어떻소? 친구들과 함께 있는데." 달갑지 않은 일임에는 틀림없었지만 어차피 해야 할 일이었다. 그래서 그는 그녀의 한 손에서 잔을 치우고, 다른 손에 있던 새로 불을 붙인 담배를 버리고, 그녀를 품에 안았다. 어쩌면 그것이 그녀가 그동안 쭉 요구하던 것인지도 몰랐다.

"내가 다시 아버지 노릇을 해야 할 때가 온 것 같구려." 스위드의 아버지는 그녀에게 부드럽게 말했다. 그녀는 아무 말도 할 수 없었다. 그냥 울면서 스위드의 아버지가 흔드는 대로 몸을 맡겼다. 그는 그녀가 평생 그전에 딱 한 번 만난 사람일 뿐이었다. 십오 년 전쯤 그들이 오컷의 잔디로 독립기념일 소풍을 간 날이었다. 그때 그녀는 아버지가 스키트 사격에 흥미를 붙이게 하려 했는데, 이 또한 오래전부터 유대인으로서 루 레보브가 도무지 이해할 수 없는 오락이었다. '재미'를 위해 방아쇠를 당기고 총을 쏘다니. 메슈게**.

그날 집으로 오는 길에 그들은 콩그리게이셔널 교회 옆의 도로변에서 '텐트 판매'라고 적힌, 손으로 쓴 표지판을 지나갔다. 메리는 흥분해서 스위드에게 차를 세우고 텐트를 사달라고 졸랐다.

제시가 열세 살 때 가족에게 손을 흔들며 작별 인사를 한 것 때문에, 오직 말 한 마리와 함께 홀로 멀리 떠나게 된 것 때문에 그의 아버지의

---

* 이디시어로 '오줌싸개'라는 뜻.
** 이디시어로 '미쳤다'는 뜻.

어깨에 기대 울 수 있다면, 스위드가 그 기억 때문에, 자이나교도인 딸의 여섯 살 때 모습—"아빠, 차 세워요, 테-테-테-텐트 판대요!"—때문에 눈물을 글썽이는 것도 당연하지 않겠는가?

스위드는 제시에게 무슨 일이 있는지 오컷에게 알려야 한다는 생각도 들었고, 적어도 손님들이 집에 갈 때까지는 머릿속에서 지워버리려고 그렇게 열심히 노력했던 상황—어느 정도는 우발적으로 한 사람을 죽였을 뿐 아니라 진실과 정의의 이름으로 아주 태연하게 세 사람을 죽인 딸, 그와 돈에게서 배운 모든 것을 거부하고 이제는 청결에서 시작해 이성으로 끝나는 문명화된 존재의 모든 것을 실질적으로 단절해버린 딸의 아버지라는 상황—의 무게가 갑자기 있는 그대로 느껴져 마음을 정리할 시간도 필요했기 때문에, 잠시 아버지 혼자 제시를 돌보도록 맡겨두고 오컷을 데리러 집의 뒤로 돌아가서 뒤쪽 부엌문으로 갔다. 문의 유리창으로 식탁에 쌓인 종이 한 뭉치가 보였다. 아마 오컷이 그 골치 아픈 연결로를 새로 그려온 종이 묶음일 터였다. 그리고 개수대 옆에 오컷도 보였다.

오컷은 나무딸기 색깔의 아마포 바지 차림이었다. 바지 밖으로 완전히 늘어진 헐렁한 하와이안 셔츠는 다채로운 색깔의 열대 꽃들로 장식되어 있었는데, 이것은 실비아 레보브가 옷 가운데 그녀의 취향에 맞지 않는 모든 것을 가리킬 때 사용하기 좋아하는 "난하다"는 말이 가장 어울리는 셔츠였다. 돈은 그런 복장이 그 자신감 넘치는 오컷이라는 겉면의 한 부분을 이룰 뿐이라고 주장했는데, 젊어서 올드림록에 처음 왔을 때는 사실 그런 겉면에 우스꽝스러울 정도로 위협을 느끼기도 했다. 돈의 해석—그녀가 그 말을 할 때 스위드는 예전의 적개심이 여전히 묻어난다는 느낌을 받았다—에 따르면 하와이안 여름 셔츠의 메시지는 단지 이런 것이었다. 나는 윌리엄 오컷 3세이며, 이곳의 다른 사람들이 감히 입지 못하는 것도 입을 수 있다. "모리스 카운티라는 위대한 세계에서 자신이 크다고 생각하면 할수록, 자기는 더 화려해도 된다고 생각하는 거야. 하와이안 셔츠는," 그녀는 비웃는 미소를 지으며 말했다. "와스프 극단주의지. 와스프의 어릿광대 옷이야. 그게 내가 여기 와서 살면서 배운 거야. 심지어 윌리엄 오컷 3세 부부도 그 윤택함에 약간 빛이 사그라지는 순간이 있다는 거."

바로 한 해 전에 스위드의 아버지도 비슷한 말을 했다. "여름에 부자 고이들에 관해서 이런 걸 알게 됐지. 여름이 오면 이 과묵하고 예의 바른 사람들이 정말 믿기 어려운 의상을 입는다는 것 말이다." 스위드는 웃음을 터뜨렸다. "그것도 특권의 한 형식이죠." 돈의 말을 되풀이한 것이었다. "그러냐?" 루 레보브는 되묻더니 함께 웃음을 터뜨렸다. "그럴지도 모르지." 루는 결론을 내렸다. "그래도 그런 고이한테 이 말은 꼭 해주고 싶구나. 그런 바지와 그런 셔츠를 입으려면 배짱이 있어야 한다고."

물론 오컷이 마을에서 그렇게 입고 있는 것을 보면—억센 남자였고, 크고 튼튼해 보였다—그의 그림의 가장 뚜렷한 특징이 그 지워버린 듯한 인상이라고는 상상도 할 수 없을 것이다. 적어도 스위드는 상상할 수 없었다. 돈이 말하듯 추상미술에 관해 무지한 스위드 같은 사람이라면, 어디에나 그런 셔츠를 입고 다니는 남자는 옛 폴로 그라운드에서 2라운드에 피르포가 뎀프시를 한 방에 링 밖으로 쳐내는 유명한 그림* 같은 것을 그릴 거라고 상상하기 십상일 것이다. 하긴 예술적

창조물은 스위드 레보브가 이해할 수 있는 방식이나 이유로 만들어지는 것이 아니니까. 그래도 스위드의 해석에 따르면 오컷의 부글거리는 생기는 그 셔츠를 입는 것으로 다 소진되는 것 같았다. 그의 화려함, 그의 대담함, 그의 도전, 어쩌면 그의 실망과 그의 절망까지도.

아니, 어쩌면 다는 아닐지도 몰랐다. 스위드는 바깥의 커다란 화강암 층계에서 부엌문을 통해 안을 들여다보다가 그것을 깨달았다. 그냥 문을 열고 자기 집 부엌으로 곧장 들어가 제시에게 지금 남편이 꼭 필요한 상황이라고 말하지 않은 것은 돈이 개수대에 기대 옥수수 껍질을 벗기는 동안 오컷이 뒤에서 돈의 몸 위로 몸을 기울인 모습 때문이었다. 처음에 스위드는 오컷이 돈에게 옥수수 껍질을 까는 방법을 가르쳐주는 줄 알았다. 돈에게 그런 가르침이 전혀 필요 없음에도. 오컷은 돈 뒤에서 그녀의 몸 위로 자기 몸을 구부리고, 두 손을 그녀의 손 위에 올려놓은 채, 그녀에게 껍질과 수염을 깨끗하게 벗기는 요령을 가르쳐주는 것 같았다. 하지만 그녀에게 옥수수 껍질을 벗기는 방법을 가르쳐주기만 하는 것이라면, 왜, 그 화려하고 넓은 하와이안 셔츠 밑에서 그의 골반과 엉덩이가 그렇게 움직이고 있을까? 왜 그의 뺨을 그녀의 뺨에 그렇게 갖다대고 있을까? 왜 돈이—스위드가 그녀의 입술 움직임을 정확하게 읽은 거라면—"여기선 안 돼, 여기선 안 돼……" 하고 말하고 있을까? 왜 여기서 옥수수 껍질을 까면 안 되는 것일까? 부엌이야말로 어디 못지않게 옥수수 껍질을 까기 좋은 곳인데. 아니, 잠시 시간이 흐른 뒤에야, 하나, 그들이 단지 함께 옥수수 껍질만 까고 있는

---

* 미국 화가 조지 벨로스가 그린 그림으로 권투 선수 루이스 피르포가 잭 뎀프시를 주먹으로 쳐서 링 밖으로 떨어지는 장면을 담았다.

것이 아니라는 점, 둘, 유서 깊고 내구력 있는 집안 전통의 가장자리를 갉아먹는 그 부글거리는 생기, 화려함, 대담함, 도전, 실망, 절망이 모두 그 셔츠를 입는 것만으로 해소되는 것은 아니라는 점이 분명해졌다.

그러니까 이것이 돈이 오컷 이야기만 나오면 늘 인내심을 잃는 이유였구나. 내가 눈치를 채지 못하게 하려는 것이었구나! 우리가 침대에 들어가려 할 때마다 오컷의 그 냉혈한 면에, 그 교육에, 그 텅 빈 따뜻함에 금을 내고, 그를 그런 식으로 깔아뭉개는 것. 당연히 그렇게 말을 하겠지. 그렇게 말을 해야 하겠지. 그 남자를 사랑하니까. 돈은 새집 때문에 바람이 들어 이 집을 버리는 것이 아니었다. 그냥 바람이 난 것이었다. "그 가엾은 마누라가 아무 이유 없이 술을 마시는 게 아냐. 남편이 늘 모든 걸 속에 눌러두거든. 예의를 지키느라 너무 바쁘거든." 돈은 그렇게 말했다. "너무 프린스턴 티를 내느라고 말이야." 돈은 그렇게 말했다. "너무 틀리지 않으려고. 그 사람은 일차원적이려고 아주 열심히 노력해. 와스프의 그 무미건조함. 그 남자는 그들 집안이 과거에 이룬 것에 완전히 의존해서 살고 있어. 그 남자는 반은 아예 거기에 있지 않아.*"

그러나 이제 오컷은 거기에, 바로 거기에 있었다. 스위드는 재빨리 다시 테라스와 불 위의 스테이크로 돌아오기 전에 분명히 그것을 보았다고 믿었다. 오컷은 자기가 있고자 하는 바로 그곳에 자기 자신을 갖다놓고 있었다. 돈에게 자기가 정확히 어디 있는지 말해주면서. "거기! 거기! 거기! 거기야!" 오컷은 어떤 것도 속에 누르고 있지 않은 것 같았다.

---

* 반은 온전치 못하다는 뜻.

8

　저녁식사에는—바깥, 뒤쪽 테라스에서는 어둠이 너무 서서히 다가오는 바람에 저녁이 멈춰 선 것, 중단된 것, 유예된 것 같았고, 그 때문에 스위드는 더 따라갈 것이 없다는, 다시는 어떤 일도 일어나지 않을 거라는, 시간을 잘라내 만든 관 속으로 들어가 거기서 빠져나올 수 없을 거라는 괴로운 느낌에 사로잡혔다—마샤와 배리 우마노프 부부, 실라와 셸리 샐츠먼 부부도 함께했다. 폭파 후에 메리를 숨겨준 사람이 언어치료사 실라 샐츠먼이었다는 사실을 스위드가 알게 된 지 불과 몇 시간밖에 지나지 않았다. 샐츠먼 부부는 그 이야기를 스위드에게 하지 않았다. 만일 그때 그들이—아이가 나타났을 때 전화를 해주기만 했다면, 그때 그에게 그들의 의무를 이행하기만 했다면…… 스위드는 그 생각을 마무리할 수가 없었다. 만일 메리가 법을 피해 달아나는 도망자가 되는 것을 절대 허용하지 않았다면 벌어지지 않았을 모든 일을 있는 그대로 살펴본다면…… 그러나 그 생각도 마무리할 수가 없었다. 그는 영원히 생기를 잃은 상태로 식탁에 앉아 있었다―움직일 수가 없었고, 무력했고, 생기가 없었다. 그의 초낙관주의가 그에게 부여한 개방성과 정력이라는 어마어마한 축복은 이제 그의 것이 아니었다. 사업가로서, 운동선수로서, 미합중국 해병으로서 평생 민첩하게 살아왔기 때문에 미래가 없는 상자에 포로로 갇힌 상태에는 전혀 대비가 되어 있지 않았다. 그 상자 안에서는 그의 딸이 어떻게 되었는지 생각할 수 없었고, 샐츠먼 부부가 딸아이를 도와준 것을 생각할 수 없었고, 또…… 아내가 어떻게 된 것인지 생각할 수 없었다. 그는 그가 생각할 수 있는 유일한 것을 생각하지 않고 저녁 시간을 통과해야 했다. 앞으로도 영원히 그렇게 해야 했다. 아무리 빠져나가고 싶어도 그는 그 상자 속의 순간에 딱 멈춰버린 채 가만히 있을 수밖에 없었다. 아니면 세상이 폭발할 터였다.

한때 스위드의 팀 동료였고 고등학교 시절 가까운 친구였던 배리 우마노프는 컬럼비아 법대 교수였으며, 스위드는 부모가 플로리다에서 날아올 때마다 배리와 그의 부인을 저녁식사에 초대했다. 아버지는 배리만 보면 늘 흐뭇한 표정이었다. 한편으로는 이민자 재단사의 아들 배리가 대학교수로 진화했기 때문이기도 하지만, 또 한편으로는 시모어가 야구 글러브를 내려놓고 사업에 투신하게 한 사람이 바로 배리 우마노프라고 생각하기―틀린 생각이었지만 시모어는 개의치 않았다―때문이기도 했다. 올드림록을 찾는 여름마다 루 레보브는 배리―고등학교 시절부터 그를 '변호사'라고 불렀다―에게 그가 전문가다운 진지함의 모범을 보여 레보브 가족에게 좋은 일을 해주었다고 말했고, 그러면 배리는 자신의 운동선수로서의 능력이 스위드의 100분의 1만 되었어도 아무도 자기를 법대 근처에도 보내지 않았을 거라고 대꾸하곤 했다.

스위드가 메리의 뉴욕행을 완전히 금지하기 전 아이가 뉴욕에 갔을 때 두 번 자고 온 집이 바로 배리와 마샤 우마노프의 집이었고, 메리가 올드림록에서 사라진 뒤 스위드가 법적인 조언을 구한 사람도 배리였다. 배리는 스위드를 데리고 맨해튼의 소송 변호사 셰비츠를 만나러 갔다. 스위드가 셰비츠에게 솔직히 말해달라고 하자―딸이 체포되어 유죄판결을 받게 될 경우 예상되는 최악의 상황은 무엇인가?―"칠 년에서 십 년"이라는 대답이 나왔다. 셰비츠는 말을 이었다. "하지만 반전운동의 감정적 분위기에서 이루어진 일이라면, 우연히 벌어진 일이라면, 사람이 다치는 것을 막으려고 최선을 다했다면…… 그런데 그 아이가 혼자 한 일이라는 게 확실한가요? 확실치 않죠. 그애가 했다는 건 확실한가요? 확실치 않습니다. 아이에게는 이렇다 할 정치적 경력이 없습니다. 수사修辭만 많죠. 폭력적인 수사만. 하지만 이 아이가 의도적으로 혼자서 사람을 죽일 아이입니까? 이 아이가 폭탄을 만들거나 설치했다는 게 확실합니까? 폭탄을 만들려면 아주 박식해야 합니다. 그런데 아이가 성냥은 켤 수 있나요?" "아이가 과학을 아주 잘했어요. 화학 수업에서 A를 받았지요." 스위드가 말했다. "화학 수업시간에 아이가 폭탄을 만들었나요?" "아니죠, 물론 아니죠. 안 만들었습니다." "그럼 우리는 아이가 성냥을 켤 수 있는지 없는지 모르는 거죠, 안 그런가요? 그 아이한테는 모든 게 수사였을 수도 있습니다. 우리는 그 아이가 무엇을 했는지 모르고, 무엇을 하려고 했는지도 모릅니다. 우리는 아무것도 모르고, 다른 사람들도 마찬가지입니다. 아이가 웨스팅하우스 과학상을 탈 수도 있었겠지만, 그래도 우리는 모를 겁니다. 그게 뭘 증명할 수 있죠? 거의 없을 겁니다. 물어보셨으니 하는 말인데, 최악은 칠 년에서 십 년입니다. 하지만 아이가 미성년 대우를 받는다고 가정해봅시다. 미성년자 법에 따르면 아이는 이 년에서 삼 년을 받습니다. 설령 아이가 어떤 일에 대해 유죄를 인정한다 해도 그 기록은 봉인되어서 아무도 거기에 접근할 수 없습니다. 보세요, 이 모든 게 그 아이가 이 살인에서 어떤 역할을 했느냐에 달려 있습니다. 그렇게 나쁜 상황은 아닐 수도 있어요. 아이가 자수를 하면, 아이가 그 일과 어떤 관련이 있다 해도, 거의 아무런 피해 없이 아이를 빼올 수 있습니다." 몇 시간 전만 해도—오리건 코뮌에서 폭탄 제조가 아이의 전문 분야였다는 것, 아이가 더듬지 않는 말로 자신이 책임져야 할 일이 우발적일 가능성이 있는 한 명의 죽음이 아니라 냉정하게 저지른 네 건의 살인이라는 이야기를 하는 것을 듣기 전까지만 해도—셰비츠의 말이 때때로 그가 희망을 포기하지 않는 유일한 근거였다. 셰비츠는 동화를 들려주는 사람이 아니었다. 그의 사무실로 들어가는 순간 그것을 알 수 있었다. 셰비츠는 자신이 옳다고 입증되기를 바라는 사람이었으며, 이기고 싶다는 소망이 곧 그의 소명인 사람이었다. 셰비츠는 사람을 기분좋게 해주는 일에 흥미가 있는 사람이 아니라고 배리는 미리 분명히 해두었다. 셰비츠가 아이가 자수를 하면 아이를 빼올 수 있습니다 하고 말했을 때, 그것은 스위드의 갈망을 채워주려고 한 말이 아니었다. 그러나 이것은 아이가 성냥을 켜는 방법도 모른다고 믿을 배심원을 찾을 수 있다고 생각했을 때의 이야기였다. 그날 오후 다섯시 전의 이야기였다.

뉴욕에서 문학 교수로 일하는 배리의 부인 마샤는 스위드의 관대한 평가에 비추어보더라도 '까다로운 사람'이었다. 엄청난 자기 확신을 가진 전투적인 비타협주의자로, 비꼬기를 잘했으며, 지구의 주인들에게 불편을 주고자 면밀하게 계획된 묵시록적 발언도 즐겼다. 그녀가 하는 말이나 하는 행동 모두 그녀가 어떤 입장인지 분명히 보여주었다. 그녀는 단지 근육 하나만 움직여서—상대가 말하는 동안 뭘 삼킨다든가, 손톱으로 의자 팔걸이를 두드린다든가, 심지어 완전히 동의하는 것처럼 머리를 끄덕인다든가 하는 움직임만으로도—상대가 하는 말 가운데 옳은 것이 하나도 없음을 상대에게 알려줄 수 있었다. 그녀는 그 모든 확신을 싸안기 위한 것인 듯 커다란 목판 인쇄 무늬가 있는 카프탄드레스를 입었다. 전체적으로 모든 게 큼직큼직한 여자로, 그 단정치 못한 외모는 관습에 대한 저항이라기보다는 그녀가 바로 핵심으로 다가갈 수 있는 사상가라는 표시였다. 그녀와 가장 엄혹한 진실 사이에는 헛소리나 진부한 것이 끼어들 여지가 없었다.

그러나 배리는 그녀를 즐겼다. 둘은 서로 그렇게 다를 수가 없었는데, 어쩌면 이들이야말로 이른바 양극이 끌린다는 말의 중요한 사례인지도 몰랐다. 배리에게는 사려 깊고 착하게 배려해주는 면이 강했다. 어렸을 때부터 그랬다. 그는 스위드가 아는 가장 가난한 아이였지만, 그럼에도 부지런하고 올곧은 신사였고, 야구에서는 튼실한 포수였다.

결국 그는 졸업생 대표가 되었고, 병역을 마친 뒤에는 제대군인원호법 덕분에 뉴욕 대학교에 들어갈 수 있었다. 그리고 그곳에서 마샤 슈워츠를 만나 결혼했다. 스위드로서는 배리처럼 몸이 튼튼하고 못생기지도 않은 남자가 스물두 살의 나이에 마샤 슈워츠가 아닌 다른 여자와 함께 있고 싶은 욕망에서 도대체 어떻게 벗어날 수 있었는지 이해하기 어려웠다. 당시 마샤는 대학생이면서도 이미 자기주장이 아주 강해서, 스위드는 그녀와 함께 있을 때면 졸지 않으려고 안간힘을 써야 했다. 그럼에도 배리는 그녀를 좋아했다. 그냥 앉아서 그녀의 말에 귀를 기울였다. 그녀가 지저분하고, 대학생이면서도 할머니처럼 입고 다니고, 부력이 있는 듯한 눈은 묵직한 안경 때문에 사람 기를 죽일 정도로 커 보인다는 점은 전혀 개의치 않는 듯했다. 그녀는 모든 면에서 돈과 반대였다. 마샤가 자칭 혁명가를 낳았다면 어땠을까—그래, 메리가 마샤의 말을 들으면서 성장했다면…… 하지만 돈? 예쁘고, 작고, 비정치적인 돈—왜 돈이었을까? 어디서 원인을 찾아야 할까? 이런 어울리지 않는 모녀 관계는 어떻게 설명해야 할까? 그들의 유전자가 벌인 장난에 지나지 않는 것일까? '펜타곤 행진', 베트남전쟁을 멈추려는 행진 동안 마샤 우마노프는 다른 스무 명 정도의 여자와 함께 범인 호송차에 내던져졌고, 워싱턴의 감옥에 하룻밤 갇혀 있었다. 무척 그녀의 마음에 드는 일이었다. 그녀는 아침에 모두 석방될 때까지 저항 연설을 멈추지 않았다. 메리가 이 여자의 딸이었다면, 모든 것이 이해가 되었을 것이다. 메리가 말로 싸움을 했다면, 세상과 말로만 싸웠더라면, 이 귀에 거슬리는 수다쟁이처럼. 그랬다면 메리는 폭탄으로 시작해서 폭탄으로 끝나는 이야기가 아니라 완전히 다른 이야기가 되었을 것이다.

하지만 폭탄. 폭탄. 폭탄이 모든 좆같은 이야기를 좌우하고 있다.

배리가 그 여자와 결혼한 것은 이해하기 어려웠다. 혹시 그의 집이 너무 가난한 것과 관계가 있지는 않을까. 누가 알랴. 그녀의 아니무스*, 우월한 듯한 고자세, 불결한 느낌, 스위드라면 그 모든 것을 배우자는 말할 것도 없고 친구에게서 발견했다 해도 견딜 수 없었을 것이다. 하지만 바로 이런 특징들 때문에 배리는 자기 아내를 높이 평가하는 것 같았다. 완벽하게 합리적인 한 사람이, 완벽하게 합리적인 또 한 사람은 삼십 분도 견딜 수 없는 대상을 어떻게 사모할 수 있는지 수수께끼였다. 정말 수수께끼였다. 그러나 그것이 수수께끼라는 바로 그 점 때문에 스위드는 자신의 혐오를 억제하고 판단을 유보하며, 마샤 우마노프를 그저 다른 세계, 학자들의 세계, 지적인 세계에서 온 괴짜 정도로 보려고 최선을 다했다. 그 세계란 늘 다른 사람들을 적대하고 무슨 말에든 도전하는 것을 감탄하며 바라보는 곳이었다. 하지만 그들이 그렇게 부정적인 태도로 무엇을 얻는 것인지 스위드는 도무지 이해할 수가 없었다. 모두 어른스럽게 그런 태도를 넘어서는 것이 그에게는 훨씬 더 생산적으로 보였다. 그러나 마샤가 그렇게 자주 사람들을 자극하고 공격한다고 해서, 그녀가 실제로 사람들을 자극하고 공격하려고 애를 쓴다는 뜻은 아니었다. 스위드는 그것이 그녀가 맨해튼에서 사교생활을 하면서 익숙해진 방식이라고 인정하고 나자 그녀에게 악의가 있다고 말할 수가 없었다. 게다가 한때 친동생보다 더 가까웠던 배리 우마노프가 악의를 품은 사람과 결혼했다고는 생각할 수가 없었다. 평소에

---

* 여성에게서 발견되는 남성적 요소.

도 그렇지만, 인과관계를 파악할 수 없을 때 스워드가 보이는 기본 반응은 그의 아버지의 조건반사적인 의심과는 달리, 자신의 평생에 걸친 전략에 기대어 너그럽고 자비로운 태도를 보이는 것이었다. 그래서 그는 마샤를 "까다롭다"고 말해두는 것으로 만족했고, 최악의 경우에도 "그래, 만만치 않다고 해두지 뭐" 하는 정도로 이야기했다.

그러나 돈은 그녀를 혐오했다. 자신이 미스 뉴저지였다는 이유로 마샤가 자신을 혐오한다는 것을 알았기 때문에 그녀를 혐오했다. 돈은 그 이야기를 자신의 이야기의 전부로 만드는 사람들을 모두 견딜 수 없어했는데, 마샤가 특히 돈의 화를 돋웠던 것은 결코 돈을 설명할 수 없었던―그리고 지금도 그녀를 거의 설명할 수 없는―그 이야기로 돈을 설명하는 기쁨을 아주 으스대며 드러냈기 때문이다. 그들 모두가 처음으로 한자리에서 만났을 때 돈은 우마노프 부부에게 아버지가 심장마비를 겪고 돈 한 푼 생기는 데가 없었기 때문에 가만히 있다가는 동생이 도저히 대학에 갈 수 없겠다는 생각을 하게 되었다는 이야기를 시작했다…… 그 장학금 이야기를 다 해준 것이다. 그럼에도 마샤 우마노프의 눈에 미스 뉴저지는 변함없이 농담거리로만 보일 뿐이었다. 마샤는 돈 레보브에게서 이렇다 할 인간적 알맹이를 발견할 수 없다는 것, 돈이 소를 기른답시고 잘난 체를 한다고 생각한다는 것, 자기 이미지를 위해 그런 일을 하고 있다고 생각한다는 것을 굳이 감추려 하지 않았다. 돈이 일주일에 이레, 하루에 열두 시간, 열네 시간씩 하는 일을 진지하게 받아들이지 않은 것이다. 마샤가 보기에 그것은 악취가 나는 뉴저지가 아니라, 절대 그런 곳이 아니라, 아름다운 시골에 사는 부유하고 멍청한 여자가 만들어낸 예쁜 〈하우스 앤드 가든〉식 환상이었다. 돈은 마샤가 레보브 부부의 부, 그들의 취향, 그들이 사랑하는 시골 생활방식에 우월감을 감추지 않고 드러냈기 때문에 그녀를 혐오했다. 또 메리가 저질렀다는 혐의를 받고 있는 일을 마샤가 내심 몹시 반겼을 것이라고 확신했기 때문에 더 혐오할 수 없을 정도로 그녀를 혐오했다.

마샤의 감정에서 특권을 누리는 자리는 베트남 사람들, 북베트남 사람들 차지였다. 그녀는 자신의 정치적 확신이나 국제 문제에 대한 동정 어린 이해에 관해서는 잠시라도 절대 타협하지 않았다. 남편의 가장 오랜 친구에게 벌어진 비참한 일을 코앞에서 보고 있을 때도 마찬가지였다. 그래서 돈은 그녀를 비난했고, 스위드는 이런 비난이 사실에 근거한 것이 아님을 알았다. 마샤의 고결함을 확신할 수 있어서가 아니라, 그에게 배리 우마노프의 정직성은 의문의 여지가 없는 것이었기 때문이다. "나는 그 여자를 이 집에 들여놓지 않을 거야! 돼지라도 그 여자보다는 인간성이 낫겠다! 그 여자가 학위가 몇 개건 상관없어. 그 여자는 무감각하고 눈이 멀었어! 그 여자는 내가 평생 만나본 사람들 가운데 가장 눈이 먼 사람이야. 자기만 알고, 속 좁고, 비위 상하는 이른바 지식인이야. 나는 그 여자를 내 집에 들여놓지 않을 거야!" "글쎄, 배리한테 혼자 오라고 말하기는 좀 그런데." "그럼 배리도 못 오는 거지." "배리는 와야 돼. 나는 배리가 오기를 원해. 아버지는 여기서 배리를 보면 아주 좋아하셔. 아버지는 여기서 배리를 만날 거라고 기대하셔. 나를 셰비츠한테 데려간 사람이 바로 배리야, 돈." "하지만 그 여자가 메리를 숨겨주었잖아. 몰라? 메리가 거기로 간 거라고! 뉴욕으로…… 그 사람들한테! 그 사람들이 메리한테 숨을 곳을 제공했어!

누군가가 숨을 곳을 제공했어, 누군가는 그랬을 수밖에 없어. 자기 집에 진짜 폭탄을 터뜨린 애가 있다는 거…… 그 여자는 그 사실에 흥분했을 거야. 그 여자는 우리 몰래 그애를 숨겼어. 메리에게 부모가 가장 필요한 때에 메리를 부모에게서 감추었다고. 마샤 우마노프는 메리를 지하로 보낸 사람이야!" "메리는 그전에도 거기 가 있고 싶어하지 않았어. 메리는 배리네 집에서 딱 두 번 잤어. 그게 다야. 세번째는 아예 그 집에 나타나지도 않았어. 기억 안 나? 메리가 다른 데 가서 자느라고 우마노프네 집에는 아예 나타나지 않았잖아." "마샤가 바로 그 사람이야, 시모어. 달리 누가 그 여자만큼 연줄이 있겠어? 이 놀라운 성직자, 저 놀라운 성직자, 징병 영장에 피를 퍼붓는 성직자들 말이야. 그 여자는 전쟁에 반대하는 성직자들하고 아주 편한 사이잖아, 아주 짝짜꿍이잖아. 하지만 그 사람들은 성직자가 아니야, 시모어! 성직자는 위대한 진보적 사고를 가진 자유주의자가 아니라고. 그런 사람들은 성직자가 되지도 않아. 그런 건 성직자가 해야 하는 일이 아니라고. 성직자라면 거기에 가는 남자아이들을 위해 기도하는 것도 멈추지 말아야지. 그 여자가 이 성직자들한테서 좋아하는 건 그 사람들이 성직자가 아니라는 점이야. 그 여자는 그 사람들이 교회에 있기 때문에 좋아하는 게 아니야. 자기가 보기에 교회를 더럽히는 일을 하기 때문에 좋아하는 거지. 교회 바깥의 어떤 일, 성직자의 정상적인 역할 바깥의 어떤 일을 하기 때문에 좋아하는 거라고. 그런 성직자들이 나 같은 사람들이 성장하면서 알았던 것에 모욕을 준다는 것, 바로 그 점을 그 여자는 좋아하는 거야. 바로 그 점이 그 뚱뚱한 년이 모든 것에서 좋아하는 점이야. 나는 그년이 싫어. 싫어 죽겠어!" "좋아. 나는 괜찮아. 당신 마음대로 싫어해. 하지만 그 여자가 하지 않은 일로 싫어하지는 마. 그 여자는 그런 일을 하지 않았어, 돈. 당신은 사실일 리 없는 걸 가지고 자신을 미치도록 들들 볶고 있어."

그것은 사실이 아니었다. 메리를 숨겨준 사람은 마샤가 아니었다. 마샤는 말뿐이었다. 늘 그랬다. 과시하는 지각없는 말, 수치스럽게 자신을 전시하는 것이 유일한 목적인 말, 그녀의 모든 계산된 태도가 결국 독립적인 정신의 표현이라는 묘한 믿음과 지적 허영밖에 표현하지 못하는 비타협적이고 논쟁적인 말. 실제로 메리를 숨겨준 사람은 모리스타운의 언어치료사, 한동안 메리에게 큰 희망과 자신감을 주었던 예쁘고, 친절하고, 말씨가 부드러운 젊은 여자, 메리에게 장애를 꾀로 극복할 모든 '전략'을 제공하여 오드리 헵번을 제치고 메리의 영웅이 된 교사 실라 샐츠먼이었다. 돈이 진정제를 맞고 병원을 들락거리던 몇 달 동안 실라 샐츠먼은 스위드 레보브의 정부, 처음이자 마지막 정부였다. 비록 그 몇 달 뒤에 실라와 스위드는 책임감 있게 살고자 하는 그들 자신의 평소 성향을 완전히 무시한 이 관계에서 뒤로 물러서게 되긴 하지만, 비록 몇 달 뒤에 이 질서가 잡히고 행동이 올바른 두 사람은 그들의 귀중한 안정을 위험에 몰아넣는 일을 중단하게 되긴 하지만.

정부. 가장 스위드답지 않은 획득물이었다. 어울리지 않고, 있을 법하지 않고, 심지어 우스꽝스럽기조차 했다. '정부'는 그 삶의 오염되지 않은 맥락에는 들어설 자리가 없었다. 그럼에도 메리가 사라지고 나서 네 달 동안 실라는 그에게 그런 것이었다.

저녁 식탁에서 대화의 주제는 워터게이트와 〈목구멍 깊숙이〉였다. 스위드의 부모와 오컷 부부를 제외하면 식탁에 앉은 모두가 린다 러브레이스라는 이름의 젊은 포르노 여배우가 나오는 X 등급 영화를 보러 간 적이 있었다. 이 영화는 이제 성인 영화관에서만 상영하는 것이 아니라, 저지 전역의 동네 영화관들에서도 센세이션을 일으키고 있었다. 셸리 샐츠먼은 깊은 도덕적 경건성을 갖춘 척하는 위선적인 공화당 정치가들을 대통령과 부통령으로 압도적으로 밀어준 유권자들이 다른 한편에서는 오럴 섹스 행위를 그렇게 생생하게 희화화한 영화를 보러 우르르 몰려가고 있다는 사실에 놀랐다고 말하고 있었다.

"영화관에 가는 사람들과 그 사람들이 똑같은 사람들이 아닐지도 모르죠." 돈이 말했다.

"그럼 맥거번* 지지자들인가요?" 마샤 우마노프가 돈에게 물었다.

"이 식탁에서는 그렇죠." 돈이 대답했다. 도저히 억누를 수 없는 이 여자에 대한 분노는 식사가 시작될 때부터 이미 타오르고 있었다.

"참 나." 스위드의 아버지가 말했다. "그 두 가지가 서로 무슨 관계가 있는지 나한테는 수수께끼로구먼. 애초에 왜 귀중한 돈을 내고 그런 쓰레기를 보러 가는지, 그것부터 모르겠어. 그건 완전히 쓰레기야. 안 그런가, 변호사?" 그는 배리를 보며 지원을 구했다.

"일종의 쓰레기죠." 배리가 말했다.

"그런데 왜 그게 자기들 삶에 들어오도록 놔두는 거야?"

---

* 1972년 미국 대통령 선거에서 리처드 닉슨에게 패배한 민주당 후보.

"그냥 새어드는 거죠, 레보브 씨." 빌 오컷이 유쾌한 표정으로 말했다. "우리가 좋아하든 말든 말입니다. 저 밖에 있는 건 뭐든지 새어듭니다. 사실 쏟아져들어오죠. 이제는 저 바깥이 옛날 같지 않습니다, 혹시 못 들으셨는지 몰라도."

"아, 들었소이다. 나는 죽은 도시 뉴어크 출신이라오. 나도 듣고 싶은 것 이상으로 들었지. 보시오, 아일랜드인이 도시를 다스리더니, 이탈리아인이 도시를 다스리더니, 이제는 유색인이 도시를 다스리고 있소. 하지만 내가 말하고자 하는 건 그게 아니오. 나는 그 점에는 아무런 불만이 없소. 사실 이제 유색인이 돈궤에 손을 넣을 차례 아니겠소? 나는 어제 태어난 갓난아기가 아니오. 뉴어크의 본질을 이루는 건 부패요. 새로운 건, 첫째, 인종이오. 둘째, 세금이오. 거기에 부패를 더하면, 문제 전체가 드러나지. 칠 달러에 칠십육 센트. 그게 뉴어크라는 도시의 세율이오. 얼마나 큰 사업을 하느냐 얼마나 작은 사업을 하느냐, 그건 중요하지 않소. 내가 하고 싶은 말은 그런 세금으로는 아예 사업을 할 수가 없다는 거요. 제너럴 일렉트릭은 이미 1953년에 떠났소. GE, 웨스팅하우스, 저 아래 레이먼드 불러바드에 있던 브레어, 셀룰로이드, 모두 도시를 떠났소. 그들 모두 큰 고용주들이었소. 그런데 폭동 전에, 인종 증오 전에 이미 떠난 거요. 인종은 그저 케이크 위의 아이싱일 뿐이오. 거리는 청소도 안 해요. 타버린 차를 아무도 치우지 않아요. 버려진 건물에 사람들이 살아. 버려진 건물에 불이 나. 실업. 불결. 가난. 더 심한 불결. 더 큰 가난. 교육이란 건 존재하지 않소. 학교는 실패했소. 거리 모퉁이마다 중퇴자들이 있소. 아무것도 하지 않는 중퇴자들이오. 마약을 파는 중퇴자들이오. 어디 문제 일으킬 게 없나 찾는 중퇴자들이오. 주택단지들…… 주택단지에 관해서는 말도 시작하고 싶지 않소. 어디 뇌물 받을 데가 없나 두리번거리는 경찰. 인간에게 알려진 온갖 종류의 병. 오래전 1964년 여름에 나는 아들한테 말했소. '시모어, 거기서 나와라.' 나는 '나와라' 하고 말했지만 아이는 듣지를 않소. 패터슨이 망가지고, 엘리자베스가 망가지고, 저지시티가 망가졌소. 다음에 무슨 일이 일어날지 보이지 않는다면 두 눈이 다 먼거요. 나는 시모어한테 그 이야기도 했소. '뉴어크는 제2의 와츠*다.' 나는 그렇게 말했소. '내가 여기서 이미 그 이야기를 했잖니. 1967년 여름에.' 나는 바로 그런 말로 그렇게 예언했소. 그러지 않았냐, 시모어? 거의 날짜까지 대가면서?"

"맞아요." 스위드는 인정했다.

"뉴어크에서 제조업은 끝났소. 뉴어크는 끝났어. 워싱턴에서든, 로스앤젤레스에서든, 디트로이트에서든 폭동이란 건 어디가 더 나쁘다고 말할 수 없이 똑같이 나쁜 거요. 하지만, 내 말 잘 들으시오, 뉴어크는 절대 돌아오지 않는 도시가 될 거요. 돌아올 수가 없소. 장갑? 미국에서? 끝장났소. 그것도 끝났단 말이오. 오직 내 아들만 버티고 있소. 오 년이 더 흘러 정부와 계약이 끝나면 미국에서는 장갑을 한 켤레도 안 만들 거요. 푸에르토리코에서도 안 만들 거요. 이미 필리핀에 가 있소, 큰 데는. 인도에 생길 거요. 또 인도네시아, 파키스탄, 방글라데시에 생길 거요. 두고 보시오, 여기를 제외하고 세상 모든 곳에서 장갑을 만들 거요. 하지만 우리를 부수는 건 조합만이 아닐 거요. 물론 조합은

---

* 1965년에 인종 폭동이 일어났던 로스앤젤레스의 한 지역.

이해를 못하고 있지만, 제조업자들도 몇몇은 이해하지 못하고 있소—
'나는 그 개자식들한테 오 센트도 더 안 줄 거야.' 그렇게 말하지. 하지
만 그러는 그 작자는 캐딜락을 몰고, 겨울에는 플로리다에 앉아 있소.
많은 제조업자들이 제대로 생각을 못해요. 하지만 조합들도 해외와 벌
이는 경쟁을 절대 이해 못해. 따라서 내 생각에는 틀림없이 조합이 강
하게 나가서, 사람들이 사업으로 돈을 벌 수 없는 지경이 되어 장갑산
업은 죽음을 맞이하게 될 거요. 조합이 정한 삯일 단가 때문에 많은 사
람들이 사업을 그만두거나 해외로 나가고 있소. 1930년대에는 체코슬
로바키아, 오스트리아, 이탈리아 때문에 경쟁이 심했소. 그런데 전쟁
이 벌어져 우리를 구해주었소. 정부와 계약을 했지. 병참 장교가 장갑
칠천칠백만 켤레를 사준 거요. 장갑 만드는 사람들은 부자가 됐지. 하
지만 전쟁은 끝이 났소. 분명히 말하는데, 벌써 그때부터, 그 좋았던
시절부터 이미 끝은 시작되고 있었소. 우리는 절대 해외와 경쟁할 수
가 없기 때문에 몰락할 수밖에 없소. 게다가 우리는 몰락을 재촉했소.
양쪽 다 제대로 판단하지 못했기 때문이오. 하지만 그와 상관없이 어
차피 구할 수가 없는 거였소. 그걸 멈출 수 있는 유일한 방법—사실 나
는 여기에 찬성하지 않소, 세계 무역을 막을 수는 없는 거고 그런 시도
를 해야 한다고 생각하지도 않소—그걸 막을 수 있는 유일한 방법은
무역 장벽을 세우는 거였소. 그래서 관세를 5퍼센트가 아니라, 30퍼센
트, 40퍼센트 물리는 거였소……"

"루." 그의 부인이 말했다. "그게 이 영화하고 무슨 상관이 있어요?"

"이 영화? 이 염병할 영화들? 아, 물론, 그것도 새로운 건 아니오,
다 알겠지만. 우리는 피노클* 클럽이란 걸 만들어 놓았소. 오래전 일이

지…… 기억하나 몰라, 프라이데이 나이트 클럽이라고. 전기 일을 하는 사람이 있었소. 기억나냐, 시모어, 에이브 색스라고?"

"그럼요." 스위드가 말했다.

"어, 이런 말 하고 싶지는 않지만, 그 사람은 바로 자기 집에 그런 종류의 영화를 죄다 갖다두었소. 물론 그때도 그런 게 있었지. 우리가 애들하고 칭크**를 먹으러 가던 멀베리 스트리트에 온갖 더러운 걸 원하는 대로 살 수 있는 그런 가게가 있었소. 그런데 어떻게 됐는지 아시오? 나는 오 분을 보다가 부엌으로 돌아갔소. 그리고 칭찬할 만한 일이지만 내 친한 친구도 그랬소. 지금은 죽었지만. 훌륭한 녀석이었지. 내 정신이 오락가락해. 장갑 자르는 친구였는데, 도대체 그 친구 이름이 뭐였더라……"

"앨 해버먼이잖아요." 그의 부인이 말했다.

"맞아. 우리 둘은 그냥 한 시간 동안 진*** 게임만 했소. 거실에서는 영화를 틀어놓고 왁자지껄 떠드는데 말이오. 그런데 어떻게 됐냐 하면 그 빌어먹을 영화, 카메라, 그 뭐라 부르는 건지 거기에 다 불이 붙어버린 거요. 나는 행복해서 견딜 수가 없었지. 그게 삼십, 사십 년 전이오. 지금까지도 다른 사람들이 거실에서 백치처럼 침을 흘리고 있는 동안 앨 해버먼하고 앉아서 카드놀이를 하던 기억이 나오."

그는 이제 오컷에게 이야기를 하고 있었다. 자기 말을 오직 오컷 쪽으로만 전달하고 있었다. 옆에 앉은 술 취한 여자라는 증거에도 불구

---

* 2~4명이 48매의 패로 하는 카드놀이.
** 중국 음식을 경멸적으로 부르는 말.
*** 카드놀이의 일종.

하고, 수많은 유대인 기록에 등장하는 논란의 여지 없는 증거에도 불구하고, 고귀한 태생 이방인이 무정부주의적 태도를 보인다는 것은 루 레보브에게는 여전히 기본적으로 상상할 수 없는 것이었으며, 따라서 식탁에 앉은 모든 사람들 가운데 오컷이 자신이 제시하고자 하는 평범한 의견을 가장 잘 평가할 수 있다고 여기는 듯했다. 이들은 스스로를 통제하는 믿을 만한 사람들이어야 했다. 그렇지 않은가? 이들은 영토를 확정했다. 그렇지 않은가? 이들은 규칙을 만들었다. 여기 온 우리 나머지 모두가 따르기로 동의한 바로 그 규칙이었다. 오컷은 루 레보브가 그때 거실이 아니라 부엌에 앉아 있었다는 이유로, 1953년에 선의 세력이 마침내 악의 세력을 정복하여 더러운 영화가 연기로 사라질 때까지 참을성 있게 진 게임을 했다는 이유로 틀림없이 그를 존경하지 않을까?

"음, 이런 말씀 드려서 죄송합니다만, 레보브 씨, 이제는 카드놀이를 하는 것만으로는 그것을 막을 수 없게 되었습니다." 오컷이 말했다. "전에는 카드놀이가 그것을 막는 한 방법이었지만, 이제 그런 방법은 존재하지 않지요."

"뭘 막는단 말이오?" 루 레보브가 물었다.

"말씀하시던 것 말입니다." 오컷이 말했다. "방임. 이데올로기의 외피를 쓴 비정상적 상태. 끊임없는 저항. 그런 것에서 물러날 수 있고, 그런 것에 대항할 수 있는 시대도 있었지요. 방금 말씀하셨듯이 그것에 반대하여 그냥 카드놀이만 할 수도 있었습니다. 하지만 요즘에는 그런 식으로 구원을 찾기가 점점 힘들어집니다. 괴상망측한 것들이 이 나라 사람들이 사랑하는 평범한 모든 것을 대신하고 있지요. 요즘은 이른바 '억압되었다'는 것이 사람들에게 수치의 원인이 됩니다. 전에 억압되지 않는 것이 그랬던 것처럼요."

"사실이오, 사실이야. 내가 앨 해버먼 이야기를 해보겠소. 구식의 세계에 관해, 예전에 어땠는지에 관해 이야기를 하고 싶어하시니, 앨 이야기를 해보자는 거요. 멋진 녀석이었죠, 앨은, 잘생긴 친구였습니다. 장갑을 재단해서 부자가 되었지요. 그 시절에는 그럴 수 있었소. 조금이라도 야망이 있는 부부라면 가죽 몇 조각을 가져다 장갑을 만들 수 있었거든. 결국 작은 방을 얻게 되지요. 남자 둘이 재단을 하고, 여자 둘이 재봉을 하고, 그렇게 장갑을 만들 수 있었소. 다리미질을 해서 내보낼 수 있었어요. 그렇게 돈을 벌었지요. 자기들이 사장이었고. 그렇게 일주일에 예순 시간씩 일을 할 수 있었거든. 아주, 아주 오래전 헨리 포드가 전에는 들어보지도 못했던 일당 일 달러를 주던 시절에 훌륭한 재단사는 오 달러를 벌곤 했다는 거요. 하지만 보시오, 그 시절에는 평범한 여자가 장갑을 스무 켤레, 스물다섯 켤레씩 소유하는 것도 별일이 아니었소. 아주 흔했지. 여자들은 장갑 장을 따로 두곤 했소. 옷마다 장갑이 달랐으니까. 색깔도 다르고, 스타일도 다르고, 길이도 다르고. 날씨가 어떻든 여자는 밖에 나갈 때는 반드시 장갑을 꼈소. 당시에는 여자가 장갑 카운터에 두세 시간 서서 장갑 서른 켤레를 껴보는 게 드문 일이 아니었지. 책상 뒤에 앉은 여자한테는 세면대가 있어서 색깔이 바뀔 때마다 손을 씻을 수 있었소. 고급 여성용 장갑의 경우에 4 사이즈는 4분의 1 간격으로 크기를 늘려갔고, 장갑에서 가장 큰 사이즈는 8 반이었소. 장갑 재단은 멋진 일이오. 아니, 멋진 일이었지. 이젠 모두 과거가 되어버렸으니까. 앨 같은 재단사는 셔츠에 타이 차림으로 일했소. 그 시절에 재단사는 반드시 셔츠와 타이 차림이어야 했으니까. 일흔다섯이나 여든이 될 때까지도 일을 했소. 앨처럼 열다섯이나 심지어 그보다 어릴 때 시작해서 여든까지 했다는 거요. 일흔이면 햇병아리였지. 또 여가 시간에도 일을 했소. 토요일과 일요일에도. 이 사람들은 늘 일을 했지. 애들 학교 보낼 돈이 필요했고. 집을 멋지게 고칠 돈이 필요했으니까. 앨은 가죽 한 조각을 받아들면 나한테 농담 삼아 이렇게 말했소. '뭘 원하나, 루, 8과 16분의 9인가?' 그런 뒤에 자도 없이, 눈으로 완벽하게 측정하면서 가위질을 했소. 재단사가 프리마돈나였지. 물론 이제는 그런 장인다운 자부심도 다 사라져버렸소. 아마 앨 해버먼이 미국에서는 단추 열여섯 개짜리 하얀 장갑을 실제로 재단할 수 있는 마지막 재단사였을 거요. 물론 긴 장갑도 사라졌소. 이 또한 과거지. 단추 여덟 개짜리 장갑이 아주 인기를 끌기도 했소. 안에 비단을 댄 거였는데, 이건 1965년에 사라졌소. 그때 벌써 긴 장갑들을 가져다가 위를 잘라내 작은 장갑을 만들고, 잘라낸 걸로는 장갑을 또하나 만들었소. 엄지의 솔기가 있는 이 지점부터 위로는 1인치마다 단추를 달곤 했소. 그래서 지금도 길이를 말할 때는 단추를 이용해서 말하는 거요. 고맙게도 1960년에 재키 케네디가 손목까지 오는 작은 장갑을 끼고 돌아다녔소. 팔꿈치까지 오는 장갑을 끼기도 했고, 팔꿈치 위로 올라가는 장갑을 끼기도 했지. 필박스 모자를 쓰고 나왔잖소. 그러자 갑자기 장갑이 다시 유행했소. 그 여자는 장갑산업의 영부인이었지. 6 반 사이즈를 꼈소. 장갑산업 사람들은 그 부인한테 기도 했지. 영부인은 물건을 파리에서 샀소. 하지만 뭐 어때? 그 여자가 여성용 고급 가죽장갑을 다시 유행하게 해주었는데. 하지만 케네디가 암살당하고 재클린 케네디는 백악관을 떠났소. 그러면서 미니스커트가 나타나 여성용 패션 장갑에 종지부를 찍었지. 존 F. 케네디의 암살과 미니스커트의 등장, 그 둘이 여성용 예식 장갑에 조종弔鐘을 울렸다는 거요. 그전까지는 일 년 열두 달 돌아가는 사업이었는데 말이오. 여자가 외출할 때면 반드시 장갑을 끼던 시절이 있었는데. 봄과 여름에도 말이오. 지금은 장갑이 추운 날씨나 운전이나 스포츠나……"

"루." 그의 부인이 말했다. "여기서 지금 하던 얘기는……"

"말 좀 끝내게 해줘. 말 좀 끊지 말아줘. 앨 해버먼은 책을 많이 읽는 사람이었소. 학교 교육은 받은 적이 없지만 책 읽는 걸 좋아했지. 그 친구가 가장 좋아하던 작가는 월터 스콧 경이었소. 그런데 월터 스콧 경의 고전 한 군데서 장갑 만드는 사람하고 구두 만드는 사람이 나와서 누가 더 훌륭한 장인인가를 두고 논쟁을 벌이는데 장갑 만드는 사람이 이겨. 그 사람이 뭐랬는지 아시오? 구두 만드는 사람한테 이렇게 말했소. '당신이 하는 일은 발을 위한 벙어리장갑을 만드는 것뿐이다. 당신은 발가락 하나하나를 나눠서 생각할 필요가 없다.' 사실 월터 스콧 경은 장갑 만드는 사람 아들이었거든. 그러니 그 논쟁에서 장갑 만드는 사람이 이긴 것도 놀랄 일은 아니지. 월터 스콧 경이 장갑 만드는 사람 아들이었다는 건 몰랐지요? 월터 스콧 경과 내 두 아들 외에 장갑 만드는 사람 아들을 또 알고 있소? 바로 윌리엄 셰익스피어요. 셰익스피어 아버지 역시 글도 못 읽고 자기 이름도 쓸 줄 모르는 장갑 만드는 사람이었소. 줄리엣이 발코니에 나타나니까 로미오가 뭐라고 그랬는지 아시오? '로미오, 로미오, 어디 있나요, 로미오' 하는 말은 모두 알고 있소. 그건 줄리엣이 한 말이지. 로미오는 뭐라고 그랬소? 나는 열세 살 때 무두질공장에서 일을 시작했으니 배운 게 없소. 하지만 내 친구 앨 해버먼 덕분에 대답을 해줄 수 있소. 안타깝게도 그 친구는 지금 죽었지만 말이오. 일흔셋이었지. 집에서 나오다가 얼음판에 미끄러져 목이 부러졌소. 끔찍했지. 그 친구가 나한테 이야기를 해줬소. 로미오는 이랬다는 거요. '줄리엣이 손에 뺨을 기댄 걸 봐. 내가 저 손에 끼워진 장갑이어서 저 뺨에 닿을 수만 있다면 얼마나 좋을까.' 셰익스피어. 역사상 가장 유명한 작가가 쓴 말이오."

"여보, 루." 실비아 레보브가 다시 작은 소리로 말했다. "그게 지금 여기 있는 사람들이 하는 이야기하고 무슨 상관이 있어요?"

"가만 좀." 루는 짜증스러운지 그녀 쪽은 보지도 않고 한 손을 저어 그녀의 문제 제기를 물리쳐버렸다. "그리고 맥거번." 그가 말을 이어갔다. "그건 내가 전혀 이해하지 못하는 대목이오. 맥거번이 그 형편없는 영화하고 무슨 상관이오? 나는 맥거번한테 투표했소. 우리 콘도미니엄 전체를 돌아다니며 맥거번 선거운동을 했소. 그때 내가 거기 유대인들한테 들어야 했던 말을 여기 계신 분들도 한번 들어보셔야 하는 건데. 닉슨이 이스라엘을 위해 이런 일을 했다는 둥 이스라엘을 위해 저런 일을 했다는 둥. 그래서 나는 그 사람들이 혹시 잊었을까봐 한마디했소. 해리 트루먼이 1948년에 닉슨을 트리키 디키로 못박지 않았느냐. 그런데 이제 폰 닉슨 씨와 그의 돌격대원들에게 투표한 사람들이 어떤 보답을 받고 있는지 보시오. 누가 그런 영화를 보러 가는지 내가 말하리다. 인간쓰레기, 부랑자, 어른의 감독을 받지 않는 애들이오. 왜 내 아들이 사랑스러운 아내를 데리고 그런 영화를 보러 갔는지 나는 아마 평생 이해 못하고 무덤에 갈 것 같소."

"다른 절반이 어떻게 사는지 보려는 거였겠죠." 마샤가 말했다.

"내 며느리는 숙녀요. 그런 거에는 관심이 없소."

"루." 그의 부인이 말했다. "모두가 다 당신처럼 생각하는 건 아닐 수도 있잖아요."

"믿어지지가 않아. 다 똑똑하고 교육받은 사람들이란 말이야."

"똑똑한 것을 너무 대단하게 생각하시네요." 마샤가 놀렸다. "그게 인간 본성을 없애지는 않거든요."

"그게 인간 본성이라고, 그 영화가? 말해보시오, 아이들이 그 영화에 관해 물어보면 뭐라고 할 거요? 그게 좋고 건전하고 재미있는 거라고 말할 거요?"

"아이들한테는 아무 말 할 필요 없어요." 마샤가 말했다. "애들은 물어보지 않아요. 요즘에는 그냥 가서 봐요."

물론 루 레보브가 혼란을 느꼈던 것은 요즘 벌어지는 그런 일을 그녀가, 교수가, 유대인 교수가, 게다가 자식도 있는 유대인 교수가 불쾌하게 생각하지 않기 때문이었다.

"저 같으면 아이들이 보러 간다고는 말하지 않겠습니다." 셸리 샐츠먼이 끼어들었다. 스위드의 아버지에게 위로를 주는 것만큼이나 이 가망 없는 대화를 깨려는 의도도 있는 것처럼 보였다. "저 같으면 청소년들이 보러 간다고 말할 것 같은데요."

"그러면, 닥터 샐츠먼, 닥터도 이걸 인정한다는 거요?"

셸리는 오랜 세월이 지났음에도 루 레보브가 자신에게 계속 고집스럽게 그 호칭을 사용하는 것에 미소를 지었다. 셸리는 창백하고 통통하고 어깨가 둥그스름한 남자로 보타이에 시어서커 재킷 차림이었다.

그는 열심히 일하는 가정의였고, 늘 친절한 목소리로 말했다. 그 창백함과 자세, 구식의 철테 안경, 머리카락 없는 정수리, 귀 위의 철사 같은 하얀 곱슬머리―자연스럽게 광택이 희미해진 이런 모습 때문에 스위드는 실라 샐츠먼과 연애를 하던 몇 달 동안 그에게 특히 미안함을 느꼈다…… 하지만 그는, 착한 닥터 샐츠먼은 메리를 자신의 집에 숨겨주었다. 연방수사국에게만이 아니라 스위드에게도, 아이의 아버지에게도, 아이에게 세상에서 가장 필요했던 사람에게도 메리를 감추었다.

그런데도 나는 나의 비밀 때문에 죄책감을 느끼고 있어. 스위드가 그런 생각을 하는 동안 셸리가 친절한 목소리로 스위드의 아버지에게 말하고 있었다. "제가 인정하느냐 하지 않느냐는 청소년들이 그런 영화를 보러 가느냐 가지 않느냐 하는 것과는 상관없는 문제지요."

돈이 〈보그〉에서 본 제네바의 의사에게 얼굴 주름 펴는 수술을 받으러 가겠다고 처음 이야기를 꺼냈을 때―그들이 알지도 못하는 의사였고, 그들이 전혀 모르는 수술이었다―스위드는 조용히 셸리 샐츠먼에게 연락해 혼자 그의 진료실로 그를 만나러 갔다. 그들의 가정의는 스위드가 존경하는 사람으로, 조심스럽고 철저한 노인이었으며, 스위드가 이야기를 했다면 그에게 조언을 하고 그의 질문에 답을 한 다음 스위드 대신 돈을 단념시키려 했을 것이다. 그러나 스위드는 자신의 가정의 대신 셸리에게 전화를 해 가족 문제와 관련해 할 이야기가 좀 있는데 가도 괜찮겠냐고 물었다. 그는 셸리의 진료실에 도착했을 때에야 비로소 자신이 일이 있고 나서 사 년이나 지난 그 시점에, 메리의 실종 후유증으로 실라와 불륜을 저질렀음을 고백하러 거기 간 것임을 깨달았다. 셸리가 웃음을 지으며 "무슨 일이에요?" 하고 물었을 때 스위드는 하마터면 "용서받을 일이 있습니다" 하고 대답할 뻔했다. 대화 내 내 스위드는 입을 열 때마다 셸리에게 모든 것을 말하고 싶은 충동을 억눌러야 했다. "얼굴 주름 펴는 수술 때문에 여기 온 게 아닙니다. 절 대 하지 말았어야 할 짓을 했기 때문에 온 겁니다. 나는 집사람을 배신 했고, 닥터를 배신했고, 나 자신을 배신했습니다." 이렇게 말하고 싶었 다. 하지만 그렇게 말한다는 것은 또 실라를 배신하는 일이 될 터였다. 그렇지 않은가? 실라가 혼자 결정을 내리고 돈에게 고백하는 것을 그 가 정당하다고 볼 수 없듯이, 자신이 혼자 결정을 내리고 그녀의 남편 에게 고백하는 일도 정당하다고 볼 수 없었다. 아무리 자신을 더럽히 고 억누르는 비밀을 제거하고 싶다 해도, 그런 고백이 자신의 짐을 덜 어줄 거라고 상상한다 해도, 실라에게 피해를 주면서까지 자신의 해방 을 얻을 권리가 있을까? 셸리에게 피해를 주면서까지? 돈에게 피해를 주면서까지? 안 될 일이었다. 윤리적 안정성이라는 것이 있었다. 안 될 일이었다. 그렇게 무자비하게 이기적으로 행동할 수는 없었다. 그것 은 싸구려 곡예이고, 위험한 곡예이고, 아마 장기적인 위안이라는 관 점에서도 별 소득이 없을 터였다. 그럼에도 스위드는 말을 하려고 입 을 열 때마다 이 친절한 사람에게 "내가 당신 부인의 애인이었습니다" 라고 말하고 싶은 간절한 욕구를 느꼈다. 돈이 제네바에서 찾기를 바 라는 것과 같은 마법적인 평형의 복원을 셸리 샐츠먼에게서 찾고 싶었 던 셈이다. 그러나 스위드는 그 말은 못하고, 대신 얼굴 주름 펴는 수 술에 자신이 얼마나 반대하는지 이야기하고, 그렇게 반대하는 이유들 만 나열했다. 그런데 놀랍게도 셸리는 돈이 어쩌면 잠재적으로 상당한 가능성이 있는 생각을 하게 된 것인지도 모른다고 말했다. "이게 다시 시작하는 데 도움이 된다고 생각한다면, 기회를 줘보는 게 어떻겠습니까? 부인한테 모든 기회를 줘보는 게 어때요? 아무 문제 될 게 없어요, 시모어. 이건 인생입니다. 무기징역이 아니라 인생이라고요. 얼굴 주름 펴는 수술을 받는 데 비도덕적인 건 없습니다. 여자가 그걸 원한다고 해서 경박하다고 볼 건 전혀 없어요. 〈보그〉 지에서 그 아이디어를 얻은 거라고요? 그것 때문에 기분 나빠할 필요 없어요. 돈은 자기가 찾고 있던 걸 거기서 본 것뿐이니까. 심각한 정신적 외상을 겪은 여자들이 얼마나 많이 나를 찾아와서 이런저런 이야기를 하고 싶어하는지 모릅니다. 그런데 결국 그 여자들 마음에 있는 것은 바로 이거, 성형수술입니다. 〈보그〉 지가 없어도요. 거기서 얻는 감정적이고 심리적인 의미들은 상당한 도움이 될 수 있어요. 그들이 얻는 구원, 그리고 그런 구원을 얻는 사람들을 가볍게 여겨서는 안 됩니다. 나도 어떻게 그런 일이 벌어지는지 안다고는 말 못해요. 반드시 그렇게 된다고 말하는 것도 아니에요. 하지만 그런 일이 되풀이해서 일어나는 걸 봤습니다. 남편을 잃은 여자들, 심각하게 아팠던 여자들…… 내 말을 믿지 않는 표정이로군요." 그러나 스위드는 자신이 어떤 표정인지 알았다. 얼굴 전체에 '실라'라고 쓰여 있는 사람의 표정이었다. 셸리가 말을 이어갔다. "알아요. 매우 감정적인 일을 순전히 물리적인 방식으로 처리하는 것처럼 보이겠죠. 하지만 많은 사람들에게 이것이 훌륭한 생존 전략이에요. 돈도 그런 사람들 가운데 하나일지 모릅니다. 시모어도 이 문제를 청교도적으로 대할 필요는 없다고 생각해요. 돈이 얼굴 수술을 하고 싶어하고, 시모어가 찬성을 하고, 시모어가 지원해준다면……" 그날 늦게 셸리는 공장으로 스위드에게 전화를 했다. 닥터 라플랑트에 관해

조사를 좀 해본 것이다. "여기에도 그만큼 좋은 사람들은 있습니다만, 스위스로 가서 이곳에서 벗어난 상태에서 돈이 회복하게 해줄 수 있다면 뭐 어떻습니까? 이 라플랑트라는 사람은 최고에 속합니다." "셸리, 고마워요, 정말 고맙습니다." 스위드는 셸리의 이런 관대한 태도와 마주치자 자기 자신이 그 어느 때보다 싫었다…… 그럼에도 이 사람은 그와 공모한 부인과 함께 메리에게 연방수사국만이 아니라 아이의 아버지와 어머니도 피할 수 있는 은신처를 제공한 사람이었다. 정말 어처구니없는 일이었다. 사람들은 도대체 모두 어떤 가면을 쓰고 있는 것일까? 나는 이 사람들이 내 편인 줄 알았는데. 하지만 내 편이었던 것은 그 가면뿐이야―그런 거야! 하지만 네 달 동안 나 자신도 가면을 썼어. 이 사람에게, 집사람에게. 나는 그걸 견딜 수가 없었어. 나는 이 사람한테 이 이야기를 하러 거기에 갔어. 내가 그를 배신했다고 말하러 갔어. 배신을 더 악화시킬까봐 말하지 못했을 뿐이야. 하지만 이 사람은 한 번도 자기가 얼마나 잔인하게 나를 배신했는지 드러내지 않았어.

"제가 인정하느냐 하지 않느냐는 청소년들이 그런 영화를 보러 가느냐 가지 않느냐 하는 것과는 상관없는 문제지요." 셸리가 스위드의 아버지에게 말하고 있었다.

"하지만 의사인데." 스위드의 아버지는 고집을 부렸다. "존경받는 사람이고, 윤리적인 사람이고, 책임감 있는 사람인데……"

"루." 그의 부인이 말했다. "여보, 당신이 대화를 독점하고 있는 것 같지 않아요?"

"이야기 좀 끝내게 해줘, 좀." 그는 식탁 전체를 향해 말을 이었다.

"내가 그래요? 내가 대화를 독점하고 있소?"

"절대 그렇지 않아요." 마샤가 친절하게 그의 등을 팔로 감싸며 말했다. "레보브 씨의 망상들을 들으니 즐겁네요."

"무슨 소린지 모르겠소." 그가 말했다.

"레보브 씨가 애들을 데리고 칭크를 먹으러 가고 앨 해버먼이 셔츠와 타이 차림으로 장갑을 재단하던 때하고는 미국의 사회적 조건이 달라졌을지도 모른다는 뜻이에요."

"그래요?" 돈이 그녀에게 말했다. "달라졌어요? 우리한테는 아무도 말해주지 않던데." 그러나 돈은 자제해야겠다는 생각에 일어서서 부엌으로 향했다. 그곳에서는 레보브 집에 저녁식사 손님들이 올 때마다 음식을 차리고 설거지하는 것을 도와주는 동네 여고생 두 명이 돈의 지시를 기다리고 있었다.

루 레보브의 한쪽 옆에는 마샤가 앉아 있었고, 다른 쪽 옆에는 제시 오컷이 앉아 있었다. 루 레보브는 차가운 오이 수프를 먹기 시작하고 나서 몇 분 지나지 않아 제시의 새 스카치 잔—부엌에서 직접 따라 온 것이 분명했다—을 그녀의 자리에서 그녀의 손이 닿지 않는 곳으로 옮겨놓았다. 잠시 후 그녀가 식탁을 떠나려고 하자 일어서지 못하게 했다. "그냥 앉아 있어요." 그는 제시에게 말했다. "앉아서 먹어요. 저건 필요 없어. 음식이 필요해요. 저녁이나 드시오." 그녀가 의자에서 몸을 들썩이기만 해도 루 레보브는 그녀의 손에 자기 손을 단단히 얹고 그녀가 아무데도 갈 수 없다는 점을 다시 알려주었다.

나뭇가지 모양의 키가 큰 도기 촛대 두 곳에서 촛불이 여남은 개 타오르고 있었다. 어머니와 실라 샐츠먼 사이에 앉은 스위드에게는 모든 사람의 눈이—속는 느낌이기는 했지만 어쨌든 마샤의 눈도—그 빛의 축복을 받아 서로 정신적으로 이해하는 표정, 친절하면서도 투명한 태도를 드러내는 것 같았다. 사람들이 친구에게서 찾으려고 갈망하는 모든 의미가 생생하게 살아 있는 것 같았다. 실라는 배리와 마찬가지로 그의 가족에게 큰 의미를 지닌 존재가 되었기 때문에 매년 노동절에 이 자리에 참석했다. 스위드가 플로리다에 전화를 할 때마다 아버지는 대화가 끝나기 전에 어김없이 묻곤 했다. "그 사랑스러운 실라, 그 사랑스러운 여자는 어떠냐? 잘 지내냐?" 어머니도 말했다. "정말 기품 있는 여자야. 아주 세련된 사람이지. 그 여자가 유대인 아니냐? 네 아버지는 아니라고 하더구나. 아니라고 우겨."

왜 그런 의견 불일치가 몇 년 동안이나 계속되는지 그는 이해하지 못했지만, 금발의 실라 샐츠먼의 종교라는 화제는 그의 부모의 삶에 불가결한 것이 되었다. 수십 년 동안 스위드가 돈의 불완전한 어머니에게 관용적 태도를 보여왔듯 스위드의 불완전한 부모에게 관용적 태도를 보이려고 노력해온 돈에게는 이것이 그들이 몰입하는 일 가운데 가장 불가해한 일이었고, 또 가장 열받는 일이기도 했다(더군다나 사춘기 딸에게 실라는 돈이 갖지 못한 것을 가진 존재였고, 어떻게 된 일인지 딸이 자신의 어머니는 신뢰하지 않으면서도 이 언어치료사는 신뢰한다는 것까지 알게 된 상황이었기 때문에). "세상에 금발인 유대인이 당신 말고는 없는 거야?" 돈은 스위드에게 물었다. "그건 그 사람 외모하고는 아무 관계가 없어. 메리와 관계가 있는 일이야." 스위드

186

는 그렇게 설명했다. "그 여자가 유대인이라는 게 메리하고 무슨 상관이 있어?" "모르겠어. 어쨌든 그 사람은 언어치료사였잖아. 두 분은 그 사람이 메리를 위해 해준 일 때문에 그 사람한테 경외심을 갖는 거야." "그 여자가 그애의 엄마는 아니었던 걸로 아는데. 아, 그랬던 건가?" 스위드는 차분하게 대답했다. "두 분이 그걸 모르시겠어, 여보? 단지 언어치료 때문에 두 분이 그 사람을 일종의 마법사처럼 보게 된 거야."

그것은 스위드도 마찬가지였다. 그 여자가 메리의 치료사였던 동안에는 그렇게 심하지 않았지만—그때는 그 여자의 차분한 태도가 묘하게 성적인 상상을 자극한다고만 생각했다—메리가 사라지고 슬픔이 그의 아내를 데리고 가버린 후에는 달라졌다.

스위드는 자신의 좁은 횃대에서 폭력적으로 밀려나자 내부에서 어떤 막연한 욕구가 크게 입을 벌리고 있는 느낌이 들었다. 바닥이 없는 욕구였다. 결국 그는 자신에게 너무 이질적인 해법에 굴복했기 때문에 그것이 얼마나 있을 법하지 않은 일인지도 인식할 수 없었다. 한때 메리에게 말의 공포를 극복하는 방법과 에둘러 말하는 정교한 장치들—역설적으로 자신이 통제를 벗어난 상태라는 느낌을 아이에게 강화해줄 뿐이었다—을 가르쳐 아이에게 자기 자신이 덜 낯설어 보이게 해주었던 그 조용하고 사려 깊은 여자에게서 그는 자신에게 결합시키고 싶은 사람의 모습을 보았다. 이십 년 가까이 올바르게 살아온 남자는 분별을 잃고, 숭배하듯 사랑에 빠지기로 결심했다. 세 달이 지나서야 이런다고 해서 뭘 피해갈 수 있는 것은 아니라는 생각이 들기 시작했다. 그것도 실라가 그에게 그렇게 말해주고 나서였다. 그는 낭만적인 정부를 둔 것이 아니었다—솔직한 정부를 둔 것이었다. 그녀는 분별력 있게 그가 자신을 사모하는 마음이 무엇을 의미하는지 말해주었고, 돈이 정신과 진료실에서는 돈이 아니듯 그도 자신과 있을 때는 그 자신이 아니라고 말해주었고, 그가 모든 것을 사보타주하려고 하는 것일 뿐이라고 설명해주었다. 그러나 그는 상태가 상태인지라 어쨌든 그녀에게 폰세로 함께 달아나자는 이야기를 했다. 그녀는 스페인어를 배워 그곳 대학에서 언어치료 기법을 가르칠 수 있고, 그는 폰세 공장에서 사업을 할 수 있고, 두 사람은 카리브 해 위의 야자나무 언덕에 지은 현대식 아시엔다*에서 살 수 있고……

그러나 실라는 그에게 자신의 집에 있는 메리 이야기는 하지 않았다—폭파 뒤에 그녀의 집에 숨어 있던 메리 이야기는. 그녀는 그것 외에는 모든 것을 말해주었다. 그러니까 그 솔직함은 정작 솔직함이 시작되어야 할 곳에서 멈추고 만 것이었다.

모든 사람의 뇌가 나의 뇌처럼 믿을 만하지 못할까? 사람들이 뭘 하려는 것인지 보지 못하는 사람은 나뿐일까? 모두 나처럼 오나가나, 오나가나 헛짚고 다닐까? 하루에도 골백번씩 똑똑했다가 어중간하게 똑똑한 상태로, 거기서 여느 사람들과 다름없이 멍청한 상태로 미끄러졌다가, 또 그다음에는 세상에서 가장 멍청한 놈이 되어버릴까? 어리석음이 나를, 바보 아버지의 바보 아들을 불구로 만드는 것일까? 아니면 인생이란 것은 하나의 커다란 기만일 뿐이고, 나만 빼고 모두들 거기에 가담하고 있는 것일까?

이런 무능에 빠진 듯한 느낌을 그녀에게 묘사한 적이 있는 것도 같았

---

* 중남미의 가옥이 딸린 대목장.

다. 그는 실라에게 말을 할 수 있었다. 그의 의심, 그의 당혹감을 이야기할 수 있었다. 그녀의 그 고요함이 그것을 가능하게 해주는 것 같았다. 메리가 내던져버리기는 했지만 그 아이에게 좋은 기회를 주었고, 메리가 말을 더듬는 데서 느끼는 좌절감 가운데 적어도 반은 없애주고 대신 그 자리에, 메리의 말을 빌리면, "둥둥 떠 있는 듯한 멋진 느낌"을 심어주었던 마법사 같은 여자, 고통을 겪는 사람들에게 두번째 기회를 주는 것이 직업이었던 명민한 여자, 모든 것을, 살인자를 감추는 방법을 포함해 모든 것을 알았던 정부.

실라는 메리와 함께 있었으면서도 그에게 아무 말도 하지 않았다.

그들 사이에 있었던 모든 신뢰는 그가 알았던 모든 행복과 마찬가지로(프레드 콘론을 죽인 것과 마찬가지로—모든 것과 마찬가지로) 우연이었다.

그녀는 메리와 함께 있었으면서도 아무 말도 하지 않았다.

지금도 아무 말도 하지 않는다. 다른 사람들이 열심히 말하는 것은 독특하게 강렬한 그녀의 눈에는 병의 한 종류로 보이는 것 같았다. 왜 사람들은 저런 말을 할까? 그녀 자신은 저녁 내내 아무 말도 하지 않는데. 린다 러브레이스나 리처드 닉슨이나 H. R. 홀드먼과 존 얼리크먼에 관해서 아무 말도 하지 않는데. 그녀가 다른 사람들보다 유리한 점은 그녀의 머리가 다른 사람들의 머리를 채운 것으로 채워져 있지 않다는 점이었다. 그녀의 이런 방식, 그녀 자신의 겉모습 뒤에 숨어 기다리는 방식을 스위드는 한때 그녀가 우월하다는 표시로 여겼다. 그러나 이제 그는 이렇게 생각했다. '얼음 같은 년. 도대체 왜 이래?' 그녀는 그에게 이렇게 말한 적이 있었다. "우리가 다른 사람들이 우리에게 행사하도록 허용하는 영향력, 그건 절대적이에요. 다른 사람의 요구처럼 우리를 완전히 사로잡는 건 없어요." 그는 이렇게 대꾸했다. "지금 실라 샐츠먼 이야기를 하는 것 같은데." 평소와 마찬가지로 그가 틀렸다.

그는 그녀가 모든 것을 안다고 생각했지만, 사실 그녀는 차가울 뿐이었다.

이제 그의 내부에서는 모든 사람에 대한 광적인 불신이 소용돌이치고 있었다. 어떤 확신, 마지막 확신이 제거되자 하루아침에 다섯 살에서 백 살로 늙어버린 것 같은 느낌이었다. 이 저녁 식탁 너머의 초원에서 돈의 소떼가 커다란 황소 카운트의 보호를 받으며 쉬고 있다는 것을 안다면 위로가 될 텐데, 지금 이 자리에서 큰 도움이 될 텐데. 돈에게 지금도 카운트가 있다면, 카운트만 있다면…… 안도감으로 가득 찬, 그러나 현실이 아닌 순간이 흘러가다가 그는 카운트가 어두운 초원에서 소떼 사이를 배회하고 있다면 당연히 위로가 될 것임을 깨달았다. 그러면 메리도 여기서 손님들 사이를 배회하고 있을 터이기 때문이다. 서커스 파자마를 입고, 자기 아버지의 의자 등받이에 기대 아버지 귀에 대고 소곤거릴 것이었다. 오컷 부인이 위스키를 마시고 있어요. 우마노프 부인은 몸에서 냄새가 나요. 닥터 샐츠먼은 대머리예요. 전혀 해로울 것 없는 짓궂은 정보들. 당시 메리는 무정부주의적이지 않았고, 아이 같았고, 테두리에서 벗어난다는 것은 생각도 하지 못했다.

그러다가 자신이 말하는 소리가 들렸다. "아버지, 스테이크 좀 더 드세요." 그는 그 말이 비유대인에 속하는 인류의 온당치 못한 모습에 자포자기한 아버지를 진정시키지는 못한다 해도, 몹시 분개한 그 마음을 그래도 좀 달래주려는 가망 없는 노력—착한 아들의 노력—임을 알

왔다.

"내가 스테이크를 누구한테 줄지 말해주지. 이 젊은 숙녀에게 드릴 거야." 그는 옆의 여고생이 들고 있던 쟁반에서 스테이크 한 조각을 꿰어 제시의 접시에 내려놓았다. 제시를 대상으로 대대적인 공사에 들어가기로 작정한 것이다. "자, 나이프와 포크를 들고 좀 드시오. 붉은 고기를 먹어야 해요. 똑바로 앉아서." 제시 오컷은 시키는 대로 하지 않으면 그가 얼마든지 폭력을 쓸 수 있다고 생각하기라도 한 것처럼 술에 취해 웅얼거렸다. "그러려고 했어요." 그러나 너무 서툴게 고기를 헤집었기 때문에 스위드는 저러다 아버지가 대신 고기를 잘라주지나 않을까 걱정이 되었다. 그런 투박한 에너지로는 아무리 노력해도 고통에 찬 세상을 바꿀 수 없었다.

"하지만 심각한 일이오. 이 아이들 일 말이야." 루 레보브는 제시가 영양분을 섭취하게 했기 때문에 이제 다시 〈목구멍 깊숙이〉 이야기를 할 준비가 되었다. "이게 심각하지 않다면, 심각한 게 어디 있겠소?"

"아버지," 스위드가 말했다. "셸리는 그게 심각하지 않다는 말을 하려는 게 아니에요. 셸리도 심각한 문제라는 데 동의해요. 셸리가 말하는 건 사춘기 아이한테, 내 입장은 이렇다, 하고 말한 다음, 자, 내 입장은 이야기를 했으니 말을 안 들으면 너를 방에 가두고 열쇠는 던져버리겠다, 그럴 수는 없다는 거죠."

그의 딸은 뉴어크의 방바닥에 숨어 있는 미치광이 살인자였다. 그의 아내는 그들 가족의 부엌 개수대에서 옷을 입은 채로 그 짓을 하는 애인을 두었다. 그의 전 정부는 뻔히 알면서 그의 집에 참사를 안겨주었다. 그리고 그는 한편으로는 이렇고 한편으로는 저렇고 해가며 아버지의 비위를 맞추려 노력하고 있었다.

"요새 아이들이 얼마나 많은 걸 어려움 없이 처리하는지 아시면 놀랄 겁니다." 셸리가 노인에게 말했다.

"하지만 아이들을 타락시키는 것들을 처리하게 하면 안 되지! 나는 아이들이 이런 걸 처리하면 정말로 아이를 방안에 집어넣고 문을 잠그라고 말하는 거요! 나는 아이들이 이런 영화를 보러 밖으로 나다니지 않고 집에서 숙제를 하던 시절을 기억하고 있소. 이게 우리가 말하는 나라의 도덕이오. 자, 안 그렇소? 내가 미치광이요? 그건 품위와 품위 있는 사람들에 대한 모욕이오."

"그런데 품위가 왜 그렇게 무궁무진하게 흥미로운 거죠?" 마샤가 그에게 물었다.

루 레보브는 그 질문에 너무 놀랐기 때문에 약간 황망한 표정으로 주위를 둘러보며 이 여자를 진압할 만한 학식 있는 견해가 있는 사람을 찾았다.

결국 그 인물은 가족의 위대한 친구 오컷이었다. 빌 오컷이 루 레보브를 구하러 나선 것이다. "품위가 뭐가 어때서요?" 오컷이 물으며 마샤를 향해 활짝 웃었다.

스위드는 오컷을 볼 수가 없었다. 그가 생각할 수 없는 그 모든 것 말고도 여기에는 그가 볼 수 없는 두 사람—실라와 오컷—이 있었다. 돈은 빌 오컷이 잘생겼다고 생각했을까? 그는 한 번도 그렇게 생각한 적이 없었다. 둥근 얼굴, 삐죽한 코, 오므린 듯한 아랫입술…… 돼지같이 생긴 놈. 돈을 부엌 개수대에서 그런 격앙 상태로 몰아간 것은 뭔가 다른 것임에 틀림없었다. 뭘까? 그 느긋한 자신감이었을까? 그것 때문에 돈이 달아올랐을까? 빌 오컷이 자신이 다름 아닌 빌 오컷이라는 데서 얻는 위로, 빌 오컷이라는 데서 얻는 자족감 때문일까? 내가 기준에 미달하는 인간이라는 걸 서로 잘 알고 있다 해도, 나를 모욕할 생각은 꿈에도 하지 않을 사람이기 때문일까? 돈이 그렇게 달아오른 것은 그의 적절하게 어울리는 모습 때문일까? 흠 하나 없이 어울리는 모습. 그가 모리스 카운티의 과거를 수호하는 집사로서 자신의 역할을 얼마나 어울리게 수행하고 있는지. 아니면 그가 발산하는 그 느낌, 한 번도 뭔가를 조른 적이 없고, 누구한테도 더러운 꼴을 당한 적이 없고, 심지어 그의 팔을 잡은 마누라가 가망 없는 술꾼일 때도 어떻게 행동하면 좋을지 몰라 당황한 적이 없다는 느낌 때문일까? 그가 세상에 태어나면서부터 어떤 것들, 심지어 위퀘이크의 학교 대표 선수도 기대할 꿈조차 꾸지 못한 것들, 우리 누구도 기대할 꿈조차 꾸지 못한 것들, 엉덩이가 해져라 일을 해서 얻어놓고도 여전히 가질 자격이 없다고 생각하는 것들, 그런 것들을 기대할 수 있었기 때문일까? 그래서 돈이 개수대 위에서 뜨거워졌던 것일까? 그는 그런 자격을 타고났다고 느끼며 살기 때문에? 아니면 그 찬양할 만한 환경보호주의 때문일까? 아니면 그 위대한 예술 때문일까? 아니면 그냥 그의 좆 때문일까? 그런 거야, 돈? 답을 원해! 오늘밤에 원해! 그냥 그놈 좆 때문인 거야?

스위드는 강간범들이 딸에게 씹을 하는 세부적인 상황을 상상하는 것을 멈출 수 없듯 오컷이 아내와 씹을 하는 세부적인 상황을 상상하는 것을 멈출 수가 없었다. 오늘밤에는 상상이 그를 그냥 내버려두지 않을 것 같았다.

"품위요?" 마샤가 오컷에게 말하며, 여우처럼 마주 미소를 짓고 있었다. "품위와 공손과 관습의 매력이 너무 과대평가되었다고 말할 수 있지 않을까요? 그건 인생에 대해 내가 생각할 수 있는 가장 풍부한 대응은 아닌데요."

"그럼 '풍부한 것'으로 뭘 추천하시겠습니까?" 오컷이 물었다. "죄의 고속도로인가요?"

귀족 건축가는 문학 교수에게, 또 그녀가 고지식한 사람들에게 겁을 주려고 내세우는 위협적인 태도에 즐거움을 느꼈다. 그는 정말로 즐거워하고 있었다. 즐거워하다니! 그러나 스위드는 아내 때문에 저녁파티를 전투장으로 만들 수는 없었다. 부모 앞에서 오컷과 충돌하지 않아도 상황은 이미 심각했다. 그가 해야 할 일은 오컷의 이야기에 귀를 기울이지 않는 것뿐이었다. 그러나 오컷이 말을 할 때마다, 말 한마디 한마디에 반감을 느꼈고, 앙심과 증오와 불길한 생각에 몸서리를 쳤다. 또 오컷이 말을 하지 않을 때는 계속 식탁 아래쪽을 보며 도대체 저 얼굴에 뭐가 있기에 아내가 그렇게 흥분하는 것인지 궁리하게 되었다.

"글쎄요." 마샤가 말하고 있었다. "죄가 없으면 지식도 많을 수 없겠죠, 안 그래요?"

"맙소사." 루 레보브가 소리쳤다. "그거야말로 내가 처음 들어보는 얘기요. 실례합니다만, 교수님, 도대체 어디서 그런 생각을 얻게 되었소?"

"성경에서요." 마샤가 입맛을 다시며 말했다. "우선 하나만 들자면 그렇다는 거예요."

"성경? 성경 어디?"

"아담과 이브로 시작하는 거요. 창세기에서 그렇게 말하지 않나요? 에덴동산 이야기가 우리한테 말해주는 게 그거 아닌가요?"

"뭐? 뭘 말해줘?"

"죄 없이는 지식도 없다는 거요."

"글쎄 에덴동산 얘기가 나한테는 그런 걸 가르쳐주지 않던데. 물론 나야 학교에 8학년 이상 다녀보지도 못했지만."

"그럼 뭘 가르쳐주던가요, 루?"

"위에 계신 하느님이 뭔가를 하지 말라고 하면 염병할 그걸 하지 않는 게 좋다, 그걸 가르쳐줬지. 그걸 하면 대가를 치르게 된다. 그걸 하면 평생 그것 때문에 고생할 거다."

"위에 계신 선한 주님께 순종하면 모든 끔찍한 것들이 사라질 것이다."

"어…… 그렇지." 그는 대답했지만 확신이 없었다. 자신이 조롱당하고 있다는 것을 깨달았기 때문이다. "보시오, 우리는 지금 주제로부터 멀리 벗어나 있소. 우리는 지금 성경 이야기를 하는 게 아니오. 성경 얘기는 그만둡시다. 여기는 성경 이야기를 할 자리가 아니오. 우리는 지금 다 큰 여자가, 여러 가지 이야기로 미루어보건대, 영화 카메라 앞에서, 돈을 벌려고, 공개적으로, 수많은 사람들더러 보라고, 애들이든 누구든 다 보라고, 품위를 떨어뜨리기 위해 할 수 있는 짓은 다 하는 영화 이야기를 하고 있는 거요. 우리는 지금 그 이야기를 하고 있는 거요."

"누구 품위를 떨어뜨리는 거죠?" 마샤가 물었다.

"그 여자의 품위지, 참 나. 일차적으로 그 여자지. 그 여자는 자기 자신을 이 땅의 쓰레기로 만들었소. 설마 그걸 찬성한다고 하지는 않겠지."

"아, 그 여자는 자기 자신을 어떤 것의 쓰레기로도 만들지 않았어요, 루."

"반대로." 오컷이 웃음을 터뜨리며 말을 이었다. "선악과를 먹은 거지요."

"동시에." 마샤가 단정적으로 말했다. "자기 자신을 슈퍼스타로 만들었죠. 최고 가운데도 최고의 슈퍼스타로. 나는 러브레이스 양이 인생의 전성기를 누리고 있다고 봐요."

"아돌프 히틀러도 유대인을 용광로에 집어넣으면서 인생의 전성기를 누렸소, 교수님. 그렇다고 그걸 옳다고 할 수는 없는 거요. 이 여자는 젊은이들의 정신에 독을 뿌리고, 나라에 독을 뿌리고, 게다가 자기 자신을 이 땅의 쓰레기로 만들고 있단 말이오. 끝!"

루 레보브는 논쟁을 할 때는 언제나 적극적이었다. 게다가 여전히 세상에 대한 자기 나름의 환상이라는 족쇄에 매여 있는 완고한 노인이었으니, 이런 보기 드문 현상을 관찰하는 것만으로도 마샤에게는 계속 집요하게 밀고 나갈 만한 자극이 되는 것 같았다. 미끼를 던지고 물고 피를 빨고. 이것이 그녀의 놀이였다. 스위드는 그녀를 죽이고 싶었다. 저 노인네를 그냥 놔두란 말이야! 그냥 놔두면 입을 다물 거야! 노인에게 계속 말을 시키고 또 시키는 게 무슨 대단한 일도 아니잖아. 그러니까 그만해!

그러나 스위드가 오래전부터 그 자신의 성격을 억누르고 겉으로는 자신의 성격을 아버지의 성격에 맞추는 척하면서 자신이 할 수 있는 만큼 아버지를 움직인다든가 하는 방법으로 우회해온 이 문제―이 아버지라는 문제, 가차없는 아버지의 공격에 맞서 자식으로서 사랑을 유지해나가는 문제―는 마샤가 수십 년 동안 경험하며 자신의 삶에 통합시키려 한 문제가 아니었다. 제리는 아버지한테 씨발 그냥 꺼지라고 말했다. 돈은 아버지 때문에 거의 미칠 지경이었다. 실비아 레보브는 때로는 냉정하게 때로는 안달하며 그를 견뎌냈다. 그녀가 성공을 거둔 유일한 저항 형태는 그를 밖으로 내몰고 고립 속에서 사는 것이었고, 그 결과 매년 자신의 더 많은 부분이 증발해버리는 꼴을 보게 되었다. 그러나 마샤는 그를 바보로 상대하고 있었다. 그것은 맞았다. 루 레보브는 자신의 분노의 힘으로 현재의 부패를 과거의 부패로 바꿔놓을 수 있다고 믿고 있었기 때문이다.

"그럼 그 여자가 대신 뭐가 되기를 원하세요, 루? 술집 웨이트리스요?"

"안 될 게 뭐요? 그것도 하나의 직업인데."

"대단한 직업은 아니죠." 마샤가 대꾸했다. "여기 있는 사람의 관심을 끌 만한 직업은 아니에요."

"그래요?" 루 레보브가 말했다. "그래서 그 여자가 지금 하고 있는 일을 사람들이 더 좋아할 거란 말이오?"

"모르겠어요. 한번 여론조사를 해봐야겠네요." 마샤는 실라를 향해 말을 이었다. "술집 웨이트리스가 나아요, 아니면 포르노 스타가 나아요?"

그러나 실라는 마샤의 조롱에 말려들 생각이 없었다. 그녀는 그 조롱을 넘어 자기중심주의까지 꿰뚫어보는 듯한 눈으로 모호하지 않은 대답을 했다. 스위드는 실라가 처음 마샤와 배리 우마노프를 이곳에서, 올드림록 집에서 만난 뒤 그녀에게 이렇게 물었던 일을 기억했다. "그 친구가 어떻게 그런 사람을 좋아할 수 있을까?" 그러자 그녀는 돈처럼 "불알도 없는 멍청이라서 그렇지 뭐" 하고 대답하는 대신, 이렇게 대답했다. "저녁파티가 끝나면, 아마 모두들 누군가를 두고 그런 생각을 할 거예요. 가끔 모두가 모든 사람을 두고 그런 생각을 하기도 해요." "당신도 그래요?" 그가 물었다. "나는 남녀를 보면 늘 그런 생각을 해요." 그녀가 대답했다.

지혜로운 여자. 그런데 이 지혜로운 여자가 살인자를 숨겨주었다.

"돈은 어때요?" 마샤가 물었다. "술집 웨이트리스예요, 포르노 스타예요?"

돈은 달콤한 미소를 지으며 최고의 가톨릭 여학생 자세—앉을 때 앞으로 웅크리지 않고 수녀들을 기쁘게 하는 소녀의 자세—를 잡고 말했다. "엿이나 처드세요, 마샤."

"도대체 무슨 대화가 이렇소?" 루 레보브가 물었다.

"저녁식사 대화죠." 실비아 레보브가 대꾸했다.

"당신은 왜 그렇게 시큰둥해?" 루 레보브가 아내에게 물었다.

"난 시큰둥하지 않아요. 잘 듣고 있어요."

그때 빌 오컷이 말했다. "마샤 의견은 아무도 물어보지 않았네요. 어느 쪽을 택하시겠습니까, 선택을 하실 수 있다고 한다면?"

그녀는 그 모욕적인 암시에 즐겁게 웃음을 터뜨렸다. "아, 지저분한 영화에는 크고 뚱뚱한 아줌마들도 나와요. 남자들의 꿈에도 나오고요. 단지 희극적인 기분 전환만을 위해서는 아니겠죠. 보세요, 여러분은 린다에게 너무 가혹해요. 어떤 여자가 애틀랜틱시티에서 옷을 벗으면 그건 장학금을 위한 거라서 미국의 여신이 되고, 어떤 여자가 섹스 영화에서 옷을 벗으면 그건 더러운 돈을 위한 거라서 창녀가 되는 건가요? 왜 그런 거예요? 왜? 좋아요, 아무도 모르죠. 하지만 진지하게 말하는데, 여러분, 나는 이 '장학금'이라는 말을 좋아해요. 창녀가 호텔 방으로 와요. 남자는 그녀에게 얼마를 주면 되느냐고 물어요. 여자가 말해요. '응-응을 원한다면 장학금 삼백 달러를 받죠. 응-응-응을 원하면 장학금 오백 달러를 받아요. 응-응-응-응을 원하면……'"

"마샤." 돈이 말했다. "아무리 노력해도 오늘밤에는 나를 화나게 할 수 없어요."

"그래요?"

"오늘밤에는 안 돼요."

식탁 한가운데에는 아름다운 꽃꽂이가 있었다. "돈의 정원에서 따온 거라오." 아까 사람들이 식사를 하려고 자리에 앉을 때 루 레보브가 그들 모두에게 자랑스럽게 말했다. 비프스테이크 토마토가 담긴 커다란 쟁반도 있었다. 두툼하게 잘라 오일과 식초로 드레싱을 했고, 그 주위를 빙 둘러 정원에서 딴 싱싱한 붉은 양파 조각들이 놓여 있었다. 나무 버킷도 두 개 있었다. 먹이를 줄 때 사용하던 오래된 버킷으로, 클린턴의 벼룩시장에서 하나에 일 달러를 주고 산 것이었다. 버킷 안에 화사하게 빨간 수건을 깔고, 오컷이 껍질 까는 것을 도와주었던 옥수수를 가득 담았다. 식탁 양쪽 끝의 고리버들 바구니에는 새로 구운 프랑스빵이 담겨 있었다. 맥퍼슨의 가게에서 사온 새 바게트를 오븐에 다시 가열했는데, 손으로 뜯어먹기 좋았다. 강하고 좋은 부르고뉴 와인도 있었다. 스위드가 가진 가장 좋은 포마르 여섯 병으로, 네 병은 마개를 따놓았다. 1973년에 마시려고 오 년 전에 쟁여놓은 것들이었다. 스위드의 와인등록부에 따르면 이 포마르들은 메리가 닥터 콘론을 죽이기 꼭 한 달 전에 지하실에 갖다놓았다. 그래, 새로 와인을 구입할 때마다 그 내용을 기록하는, 용수철이 달린 수첩에 자기 손으로 1/3/68이라고 적은 것을 아까 보았다…… '1/3/68'이라고 쓸 때는 2/3/68에 자기 딸이 미국 전체를 격분시키는 짓을 하러 나설 줄은 전혀 몰랐다. 아마 마샤 우마노프 교수는 격분하지 않은 예외에 속했겠지만.

두 여고생은 몇 분마다 부엌에서 나와 아무 말 없이 백랍 쟁반에 담아온, 스위드가 만든 스테이크를 권했다. 스테이크는 모두 잘려 있었고, 피가 줄줄 흘렀다. 스위드의 고기 써는 칼은 독일의 가장 좋은 스테인리스스틸인 호프리츠로 만든 것이었다. 스위드는 올드림록 하우스에서 첫 추수감사절을 맞이했을 때 뉴욕으로 가서 이 칼과 커다란 도마를 샀다. 그도 한때는 그런 것들에 관심을 가졌다. 칠면조를 잡으러 나가기 전에는 긴 원뿔형 줄에 날을 갈았다. 그 소리가 좋았다. 가정에서 그의 통 큰 면모를 보여주는 서글픈 목록. 그의 가족이 최고의 것들을 갖기를 바랐는데. 그의 가족이 모든 것을 갖기를 바랐는데.

"보시오." 루 레보브가 말했다. "이게 애들한테 미치는 영향에 관해 내가 답을 좀 들을 수 없겠소? 여러분은 지금 주제에서 멀리, 아주 멀리 벗어나 있소. 어린아이들한테 일어난 비극은 이미 충분히 보지 않았소? 포르노그래피. 마약. 폭력."

"이혼." 마샤가 루 레보브를 거들었다.

"교수님, 내가 이혼 얘기를 꺼내게 하지 말아주세요. 이건 프랑스어니까 이해하시겠지요?" 그가 마샤에게 말했다.

"필요하다면 해야죠." 마샤는 웃음을 터뜨렸다.

"어, 나한테 플로리다에 아들이 하나 있소. 시모어 동생이지. 그 녀석 전공이 이혼이라오. 나는 그애 전공이 심장외과인 줄 알았소. 하지만 아니야, 이혼이더군. 나는 그애를 의대에 보낸 줄 알았소. 거기서 등록금 내라는 고지서가 날아오는 줄 알았지. 하지만, 아니야, 이혼 학교였어. 거기서 학위를 얻었더군, 이혼으로. 아이한테 이혼이라는 유령보다 더 무서운 게 있겠소? 나는 없다고 생각하오. 그게 어디서 끝나겠소? 그 한계가 어디겠소? 여러분 모두 그런 세상에서 성장하지는 않았소. 나도 마찬가지요. 우리는 이곳이 다른 곳이었던 시대에, 공동체, 가정, 가족, 부모, 일에 대한 감정이…… 뭐, 아무튼 달랐던 시대에 성장했소. 이 변화는 어떤 개념으로도 설명할 수 없을 정도요. 가끔 그동안의 모든 역사보다 1945년 이후에 더 많은 게 변했다는 생각이 들기도 해요. 그렇게 많은 일들을 다 어떻게 이해해야 할지 모르겠소. 사람들이 아까 말한 그런 영화에서는 개인에 대한 느낌이 사라진 게 나타나잖소. 뉴어크에서 벌어지는 일을 보면 장소에 대한 느낌도 사라진 게 드러나잖소. 어떻게 이런 일이 있을 수가 있소? 자기 가족을 숭배할 필요는 없소. 자기 나라를 숭배할 필요는 없소. 자기가 사는 곳을 숭배할 필요는 없소. 하지만 자기한테 그게 있다는 건 알아야 하오. 자기가 그 일부라는 건 알아야 하오. 그런 게 없다면 그냥 저 밖에 홀로 나가 있는 것이고, 나는 그런 사람을 동정하겠소. 정말로 그렇소. 내 말이 옳소, 오컷 씨, 아니면 틀리오?"

"한계가 어디인지 궁금하시다고요?" 오컷이 대꾸했다.

"아, 그렇소." 루 레보브가 말했다. 스위드는 아버지가 아이들과 폭력에 관해 이야기하면서, 그것이 그의 가장 가까운 가족의 삶과 어떻게 교차하는지 전혀 느끼지 못하고 있다는 것을 알았다. 처음 있는 일도 아니었다. 메리는 다른 사람의 악한 목적에 이용되었다—그들 모두 그 이야기에 늘 닻을 내리고 있는 것이 중요했다. 루 레보브는 누구도 잠시라도 그 이야기에 대한 믿음이 흔들리지 않도록 그들 모두를 늘 날카롭게 감시했다. 이 가족 누구도 메리의 절대적 무죄를 의심할 수 없었다. 그가 살아 있는 한 있을 수 없는 일이었다.

스위드가 그를 가두고 있는 상자의 테두리 내에서 생각할 수 없는 많은 것들 가운데는 아버지가 사망자 수가 넷이라는 사실을 알면 어떤 일이 일어날 것인가 하는 것도 있었다.

"당연하죠." 빌 오컷이 루 레보브에게 말하고 있었다. "한계가 어디인지 궁금해하시는 것도 당연합니다. 아마 여기 있는 모든 사람이 한계가 어디인지 궁금해하고, 신문을 볼 때마다 그 한계가 어디인지 걱정할 겁니다. 죄의 교수님만 빼고요. 사실 우리 모두 관습에 짓눌려 있거든요. 우리는 윌리엄 버로스나 사드 백작이나 거룩한 성자 장 주네 같은 위대한 무법자들이 아니죠. 모든 사람이 뭐든 원하는 대로 하게 하라 문학파. '문명은 억압이고 도덕은 더 심한 억압'이라는 똑똑한 학파."

그는 얼굴을 붉히지도 않았다. 눈 하나 깜빡이지 않고 '도덕'이라는 말을 했다. 자기는 전혀 모르는 것처럼, 이미 반쯤 파괴된 가족의 화합마저 깨뜨리는 최악의 죄를 지은 사람이 지금 여기 있는 모든 사람들 중에 자기—묘지에서 덕망 있는 사람들로 광고되고 있는, 길게 줄지은 오컷들 가운데 맨 마지막에 선 윌리엄 3세—만은 전혀 관계가 없다는 듯 '죄'를 입에 올린다.

아내에게는 애인이 있었다. 혹독한 얼굴 수술을 감내한 것은 그 애인을 위해서였다. 그에게 구애를 하여 그의 마음을 얻으려고. 그래 이제 그 성형외과의사가 "나의 아름다움을 위해 다섯 시간"을 내준 것에 그녀가 그렇게 입에 침이 마르게 감사하는 감상적인 편지를 쓴 것이 이해가 갔다. 스위드가 그 다섯 시간을 위해 만이천 달러를 냈고, 거기에 그들이 이틀 밤을 보낸 병원 입원비로 오천 달러를 냈다는 사실은 존재하지도 않는 것처럼 감사 편지를 쓴 이유가. 정말 멋진 기분이에요. 이제는 새 삶을 얻은 것 같아요. 안으로나 밖으로나 말이에요. 제네바에서 스위드는 밤새 잠을 자지 않고 그녀와 함께 앉아 있었고, 그녀가 구역질을 하고 통증으로 괴로워할 때 그녀의 손을 잡고 있었다. 그런데 그 모든 것이 다른 사람을 위한 것이었다니. 그녀가 집을 짓는 것이 다른 사람을 위해서였다니. 그 두 사람은 서로를 위해 집을 설계하고 있었다.

메리가 사라진 뒤 실라와 함께 폰세로 달아나 거기서 산다는 것—아니, 실라는 그가 정신을 차리고 정직성을 회복하고 그의 아내와 그들의 삶 가운데 아직 말짱하게 남아 있는 부분으로 돌아가게 했다. 심지어 정부마저 그런 위기에서는 그가 아내를 버리기는커녕, 상처를 주어서도 안 된다는 것을 알았다. 그런데 이제 이 다른 두 사람이 그 일을 해냈다. 부엌에서 그들을 보는 순간 알았다. 그들의 협정. 오컷은 제시를 버리고 돈은 나를 버리고 집은 그들의 것이 된다. 그녀는 우리의 참사가 끝났다고 생각하고, 이제 과거는 묻어버리고 새 출발을 하려 한다. 얼굴, 집, 남편, 모두 새롭게. 아무리 노력해도 오늘밤에는 나를 화나게 할 수 없어요. 오늘밤에는 안 돼요.

그들이야말로 무법자들이다. 돈은 남편에게 말했다. 오컷은 그들 집안이 과거에 이룬 것에 완전히 의존한 채 살고 있어—그래, 그녀도 막 그녀가 이룬 것에 완전히 의존한 채 살고 있었다. 돈과 오컷. 두 야수.

무법자는 어디에나 있다. 대문 안에도 있다.

9

　전화가 왔다. 여고생 하나가 그에게 이야기를 해주러 부엌에서 나왔다. 여고생이 작은 소리로 말했다. "체코슬로바키아 같은데요."

　스위드는 돈의 아래층 서재에서 전화를 받았다. 오컷은 새집의 커다란 판지 모형을 이미 그곳에 옮겨놓았다. 제시를 테라스에 있는 스위드와 부모와 술에게 맡겨둔 뒤, 밴에 있는 그 모형을 돈의 서재로 가져와 책상 위에 설치해놓고, 부엌으로 들어가 돈이 옥수수 껍질을 까는 것을 도와준 것이 틀림없었다.

　전화를 건 사람은 리타 코언이었다. 그녀가 체코슬로바키아에 관해 아는 것은 '그들'이 그를 미행하고 있었기 때문이다. 그들은 일찍이 여름에 체코 영사관으로 그를 따라왔다. 그날 오후에는 동물병원으로 그를 따라왔다. 메리의 방으로 그를 따라왔고, 그 방에서 메리는 리타 코언이라는 사람은 없다고 말했다.

"어떻게 자기 딸한테 그럴 수가 있어?" 그녀가 물었다.

"나는 내 딸한테 아무 짓도 안 했어요. 나는 딸을 보러 갔습니다. 그 애가 어디 있는지 코언 양이 편지로 알려주었잖아요."

"호텔 이야기를 했잖아. 우리가 썹을 안 했다고 말했잖아."

"나는 호텔 얘기는 한 적 없어요. 도대체 무슨 소리를 하는 건지 모르겠군요."

"거짓말하지 마. 당신 딸한테 우리가 썹을 하지 않았다고 말했잖아. 내가 미리 경고했어. 편지로 경고했어."

스위드 바로 앞에 집의 모형이 있었다. 그는 이제 돈의 설명만 듣고는 상상하지 못했던 것을 눈으로 볼 수 있었다. 한 면만 경사진 지붕이 앞쪽의 벽을 따라 일렬로 놓인 높은 창문으로 큰 복도에 빛을 받아들이는 것을 볼 수 있었다. 그래, 이제 볼 수 있었다. 해가 남쪽 하늘에서 호를 그리면 빛이 하얀 벽을 씻어내려—"빛"이 "씻어내린다"는 말만으로도 그녀가 얼마나 행복해했는지—모두에게 모든 것이 바뀌는 것을.

판지 지붕은 분리할 수 있었다. 그것을 들어올리자 방안이 바로 보였다. 내벽들이 모두 자리를 잡고 있었고, 문과 옷장도 있었다. 부엌에는 찬장, 냉장고, 식기세척기, 레인지도 있었다. 오컷은 심지어 거실에 아주 작은 가구들까지 배치했는데, 이 또한 판지로 만들었다. 창문들이 있는 서쪽 벽에는 대형 탁자가 있었고, 방의 폭을 다 차지하며 높이 자리잡은 벽난로 앞에는 소파, 작은 탁자, 긴 의자, 클럽 의자 둘, 커피 탁자가 놓여 있었다. 붙박이 서랍—돈은 그것을 셰이커 서랍이라고 불렀다—이 있는 퇴창 건너편 침실에는 두 사람을 기다리는 커다란 침대가 있었다. 침대 머리판 양쪽에는 붙박이 책꽂이가 있었다. 오 컷은 책도 몇 권 만들어 책꽂이에 꽂아놓았다. 판지로 만든 아주 작은 책이었다. 심지어 제목도 적혀 있었다. 오컷은 이 모든 일에 유능했다. 그림보다 이런 일에 더 유능하군. 스위드는 생각했다. 그래, 1피트에 16분의 1인치 축척으로 이런 것을 할 수 있다면 인생이 훨씬 덜 무익 하지 않을까? 침실에 유일하게 빠진 것은 오컷의 이름이 적힌 판지 자 지였다. 오컷은 공중에 엉덩이를 들고 엎드린 돈의 16분의 1인치 축척 모형을 만들고, 뒤에서 자기 좆이 들어가는 모습도 만들어놓았어야 하 는데. 그녀의 책상 옆에 서서 판지로 만들어진 돈의 꿈을 굽어보며 리 타 코언의 분노를 흡수하다가 그 모습을 발견했다면 그 또한 좋았을 텐데.

리타 코언이 자이나교와 무슨 관계가 있을까? 이것이 저것과 무슨 관계가 있을까? 아니야, 메리, 이건 앞뒤가 맞지 않아. 이런 폭언이 너 하고 무슨 상관이 있는 거니, 물한테도 피해를 줄 수 없는 너에게? 아무 것도 말이 되지 않아 — 어떤 것도 연결이 안 돼. 연결이 되는 건 네 머릿 속에서만이야. 다른 곳에서는 전혀 논리가 서지 않아.

리타 코언은 메리를 추적하고 뒤를 따르고 흔적을 찾았지만, 그 둘 은 연결되지 않았고 연결된 적도 없었다! 그러면 논리가 섰다!

"너무 심했어. 너무 심했다고. 스스로 주도권을 쥐고 있다고 생각하 겠지, 아-아-아빠? 하지만 당신한테는 아무런 주도권이 없다고!"

하지만 그에게 주도권이 있느냐 없느냐는 이제 중요하지 않았다. 만 일 메리와 리타 코언이 실제로 연결되어 있다면, 어떤 식으로든 연결 되어 있다면, 만일 메리가 리타 코언을 모른다는 것이 거짓말이라면,

폭파 뒤에 실라가 그 아이를 숨겨주었다는 거짓말도 쉽게 할 수 있었을 것이다. 그런 거라면, 돈과 오컷이 이 판지로 만든 집에서 살려고 달아날 경우, 그와 실라도 푸에르토리코로 달아날 수 있었다. 그래서 그 결과 아버지가 놀라서 죽는다면, 뭐, 땅에 묻어드리는 수밖에. 그들이 할 일은 그것이겠지. 아버지를 땅속 깊이 묻어드리는 것.

(갑자기 할아버지의 죽음이 떠올랐다—그것이 그의 아버지에게 어떤 영향을 주었는지. 스위드는 어렸다. 일곱 살이었다. 할아버지는 전날 저녁 급하게 병원으로 실려갔고, 아버지와 삼촌들은 밤새도록 노인의 병상 옆에 앉아 있었다. 아버지는 아침 일곱시 반에 집에 돌아왔다. 스위드의 할아버지는 죽었다. 아버지는 차에서 내려 집의 현관 계단까지 오더니, 그냥 거기에 주저앉았다. 스위드는 거실 커튼 뒤에서 아버지를 지켜보았다. 어머니가 위로를 하러 나갔을 때도 아버지는 움직이지 않았다. 아버지는 한 시간 동안 꿈쩍도 않고 앉아 있었다. 내내 무릎에 팔꿈치를 괸 채 몸을 앞으로 기울이고 있었고, 얼굴은 두 손에 가려 보이지 않았다. 그의 머리 안에 눈물이 잔뜩 들어 있어 그것이 쏟아져내리는 것을 막으려면 강한 두 손으로 그렇게 막고 있어야만 했다. 아버지는 다시 고개를 들 수 있게 되자 차에 타더니 일을 하러 갔다.)

메리가 진짜로 거짓말을 하고 있을까? 메리가 세뇌되었을까? 메리가 레즈비언일까? 리타가 메리의 여자친구일까? 메리가 이 미친 짓을 다 주도하는 걸까? 둘이서 그냥 나를 괴롭히려는 걸까? 이게 다 나를 괴롭히고 고문하려는 게임, 오로지 게임인 걸까?

아냐, 메리는 거짓말을 하는 게 아냐. 메리 말이 맞아. 리타 코언은 존재하지 않아. 메리가 그렇게 믿는다면 나도 그렇게 믿어. 그는 존재하지도 않는 사람의 말에 귀를 기울일 필요가 없었다. 그녀가 구축한 드라마는 존재하지 않았다. 그녀의 증오에 찬 비난은 존재하지 않았다. 그녀의 권위는 존재하지 않았다, 그녀의 힘도. 그녀가 존재하지 않는다면, 당연히 아무런 힘도 가질 수 없었다. 메리가 그런 종교적 믿음과 리타 코언을 동시에 가질 수 있을까? 리타 코언이 전화에 대고 으르렁거리는 소리만 들어도 그녀가 지상에서든 하늘에서든 생명의 신성한 형태를 인정하지 않는다는 것을 알 수 있었다. 스스로 굶어 죽는 것이나 마하트마 간디나 마틴 루서 킹과 그녀가 무슨 관계가 있을까? 그녀는 어디에도 들어맞지 않기 때문에 존재하지 않는 것이다. 지금 듣는 건 이 여자의 말도 아니다. 이건 젊은 처녀의 말이 아니다. 이런 말에는 아무런 근거가 없다. 이건 누군가를 흉내내는 거다. 누군가 이 여자에게 어떤 행동을 하라고, 어떤 말을 하라고 시킨 거다. 처음부터 이건 모두 연기였다. 이 여자는 연기를 할 뿐이다. 이 여자는 혼자 이런 짓을 하게 된 것이 아니다. 배후에 누가 있다. 부패하고 냉소적이고 왜곡된 누군가가 이 아이들에게 이런 일을 시키는 거다. 리타 코언 같은 아이와 메리 레보브 같은 아이에게서 그들이 유산으로 받은 모든 것을 박탈하고, 아이들을 꾀어 이런 연기를 시키는 거다.

"당신은 메리를 당신의 그 모든 멍청한 쾌락으로 다시 데려가려는 거야? 거룩함에서 끌어내 천박하고 영혼도 없는 허울뿐인 삶으로 끌고 가려는 거야? 당신은 지상에서 가장 저열한 종자야. 그걸 아직도 몰라? 당신이, 그런 인생관을 가진 당신이, 아무런 벌도 받지 않고 당신의 부라는 범죄 덩어리를 마음껏 누리는 당신이 정말로 이 여자한테 제공할 게 있다고 믿는 거야? 뭘 제공할 건데? 철저하게 부정직한 삶, 그거잖

아. 최악의 수준에 이른 피를 빼는 예의! 이 여자가 진짜로 누구인지 몰라? 이 여자가 뭐가 되었는지 깨닫지 못해? 이 여자가 누구하고 교통하는지 아무런 낌새도 채지 못하는 거야?" 존재하지도 않는 사람으로부터 오는, 중간계급에 대한 영원한 비난. 그의 딸의 타락에 대한 찬양과 그의 계급에 대한 격렬한 비난. 유죄!─존재하지도 않는 누군가의 심판. "당신이 그녀를 나한테서 데려가려는 거야? 그녀를 보고 구역질을 한 당신이? 당신의 그 개똥 같은 도덕적 우주에 잡혀주지 않으니까 구역질을 했으면서? 말해봐, 스위드. 어쩌면 그렇게 영리할 수 있지?"

그는 전화를 끊었다. 돈에게는 오컷이 있고, 나에게는 실라가 있고, 메리에게는 리타가 있거나 메리에게는 리타가 없다─리타가 저녁 먹고 가도 돼요? 리타가 자고 가도 돼요? 리타가 제 장화 신어도 돼요? 엄마, 저하고 리타를 마을까지 태워다줄 수 있어요? 그리고 아버지는 쓰러져 죽는다. 그래야 한다면 그래야지. 아버지가 자기 아버지의 죽음을 극복했으니, 나도 내 아버지의 죽음을 극복해야지. 모든 것을 극복할 거야. 거기 무슨 의미가 있든 거기 무슨 의미가 없든 상관없어. 그것이 들어맞든 그것이 들어맞지 않든 상관없어. 이제 그들은 나를 상대하는 것이 아니니까. 나는 존재하지 않아. 그들은 이제 무책임한 사람을 상대하고 있어. 그들은 지금 아무것도 상관하지 않는 사람을 상대하고 있어. 리타하고 제가 우체국을 폭파해도 돼요? 그래. 뭐든지 원하는 대로 하렴, 애야. 누가 죽으면 죽는 거지 뭐.

광기와 도발. 인식 가능한 것은 없다. 그럴듯한 것도 없다. 앞뒤가 맞는 맥락도 없다. 그는 이제 앞뒤가 맞지 않는다. 고난을 수용하는 능력조차 이제는 존재하지 않는다.

멋진 생각이 그를 사로잡는다. 고난을 수용하는 능력이 이제는 존재하지 않는다는 생각.

그러나 그 생각이 아무리 멋지다 해도, 그와 함께 그 방에서 나오지는 못했다. 절대 전화를 끊지 말았어야 했다—절대. 리타는 그에게 이 일로 엄청난 대가를 치르게 할 터였다. 190센티미터, 마흔여섯 살, 수백만 달러짜리 사업, 그런데 자그마한 체구의 무자비한 갈보에게 두 번이나 무너지다니. 이 여자는 그의 적이고 그녀는 실제로 존재한다. 하지만 어디서 나타났을까? 왜 나한테 편지를 쓰고, 전화를 하고, 나를 공격하려 할까? 이 여자가 망가져버린 내 가엾은 딸과 무슨 관계가 있는 걸까? 아무런 관계도 없다!

다시 한번 그 여자 때문에 그는 몸이 땀에 흠뻑 젖고, 머리가 윙윙 울리는 고통의 공이 된다. 그 기다란 몸 전체에 극단적인 피로가 가득 차 죽음이 시작되는 느낌이다. 하지만 그의 적은 신비한 괴물처럼 실체를 거의 드러내지 않는다. 그림자 적이라고는 할 수 없고, 무無도 아닌데—그러면 뭔가? 심부름꾼. 그래. 그를 비웃고, 고발하고, 착취하고, 피하고, 그에게 저항하고, 머릿속에 떠오르는 아무 미친 말이나 해대서 그를 완전히 당황한 마비 상태에 빠뜨리고, 그 광기 어린 상투어로 그를 포위하고, 심부름꾼처럼 들락거리고. 하지만 누가 보낸 심부름꾼? 어디서 온?

스위드는 그녀에 관해 아무것도 아는 게 없다. 그녀가 그녀와 같은 종류의 인간의 어리석음을 완벽하게 표현한다는 것 외에는. 그가 여전히 그녀의 악당이고, 그에 대한 그녀의 증오는 흔들림이 없다는 것 외에는. 그녀가 이제 스물일곱 살이라는 것 외에는. 이제 애가 아니다.

여자다. 그러나 괴상하게 자신의 위치에 고정되어 있다. 인간 부품으로 이루어진 기계처럼, 확성기처럼 행동한다. 인간 부품으로 이루어진 확성기, 박살내는 소리, 미치게 만드는 파괴적인 소리를 내려고 고안된 확성기처럼 행동한다. 오 년이 지났지만 똑같은 소리가 더 많이 나는 쪽으로만 변했을 뿐이다. 메리의 타락은 자이나교로 나타나고, 리타 코언의 타락은 더 큰 타락으로 나타난다. 그는 그녀가 전보다 더 많이 지배하고자 한다는 것, 더, 더, 더 예측 불가능해졌다는 것 외에는 그녀에 관해 아무것도 모른다. 그는 굽힐 줄 모르는 파괴자, 아주 작은 사람 안에 든 아주 큰 것을 상대하고 있다는 것만 알고 있다. 오 년이 흘렀다. 리타가 돌아왔다. 뭔가가 벌어진다. 상상할 수 없는 어떤 일이 곧 다시 일어날 것이다.

그는 오늘밤이라는 선을 결코 넘지 못할 것이다. 메리를 그 작은 방에, 그 베일 뒤에 두고 온 이후로 그는 이제 자신이 짓눌려 무너지는 것을 언제까지나 예방할 수 있는 사람이 아니라는 것을 알았다.

나의 갈망과 자아는 끝났다. 네 덕분에.

누가 서재 문을 열었다. "괜찮아요?" 실라 샐츠먼이었다.

"웬일입니까?"

그녀는 문을 잡아당겨 닫더니 방안으로 들어왔다. "식사 때 아파 보였어요. 지금은 더 안 좋아 보이네요."

돈의 책상 위 벽에는 액자에 넣은 카운트의 사진이 걸려 있었고, 그 양옆에는 카운트가 딴 파란 리본들이 모두 핀으로 박혀 있었다. 돈이 심멘탈 육종가 잡지에 매년 내던 광고에 싣던 카운트 사진이었다. 어느 날 밤 저녁식사 후 부엌에서 메리는 돈이 제시한 광고 문안 세 개가운데 하나를 골랐다. 카운트는 당신의 소떼를 위해 놀라운 일을 할 수 있습니다. 쓸 만한 황소가 있다면 바로 카운트입니다. 카운트에서 당신의 소떼가 시작됩니다. 메리는 처음에는 자신이 만든 문안을 제시했다—카운트는 믿어도 됩니다YOU CAN COUNT ON COUNT. 그러나 돈과 스위드가 둘 다 반대하자 '카운트에서 당신의 소떼가 시작됩니다'를 골랐고, 그것은 카운트가 돈의 멋진 슈퍼스타 자리를 차지하고 있는 동안 아케이디 브리더스의 광고 문안이 되었다.

한때 책상에는 '황금 공인 육우 종마'라는 상을 탄 몸이 긴 황소의 코걸이에 묶인 가죽끈 손잡이를 쥐고 소의 머리맡에 선 열세 살 메리의 스냅사진이 있었다. 메리는 4H에서 소를 끌고 걷게 하고 씻기고 다루는 법을 배웠다. 처음에는 한 살짜리를 다루었지만 나중에는 큰 황소들도 다루었다. 돈은 메리에게 카운트를 끌고 다니는 법을 가르쳤다. 소의 머리가 위로 올라가도록 끈의 위쪽을 잡고 끈에 약간의 긴장을 유지하면서 손으로 끈을 조금 움직여주는 것이다. 처음에는 카운트의 뜻대로 따라주지만, 그와 의사소통을 하며 손을 느슨하게 옆으로 내려놓으면 소가 평소보다 귀를 더 기울이게 할 수 있었다. 카운트는 까다롭거나 오만하지는 않았지만, 돈은 메리에게 절대 카운트를 믿지 말라고 가르쳤다. 카운트는 가끔 세상에서 가장 익숙한 두 사람인 메리와 돈에게도 강한 태도로 나올 수 있었다. 바로 그 사진—벽난로 선반에 놓인 〈덴빌 랜돌프 쿠리어〉 1면에 실린 블레이저 차림의 돈의 사진만큼이나 사랑했던 그 사진—에서도 그는 돈이 메리에게 참을성 있게 가르친 것과 메리가 돈에게서 열심히 배운 것을 다 볼 수 있었다. 그러나 그 사진은 돈의 유년의 감상적인 추억거리 역할을 하던 사진과 마찬가지로 사라졌다. 세인트캐서린으로 가는 길에 스프링 호수 위에 놓인 멋진 나무다리 사진이었다. 봄 햇빛을 받는 다리를 찍은 것으로, 다리 양끝에는 진달래가 흐드러지게 피어 있었고, 뒤쪽에는 웅장한 성당의 구리 돔이 풍파에 시달린 모습으로 눈부시게 빛나고 있었다. 돈은 어렸을 때 그 성당에서 하얀 웨딩드레스를 입은 신부가 된 자신의 모습을 상상하곤 했다. 그러나 지금 돈의 책상에 있는 것은 오컷의 판지 모형뿐이었다.

"이게 새집이에요?" 실라가 물었다.

"나쁜 년."

실라는 움직이지 않았다. 스위드를 똑바로 마주보았지만 말을 하거나 움직이지 않았다. 그가 카운트의 사진을 벽에서 떼어내 그것으로 그녀의 머리를 때린다 해도, 그래도 그녀는 여전히 냉정을 잃지 않고, 어떻게든 그에게서 진심 어린 반응을 빼앗아갈 터였다. 오 년 전, 네 달 동안, 그들은 연인이었다. 그때도 그에게 말을 하지 않을 수 있었는데 왜 이제 와서 그에게 진실을 말하겠는가?

"날 내버려둬."

그러나 그가 난폭하게 요구한 대로 하려고 실라가 몸을 돌렸을 때 그는 그녀의 팔을 잡더니 몸을 휙 돌려 닫힌 문에 밀어붙였다. "당신이 그애를 숨겨줬어." 그의 목구멍을 긁으며 올라온 작은 소리에도 분노의 힘은 그대로 드러났다. 그녀의 두개골은 그의 두 손 사이에서 꼼짝도 하지 못했다. 전에도 그녀의 머리가 그의 강력한 손아귀에 잡힌 적이 있지만, 절대, 절대, 이런 식은 아니었다. "당신이 그애를 숨겨줬어!"

"그래요."

"그런데도 나한테 말을 하지 않았어!"

그녀는 대답하지 않았다.

"당신을 죽일 수도 있어!" 그러나 그 말을 하자마자 그는 그녀를 놔주었다.

"그애를 만났군요." 실라가 말했다. 그녀는 두 손을 앞에 단정하게 포개고 있었다. 그 부조리한 차분함. 그녀를 죽이겠다고 위협한 직후임에도. 그 터무니없는 자제력. 늘 터무니없고, 신중하고, 자제된 그 생각의 흐름.

"당신은 모든 걸 알고 있군." 스위드가 으르렁거렸다.

"당신이 지금까지 어떤 일을 겪었는지 알아요. 그애한테 뭘 해줄 수 있겠어요?"

"당신이? 왜 그애가 떠나게 놔뒀어? 그애는 당신 집으로 갔어. 그애는 건물을 폭파했어. 당신은 그걸 다 알고 있었어. 그런데 왜 나한테 전화를 안 한 거야? 왜 나한테 연락을 안 한 거야?"

"나는 그걸 몰랐어요. 나중에, 그날 밤에 알았어요. 어쨌든 그애가 나한테 왔을 때 그애는 제정신이 아니었어요. 그애는 당황했고 나는 이유를 몰랐어요. 나는 집에 무슨 일이 생긴 줄 알았어요."

"하지만 몇 시간 지나지 않아 알았잖아. 그애하고 얼마나 오래 있던 거야? 이틀? 사흘?"

"사흘. 사흘째 되는 날 떠났어요."

"그러니까 무슨 일이 있었는지 당신도 안 거잖아."

"나중에 알았어요. 믿을 수가 없었지만……"

"텔레비전에 나왔어."

"하지만 그때는 그애가 이미 우리집에 있었어요. 나는 이미 그애를 도와주겠다고 약속했고요. 그애가 어떤 문제를 이야기하든 아무한테 도 말하지 않겠다는 약속도 했어요. 그애는 자기를 믿어달라고 했어 요. 내가 뉴스를 보기 전에 그랬단 말이에요. 그런데 내가 어떻게 그애 를 배신하겠어요? 나는 그애를 치료하는 사람이었고, 그애는 내 환자 였어요. 나는 늘 그애한테 가장 도움이 되는 일을 하고 싶었어요. 다른 방법이 뭐가 있었겠어요? 그애가 체포되게 하는 거요?"

"나한테 전화하는 거. 그게 다른 방법이었어. 그애 아버지한테 전화 하는 거. 바로 그 자리에서 나한테 연락해서, 그애는 안전하다, 걱정하 지 마라, 하고 말한 다음에, 그애가 당신 시야에서 사라지지 않게 했으 면······."

"그애는 다 컸어요. 어떻게 내 시야에서 사라지지 않게 할 수가 있어 요?"

"문을 잠그고 집안에 가두어두면 되잖아."

"그애는 동물이 아니에요. 우리에 가둘 수 있는 고양이나 새가 아니 라고요. 그애는 뭐든지 자기가 하고자 하는 일을 할 수 있었어요. 우 리에게는 신뢰가 있었어요, 시모어. 그 시점에서 그애의 신뢰를 깨는 건······ 나는 그애한테 이 세상에 그애가 신뢰할 수 있는 사람이 있다 는 걸 알려주고 싶었어요."

"그 순간에 그애한테 필요한 건 신뢰가 아니었어! 그애한테 필요한 건 나였 어!"

"하지만 나는 당신 집은 그 사람들이 주시하고 있다고 확신했어요. 당신한테 전화를 하는 게 무슨 소용이 있었겠어요? 나는 그애를 차에 태우고 이리로 나올 수 없었어요. 나는 심지어 그 사람들이 그애가 우리집에 있다는 사실도 알게 될 거라고 생각하기 시작했는걸요. 갑자기 우리집이 그애가 있을 만한 가장 뻔한 곳으로 생각되기 시작했다고요. 나는 우리 전화도 도청당한다고 생각하기 시작했어요. 그런데 어떻게 당신한테 전화를 할 수 있었겠어요?"

"어떤 식으로든 연락을 할 수 있었어."

"처음 왔을 때 그애는 흥분해 있었어요. 뭔가가 잘못된 게 분명했어요. 그애는 그냥 전쟁이니 가족이니 소리를 질러댔어요. 나는 집에 무슨 끔찍한 일이 있었구나 하고 생각했어요. 그애한테 무슨 끔찍한 일이 일어났다고요. 그애는 전 같지 않았어요, 시모어. 뭔가 아주 잘못된 일이 그 아이한테 일어났다고 생각했다고요. 그애는 당신을 몹시 미워하는 것처럼 이야기했어요. 나는 차마 상상할 수가 없었어요…… 하지만 가끔 사람은 다른 사람들에 관해 최악을 믿게 되기도 하잖아요. 아마 나는 우리 둘이 있을 때도 그런 걸 파악해보려고 했던 것 같아요."

"뭐? 무슨 소리를 하는 거야?"

"정말 뭔가가 잘못된 것일까? 아이가 이 모양이 되도록 심한 일을 당한 거라면 도대체 어떤 일일까? 나도 혼란스러웠어요. 지금 당신한테 분명히 말하지만, 나는 사실 그걸 절대 믿지 않았고 또 믿고 싶지도 않았어요. 하지만 물론 나는 의아할 수밖에 없었죠. 누구라도 그랬을 거예요."

"그래서? 그래서? 나하고 바람을 피우면서…… 도대체 뭘 알아냈어, 나하고 그까짓 별것도 아닌 바람을 피우면서?"

"당신이 착하고 자비롭다는 거. 당신이 지적이고 품위 있는 사람이 되기 위해 할 수 있는 모든 일을 한다는 거. 내가 전에 상상했던 대로 그애가 그 건물을 폭파했다는 거. 시모어, 나를 믿어줘요, 제발, 나는 그애가 안전하기를 바랐을 뿐이에요. 그래서 그애를 숨겨줬어요. 그래서 깨끗하게 샤워를 시켜줬어요. 그래서 잠잘 곳을 내주었어요. 정말이지 나는 몰랐……"

"그애는 건물을 폭파했다고, 실라! 사람이 죽었다고! 빌어먹을 텔레비전에 다 나왔잖아!"

"하지만 텔레비전을 켜기 전까지는 몰랐어요."

"그럼 저녁 여섯시에는 알았다는 얘기군. 그애는 거기에 사흘을 있었어. 그런데 당신은 나한테 연락을 하지 않았어."

"당신하고 연락하는 게 무슨 소용이 있었을까요?"

"나는 그애 아버지야."

"당신은 그애 아버지고 그애는 건물을 폭파했어요. 그애를 당신한테 돌려보내는 게 무슨 도움이 되었겠어요?"

"내가 하는 말을 이해 못하겠어? 그애는 내 딸이라니까!"

"그애는 아주 강한 애예요."

"이 세상에서 자신을 돌볼 수 있을 만큼 강하다고? 아니야!"

"그애를 당신한테 넘겨주는 건 아무 도움이 되지 않았을 거예요. 앉아서 다른 일에 관심을 돌리지 않고 자기한테 주어진 일만 할 아이는 아니잖아요. 건물을 폭파한 다음에……"

"그애가 당신 집에 왔다는 걸 나한테 알리는 게 당신 의무였어."

"그렇게 하면 그 사람들이 그애를 더 쉽게 찾아낼 거라고 생각했다니까요. 그애는 많이 발전했고, 많이 강해졌기 때문에 나는 그애가 혼자 해나갈 수 있다고 생각했어요. 그애는 정말 강한 애예요, 시모어."

"그애는 미친 애야."

"고통을 겪은 아이죠."

"맙소사! 그럼 애비가 고통을 겪은 딸한테 아무런 역할도 할 수 없다는 거야?"

"많은 역할을 했다고 생각해요. 그래서 내가 그런 식으로는 생각할 수가…… 나는 집에서 무슨 끔찍한 일이 있었다고 생각한 거예요."

"잡화점에서 끔찍한 일이 일어났지."

"하지만 당신도 그애를 봤어야 하는데…… 그애는 많이 발전했어요."

"내가 그애를 봤어야 한다고? 그애가 그때 어디 있었는데? 그런 애의 부모한테 연락을 하는 게 우리의 책임이라고! 애가 어딘지도 모르는 곳으로 달아나도록 놔두는 게 아니라! 그때만큼 그애한테 내가 필요했던 적은 없었어. 그때만큼 그애한테 아버지가 필요했던 적은 없었다고. 그런데 당신은 그때만큼 아버지가 필요하지 않았던 적이 없었다고 말하는 거잖아. 당신은 엄청난 잘못을 저지른 거야. 당신이 그걸 알기를 바라. 엄청난, 엄청난 잘못이야."

"그때 당신이 그애를 위해 뭘 할 수 있었겠어요? 그때 어느 누가 그애를 위해 무슨 일을 할 수 있었겠어요?"

"나는 알 자격이 있어. 알아야 할 권리가 있다고. 그애는 미성년자야. 내 딸이라고. 당신은 나한테 연락해야 할 의무가 있었어."

"내가 첫번째로 의무감을 느낀 사람은 그애였어요. 그애는 내 환자였다고요."

"그애는 그때는 당신 환자가 아니었어."

"그전에 내 환자였죠. 아주 특별한 환자요. 그런데 많이 발전했어요. 나는 그애한테 먼저 의무감을 느꼈어요. 내가 어떻게 그애의 신뢰를 무너뜨릴 수 있겠어요? 이미 일은 터져버린 마당에."

"당신이 이런 이야기를 하다니 믿을 수가 없어."

"그게 원칙이에요."

"무슨 원칙?"

"환자의 신뢰를 배신할 수 없다는 거요."

"다른 원칙도 있어, 멍청아! 살인을 하지 말라는 원칙 말이야! 그애는 법을 피해 다니는 도망자였다고!"

"그애를 그렇게 말하지 마요. 물론 그애는 도피했어요. 달리 어쩔 수가 있었겠어요? 나는 그애가 자수를 할지도 모른다고 생각했어요. 하지만 자기가 때가 되었다고 판단하면 그럴 거라고 생각했어요. 자기 나름의 방법으로."

"그럼 나는? 그애 엄마는?"

"음, 당신을 만나는 게 나에게는 죽음이었어요."

"당신은 나를 네 달 동안 만났어. 그럼 매일 죽음이었다는 거야?"

"매번 내가 당신한테 사실을 말하면 상황이 달라질 수도 있겠구나 하는 생각을 했어요. 하지만 진짜로 뭐가 달라지는 건지 알 수가 없었어요. 아마 아무것도 바뀌지 않았을 거예요. 당신은 이미 심하게 망가져 있었으니까."

"당신은 비인간적인 년이야."

"달리 내가 할 수 있는 일이 없었어요. 그애는 나한테 말하지 말아달라고 부탁했어요. 자기를 믿어달라고 부탁했어요."

"어떻게 그렇게 근시안적일 수 있었는지 이해가 안 돼. 어떻게 미친 게 뻔한 아이한테 그렇게 넘어갈 수 있었던 건지 이해가 안 된다고."

"나도 이걸 직면하는 게 힘들다는 거 알아요. 이 모두가 이해 불가능하죠. 하지만 그걸 내 책임으로 돌리려고 하다니, 마치 내가 어떤 일을 했으면 상황이 달라졌을 것처럼 행동하다니…… 그랬더라도 그애 인생이 달라지지는 않았을 거예요. 당신 인생이 달라지지는 않았을 거라고요. 그애는 달아나고 있었어요. 그애를 되돌아오게 하는 건 불가능했어요. 그애는 전과 같은 애가 아니었어요. 뭔가가 잘못됐어요. 나는 그애를 돌아오게 해봐야 소용없다고 생각했어요. 그애는 너무 살이 쪘어요."

"그만해! 그게 무슨 상관이야!"

"나는 그애가 너무 살이 찌고 너무 분노가 강해서 집에 아주 나쁜 일이 일어난 게 틀림없다고 생각했을 뿐이에요."

"그러니까 내 잘못이라는 거로군."

"그렇게 생각하지는 않았어요. 우리 모두 집이 있어요. 집은 항상 모든 게 잘못되는 곳이죠."

"그래서 사람을 죽인 열여섯 살짜리가 어두운 밤 속으로 달아나게 해주겠다고 결심했다는 거로군. 혼자. 보호도 받지 못하는 상태에서. 그애한테 무슨 일이 일어날지 모르는 판에. 그런 위험한 상황인 걸 뻔히 알면서."

"마치 그애가 아무런 방어력이 없는 아이인 것처럼 말하네요."

"그애는 실제로 아무런 방어력이 없는 애야. 늘 아무런 방어력이 없는 애였어."

"일단 그애가 건물을 폭파한 이상 할 수 있는 일은 없었어요, 시모어. 내가 그애의 신뢰를 배신할 수도 있었겠지만, 그런다고 뭐가 달라졌겠어요?"

"내가 딸과 함께 있을 수 있었겠지! 그뒤에 그애한테 일어난 일로부터 그애를 보호할 수 있었겠지! 당신은 그애한테 어떤 일이 벌어졌는지 몰라. 당신은 못 봤지만 나는 오늘 그애를 봤단 말이야. 그애는 완전히 미쳤어. 나는 오늘 그애를 만났어, 실라. 그애는 이제 뚱뚱하지 않아. 작대기처럼 말랐어. 작대기처럼 마른 몸에 넝마를 걸치고 있어. 뉴어크의 어떤 방에서 상상할 수 있는 가장 끔찍한 상태로 살고 있어. 그애가 어떻게 사는지 도저히 말로 표현할 수가 없어. 당신이 나한테 말만 했다면 지금 모든 게 완전히 달라졌을 거란 말이야!"

"우리는 바람을 피우지 않았겠죠. 그게 딱 하나 달라질 수 있었던 거예요. 물론 나는 당신이 상처를 받을지도 모른다는 생각은 했어요."

"뭐에?"

"내가 그애를 본 것에요. 하지만 그걸 다 다시 끄집어내다니. 나는 그애가 어디 있는지 몰랐어요. 나는 그애에 관한 정보가 전혀 없었어요. 그게 전부예요. 그애는 미치지 않았어요. 당황했어요. 분노가 가득했어요. 하지만 미치지는 않았어요."

"잡화점을 날려버린 게 미친 게 아니야? 폭탄을 만들고, 잡화점 우체국에 폭탄을 설치한 게 미친 게 아니야?"

"우리집에서 그애는 미친 게 아니었다는 얘기를 하는 거예요."

"그애는 이미 미친 상태였어. 당신도 그애가 미쳤다는 걸 알고 있었어. 그애가 계속 다른 사람을 죽이면 어쩔 거야? 그건 책임감을 좀 느껴야 하지 않나? 실제로 그렇게 됐어, 알아? 실제로 그렇게 됐다고, 실라. 그애는 세 명을 더 죽였어. 그건 어떻게 생각해?"

"나를 고문하려고 그냥 아무 말이나 하지 마요."

"있는 얘기를 하는 거야! 그애는 세 명을 더 죽였다니까! 당신은 그걸 막을 수 있었어!"

"나를 고문하는군요. 나를 고문하려 하고 있어요."

"그애는 세 명을 더 죽였단 말이야!" 그러면서 스위드는 벽에 걸린 카운트의 사진을 떼어내 그녀의 발치에 집어던졌다. 그래도 그녀는 당황하지 않았다. 외려 그녀 특유의 자제력을 다시 발휘하게 된 것 같았다. 그녀는 자신의 역할을 연기하며 분노하지 않고, 심지어 아무 반응도 없이, 위엄 있게, 말없이 몸을 돌려 방을 나갔다.

"그애한테 뭘 해줄 수 있겠냐고?" 그는 으르렁거리고 있었다. 그러면서도 무릎을 꿇고 박살난 유리 조각들을 조심스럽게 모아 돈의 쓰레기통에 버리고 있었다. "그애한테 뭘 해줄 수 있겠냐고? 누구한테인들 뭘 해줄 수가 있겠어? 아무것도 해줄 수 없어. 그애는 열여섯이었어. 열여섯이고 완전히 미쳤어. 그애는 미성년자였어. 그애는 내 딸이었어. 그애는 건물을 폭파했어. 그애는 미치광이였어. 당신은 그애를 놔줄 권리가 없었다고!"

그는 움직임 없는 카운트의 사진을 유리 없이 다시 책상 위의 벽에 걸었다. 그런 다음 사람들이 이런저런 일에 관해 아까와 다름없이 떠드는 소리에 귀를 기울이는 것이 운명의 힘이 정해준 그의 임무이기라도 한 것처럼, 자신이 속해 있던 황량함으로부터 저녁파티의 견고하고 질서 잡힌 우스꽝스러움으로 다시 돌아갔다. 그것이 그나마 남아 있는 것, 그를 지탱해줄 수 있는 것이었다―저녁파티. 그의 삶의 모든 기획이 계속 파멸을 향해 돌진하고 있는 상황에서 그가 매달릴 수 있는 유일한 것이었다―저녁파티.

그는 이해할 수 없는 모든 것을 안에 담은 채 의무감에 따라 촛불이 밝혀진 테라스로 돌아갔다.

접시는 치워졌고, 샐러드는 다 먹었고, 디저트가 놓여 있었다. 맥퍼슨 상점에서 사온 신선한 딸기대황파이였다. 스위드는 손님들이 자리를 바꾸어 앉아 마지막 코스를 먹고 있는 것을 보았다. 여전히 하와이안 셔츠와 나무딸기색 바지 뒤에 사악한 똥덩어리 같은 존재를 감추고 있는 오컷은 식탁 건너편으로 이동해 우마노프 부부와 이야기를 나누며 앉아 있었다. 이제 〈목구멍 깊숙이〉가 의제에서 사라졌기 때문에 모두 온화하게 이야기를 나누며 함께 웃음을 터뜨리고 있었다. 애초에 〈목구멍 깊숙이〉는 진짜 주제가 아니었다. 〈목구멍 깊숙이〉 밑에는 메리, 실라, 셸리, 오컷과 돈, 부정과 배신과 기만, 이웃들과 친구들 사이의 불신과 균열이라는 주제, 잔혹이라는 주제가 부글부글 끓고 있었다. 박살나버린 인간적 성실성, 모든 윤리적 의무의 조롱―그것이 오늘밤 이곳의 주제였다!

스위드의 어머니는 돈 옆에 앉아 있었고, 돈은 샐츠먼 부부와 이야기를 나누고 있었다. 그의 아버지와 제시는 어디에도 보이지 않았다.

돈이 물었다. "중요한 일이었어?"

"체코 사람. 영사야. 내가 원하던 정보였어. 아버지는 어디 계셔?"

그는 돈이 "돌아가셨어" 하고 말하기를 기다렸지만, 그녀는 주위를 둘러보더니 입 모양으로 "몰라" 하고 말하고는 다시 셸리와 실라 쪽으로 고개를 돌렸다.

"아버지는 오컷 부인하고 같이 자리를 떴다." 어머니가 작은 소리로 말했다. "함께 어디 갔어. 집안에 있을 것 같은데."

오컷이 다가왔다. 그들은 덩치가 비슷했다. 둘 다 큰 남자였다. 하지만 스위드가 늘 힘이 더 셌다. 메리가 태어나고 레보브 가족이 뉴어크 엘리자베스 애비뉴의 아파트를 떠나 올드림록으로 이사 오고 스위드가 신참자로서 오컷의 집 뒤에서 토요일 아침에 열리는 터치 풋볼 시합에 나타났던 시절, 그들이 이십대였던 시절부터 그랬다. 그저 즐기기 위해, 신선한 공기와 공의 느낌과 동지애를 누리기 위해, 새 친구들을 사귀기 위해 나가는 것이었기 때문에, 스위드는 정말로 선택의 여지가 없을 때가 아니면 조금도 과시하거나 우월한 능력을 발휘할 생각이 없었다. 그러나 경기장 밖에서는 친절하고 사려 깊기 그지없던 오컷이 스위드가 보기에 깨끗하지 못하다는 느낌이 들 정도로 분별없이 손을 사용하기 시작했다. 천해 보여 짜증이 날 정도였다. 오컷의 팀이 지고 있기는 했지만 그래도 동네 사람들이 모여 하는 게임에서는 최악의 행동이었다. 두 주 동안 계속 그런 일이 벌어지자, 스위드는 셋째 주에는 그가 언제라도 할 수 있었던 일을 하기로 했다. 그를 쓰러뜨리는 것이었다. 그래서 게임이 끝날 무렵 단 한 번의 재빠른 동작으로—상대의 몸무게를 이용하여 피해를 주는 방식으로—버키 로빈슨의 긴 패스를 받는 것과 동시에 오컷을 발치의 잔디에 널브러지게 해놓고, 껑충껑충 뛰어가 점수를 냈다. 뛰어가는데 하고많은 것들 가운데 "나는 경멸당하는 게 싫어"라는 말이 생각났다. 돈이 '오컷 가족묘지 답사'에 참가하는 것을 거부하면서 한 말이었다. 그는 혼자서 골라인을 향해 달려갈 때에야 공격에 민감하고 취약한 돈의 상태가 자신에게도 얼마나 큰 영향을 주었는지, 아내가 아일랜드계 배관공의 딸로 엘리자베스에서 자랐다는 이유로 여기에서 조롱받을 정말 얼마 안 되는 가능성(그가 그녀 앞에서는 있을 수 없는 일로 치부해버렸던 가능성) 때문에 그가 얼마나 불안정한 상태인지 깨달았다. 그는 점수를 낸 뒤 몸을 돌려 오컷이 계속 운동장에 쓰러져 있는 것을 보고 생각했다. '모리스 카운티의 역사 이백 년이 납작 엎드려 있구나. 어디 그렇게 한번 돈 레보브를 경멸해봐. 다음번에는 게임 내내 자빠져 있게 될 테니까.' 이내 그는 오컷이 괜찮은지 보려고 다시 경기장 안으로 달려들어갔다.

스위드는 일단 오컷을 테라스 바닥에 쓰러뜨리기만 하면 오컷이 그의 유명한 씨족들이 있는 묘지에 묻히도록 머리를 바닥에 여러 번 갖다박는 것은 전혀 어려운 일이 아님을 알았다. 그래, 이 작자는 뭔가 문제가 있어. 늘 그랬어. 스위드는 그동안 쭉 그것을 알고 있었다. 그 끔찍한 그림을 보고, 뒷마당 친선 게임에서 분별없이 손을 쓰는 것을 보고 그것을 알았다. 심지어 공동묘지에서 족히 한 시간 동안 오컷이 이방인 같은 태도로 유대인 관광객을 대접할 때도 그것을 알았다……그래, 처음부터 커다란 불만이 있었어. 돈은 그것이 예술이라고, 현대 예술이라고 말했다. 그러면서 내내 그들의 거실 벽에 윌리엄 오컷의 불만을 대담하게 전시했다. 그런데 이제 그가 내 아내를 갖고 있다. 불쌍한 제시 대신 그는 거죽을 갈고 생기를 되찾은 1949년도 미스 뉴저지를 얻었다. 해냈어, 지금 그걸 다 갖고 있다, 이 탐욕스러운 도둑놈

같은 개새끼가.

"아버님이 좋은 분이시군요." 오컷이 말했다. "제시는 보통 밖에 나와 이런 관심을 얻지 못하죠. 그래서 밖에 나오지 않으려고 하는 것이기도 하고요. 아버님이 아주 너그러우십니다. 뭘 감춰두거나 하는 분이 아니시죠? 드러내지 않는 게 하나도 없으신 것 같아요. 그분 전체를 드러내네요. 무방비 상태로. 부끄러움 없이. 스스로 분발해서. 놀랍습니다. 대단한 분이에요, 정말로. 엄청난 존재감이 느껴집니다. 늘 자기자신의 모습을 유지하고. 출신이 나 같은 사람은 그런 걸 모두 부러워할 수밖에 없죠."

아, 픽이나 그렇기도 하겠다, 이 개새끼야. 우리를 비웃어라, 이 씨발놈아. 그냥 계속 비웃어.

"그런데 어디 계시죠?" 스위드가 물었다.

"아버님이 제시한테 신선한 파이를 먹는 방법은 하나뿐이라고 하시더군요. 부엌 식탁에 앉아 차갑고 맛있는 우유 한 잔과 함께 먹는 거랍니다. 아마 지금 부엌에 우유를 놓고 앉아 있을걸요. 제시는 장갑 만드는 것에 관해 필요 이상으로 많이 배우고 있습니다. 하지만 그것도 괜찮죠. 해로울 것 없는 일이에요. 집에 두고 오지 못한 걸 이해해주시기 바랍니다."

"집에 두고 오시는 건 우리도 바라지 않지요."

"모두 이해심이 많군요."

"빌의 집 모형을 봤습니다." 스위드가 말했다. "돈의 서재에서요." 그러나 지금 그가 보고 있는 것은 오컷의 얼굴 왼쪽에 있는 사마귀였다. 검은 사마귀 하나가 그의 코에서 입꼬리까지 이어지는 주름 안에 묻혀 있었다. 오컷은 삐죽한 코 말고도 추한 사마귀가 있었다. 돈은 이 사마귀가 매력적이라고 생각할까? 이 사마귀에 키스를 할까? 이자가 얼굴에 살이 약간 쪘다고 생각하지 않을까? 아니면 올드림록의 상층계급 남자라면 외모가 어떻든 상관없다고 생각하는 걸까? 저기 이스턴의 매음굴 여자들처럼 마음이 흔들리지 않고 직업적으로 거리를 유지할 수 있는 걸까?

"아, 그래요?" 오컷이 온화한 태도로 무척이나 자신 없는 척했다. 풋볼을 할 때 손을 사용하고, 저런 셔츠를 입고, 그런 그림을 그리고, 이웃의 마누라와 썹을 하고, 그러면서도 내내 합리적이고 속을 알 수 없는 사람으로 자기 자신을 유지한다. 모두 겉면과 속임수뿐이다. 그 사람은 일차원적이려고 아주 열심히 노력해. 돈은 그렇게 말했다. 위는 신사이고, 아래는 쥐. 이자의 마누라 안에 숨어 있는 악마는 술이고, 이자의 안에 숨어 있는 악마는 정욕과 경쟁심이다. 봉인되고 문명화되었지만, 야수 같은 것. 그것이 가계에서 물려받은 공격성을 강화하고 있다. 출신으로 눌러버리는 것이다, 빈틈없는 예절의 공격성. 인도적인 환경보호주의자이자 계산이 빠른 야수. 태어나면서부터 자기 것이 된 것은 지키고 가지지 못한 것은 몰래 빼앗고. 윌리엄 오컷의 문명화된 야만성. 동물적 행동의 문명화된 형식. 나는 차라리 소들이 좋아. "원래 저녁식사 후에 보려던 건데…… 프레젠테이션과 함께." 오컷이 말했다. "프레젠테이션 없이도 이해가 되던가요?" 그가 물었다. "안 될 것 같은데."

하지만 물론—속을 알 수 없게 하는 것이 목표다. 그러면서 유능하게 세상을 헤쳐나가며, 아름다운 아내들을 차지한다. 부엌에서 프라이

팬으로 이 두 연놈의 머리를 갈겼어야 하는 건데.

"되던데요. 잘 되던데요." 스위드가 말했다. 그는 오컷을 상대하는 일을 그만둘 수 없었기 때문에 덧붙였다. "흥미롭더군요. 이제 빛이 어떻게 들어오는지 알았습니다. 빛이 그 벽들을 씻어내린다는 게 뭔지 알겠더군요. 그거 볼 만할 것 같던데요. 빌이 그 안에 있으면 아주 행복할 것 같습니다."

오컷은 웃음을 터뜨렸다. "시모어가 있는 거겠죠."

그러나 스위드는 자신의 실수를 듣지 못했다. 막 그에게 찾아온 거대한 생각 때문에 듣지 못했다. 그가 했어야 하는데 하지 못한 일.

아이를 힘으로 제압했어야 하는 건데. 그냥 거기 놔두고 오지 말았어야 하는 건데. 제리가 옳았어. 뉴어크로 가자. 바로 떠나자. 배리를 데려가자. 우리 둘이면 아이를 힘으로 눌러서 차에 태워 올드림록으로 데려올 수 있어. 리타 코언이 거기 있다면? 죽여버리겠어. 만일 리타 코언이 내 딸 근처에 있으면 머리에 가솔린을 붓고 그 씨발년을 태워버릴 거야. 내 딸을 파괴하다니. 나한테 자기 썹을 보여주다니. 내 자식을 파괴하다니. 목표가 그거야―그놈들은 그애를 파괴하는 기쁨을 맛보려고 그애를 파괴하는 거야. 실라를 데려가자. 실라를 데려가. 진정하자. 실라를 뉴어크로 데려가자. 메리는 실라 말은 들을 거야. 실라가 이야기를 하면 그 방에서 끌어낼 수 있을 거야.

"……모든 걸 엉망으로 만드는 건 우리를 찾아온 지식인에게 맡겨두죠. 그 여자는 부르주아지를 두들기는 낡은 프랑스식 놀이를 하면서 자족적인 무례함을 보여주는 건데……" 오컷은 스위드에게 마샤의 젠체하는 태도에서 느낀 즐거움을 털어놓고 있었다. "이 여자가 어떤 일에 관해서도 아무 말도 하지 않는다는 일반적인 저녁파티 규율을 존중하지 않는 것은 칭찬할 만하다고 봐요. 하지만 그래도 놀라워요. 나는 늘 놀라요. 텅 빈 속이 어떻게 영리함과 늘 짝을 지어 다니는지. 저 여자는 정말이지 자기가 무슨 소리를 하고 있는지 전혀 몰라요. 우리 아버지가 뭐라고 했는지 알아요? '뇌만 있고 지능은 없지. 똑똑할수록 멍청하다니까.' 이 경우에 딱 맞는 말이죠."

돈을 데려가면 안 될까? 안 돼. 돈은 그들이 겪은 참사와 더 관련을 맺는 것을 원치 않았다. 그녀는 그저 집이 지어질 때까지 그와 함께 시간을 견디는 것일 뿐이었다. 혼자 가서 해버리자. 염병할 차로 돌아가서 애를 데려오라니까. 그애를 사랑해, 사랑하지 않아? 형은 아버지의 요구를 다 들어주었듯이, 형 인생의 모든 것이 요구하는 대로 다 들어주었듯이 그애가 형한테 해달라는 걸 다 해주고 있어. 가방에서 짐승이 튀어나올까봐 무서운 거라고. 형 딸이 예절을 단단히 혼내줬네. 형은 늘 자신을 비밀로 했어. 형은 선택을 하지 않아, 절대! 하지만 메리를 어떻게 집으로 데려오지? 지금. 오늘밤에. 그 베일을 쓴 아이를. 아버지가 여기 있는데. 아버지는 아이를 보면 그 자리에서 돌아가실 거야. 그럼 달리 어디로 가? 어디로 데려갈 수 있을까? 우리 둘이 푸에르토리코에 가서 살까? 돈은 내가 어디로 가든 상관하지 않을 거야. 자기한테 오켓만 있으면. 그애가 다시 그 지하도에 발을 들여놓기 전에 데려와야 해. 리타 코언은 잊어버려. 비인간적인 명청이 실라 샐츠먼도 잊어버려. 오켓도 잊어버려. 그자는 상관없어. 메리가 살 수 있는 곳, 그 지하도가 없는 곳을 찾아. 그게 가장 중요해. 지하도에서 시작하자. 그애가 그 지하도에서 죽임을 당하는 걸 막아주자. 아침이 오기 전에, 그애가 그 방을 떠나기도 전에—거기에서 시작하자.

스위드는 자신이 아는 유일한 방법으로 무너지고 있었다. 그것은 사실 무너지는 것이 아니라 가라앉는 것이었다. 저녁 내내 오랫동안 꾸준히 자기 무게 때문에 밑으로 가라앉으면서 해체되고 있었다. 절대 완전히 무너져 폭발하지 않고, 다만 가라앉을 뿐인 사람…… 하지만 이제는 무엇을 해야 할지 분명했다. 거기서 아이를 끌어내자. 새벽이 오기 전에.

돈* 다음에는. 돈 이후의 인생은 상상할 수 없었다. 돈 없이는 그가 할 수 있는 것이 없었다. 그러나 그녀는 오컷을 원했다. "그 와스프의 무미건조함." 그녀는 자기 말을 강조하려고 하품을 하다시피 했다. 하지만 그 무미건조함이 조그만 아일랜드계 가톨릭 여자한테는 찬란한 광채가 되었다. 메리 레보브의 어머니에게는 다름 아닌 윌리엄 오컷 3세가 필요하다. 오쟁이를 진 남편은 이해한다. 당연하지. 이제는 모든 것을 이해한다. 그녀가 늘 가고 싶어하던 곳으로, 그 꿈으로 누가 그녀를 다시 데려다줄까? 미스터 아메리카. 오컷과 팀을 이루면 그녀는 다시 궤도에 올라갈 수 있을 것이다. 스프링 호수, 애틀랜틱시티, 그리고 이제 미스터 아메리카. 우리 자식이라는 오점, 그녀의 경력에 생긴 오점은 제거하고, 그녀는 오염되지 않은 삶을 다시 이어나갈 수 있다. 하지만 나는 잡화점에서 막혀버렸어. 돈도 그것을 알아. 그 이상 나아가는 것이 내게 허락되지 않는다는 걸 알아. 나는 이제 쓸모가 없어. 돈이 나와 함께 갈 수 있는 것은 여기까지야.

---

* Dawn은 스위드의 부인 이름이지만 새벽이라는 뜻이 있다.

그는 의자를 가져와 아내와 어머니 사이에 앉아, 이야기를 하고 있는 돈의 손을 잡았다. 사람의 손을 잡는 데는 수많은 방법이 있다. 자식의 손을 잡는 방법도 있고, 친구의 손을 잡는 방법도 있고, 나이든 부모의 손을 잡는 방법도 있고, 떠나는 사람의 손, 죽어가는 사람의 손, 죽은 사람의 손을 잡는 방법도 있다. 그는 한 남자가 사모하는 여자의 손을 잡는 방법으로 돈의 손을 잡았다. 그의 손아귀로 모든 흥분이 흘러들었다. 손바닥의 압력으로 영혼의 전이가 이루어지는 것 같았다. 얽힌 손가락들이 모든 친밀감을 상징하는 것 같았다. 자신의 삶의 조건에 관한 정보를 아무것도 소유하지 못한 사람처럼 돈의 손을 잡았다.

그러다가 그는 생각했다. 돈도 나와 함께 돌아가기를 원해. 하지만 너무 끔찍해서 그러지 못하는 거야. 달리 돈이 어쩔 수 있겠어? 돈은 자기가 독이라고 생각하는 게 틀림없어. 살인자를 낳았으니까. 돈은 새 관을 쓸 수밖에 없어.

아버지의 말을 듣고 돈과 결혼하지 말았어야 했다. 그는 아버지에게 도전했다. 딱 그때 한 번뿐이었다. 그러나 그것으로 됐다―그것으로 다 이루어졌다. 그의 아버지는 말했다. "어여쁜 유대인 처녀들이 수도 없이 많아. 하지만 너는 꼭 그런 아이를 찾아야만 하는구나. 저 아래 사우스캐롤라이나에서도 하나 찾았지. 던리비라는 아이. 하지만 결국은 네가 빛을 보고 그애를 떼어냈지. 그런데 이제 집에 와서 여기서 드와이어라는 아이를 찾아내는구나. 왜냐, 시모어?" 스위드는 아버지에게 "사우스캐롤라이나 여자도 아름다웠지만 돈의 반도 못 따라갑니다" 하고 말할 수는 없었다. "아름다움의 권위는 매우 비합리적인 거예요"

하고 말할 수도 없었다. 그는 스물세 살이었고, 이렇게 말할 수밖에 없었다. "저는 그 여자를 사랑해요."

"'사랑'이라, 그게 무슨 뜻이냐? 자식을 둘 때 '사랑'이 너한테 무슨 도움을 주겠냐? 자식은 어떻게 기를 거냐? 가톨릭으로? 유대인으로? 안 돼, 이도 저도 아닌 자식을 기를 수는 없어. 네가 '사랑'을 한다는 이유만으로."

아버지가 옳았다. 그들은 가톨릭도 유대인도 아닌 자식을 길렀다. 아이는 처음에는 말더듬이였다가, 다음에는 살인자였다가, 다음에는 자이나교도가 되었다. 그는 평생 절대 잘못을 저지르지 않으려고 노력했지만, 결국 잘못을 저질렀다. 그가 그 자신 안에 가두어두었던, 그가 있는 힘을 다해 깊이 묻어두었던 모든 잘못됨이 밖으로 나오고 말았다. 여자가 아름다웠기 때문에. 그가 삶에서 가장 진지하게 생각한 일─아마도 그가 태어났을 때부터인 것으로 보이는데─은 자신이 사랑하는 사람들이 괴로운 일을 겪는 것을 막고, 사람들에게 친절하게 행동하는 것이었다. 철저하게 친절한 사람이 되는 것이었다. 그래서 그는 돈을 데리고 공장 사무실로 몰래 아버지를 만나러 갔다. 종교적인 난국을 해소하고 둘 중 누구도 불행해지지 않게 하려는 것이었다. 그 만남은 아버지가 제안한 것이었다. 스위드가 있을 때 루 레보브가 관대하게 부르는 호칭인 '그 아가씨'와 그 아가씨가 루 레보브를 부르는 호칭인 '괴물'이 얼굴을 한번 맞대보자는 것이었다. 돈은 두려워하지 않았다. 그녀가 동의하는 바람에 외려 스위드가 깜짝 놀랐다. "나는 수영복을 입고 그 무대에도 걸어나간 사람이야, 안 그래? 혹시 몰라서 말해두는데, 그게 쉬운 일은 아니었어. 이만 오천 명이야. 밝은 하얀색 수영복에 밝은 하얀색 하이힐 차림으로 이만 오천 명의 주목을 받는 게 내가 존엄하다는 느낌을 안겨주는 경험은 아니야. 나는 수영복을 입고 퍼레이드에도 나갔어. 캠던에서. 독립기념일에. 그래야만 했어. 나는 그날이 싫었어. 아버지는 돌아가실 뻔했지. 하지만 나는 했어. 나는 그 빌어먹을 수영복의 뒷부분을 테이프로 내 피부에 붙였어, 시모어. 수영복이 치켜올라가지 않도록 말이야. 내 엉덩이에 테이프를 붙였다고. 꼭 변태가 된 느낌이었어. 하지만 나는 미스 뉴저지 일을 받아들였고 그래서 그 일을 해냈어. 아주 피곤한 일이었어. 주의 모든 도시를 돌아야 했어. 한 번 나가는 데 오십 달러씩 받고. 하지만 열심히 일하면 돈이 모이니까 그 일을 했어. 평소 하던 일과는 완전히 다른 일, 죽도록 무서운 일을 열심히 해야 하는 거였어. 하지만 난 해냈어. 크리스마스에 부모님한테 미스 유니언 카운티가 되었다는 소식을 전했어. 그게 즐거웠을 것 같아? 하지만 했어. 나는 그런 일을 다 할 수 있었어. 따라서 이 일도 할 수 있어. 이건 장식 마차 위에서 멍청한 여자 노릇을 하는 거하고 달라. 이건 내 인생이야. 내 미래의 전부라고. 이건 진짜야! 하지만 네가 옆에 있어줄 거지, 그렇지? 거기 혼자 갈 수는 없어. 너도 거기 있어야 돼!"

돈이 믿기지 않을 정도로 강하게 몰아쳤기 때문에, 스위드는 "달리 내가 어디 있겠어?" 하고 말할 수밖에 없었다. 공장으로 가는 길에 그는 돈에게 묵주나 십자가나 천국 이야기는 하지 말고, 예수는 가능한 한 멀리하라고 말했다.* "아버지가 집에 십자가가 걸려 있느냐고 물으

---

* 유대교에서는 예수와 성모마리아를 인정하지 않는다.

면 아니라고 대답해." "하지만 그건 거짓말인걸. 아니라고 대답할 수는 없어." "그럼 하나만 있다고 해." "그것도 거짓말이야." "도니, 세 개라고 하면 도움이 안 돼. 하나나 세 개나 똑같아. 네 뜻을 전달하는 거잖아. 그렇게 말해줘. 나를 위해서. 하나라고 말해줘." "좀 보고." "그리고 다른 물건은 말할 필요 없어." "다른 물건이라니?" "성모마리아." "그건 '물건'이 아니야." "마리아상. 됐어? 그건 잊어버려. 아버지가 '조각상은 있나' 하고 물어보면 그냥 없다고 해. 그냥 이렇게 대답해. '조각상은 없어요. 그림도 없어요. 십자가 하나뿐이에요.'" 종교적 장식물들, 그녀의 집 식당과 어머니 침실에 있는 조각상들, 그녀의 어머니가 벽에 걸어놓은 그림들이 그의 아버지에게는 자극적인 화제라고 그는 설명했다. 그는 아버지의 입장을 옹호하는 것이 아니었다. 그냥 그것이 아버지가 성장한 방식이라고, 그것이 아버지라는 사람이라고 설명할 뿐이었다. 누가 어쩔 수 있는 일이 아닌데 뭐하러 자극을 하는가?

아버지와 대립하는 것은 유쾌한 일이 아니었고 아버지에게 대립하지 않는 것 또한 유쾌한 일이 아니었다. 그것이 그가 발견하고 있는 사실이었다.

반유대주의 또한 자극적인 주제였다. 유대인에 관해 하는 말은 주의하라. 유대인에 관해서는 그냥 아무 말도 하지 않는 것이 낫다. 사제도 멀리해라. 사제 이야기는 하지 마라. "너희 아버지하고 사제들 이야기 말이야, 어렸을 때 컨트리클럽에서 캐디 하셨을 때 이야기, 그것도 하지 마." "그 얘기를 내가 왜 하겠어?" "몰라. 어쨌든 그 근처에도 가지 마." "왜?" "몰라. 그냥 하지 마."

그러나 스위드는 그 이유를 알았다. 돈이 아버지에게 자기 아버지가 사제한테도 생식기가 있다는 사실을 처음 깨달은 것이 주말에 캐디를 할 때 라커룸에서였다고 말한다면, 그때까지는 사제들이 해부학적으로 성적인 특징이 없는 줄 알았다고 말한다면, 그의 아버지는 아마 돈에게 이렇게 물어보고 싶은 유혹을 느끼기 십상일 터였다. "너 할례가 끝난 다음에 유대인 꼬마들의 포피를 가지고 뭘 하는지 아니?" 돈은 이렇게 대답하겠지. "모르겠는데요, 레보브 씨. 포피를 가지고 도대체 뭘 하는데요?" 그러면 레보브 씨는 평소 애용하던 농담으로 대답할 것이다. "그걸 아일랜드에 보낸단다. 포피가 충분히 생길 때까지 기다렸다가 그걸 다 모아서 아일랜드에 보내는 거야. 그럼 아일랜드에서는 그걸로 사제를 만들지."

그것은 스위드가 절대 잊지 못할 대화였다. 그러나 아버지가 한 말 때문이라고 할 수는 없었다. 그거야 그가 예상한 대로였으니까. 그것을 잊을 수 없는 대화로 만든 사람은 돈이었다. 그녀의 진실됨, 자기 부모를 비롯하여 그가 그녀에게 중요하다고 생각하는 모든 것에 관해 그녀가 심각하게 속임수를 쓰지 않은 것, 다시 말해 그녀의 용기가 잊을 수 없는 것이었다.

그녀는 약혼자보다 30센티미터가 작았다. 한 심사위원이 미인대회가 끝난 후 대니 드와이어에게 털어놓은 말에 따르면, 그녀는 하이힐을 신지 않은 상태에서 키가 159센티미터밖에 되지 않았기 때문에 애틀랜틱시티에서 10위 안에 들지 못했다. 하필이면 그해에는 그녀만큼 재능 있고 예쁜 다른 여자들 여섯 명이 조각상처럼 늘씬했다. 이런 자그마한 몸집(이것은 그녀가 입상하지 못한 이유가 될 수도 있고 안 될 수도 있었다—스위드는 그 요란한 행사에서 키가 161센티미터밖에 안 되는 미스 애리조나가 우승자가 된 이유를 만족스럽게 납득할 수 없었기 때문이다) 때문에 스위드는 돈에게 더욱더 깊이 빠져들었다. 스위드처럼 의무감을 타고난 젊은이—게다가 자신의 깜짝 놀랄 만큼 훌륭한 외모 때문에 오해를 받지 않도록 늘 특별히 노력하던 잘생긴 청년—에게는 돈이 159센티미터밖에 되지 않는다는 것이 방패가 되어주고 보호자가 되어주겠다는 사내다운 충동을 자극했다. 따라서 그는 돈과 그의 아버지 사이의 지루하고 진 빠지는 협상이 벌어지기 전에는 자신이 사랑하는 여자가 이토록 강한지 전혀 알지 못했다. 심지어 자신이 과연 이렇게 강한 여자를 사랑하고 싶은 것인지도 알 수 없을 정도였다.

　돈이 집안의 십자가 개수 말고 완전히 거짓말을 한 유일한 항목은 세례였다. 그녀는 마침내 이 문제에서 굴복한 것처럼 보였지만, 그것은 그전에 세 시간을 꽉 채우며 협상을 하고 난 뒤의 일이었다. 그러나 스위드가 보기에, 놀랍게도 아버지는 이 쟁점에 관해서는 협상을 시작하자마자 거의 즉시 항복하는 것 같았다. 나중에야 그는 아버지가 스물두 살의 아가씨가 힘이 다 빠질 때까지 일부러 협상을 질질 끈 뒤에야 세례에 대한 자신의 입장을 180도 바꾸는 방향 전환을 하여, 돈에게 크리스마스이브, 크리스마스, 부활절 보닛*만 주는 것으로 협상을 마무

---

* 부활절에 쓰는 모자.

리하는 방식을 택했다는 것을 깨달았다.

그러나 메리가 태어나자 돈은 협상과 관계없이 아이가 세례를 받게 했다. 돈이 직접 세례를 줄 수도 있고 자기 어머니에게 부탁할 수도 있었지만, 그녀는 진짜를 원했기 때문에 사제와 대부모를 구하고 아이를 성당에 데려갔다. 루 레보브가 올드림록 하우스의 뒤편 안 쓰는 방 화장대에서 세례증명서를 우연히 발견하기 전까지는 아무도 그 사실을 몰랐다. 스위드 혼자만 알고 있었다. 돈은 스위드에게는 저녁에, 막 세례를 받아 원죄를 씻어내고 천국으로 갈 수 있게 된 아이를 잠자리에 눕힌 뒤에 이야기를 해주었다. 세례증명서가 발견되었을 때 메리는 가족의 여섯 살짜리 보물이었기 때문에 소동은 오래가지 않았다. 그렇다고 스위드의 아버지가 그뒤로 메리가 겪은 어려움이 바로 이 비밀 세례 때문이라는 믿음을 버린 것은 아니었다. 그 세례와 크리스마스트리와 부활절 보닛, 이런 것들 정도면 그 가엾은 아이가 자신이 누구인지 절대 모르게 만들 만했다. 그리고 거기에 드와이어 할머니—그 할머니도 도움이 되지 않았다. 메리가 태어나고 나서 칠 년 뒤 돈의 아버지는 두번째로 심장마비를 일으켰다. 난방로를 설치하던 중이었는데, 그 자리에서 죽고 말았다. 그뒤로 드와이어 할머니는 세인트제네비브 성당에서 살다시피 했다. 할머니는 메리에게 다가갈 수 있을 때면 아이를 바로 성당으로 채갔다. 거기서 아이에게 무엇을 주입했는지는 신만이 알 일이었다. 아버지와 있을 때 전보다 훨씬 더 자신감을 갖게 된 스위드—사실 이 문제에 관해서나, 다른 모든 것에 관해서 그 자신이 아버지가 되기 전과는 많이 달라졌다—는 아버지에게 말하곤 했다. "아버지, 메리는 그런 걸 다 알아서 새겨듣고 있어요. 그냥 할머니니까 따라가는 것뿐이고, 할머니니까 그러는 것뿐이에요. 돈의 어머니와 함께 성당에 가는 게 메리한테는 어느 쪽으로든 아무 의미가 없어요." 하지만 아버지는 그 말을 받아들이지 않았다. "그애가 무릎을 꿇지, 그렇지? 그 사람들이 거기서 그런 짓을 하고, 메리는 무릎을 꿇고 있지. 그렇지?" "네, 그래요, 그런 것 같아요, 그래요, 무릎을 꿇어요. 하지만 그게 메리한테는 아무 의미도 없어요." "그래? 하지만 나한테는 의미가 있어, 큰 의미가 있단 말이야!"

루 레보브는 메리가 비명을 지르는 것이 세례 탓이라고 하다가 결국 물러섰다. 그러니까 아들 앞에서는 물러섰다는 것이다. 아내와 단둘이 있을 때는 별로 조심하지 않아서, 드와이어 여자가 그의 손녀에게 갖다준 "가톨릭 쓰레기" 때문에 짜증이 날 때면, 메리가 태어난 첫해에 온 가족을 겁에 질리게 했던 비명의 원인이 그 비밀 세례인지도 모른다고 중얼거리곤 했다. 어쩌면 메리한테 일어난 모든 나쁜 일, 그애한테 일어난 최악의 일까지 포함해서 모든 나쁜 일이 그때 거기서 유래한 것인지도 몰랐다.

메리는 비명을 지르며 세상에 들어왔고, 그 비명은 멈추지 않았다. 아이가 비명을 지르느라 입을 너무 크게 벌리는 바람에 뺨의 가는 혈관들이 터졌다. 의사는 처음에는 그것이 산통 때문이라고 생각했다. 그러나 비명이 세 달 동안 계속되자 다른 설명이 필요했고, 돈은 아이를 온갖 종류의 의사에게 데려가 온갖 검사를 받게 했다. 메리는 한 번도 실망을 시키지 않았다. 어느 의사에게 가나 반드시 비명을 질러댔으니까. 한번은 돈이 기저귀에서 오줌을 짜내 검사를 받으러 의사에게 들고 가기도 했다. 당시 그들의 집에는 낙천적인 마이러가 가정부로 일하고 있었다. 모리스타운의 '리틀 더블린'에서 일하는, 몸집이 크고 유쾌한 바텐더의 딸인 마이러는 메리를 그 베개 같은 풍만한 가슴에 보듬어 안고 자기 아이나 되는 것처럼 다정하게 어르곤 했지만, 일단 메리가 비명을 지르기 시작하면 마이러라고 해서 돈보다 나은 결과를 얻을 수는 없었다. 그런 비명을 지르게 만드는 메커니즘을 정복하려고 돈은 안 해본 일이 없었다. 메리를 데리고 슈퍼마켓에 갈 때는 미리 빈틈없이 준비했다. 마치 아이에게 최면을 걸어 차분한 상태로 빠져들게 하려는 것 같았다. 단지 쇼핑을 하러 나가는 것일 뿐인데도 아이를 목욕시킨 뒤 낮잠을 재우고, 깨끗하고 좋은 옷을 입히고, 차에 조심스럽게 태우고, 마침내 쇼핑 카트에 태우고 슈퍼마켓 안을 돌아다녔다. 그렇게 다 잘된 것 같았다. 그런데 누군가 다가와 카트 위로 몸을 기울이고 말했다. "어머, 정말 귀여운 아기네." 그러면 그것으로 끝이었다. 그다음 스물네 시간 동안은 도저히 아이를 달랠 수가 없었다. 저녁에 돈은 스위드에게 말하곤 했다. "아무리 열심히 노력해도 소용없어. 나도 점점 미쳐가는 것 같아. 도움이 된다면 물구나무라도 서겠어. 하지만 어떤 것도 도움이 안 돼." 메리의 첫번째 생일에 찍은 비디오에는 모두가 '생일 축하합니다' 노래를 부르는데, 메리만 높은 의자에 앉아 비명을 지르는 모습이 담겨 있었다. 그러나 그로부터 불과 몇 주 뒤, 아무런 뚜렷한 이유도 없이, 그 사납던 비명이 사그라들기 시작했고, 빈도도 줄었다. 그렇게 한 살 반이 되자 모든 것이 좋아졌다. 그렇게 좋다가, 계속 좋다가 말더듬증이 시작되었다.

메리에게 생긴 문제들은 아이의 유대인 할아버지가 센트럴 애비뉴에서 며느리가 될 여자를 만나는 날 아침부터 예측하고 있던 것이었다. 스위드는 사무실 구석의 의자에 앉아 있었다. 총알이 날아다니는 곳으로부터 한참 벗어난 곳이었다. 돈이 예수의 이름을 입 밖에 낼 때마다, 그는 참담한 표정으로 유리 너머 공장의 재봉틀에서 일하는 여자 백이십 명을 보았다. 나머지 시간에는 자기 발을 보았다. 루 레보브는 쇠처럼 굳은 얼굴로 책상에 앉아 있었다. 그가 좋아하는 책상, 제작부서의 시끌벅적함 한가운데에 있는 책상이 아니라, 조용한 시간을 위해 유리방 한구석에 놓아둔, 거의 사용하지 않는 책상이었다. 돈은 울지 않았다. 무너지지도 않았다. 정말이지 거짓말도 거의 하지 않았다. 159센티미터의 키로 그냥 버티고 있었다. 이런 시련에 대한 준비라고는 미스 뉴저지 대회 인터뷰—점수 비중이 큰 항목이었다—에서 앉아 있는 심사위원 다섯 명 앞에 서서 자신의 이력에 관한 질문에 대답을 한 것뿐이었다. 그럼에도 돈은 대단했다.

스위드가 결코 잊을 수 없는 그 심문은 이렇게 시작되었다.

성명이 어떻게 되지요?

메리 돈 드와이어예요.

목에 십자가를 걸고 있나?

건 적이 있어요. 고등학교 때 한동안 걸었어요.

그러니까 스스로 종교적인 사람이라고 생각한다는 거로군.

아뇨. 십자가를 건 것은 그런 이유가 아니었어요. 피정避靜을 갔다 왔기 때문에 걸게 됐어요. 집에 와서 십자가를 걸기 시작했죠. 그건 대단한 종교적 상징이 아니었어요. 사실은 그냥 주말 피정을 갔다 왔다는 표시일 뿐이었죠. 거기서 친구를 많이 사귀었는데, 그건 독실한 가톨릭의 상징이라기보다는 그걸 보여주는 것에 가까웠어요.

집에 십자가가 있나? 걸어놓은 거 말이오.

딱 하나 있어요.

어머니는 독실하시오?

어, 성당에 다니세요.

얼마나 자주?

꽤 자주 가요. 주일마다. 빠짐없이. 그리고 사순절에는 매일 가죠.

거기서 뭘 얻는 거요?

거기서 뭘 얻느냐고요? 제가 제대로 이해했는지 모르겠네요. 어머니는 위로를 얻어요. 성당에 있으면 위로를 얻을 수 있어요. 할머니가 돌아가셨을 때 어머니는 성당에 자주 갔어요. 누가 죽거나 아플 때, 위로를 좀 얻을 수 있으면 도움이 되잖아요. 할 일도 있는 셈이고. 특별한 의도를 가지고 묵주기도를 하면……

묵주라면 구슬 말이오?

네.

드와이어 양 어머니가 그런 것도 하오?

어, 그럼요.

알겠소. 그리고 드와이어 양 아버지도 그걸 좋아하시고?

뭘 좋아해요?

독실한 거.

네. 좋아해요. 성당에 가면 좋은 사람이 된 듯한 느낌이 드니까요. 자신의 의무를 다한다는 생각이 드니까요. 아버지는 도덕 문제에 관해서는 매우 관습적이에요. 저보다도 훨씬 더 강한 가톨릭 환경에서 자랐어요. 노동자죠. 배관공이에요. 난방 배관이요. 아버지가 보기에 성당이란 옳은 일을 하게 해주는 크고 강력한 것이에요. 아버지는 옳으냐 그르냐 하는 문제를 많이 따지는 사람이에요. 잘못을 저지르거나 성과 관련된 금지 사항을 어기면 벌을 받는다고 생각하죠.

거기에는 반대할 수 없군.

그러시리라 생각해요. 레보브 씨하고 저희 아버지는 그렇게 다르지 않아요. 그런 문제에서는요.

다만 그분은 가톨릭이라는 거지. 그분은 독실한 가톨릭이고 나는 유대인이오. 그건 작은 차이가 아니지.

글쎄요, 어쩌면 그것도 그렇게 큰 차이는 아닐지도 모르겠어요.

큰 차이요.

알겠습니다.

예수와 마리아는 어떻소?

뭐가 어떠냐는 거죠?

그 사람들을 어떻게 생각하냐는 거요.

개인으로서요? 저는 그분들을 개인으로 생각해본 적이 없어요. 어렸을 때 일이 기억나네요. 어머니한테 그 누구보다 어머니를 사랑한다고 말했더니, 어머니는 그건 옳지 않다, 신을 더 사랑해야 한다고 말했어요.

신이요, 예수요?

신이었던 것 같아요. 예수였을 수도 있고요. 하지만 저는 그게 마음에 들지 않았어요. 저는 어머니를 제일 사랑하고 싶었어요. 어쨌든 그것 말고는 예수를 한 사람이나 개인으로 보았던 경우는 없었던 것 같아요. 예수나 마리아가 진짜라고 생각된 유일한 때는 성금요일에 '십자가의 길'을 할 때예요. 예수가 십자가에 못박힌 곳까지 예수를 따라 언덕을 올라가는 것 말이에요. 그때는 예수가 진짜 인간의 형체를 갖게 되죠. 그리고 물론 구유에 누운 예수도 그렇고요.

구유에 누운 예수라. 구유에 누운 예수에 관해서는 어떻게 생각하시오?

제가 그걸 어떻게 생각하느냐고요? 저는 구유에 누운 아기 예수가 마음에 들어요.

왜?

어, 그 장면은 언제나 유쾌하고 편안한 느낌을 주니까요. 또 중요하다는 느낌. 그건 겸손의 순간이에요. 짚과 작은 동물이 주위에 있잖아요. 모두 옹기종기 모여 있죠. 정말 멋지고 따뜻한 장면이에요. 춥고 바람이 분다고는 절대 상상할 수 없어요. 늘 촛불이 몇 개 있죠. 모두 이 귀여운 아기를 아주 좋아해요.

그게 다요? 모두 이 귀여운 아기를 아주 좋아한다는 거?

네. 그게 뭐가 잘못된 건지 모르겠는데요.

유대인은 어떻소? 핵심으로 들어가봅시다. 메리 돈. 부모님이 유대인에 관해서는 뭐라 하시오?

(침묵.) 음, 집에서는 유대인 이야기를 별로 듣지 못했어요.

부모님이 유대인에 관해 뭐라 하시오? 답을 듣고 싶소.

제가 보기에 레보브 씨가 지금 하시고자 하는 말씀보다 더 놀라운 건 저희 어머니가 어떤 사람들을 유대인이라는 이유로 좋아하지 않는다는 사실은 스스로 의식할지 모르지만, 자신이 가톨릭이라는 이유로 자신을 좋아하지 않는 사람들도 있다는 사실을 깨닫지는 못한다는 점 같아요. 제 기억에 한 가지 마음이 좋지 않았던 일은, 힐사이드 로드에 사는 제 친구 하나가 유대인이었는데, 저는 천국에 가지만 그 아이는 못 간다는 거였어요. 그것 때문에 마음이 좋지 않았다는 게 기억나네요.

왜 그 아이가 천국에 가지 못하는 거요?

기독교인이 아니면 천국에 가지 못하니까요. 샬럿 왁스먼이 저와 함께 천국에 가지 못한다는 게 아주 슬프게 느껴졌어요.

어머니가 유대인에게 어떤 반감을 갖고 있소, 메리 돈?

그냥 돈이라고 불러주시면 안 될까요?

어머니가 유대인에게 어떤 반감을 갖고 있소, 돈?

어, 유대인이 유대인이라는 게 문제가 아니에요. 유대인이 가톨릭이 아니라는 게 문제죠. 저희 부모한테 유대인은 신교도와 한 묶음이죠.

어머니가 유대인에게 어떤 반감을 갖고 있소? 대답하시오.

어, 늘 들으시는 것들이에요.

나는 듣는 게 없소, 돈. 직접 말을 해보시오.

어, 대부분은 세게 밀어붙이는 것과 관련된 거죠. (침묵.) 그리고 물질적이라는 것. (침묵.) '유대인의 번개'라는 말을 사용할 수 있을 것 같아요.

유대인의 뭐?

유대인의 번개요.

그게 무슨 말이오?

유대인의 번개가 뭔지 모르세요?

아직은.

보험을 목적으로 불을 놓는 것. 그리고 번개가 쳤다고 거짓말을 하고. 못 들어보셨어요?

처음 들어보는 얘긴데.

어머, 충격을 받으셨군요. 그럴 의도는 아니었는데.

그렇소, 충격을 받았소. 하지만 공개적으로 얘기하는 게 어쨌든 좋은 것 같소, 돈. 그래서 우리가 여기 있는 거니까.

모든 유대인이 그렇다는 얘기는 아닐 거예요. 뉴욕 유대인들 얘기일 거예요.

뉴저지 유대인은 어떻소?

(침묵.) 그래요, 뭐, 뉴욕 유대인과 비슷할 거라고 생각해요.

알겠소. 유타의 유대인에게는 그게 적용되지 않는다는 거지. 유대인의 번개가 말이오. 몬태나의 유대인에게도. 맞소? 그게 몬태나의 유대인에게는 적용되지 않는다는 게?

모르겠는데요.

아버지하고 유대인은 어떻소? 지금 다 까놓고 이야기합시다. 그래야 나중에 모든 사람이 덜 힘들 테니까.

레보브 씨, 그런 이야기들이 가끔 나오기는 하지만, 대부분의 경우에는 아무 이야기도 하지 않아요. 저희 가족은 무슨 문제를 두고 이야기를 많이 하지 않아요. 일 년에 두세 번 외식을 하러 나가죠. 아버지와 어머니, 남동생과 저, 이렇게요. 그때마다 주위를 둘러보고, 다른 가족이 자기들끼리 열심히 이야기하는 걸 보고 놀라요. 우리는 그냥 앉아서 먹기만 하거든요.

화제를 바꾸고 있군.

죄송해요. 변명을 하려고 이런 말씀을 드리는 건 아니지만, 저는 그런 거 좋아하지 않거든요. 어쨌든 제가 하려는 말은 저희 부모님이 이런저런 걸 그렇게 강하게 느끼지 않는다는 거예요. 그런 말을 한다 해도 진짜 분노나 증오 같은 건 없어요. 제가 하려는 말은 아버지가 '유대인'이라는 말을 경멸적으로 사용하는 경우는 거의 없다는 거예요. 어떤 식으로든 그 자체가 문제가 되는 일은 사실 없어요. 아주 가끔씩 한두 마디 나오는 거예요. 사실이 그래요.

드와이어 양이 유대인과 결혼하는 문제를 두고 두 분 생각은 어떻소?

아들이 가톨릭과 결혼하는 문제를 두고 레보브 씨가 생각하시는 것과 똑같아요. 제 사촌 가운데도 유대인과 결혼한 사람이 있어요. 그걸 놀렸는지는 몰라도, 무슨 큰 사건 같은 건 되지 않았어요. 그 사촌언니는 나이가 좀 든 편이었기 때문에, 어떤 면에서는 그 언니가 어쨌든 짝을 찾았다는 걸 모두가 반겼죠.

그러니까 너무 나이가 많아 유대인이라도 괜찮았다는 거로군. 그래, 그 사촌이 몇 살이었소? 백 살?

서른이었어요. 하지만 울거나 한 사람은 없어요. 누가 누구를 모욕하려고 하기 전에는 별일이 아니거든요.

모욕하려고 하면?

어떤 사람에게 화가 나면 헐뜯는 말을 하고 싶을 수도 있겠죠. 하지만 저는 유대인하고 결혼하는 게 반드시 큰일이 된다고 보지는 않아요.

아이를 뭐로 기르느냐 하는 문제가 생기기 전까지는.

어, 그렇죠.

그래, 부모님하고는 이 문제를 어떻게 해결할 생각이오?

저 자신과 이 문제를 해결해야 할 것 같아요.

그게 무슨 소리요?

저는 제 아이가 세례를 받게 하고 싶어요.

그러고 싶겠지.

다른 문제에서는 마음대로 자유롭게 생각할 수 있지만, 레보브 씨, 세례 문제는 그럴 수 없어요.

세례가 뭐요? 그게 뭐가 그렇게 중요하오?

음, 그건 이론적으로는 원죄를 씻어내는 거예요. 하지만 핵심은, 아이가 죽는다 해도 천국에 가게 하는 거예요. 그러지 않으면, 세례를 받기 전에 죽으면, 그냥 림보*로 가버리니까요.

흠, 우리도 그건 원치 않을 것 같은데. 다른 것도 좀 물어봅시다. 내가 좋다고, 아이에게 세례를 주어도 좋다고 말한다고 해봅시다. 달리 또 원하는 게 뭐가 있소?

때가 되면 아이가 첫영성체를 받게 하고 싶어요. 성사聖事라는 게 있는데……

그러니까 그쪽 생각대로 아이가 죽어도 천국에 갈 수 있도록 세례를 받게 하기를 원하고, 또 첫영성체를 원한다는 거로군. 그게 뭔지 설명해보시오.

처음 성체를 받는 거예요.

그게 뭐요?

이것은 내 몸이고, 이것은 내 피다……

예수에 관한 거요?

네. 모르세요? 왜 있잖아요. 모두 무릎을 꿇고 하는 거요. "이것은 내 몸이니 이것을 먹어라. 이것은 내 피니 이것을 마셔라." 그럼 "내

---

* 원죄 상태로 죽었으나, 죄를 지은 적이 없는 사람들이 머무는 곳.

주와 내 하느님" 하고 대답한 다음 그리스도의 몸을 먹는 거죠.

그렇게까지는 못하겠소. 미안하오, 거기까지는 못하겠소.

어, 세례만 받을 수 있으면, 나머지는 나중에 걱정해도 돼요. 때가 되면 아이한테 맡기는 게 어떨까요?

나는 그걸 아이한테 맡기고 싶지 않소, 돈. 나 스스로 결정을 내리고 싶소. 예수를 먹는 문제를 아이의 결정에 맡기고 싶지 않다는 거요. 드와이어 양이 하는 일은 무엇이든 최대한 존중하겠지만, 내 손주는 예수를 먹지 않을 거요. 미안하오. 그건 불가능한 일이오. 자, 이렇게 합시다. 세례는 뜻대로 하시오. 그게 내가 할 수 있는 최대한이오.

그게 다인가요?

그리고 크리스마스도 뜻대로 하시오.

부활절은요?

부활절이라. 이 아가씨가 부활절을 원한다는구나, 시모어. 나한테 부활절이 뭔지 아시오, 돈? 배달할 물건이 엄청나게 늘어나는 때요. 부활절 옷차림을 갖추려는 사람들한테 팔아야 할 장갑을 많이 만들라는 엄청난, 엄청난 압박이 가해지는 때요. 내가 이야기를 하나 하지. 매년 마지막 날, 오후에, 우리는 그해의 모든 주문을 처리하고 사람들을 다 집으로 보내오. 그리고 여자, 남자 반장두 명과 함께 샴페인을 터뜨리오. 하지만 첫 모금을 마시기도 전에 델라웨어에 있는 윌밍턴의 가게에서 전화가 오지. 작고 짧은 하얀 가죽장갑을 백 다스 보내달라는 그쪽 구매자의 주문 전화요. 이십여 년 동안 우리는 백 다스 주문이 올 거라는 걸 예상하면서 새해 맞이 건배를 했소. 그 장갑이 부활절에 쓸 장갑이오.

그게 레보브 씨의 전통이로군요.

그렇소, 아가씨. 자, 그런데 그 부활절이라는 게 뭐요?

부활하는 거죠.

누가?

예수가요. 예수가 부활하는 거예요.

아가씨, 정말 나를 끔찍하게 곤란하게 만드는구먼. 나는 그냥 퍼레이드나 하는 때인 줄 알았는데.

퍼레이드도 하죠.

아, 좋소, 퍼레이드는 하시오. 그럼 어떻소?

우리는 부활절에 햄을 먹어요.

부활절에 햄을 원한다면, 부활절에 햄을 드시오. 또 뭐가 있소?

부활절 보닛을 쓰고 성당에 가요.

좋은 흰 장갑도 끼고 갔으면 좋겠구려.

네.

부활절에 성당에 가는데 내 손주를 데리고 가겠다?

네. 우리는 저희 어머니 말씀대로 일 년에 한 번 성당에 가는 가톨릭이 될 거예요.

그게 다요? 일 년에 한 번? (손뼉을 친다.) 그건 합의를 봅시다. 일 년에 한 번. 그렇게 합시다!

어, 일 년에 두 번이겠죠. 부활절과 크리스마스.

크리스마스에는 뭘 할 건데?

아이가 어릴 때는 그냥 크리스마스캐럴을 부르는 미사에 가면 돼요. 크리스마스캐럴을 부를 때는 거기에 있어야 하거든요. 아니면 크리스마스의 가치가 없죠. 물론 라디오로 캐럴을 들을 수도 있지만, 성당에서는 예수가 태어난 날이 되어야 크리스마스캐럴을 불러요.

그건 상관없소. 그 캐럴에는 어느 쪽으로든 관심이 없소. 크리스마스 행사는 며칠이나 걸리는 거요?

음, 크리스마스이브가 있어요. 자정미사를 보죠. 자정미사는 대미사고……

그게 무슨 말인지 모르겠소. 알고 싶지도 않고. 크리스마스이브는 마음대로 하고, 크리스마스 날도 마음대로 하고, 부활절도 마음대로 하시오. 하지만 그 사람을 먹는 거, 그거는 안 되오.

교리문답. 교리문답은요?

그것도 안 되오.

그게 뭔지는 아세요?

그게 뭔지 알 필요 없소. 내가 할 수 있는 건 거기까지요. 이만하면 관대한 제안이라고 생각하오. 내 아들이 말해줄 거요. 나를 아니까. 나는 지금 반 이상 양보했소. 그래, 교리문답이 뭐요?

학교에 가서 예수에 관해 배우는 거요.

절대 안 되오. 알았소? 이해했소? 이제 악수를 할까? 이걸 적어놓을까? 그냥 믿을까, 아니면 이걸 적어놓을까?

두려워지네요, 레보브 씨.

두렵다고?

네. (눈물을 글썽이며.) 이런 싸움은 못할 것 같아요.

나는 드와이어 양이 이런 싸움을 한다는 것에 감탄하고 있소.

레보브 씨, 이건 나중에 풀도록 하죠.

나중에는 절대 풀리지 않소. 지금 풀거나 아니면 못 풀거나요. 아직 바르미츠바 교육 이야기가 남아 있소.

아들이 태어난다면, 그래서 바르미츠바를 받는다면, 반드시 세례도 받아야 해요. 그다음 일은 자기가 결정할 수 있고요.

뭘 결정해?

커서 어느 쪽이 더 좋은지 결정할 수 있다는 거예요.

아니, 아이는 어떤 결정도 하지 않아. 드와이어 양과 내가 여기 이 자리에서 결정하는 거요.

그냥 기다려보는 게 어떨까요?

기다려보지 않을 거요.

(스위드에게.) 네 아버지하고 더는 이런 대화를 할 수 없어. 너무 힘들어. 나는 질 수밖에 없어. 이런 식으로 협상을 할 수는 없어, 시모어. 나는 바르미츠바를 원치 않아.

바르미츠바를 원치 않는다고?

토라니 뭐니 하는 것들을 갖다놓고 하는 거잖아요?

맞소.

싫어요.

싫다고? 그럼 합의에 이를 수 없겠군.

그럼 아이를 낳지 않겠어요. 저는 레보브 씨 아들을 사랑해요. 그냥 아이를 낳지 않을래요.

그럼 나는 할아버지가 되지 못하겠군. 그렇게 되는 거요?

아들이 또 있잖아요.

아니, 아니, 그건 소용없소. 무슨 악감정이 있어서가 아니라, 그냥 모두 자기 길을 가는 게 좋지 않으냐 하는 생각이오.

기다리면서 어떻게 되는지 보면 안 될까요? 레보브 씨, 아직 시간이 많이 남아 있어요. 그냥 태어날 아이가 결정하게 하면 안 되나요?

절대 안 되오. 나는 애한테 이런 결정을 맡겨두지 않을 거요. 어떻게 지옥을 결정할 수 있소? 애가 뭘 알아? 우리는 어른이오. 아이는 어른이 아니오. (책상에서 일어선다.) 드와이어 양, 드와이어 양은 그림처럼 예뻐요. 드와이어 양이 많은 일을 이룬 건 축하해요. 아무 여자나 드와이어 양만큼 할 수 있는 게 아니오. 부모님도 대견해하실 게 틀림없소. 내 사무실로 와준 것도 감사드리오. 고맙소, 잘 가시오.

아뇨. 저는 나가지 않아요. 가지 않아요. 저는 그림이 아니에요, 레보브 씨. 저는 저 자신이에요. 뉴저지 주 엘리자베스의 메리 돈 드와이어예요. 스물두 살이에요. 레보브 씨 아들을 사랑해요. 그래서 여기 온 거예요. 저는 시모어를 사랑해요. 그를 사랑해요. 자, 계속해주세요.

그래서 거래가 성립되었고, 젊은이들은 결혼을 했고, 메리는 태어나서 몰래 세례를 받았다. 그리고 돈의 아버지가 1959년에 두번째 심장마비로 세상을 뜰 때까지, 양쪽 집안은 매년 추수감사절에 올드림록에 모여 저녁을 먹었다. 루 레보브와 짐 드와이어는 함께 있는 시간 내내 어린 시절의 삶이 어땠는지 이야기를 주고받는 바람에 모두가―어쩌면 돈은 빼고―놀랐다. 두 위대한 기억이 만나니 말리려고 해봐야 소용이 없다. 그들은 유대교나 가톨릭보다 훨씬 심각한 사안에 대해 이야기한다. 뉴어크와 엘리자베스 이야기를 하는 것이다. 하루종일 아무도 그들을 떼어놓을 수가 없다. "저 아래 항구의 모든 이민자들." 짐

드와이어는 늘 항구에서 시작했다. "그 사람들은 다 싱거에서 일했지요. 저 아래 큰 공장이 있었어요. 물론 저 아래는 조선산업도 있었지요. 하지만 엘리자베스 사람들은 모두 싱거에서 한 번씩은 일을 해보았습니다. 어떤 사람들은 뉴어크 애비뉴까지 가서 버리 비스킷 쿠키 회사에서 일하기도 했지요. 그러니까 사람들은 재봉틀을 만들거나 아니면 쿠키를 만든 거예요. 하지만 대부분은 싱거에 다녔죠. 아세요, 바로 항구에, 그 맨 끝에, 바로 강변에 있는 거. 거기서 가장 사람을 많이 고용했죠." 드와이어가 그렇게 말했다. "그럼, 이민자들은 모두, 이쪽으로 오면, 싱거에서 일자리를 얻을 수 있었지요. 거기가 이 근처에서 가장 컸으니까. 그거하고 스탠더드 오일이. 저기 린든에 있는 스탠더드 오일 말이에요. 베이웨이 구역에 있는 거. 사람들이 당시에 광역 엘리자베스라고 부르던 곳 바로 가장자리에 있던 거…… 시장? 조 브로피였지요. 그럼. 그 사람은 석탄회사를 소유하고 있었고, 거기다 도시의 시장이기도 했어요. 그다음에는 짐 커크가 이어받았고…… 아, 그럼, 헤이그 시장. 대단한 인물이었지요. 내 동서 네드가 프랭크 헤이그는 아주 잘 알아요. 그 친구가 저지시티 전문가거든. 그 도시에서는 투표만 제대로 하면 일자리를 얻을 수 있었지. 내가 아는 건 야구장뿐이지만. 저지시티에는 훌륭한 야구장이 있었지요. 루스벨트 스타디움. 아름다웠지. 그 사람들은 절대 헤이그를 잡지 않았습니다, 아시겠지만, 절대 그 사람을 감옥에 넣지 않았어요. 헤이그는 결국 해변에 가서 살게 돼요. 애즈베리파크 바로 옆에. 그 사람은 아름다운 집을 갖고 있었지요…… 그러니까, 아시잖아요, 엘리자베스는 훌륭한 스포츠 도시지만, 훌륭한 스포츠 시설은 없다는 거요. 오십 센트 정도만 내면 들어갈 수 있는 야구장, 그런 게 없었어요. 야외 구장은 있었지. 브로피 필드, 매타노파크, 와라난코파크. 모두 공공시설이었지요. 또 훌륭한 팀에 훌륭한 선수도 있었어요. 미키 맥더모트가 세인트패트릭의 엘리자베스에서 투수를 했거든. 유색인인 뉴컴도 엘리자베스 아이였고. 지금은 콜로니아에 살지만 원래 엘리자베스 아이예요. 제퍼슨의 투수였죠…… 아서킬에서 수영하는 거, 그거 괜찮았죠. 그럼. 내가 휴가라고 가본 건 그 정도요. 소풍 삼아 애즈베리파크에 일 년에 두 번 갔고. 그게 휴가였어요. 아서킬에서 수영을 했고. 고설스 다리 밑에서. 알잖소, 아무 보호 장치도 없이. 머리에 기름이 묻은 채 집에 가면 어머니가 말씀하시곤 했지요. '너 또 아서킬에서 수영했구나.' 그러면 나는 이랬어요. '엘리자베스 강이요? 제가 미쳤어요?' 내 머리는 기름 때문에 끈적거리는데도 말이에요……"

그러나 두 여자 사돈이 공통점을 찾아내 사이좋게 지내는 것은 그렇게 쉽지 않았다. 도로시 드와이어는 추수감사절에 약간 수다스러운 모습을 보이긴 했지만—딱 초조한 만큼만 수다스러웠다—그녀의 화제는 늘 성당이었기 때문이다. "세인트패트릭 성당, 그게 저 아래에, 항구에 최초로 생긴 성당이었죠. 거기는 짐의 교구였어요. 독일인들은 세인트마이클의 교구를 시작했고, 폴란드인은 세인트애덜버트의 교구를 시작했죠. 3번가와 이스트저지 스트리트가 만나는 곳에서요. 세인트패트릭 성당은 잭슨파크 바로 뒤에 있었죠. 모퉁이만 돌면 나왔어요. 세인트메리 성당은 저 위 엘리자베스 남부에 있죠. 웨스트엔드 구역에요. 거기는 우리 부모님이 처음 자리를 잡은 곳이기도 해요. 우리 부모님은 거기 머리 스트리트에서 우유 사업을 했죠. 세인트패트릭 성당, 엘리자베스 북부의 세이크리드허트 성당, 블레스드새크러먼트 성당, 이매큘리트콘셉션 성당, 모두 아일랜드계예요. 또 세인트캐서린 성당도요. 그건 저 위 웨스트민스터에 있죠. 그러니까 도시 경계선에 있어요. 그리고 우리가 다니는 성당인 세인트제네비브가 있죠. 세인트 제네비브 성당은 처음 출발할 때는 개척성당 비슷한 거였어요. 세인트 캐서린 성당의 한 부분에 불과했다는 거예요. 그냥 나무로 지은 성당이었어요. 하지만 지금은 크고 아름다운 성당이죠. 지금 서 있는 건물은, 내가 처음 거기 들어갔을 때를 기억해보면……"

이야기는 갈수록 듣기가 괴로웠다. 도로시 드와이어는 지금이 마치 중세인 것처럼, 농민이 경작하는 밭 너머로 이정표가 될 만한 것은 지평선에 솟은 교구 성당의 첨탑밖에 없는 것처럼 엘리자베스에 관해 계속 수다를 늘어놓았다. 도로시 드와이어는 세인트제네비브 성당과 세인트패트릭 성당과 세인트캐서린 성당에 관해 계속 수다를 늘어놓았다. 맞은편에 앉은 실비아 레보브는 너무 예의바른 사람이었기 때문에 계속 고개를 주억거리며 미소를 지을 수밖에 없었다. 그러나 얼굴은 백지장처럼 하얗게 질려 있었다. 그냥 거기 앉아서 견디고 있을 뿐이었다. 예의 때문에 버틸 뿐이었다. 따라서 전체적으로는 모두가 예상하던 최악의 상황 근처에도 가지 않았다. 사실 그들이 이렇게 모이는 것은 어차피 일 년에 딱 한 번뿐이었다. 그것도 추수감사절이라는 중립적이고 탈종교화된 시간에 모였다. 이때는 모두 같은 것을 먹는다. 아무도 이상한 것을 먹으러 몰래 움직이지 않는다. 쿠겔도 없고, 게필테 생선도 없고, 쓴 나물도 없다. 이억 오천만 명이 거대한 칠면조 한 마리를 먹는다. 거대한 칠면조 한 마리가 모두를 먹이는 것이다. 이상한 음식과 이상한 방식과 종교적 배타성은 유예되고, 유대인의 삼천 년 묵은 노스탤지어도 유예되고, 그리스도와 십자가와 기독교인을 위하여 십자가에서 못박히는 것도 유예된다. 뉴저지와 다른 곳의 모든 사람이 일 년 중 그 어느 때보다도 자신들의 비합리성에 대해 수동적인 태도를 취할 수 있는 때다. 모든 불만과 원한이 유예된다. 드와이어 가족과 레보브 가족만이 아니라, 평소에 늘 다른 모든 사람을 의심하는 미국의 모든 사람이 그렇다. 이것이 최고의 미국의 목가이며, 딱 스물네 시간만 지속된다.

"멋졌어요. 특등실에 들었죠. 침실 세 개에 거실이 하나였어요. 당시에는 미스 뉴저지였다는 이유만으로 그런 걸 얻을 수 있었죠. U.S.라인의 배였어요. 예약은 하지 않았던 것 같아요. 그래서 그냥 승선했는데 그걸 주더라니까요."

돈은 샐츠먼 부부에게 스위스에 심멘탈종을 보러 간 여행 이야기를 하고 있었다.

"나는 유럽은 처음이었어요. 가는 동안 내내 모두 나한테 이러더군요. '프랑스 같은 곳은 없어요. 아침에 르아브르에 들어갈 때까지만 기다려보세요. 프랑스 냄새를 맡을 수 있을 테니까. 마음에 들 거예요.' 그래서 기다렸죠. 아침 일찍, 시모어는 아직 자고 있는데, 나는 우리가 입항한 걸 알았어요. 그래서 갑판으로 달려가 냄새를 맡아봤죠." 돈은 웃음을 터뜨리며 말을 이어갔다. "그랬더니 사방에 마늘과 양파 냄새뿐이었어요."

사실 돈은 스위드가 자고 있는 동안 메리를 데리고 선실에서 달려나 갔다. 그러나 지금 하는 이야기에서는 혼자 갑판에 올라가, 프랑스에 서 커다란 꽃의 향기가 나지 않는 것에 놀라고 있었다.

"파리로 가는 기차. 장엄했죠. 끝도 없이 숲이 펼쳐져 있었어요. 하지만 나무가 모두 줄을 맞추어 서 있더라고요. 줄을 맞춰서 숲을 조성한 거예요. 우리는 멋진 시간을 보냈어요, 그렇지, 여보?"

"그랬지." 스위드가 대꾸했다.

"우리는 호주머니에 커다란 막대 같은 빵을 꽂고 돌아다녔어요. 사실 '이봐요, 우리를 좀 봐요, 우리는 뉴저지에서 온 시골뜨기 부부랍니다' 하고 광고하고 다닌 거나 다름없었죠. 아마 우리는 거기 사람들이 비웃는 바로 그런 미국인들이었을 거예요. 하지만 뭐 어때요? 우리는 그 빵을 조금씩 뜯어먹으면서 이리저리 돌아다니며 모든 걸 구경했어요. 루브르. 튀일리 궁전 정원. 정말 멋졌어요. 우리는 크리용에 묵었죠. 그 여행 전체에서 가장 호사를 부린 거였어요. 정말 마음에 들더라고요. 거기에서 야간열차인 오리엔트익스프레스를 타고 취리히로 갔어요. 그런데 사환이 우리를 제시간에 깨워주지 않은 거예요. 기억나, 시모어?"

그래, 스위드는 기억했다. 그 바람에 메리는 파자마를 입고 플랫폼에 서 있어야 했다.

"정말이지 무시무시했어요. 기차는 이미 출발하고 있었어요. 나는 우리 짐을 다 모아 창밖으로 던져야 했어요. 아시잖아요, 거기 사람들은 그렇게 기차에서 내리더라고요. 우리는 옷을 반만 걸친 채 달려나갔어요. 우리를 깨우지 않은 거예요. 정말 끔찍했어요." 돈은 그 장면

258

을 회상하며 다시 행복하게 웃음을 터뜨렸다. "우리는 거기 그런 꼴로 서 있었어요. 시모어하고 나하고 우리 옷가방들하고. 속옷만 입은 채로. 그래서 어쨌든," 웃음이 심하게 터져나오는 바람에 돈은 잠시 말을 이어나갈 수가 없었다. "어쨌든 취리히에 도착했어요. 거기서 멋진 레스토랑들을 찾아다녔죠. 맛있는 크루아상과 좋은 파테 냄새가 났어요. 어디를 가나 파티스리*가 있었죠. 그런 게 많았어요. 아, 정말 좋았어요. 온갖 신문을 다 등나무 막대에 철해서 걸이에 걸어놓았어요. 그래서 그냥 신문을 집어다 펼쳐놓고 앉아서 아침을 먹으면 되는 거였어요. 멋졌지요. 우리는 거기서 차를 타고 추크로 내려갔어요. 거기가 심멘탈종의 중심지거든요. 거기 있다가 루체른으로 갔죠. 거기는 아름다운 곳이에요. 정말 아름다운 곳이죠. 거기에서 로잔의 보리바주로 갔어요. 보리바주 기억나?" 그녀는 남편에게 물었다. 그녀의 손은 여전히 그의 손에 꽉 잡혀 있었다.

물론 스위드는 기억했다. 한 번도 잊은 적이 없었다. 우연의 일치인지, 그 자신도 그날 오후에 센트럴 애비뉴에서 올드림록으로 차를 몰고 돌아오는 길에 보리바주를 생각했다. 밴드의 연주를 들으며 메리가 애프터눈티를 마시던 곳. 그애가 강간을 당하기 전에. 메리는, 그의 여섯 살 난 딸은 수석 웨이터와 춤을 추었다. 네 명을 죽이기 전에. 마드무아젤 메리. 보리바주에서 보낸 마지막 오후에 메리와 돈이 제네바 호수의 배와 멀리 호수 건너편의 알프스를 마지막으로 보려고 산책로를 따라 함께 걸어나간 뒤, 스위드는 혼자 로비 옆의 보석상으로 가 돈

---

* 제과점.

에게 줄 다이아몬드 목걸이를 샀다. 그는 돈이 옷장 맨 위의 모자 상자에 보관하는 관을 쓰고 그 다이아몬드 목걸이를 거는 상상을 했다. 라인석을 두 줄로 깔아놓은 은관으로, 미스 뉴저지로서 썼던 것이었다. 스위드는 그 관을 쓴 모습을 메리한테 한번 보여주라고 돈을 설득하는 데에도 성공을 하지 못했으므로—"안 돼, 안 돼, 그건 너무 멍청한 짓이야." 돈은 그렇게 말했다. "메리한테 나는 그저 '엄마'야. 그걸로 완벽하고 충분해"—새 목걸이를 걸고 그 관을 쓰라고 설득할 수도 없을 터였다. 돈을, 그리고 돈이 자기 자신을 어떻게 생각하는지를 누구보다 잘 알았기 때문에, 그는 그녀에게 한번 해보라고, 관을 쓰고 목걸이를 걸어보라고, 침실에서, 오직 그 한 사람만을 위해 모델 노릇을 한번 해보라고 꾀는 것은 불가능하다는 것을 알았다. 그녀는 미인대회 여왕 출신이라는 것을 드러내는 문제에서는 완강하기 짝이 없었기 때문이다. "그건 미인대회가 아니에요." 그녀는 미스 뉴저지 시절에 관해 이야기해달라고 떼를 쓰는 사람들에게 당시에 이미 그렇게 말하고 있었다. "그 행사에 참여했던 사람들이라면 대부분 자기들더러 미인대회에 참가했다고 말하는 사람들과 싸울 거예요. 나도 그렇게 싸우는 사람이에요. 어떤 범위의 대회건 우승을 했을 때 얻는 유일한 상은 장학금이었어요." 그러나 스위드가 보리바주의 보석상 진열장에서 그 목걸이를 보았을 때 상상했던 것은 돈이 그 목걸이를 걸고 머리에 관, 장학금 수상자의 관이 아니라 미인대회 여왕의 관을 쓴 모습이었다.

그들의 앨범 가운데 스위드가 신혼 때 자주 들춰보고 심지어 가끔 사람들한테도 보여주었던 사진 몇 장이 있었다. 그 사진들을 볼 때면 그는 늘 그녀가 자랑스러웠다. 1949년에서 1950년 사이에 찍은 그 광택지에 뽑은 사진들은 그녀가 일 년에 오십이 주 일하는 일자리, 미스 뉴저지 장학금 대회의 감독이 주의 공식 '여주인' 역할을 하는 거라고 묘사하곤 하던 일자리를 얻었을 때 찍은 것이었다. 이것은 가능한한 많은 대도시와 소도시와 단체를 위해 온갖 종류의 행사에 참석해주는 일이었다. 정말 개처럼 일하고 그 대가로 오백 달러의 현금 장학금, 대회 트로피를 받았고, 개인적으로 행사에 참석할 때마다 오십 달러를 받았다. 물론 1949년 5월 21일 토요일 밤 미스 뉴저지 대관식 사진도 있었다. 돈은 끈 없는 비단 이브닝드레스를 입었다. 스캘럽이 있는 윗부분은 빳빳했으며, 허리는 아주 잘록했고, 밑은 바닥까지 풍성하게 관능적으로 펼쳐지는 드레스였다. 꽃이 빽빽하게 수놓였으며, 구슬이 반짝거렸다. 그리고 머리에는 관을 썼다. "이브닝드레스를 입고 관을 쓰면 우스꽝스럽다는 생각이 들지 않아." 돈은 그에게 말했다. "하지만 평범한 옷을 입고 관을 쓰면 분명히 우스워져. 어린 여자애들은 늘 공주냐고 묻지. 사람들은 다가와서 관에 다이아몬드가 박혔느냐고 물어봐. 그냥 양장을 하고 그걸 쓰면, 시모어, 정말이지 멍청해 보인다니까." 하지만 그녀는 멍청해 보이지 않았다. 그냥 아주 단순한 옷, 맞춤복을 입고 관을 써도 눈부셔 보였다. 실제로 양장에 관을 쓴 사진이 있었다. 미스 뉴저지라는 장식띠는 브로치로 허리에 달고 있었다. 농부들 몇 명과 함께 농업박람회장에서 찍은 것이었다. 어떤 제조업자 대회에서 사업가들과 함께 관과 띠 차림으로 찍은 것도 있었다. 띠 없이 그 비단 이브닝드레스에 관을 쓴 차림으로 주지사의 프린스턴 저택인 드럼스워킷에서 찍은 사진도 있었다. 뉴저지 주지사인 앨프리드 E. 드리스컬과 함께 춤을 추는 사진이었다. 또 주 여러 곳의 퍼레이드와 개막식과 자선기금 모금행사에서 찍은 사진도 있었고, 지역 미인대회에서 시상식을 도와주는 사진도 있었고, 백화점과 자동차 전시장 개장식에서 찍은 사진도 있었다—"이게 도니야. 이 투실투실한 사람은 여기 주인이고." 돈이 학교를 방문한 사진도 두 장 있었다. 그녀는 강당의 피아노에 앉아 대개는 미스 뉴저지가 될 때 연주했던 대중화된 쇼팽 폴로네즈를 쳤다. 주 대회에서 칠 때는 시간제한에 걸려 실격을 당하지 않으려고 검은 음표들을 여기저기 무더기로 생략했던 곡이었다. 그 모든 사진에서 옷은 행사에 어울리는 것을 입었지만 머리에는 늘 관을 썼다. 그래서 그녀는 그녀에게 질문을 하러 다가오는 어린 여자아이들의 눈만이 아니라 그녀의 남편의 눈에도 공주처럼 보였다. 그가 〈라이프〉에서 사진으로 본 유럽의 수많은 공주들보다 더 공주다워 보였다.

그리고 애틀랜틱시티에서, 9월에 열린 미스 아메리카 대회에서 찍은 사진들이 있었다. 수영복을 입은 사진도 있고, 이브닝드레스를 입은 사진도 있었는데, 스위드는 그것을 보다보면 도대체 돈이 왜 떨어졌는지 이해할 수가 없었다. 그녀는 말했다. "무대에 나가면 수영복에 하이힐을 신은 자신이 얼마나 우스꽝스러워 보이는지 상상도 못할 거야. 있잖아, 한참 걸으면 수영복 뒤가 말려올라가. 하지만 손을 뒤에 대고 잡아당길 수도 없어……" 하지만 그녀는 전혀 우스꽝스럽지 않았다. 그는 수영복을 입은 사진을 볼 때마다 큰 소리로 "아, 정말 아름다워" 하고 중얼거리곤 했다. 또 그녀 곁에는 군중이 있었다. 애틀랜틱시티에서는 관중 대부분이 당연히 미스 뉴저지를 응원했다. 그러나 주 대표들의 퍼레이드에서 돈은 단지 지역의 자부심의 상징으로 끝나지 않고, 자발적인 갈채를 끌어냈다. 당시에는 미인대회를 텔레비전에서 중계하지 않았다. 무엇보다도 컨벤션홀을 가득 메운 사람들을 위한 행사였다. 그래서 돈의 남동생과 함께 홀에 앉아 있던 스위드는 나중에 그의 부모에게 전화를 걸어 돈이 우승하지는 못했다는 소식을 전하면서, 그래도 그녀가 "홀이 떠나갈 듯한 박수갈채를 받았다"고 과장 없이 이야기할 수 있었다.

그들의 결혼식에 참석했던 전 미스 뉴저지 다섯 명 가운데 어떤 식으로든 돈과 비교될 만한 여자는 단연코 한 명도 없었다. 그들은, 이전 미스 뉴저지들은 일종의 여학생 클럽 같은 것을 결성하여, 1950년대에 한동안 모두 서로의 결혼식에 참석했다. 그래서 스위드는 주에서 우승한 여자를 적어도 열 명은 만났고, 주 대회를 위한 리허설 동안 이 신부나 저 신부의 친구가 된 여자들이라면 아마 그 두 배는 만나보았을 것이다. 이들도 미스 쇼어 리조트나 미스 센트럴 코스트나 미스 콜럼버스 데이나 미스 노던 라이츠 같은 데까지는 올라간 여자들이었다. 그럼에도 어떤 범주에서든, 재능, 지성, 인격, 자태 등 어느 부분에서든 그의 아내와 견줄 만한 여자는 한 명도 없었다. 혹시라도 스위드가 누군가에게 왜 돈이 미스 아메리카가 되지 못했는지 도무지 이해할 수가 없다고 말하면, 돈은 늘 제발 그런 말 좀 하고 돌아다니지 말아달라고 간청했다. 그러면 사람들이 자기가 미스 아메리카가 되지 못한 것에 한이 맺혀 있다고 오해할 거라는 이야기였다. 실제로는 안도했는데. 자신과 가족이 모욕당하는 일 없이 끝나서 안도했는데. 물론 뉴저지 사람들이 그렇게 격려를 해주었음에도 우승은커녕 10위권 안에도 못 들었으니 놀라기도 하고 조금 실망하기도 했지만, 알고 보면 그것이 축복일지도 모른다는 이야기였다. 스위드처럼 경쟁에 익숙한 사람에게는 지는 것은 안도할 일이 아니었고, 어떤 식으로든 축복도 아니었지만, 그럼에도 돈의 우아한 태도—미인대회 사람들이 입상하지 못한 여자들을 묘사할 때 애용하는 표현이었다—에 감탄했다. 비록 이해는 못했지만.

돈은 대회에서 입상하지 못하자 우선 아버지와의 관계를 회복할 수 있었다. 둘의 관계는 아버지가 심하게 못마땅해하는 일을 그녀가 하겠다고 고집부리는 바람에 거의 박살이 난 상황이었다. "거기서 뭘 주든 상관없어." 돈이 미인대회 장학금을 설명하려 하자 드와이어 씨는 그렇게 말했다. "가장 꼴사나운 건 추파의 대상이 된다는 거야. 거기 나간 여자들은 추파를 받게 되어 있어. 그 대가로 돈을 많이 줄수록 더 나쁜 거야. 내 대답은 안 된다는 거야."

그러던 드와이어 씨가 마침내 애틀랜틱시티까지 오게 된 것은 돈이 좋아하던 이모 페그의 설득 덕분이었다. 학교 교사로 부자 이모부 네드와 결혼하여 돈이 어렸을 때 스프링 호수의 호텔에 데려가곤 하던 그 이모였다. "자기 아이가 거기 올라가 있는 걸 보면 어느 아버지라도 불편할 거예요." 페그는 돈이 늘 감탄하고 또 흉내내고 싶어하던 그 부드럽고 외교적인 말투로 형부에게 말했다. "그걸 보면 아버지가 자기 딸과 연결시키고 싶지 않은 이미지들이 떠오르죠. 나도 내 딸이라면 그런 기분이었을 거예요. 물론 나한테야 아버지들이 자기 딸한테서 자연스럽게 느끼는 그런 게 없지만요. 그래도 거슬릴 거예요. 당연히 거슬리겠죠. 형부가 느끼는 건 많은 아버지가 느낄 만한 거라고 생각해요. 물론 우선 정말 자랑스러울 거예요. 자랑스러워서 가슴을 내미느라 단추가 떨어져나갈 정도겠죠. 하지만 동시에, '이런, 맙소사, 저 위에 있는 게 내 자식이잖아' 하고 소리치겠죠. 하지만 짐, 이건 아주 깨끗하고 흠잡을 게 없는 거예요. 전혀 걱정할 게 없어요. 쓰레기 같은 것들은 일찌감치 걸러졌어요. 그런 것들은 다 트럭 운전사들 모이는 데로 빠져나갔어요. 여기에는 소도시 출신의 평범한 아이들뿐이에요. 품위 있고 착한 아이들이죠. 아이들 아버지는 식료품점을 해요. 컨트리클럽에 소속되어 있지도 않죠. 여기서는 그 아이들을 경박한 사교계 아가씨들처럼 보이게 꾸미지만, 사실 그 아이들 출신은 대단치 않아요. 그냥 집에 가서 자리를 잡고 이웃집 남자애하고 결혼할 착한 애들이에요. 그리고 심사위원들도 진지한 사람들이에요. 짐, 이건 미스 아메리카를 뽑는 거라고요. 이게 아이들 평판에 해가 되는 일이면 그 심사위원들이 허락하지 않았을 거예요. 이건 명예예요. 돈은 형부가 그 자리에서 이 명예를 함께 나누기를 바라요. 형부가 없으면 그 아이는 별로 행복하지 않을 거예요, 지미. 만일 자기 아버지 혼자만 그 자리에 오지 않는다면 돈이 몹시 힘들어할 거예요." "페기, 이건 그애한테 창피한 일이야. 우리 모두에게 창피한 일이라고. 나는 안 가요." 그러자 페그는 돈에 대한 책임만이 아니라 나라에 대한 책임을 들어 드와이어 씨를 호되게 비난했다. "형부는 돈이 지역 대회에서 우승했을 때도 오지 않겠다고 했어요. 주 대회에서 우승했을 때도 오지 않겠다고 했어요. 그런데 이제 전국 대회에서 우승한다 해도 오지 않겠다고 이야기하는 건가요? 만일 돈이 미스 아메리카가 되었는데 형부가 무대로 걸어나가 자랑스럽게 딸을 포옹하지 않는다면 사람들이 뭐라고 생각하겠어요? 아마 이렇게 생각할 거예요. '이건 위대한 전통이고, 미국 유산의 하나인데, 저 아이 아버지는 오지 않았구나. 미스 아메리카가 자기 가족과 찍은 사진에 아버지는 빠져 있구나.' 말해보세요, 그게 다음 날 어떻게 받아들여지겠어요?"

그래서 드와이어 씨는 자신을 낮추고 그렇게 했다─더 나은 판단을 버리고 돈의 친척들과 함께 그 큰 행사를 보러 애틀랜틱시티로 가기로 한 것이다. 그러나 결과는 참담했다. 돈은 아버지가 성당에 가는 차림으로 로비에서 어머니, 이모들, 이모부들, 사촌들과 함께 기다리고 있는 것을 보았다. 유니언과 에식스와 허드슨 카운티에 사는 모든 드와이어가 집합해 있었다. 그러나 샤프롱이 그녀에게 허락한 것은 아버지와 악수하는 것뿐이었다. 아버지는 잔뜩 골이 났다. 하지만 그것이 미인대회 규칙이었다. 혹시 그 광경을 지켜보던 사람들 가운데 상대가 참가자의 아버지라는 것을 모르는 사람이 두 사람의 포옹을 보고 불미스러운 일이 벌어지는 것으로 착각할 수도 있었기 때문이다. 단지 그런 것이었을 뿐 딸의 못된 행실 같은 것은 전혀 없었다. 그럼에도 첫번째 심장마비를 일으켰다 최근에야 회복이 되어 그렇지 않아도 신경이 곤두서 있던 짐 드와이어는 오해를 했다. 이제 딸이 거물이 되어 자기 아버지도 냉대한다고, 심지어 피하기까지 한다고, 그것도 사람들 앞에서, 모든 사람이 보는 앞에서 쌀쌀맞게 군다고 생각한 것이다.

물론 돈은 일주일 동안 애틀랜틱시티에서 미인대회측의 감시를 받는 동안 스위드도 전혀 만나지 못했다. 샤프롱이 있는 자리에서도, 공공장소에서도 만나지 못했다. 그래서 스위드는 마지막 날 외에는 그냥 뉴어크에 머물면서 그녀의 가족과 마찬가지로 전화로 이야기하는 것에 만족해야 했다. 나중에 돈은 엘리자베스로 돌아와 아버지의 원한을 풀어주려고 진지하게 그런 어려움을 이야기했지만─심지어 일주일

내내 유대인 애인과 한 번도 함께 있지 못했다고 이야기했지만—별 소용이 없었다. 아버지는 그후에도 오랫동안 그것을 '냉대'로 기억했다.

"그냥 '구세계'의 호텔일 뿐인데, 그게 그렇게 멋지더라고요." 돈은 샐츠먼 부부에게 이야기하고 있었다. "엄청나게 컸어요. 화려하고. 바로 물가에 있었죠. 영화에 나오는 곳 같았어요. 제네바 호수를 굽어보는 큰 방들. 우리는 그곳이 마음에 쏙 들었어요. 내 이야기가 지루하군요." 그녀가 갑자기 말했다.

"아니, 아니에요." 두 사람이 한목소리로 대꾸했다.

실라는 돈이 하는 모든 말을 열심히 듣는 척했다. 듣는 척하는 것이 틀림없었다. 아무리 자제력이 강한 실라라지만, 돈의 서재에서 벌어진 감정 폭발에서 그렇게 빨리 회복될 수는 없을 것이었기 때문이다. 만일 회복되었다면—그래, 그랬다면 실라가 어떤 종류의 여자인지 도무지 종잡을 수 없었을 것이다. 사실 그녀는 스워드가 상상했던 여자와는 완전히 달랐다. 그것은 그녀가 스워드 앞에서 다른 것이나 다른 사람 행세를 해서가 아니라 그가 다른 누구도 잘 이해할 수 없듯이 그녀도 잘 이해하지 못했기 때문이다. 사람들의 내면으로 뚫고 들어가는 것은 그가 갖지 못한 기술 또는 능력이었다. 그에게는 그런 자물쇠를 열 수 있는 번호의 조합이 없었다. 누구든 선한 표시만 슬쩍 보여주면 그는 그 사람이 선하다고 생각했다. 누구든 의리의 표시만 슬쩍 보여주면 그는 그 사람이 의리가 있다고 생각했다. 누구든 지능의 표시만 슬쩍 보여주면 그 사람이 똑똑하다고 생각했다. 그래서 그는 자기 딸의 속을 보지 못했고, 자기 아내의 속을 보지 못했고, 자신의 유일한 정부의 속을 보지 못했다. 또 아마 자신의 속을 보는 일에는 근처에도 가지 못했을 것이다. 슬쩍 드러내던 모든 표시를 빼앗긴 그는 무엇일까? 사람들은 도처에 서서 "이게 나요! 이게 나요!" 하고 소리치고 있었다. 그들을 볼 때마다 그들은 일어서서 자기가 누구인지 말을 했다. 그러나 사실 그들도 그와 마찬가지로 자기가 누구인지, 뭐하는 사람인지 전혀 알지 못했다. 그들 또한 자신이 슬쩍 내비치는 표시들을 믿었다. 사실 그들은 일어서서 이렇게 소리쳐야 했다. "이건 내가 아니오! 이건 내가 아니오!" 그들에게 품위가 있다면 그럴 것이다. "이건 내가 아니오!" 그러면 이 세상의 그 모든 슬쩍 내비치는 쓰레기들을 통과해 나아가는 방법은 알 수 있을지도 모른다.

실라 샐츠먼은 돈의 한마디 한마디에 귀를 기울였을 수도 있고 그러지 않았을 수도 있지만, 셸리 샐츠먼은 분명히 귀를 기울였다. 이 친절한 의사는 단지 친절한 의사인 척 연기하는 것이 아니라, 실제로 돈의 마법, 그 매혹적인 표면의 마법에 어느 정도 걸려든 것처럼 보였다. 그 이면 또한 그녀가 사람들한테 보여주는 대로, 매혹적으로 느껴질 만큼 최대한 솔직한 상태에 가까웠다. 그래, 그녀는 그런 큰일을 겪었음에도 아무 일도 없는 것처럼 보였고 또 그렇게 행동했다. 스위드에게는 모든 것에 두 면이 있었다. 과거의 방식과 현재의 방식, 이 두 가지 면이 나란히 존재했다. 그러나 돈은 과거의 방식이 여전히 현재의 방식인 양 이야기했다. 그들의 삶이 거쳐온 비극적인 우회로에도 불구하고, 그녀는 지난해에 용케 다시 돌아와 자기 자신이 되었다. 아마도 어떤 일들을 생각하지 않음으로써 그렇게 된 것 같았다. 단지 얼굴 주름을 편 돈, 자그마한 몸집이지만 당찬 돈, 무너진 돈, 소떼를 기르는 돈, 자신의 삶을 바꾸기로 결정한 돈으로 돌아온 것이 아니라, 뉴저지 주 엘리자베스 힐사이드 로드의 돈으로도 돌아온 것이다. 그녀의 뇌에는 문, 일종의 심리적인 문이 설치되었다. 해로운 것은 어떤 것도 통과할 수 없는 강력한 문이었다. 그녀는 그 문을 잠갔고, 그것으로 끝이었다. 기적적인 일이었다. 어쨌든 그는 그렇다고 생각했다. 그가 그 문에 이름이 있다는 것을 알기 전까지는. '윌리엄 오컷 3세의 문'.

그래, 혹시 1940년대에 그녀를 보지 못했다 해도, 여기에 엘리자베스 엘모라 구역의 메리 돈 드와이어가 다시 나타났으니 걱정할 것 없다. 그녀는 이제 좀 살림이 펴기 시작하는 노동계급 가족, 도시에서 가장 세련된 성당인 세인트제네비브 성당—그녀의 아버지와 삼촌들이 복사服事 역할을 하던 부두 옆의 성당으로부터 주택 지구 쪽으로 한참 올라온 곳에 자리잡고 있었다—의 품위 있는 교구민 가족 출신의 진취적인 아일랜드계 미녀였다. 그녀는 스무 살 때도 갖고 있던 힘, 그녀가 하는 모든 말에 관심을 불러일으키는 힘, 어떻게 하는지는 몰라도 상대의 내면을 움직이는 힘을 다시 갖게 되었다. 이것은 애틀랜틱시티에서 상을 탄 참가자들조차 갖추기 힘든 힘이었다. 그러나 그녀는 그렇게 할 수 있었다. 입이 다물어지지 않을 정도로 완벽하고, 놀랍게도 하트 모양 그대로 빚어진 얼굴로 특별할 것도 없이 평소처럼 활기를 띠고 의욕을 뿜어내기만 하면 어른조차 어느새 어린애 같은 면을 드러내고 말았다. 어쩌면 그녀가 말을 하거나 여느 품위 있는 사람과 별로 다르지 않은 태도를 드러내기 전까지는 사람들이 그녀가 그렇게 완벽하게 생긴 것 때문에 겁을 먹기 때문인지도 몰랐다. 그녀가 여신이 아니고, 또 여신인 척하는 데에도 관심이 없다는 것을 알게 되면, 외려 허세를 부리지 않으려는 태도가 지나치다 싶을 정도로 강하다는 것을 알게 되면, 그 빛나는 검은 머리, 고양이의 얼굴보다 별로 크지 않은 각진 얼굴, 눈, 깜짝 놀랄 정도로 날카로우면서도 약해 보이는 크고 창백한 눈이 더욱더 매혹적으로 느껴졌다. 그 눈이 전달하는 메시지만 보아서는 이 소녀가 자라서 소 육종가로서 이윤을 내겠다고 단호하게 결심하는 빈틈없는 사업가가 될 거라고는 도저히 믿을 수 없었을 것이다. 스위드의 마음의 예민한 곳을 늘 흥분시켰던 것은 전혀 약하지 않은 그녀가 그렇게 섬세하고 약해 보인다는 점이었다. 그는 늘 그것에 마음이 흔들렸다. 엄청나게 강한데도 (한때 강했는데도) 그 아름다움은 또 그녀를 얼마나 약해 보이게 하는지. 심지어 그에게도, 그녀의 남편에게도, 이제는 결혼생활로 인해 처음에 반했던 마음이 많이 무뎌졌을 만한 때를 한참 지나서도.

그녀 옆에 나란히 앉아 이야기를 듣는 척하고 있는 실라는 함께 있으니 얼마나 못생겨 보이는지. 못생기고 예의바르고, 분별력 있고, 위엄 있고, 칙칙해 보였다. 아주 칙칙해 보였다. 자기 내부의 모든 것을 엄격하게 보류해놓은 것 같았다. 감추어놓은 것 같았다. 실라에게는 마음으로부터 우러나오는 것이 전혀 없었다. 돈에게는 그런 것이 많았다. 그에게도 한때 있었다. 한때는 그것이 그의 안에 있는 모든 것을 설명해주었다. 그가 이 새침 떨고, 엄혹하고, 감추어진 여자, 무엇인지 알 수 없는 여자에게서 어떻게 돈보다 강한 자력을 발견할 수 있었던 것인지 이해하기가 쉽지 않았다. 그가 얼마나 비참했을까. 얼마나 고갈되고, 망가지고, 무력한 상태였을까. 그는 붕괴한 모든 것으로부터 달아나고 있었다. 막무가내로 달아나고 있었다. 문제가 생긴 사람이 나쁜 상황을 더 나쁘게 만들려고 무작정 달아나고 있었다. 그가 매력을 느꼈던 것은 거의 오로지 실라가 다른 사람이라는 점이었다. 그녀의 명료함, 그녀의 솔직함, 그녀의 평형, 그녀의 완벽한 자기통제는 처음에는 중요한 것이 아니었다. 그 정신을 잃게 하는 참사 때문에 움츠러들어서—난생처음 자신의 기성품 인생과 단절되어, 난생처음 악명을 떨치고 수모를 당하여—그는 어지러운 상태에서 아내 아닌 다른 여자, 개인적으로는 거의 아는 것이 없는 여자에게 의지한 것이었다. 그래서 그는 거기에 간 것이었다. 쫓겨서 피난처를 찾으러. 그렇게 분명한 애처가였고, 그렇게 강렬하고 흠 하나 없이 일부일처제에 속했던 곧은 사람이 그런 특별한 순간에 평소 같으면 혐오했을 만한 상황, 진실하지 않은 짓을 저지르는 수치스러운 큰 실수로 빠져든 것은 그런 절망적인 이유 때문이었다. 그의 그런 움켜쥠은 연애의 감정과는 거의 아무런 관계가 없었다. 그는 돈이 그에게서 끌어낸 것과 같은 정열적인 사랑을 제공할 수 없었다. 그렇게 갑자기 일그러진 사람, 섬뜩한 느낌이 들 정도로 잘못 태어난 아이의 아버지에게 정욕은 너무나 자연스러워서 감당하기 어려운 과제였다. 그는 환상을 얻으려고 거기에 있었다. 숨으려고, 참호를 파려고 실라의 몸 위에 엎드려 있었다. 숨어 있는 커다란 남자의 몸, 사라지고 있는 남자. 그녀가 다른 사람이었기 때문에, 그도 다른 사람이 될 수 있었는지 몰랐다.

그러나 그녀가 다른 사람이었다는 사실이 그 모든 것을 잘못되게 만들었다. 돈 옆에 있으니 실라는 차림새가 깔끔하고 비인격적인 생각하는 기계 같았다. 뇌를 실로 꿰어놓은 인간 바늘이었다. 함께 자기는커

넘 건드리고 싶지도 않은 사람이었다. 돈은 그가 기록을 깨는 것을 우습게 아는 운동선수 경력으로도 엄두를 내지 못했던 공적을 이루도록 영감을 불어넣어준 여자였다. 아버지를 뛰어넘는 것. 아버지에게 맞서는 업적. 돈은 그냥 있는 그대로 화려한 모습을 보여주면서도 다른 모든 사람과 똑같이 이야기를 함으로써 그런 영감을 불어넣었다.

다른 사람들은 이보다 더 크고, 더 중요하고, 더 가치 있는 것들 때문에 평생의 짝에게로 마음이 기우는 걸까? 아니면 모든 사람의 결혼의 핵심에는 비합리적이고 무가치하고 이상한 면이 있는 걸까?

실라는 알 것이다. 실라는 모든 것을 알고 있었다. 그래, 실라는 그 문제에 대한 답도 가지고 있겠지…… 그애는 많이 발전했고, 많이 강해졌기 때문에 나는 그애가 혼자 해나갈 수 있다고 생각했어요. 실라는 그렇게 말했지. 그애는 미친 애야. 그애는 미쳤어! 고통을 겪은 아이죠. 그럼 애비가 고통을 겪은 딸한테 아무런 역할도 할 수 없다는 거야? 많은 역할을 했다고 생각해요. 나는 집에서 무슨 끔찍한 일이 있었다고 생각한 거예요……

아, 그는 아내가 돌아오기를 바랐다. 얼마나 아내가 돌아오기를 바라는지, 이루 말로 표현할 수가 없었다. 진지한 어머니가 되는 문제를 아주 진지하게 받아들였던 아내. 사람이 망가졌다거나 허영심이 강하다거나 경박스럽게도 한때 화려하고 유명했던 시절에 노스탤지어를 느낀다고 사람들이 수군거리는 것을 격렬하게 거부하여 심지어 자기 가족 앞에서 장난으로조차 옷장 꼭대기의 모자 상자에 있는 관을 쓰려 하지 않았던 여자. 스위드는 인내심이 바닥났다—그는 당장 돈이 돌아오기를 바랐다.

"농장은 어때요?" 실라가 돈에게 물었다. "추크의 농장들 말이에요. 농장 이야기를 해주려던 거였잖아요." 그 모든 것을 파악해내는 실라의 이런 관심—내가 어떻게 이런 여자와 무슨 관계를 갖기를 바랄 수 있었을까? 이렇게 깊이 생각하는 사람들이야말로 스위드가 오랫동안 같이 있는 것을 견딜 수 없어하는 유일한 사람들이었다. 어떤 것을 제조해본 적도 어떤 것이 제조되는 것을 본 적도 없는 그런 사람들, 물건이 무엇으로 만들어지는지 회사가 어떻게 움직이는지 모르는 사람들, 집이나 차 외에는 어떤 것도 팔아본 적이 없고 파는 방법도 모르는 사람들, 노동자를 고용해본 적도, 노동자를 해고해본 적도, 노동자를 훈련시켜본 적도, 노동자에게 빼앗겨본 적도 없는 사람들—사업을 일으켜나가거나 공장을 경영하는 일의 복잡함이나 위험을 전혀 모르면서도 자기들이 알 만한 가치가 있는 것은 모두 안다고 상상하는 사람들. 그 모든 의식, 사람의 영혼의 모든 구석과 틈을 들여다보는 내성적인 그 모든 눈길, 바로 실라 같은 눈길은 스위드가 알고 있는 삶의 결을 역겹게 거스르는 것이었다. 그의 사고방식에서 보자면 삶이란 간단했다. 그냥 레보브 사람들처럼 자신의 의무를 열심히, 지칠 줄 모르고 이행하면 되는 것이었다. 그러면 질서가 자연적인 조건이 되었다. 일상생활은 손에 잡힐 듯 펼쳐지는 단순한 이야기, 심한 흥분을 일으키지는 않는 이야기가 되었다. 파동은 예측 가능하고, 전투는 억제 가능하고, 놀람은 만족스러웠다. 지속적으로 움직이는 것은 나를 싣고 움직이는 가벼운 파동뿐이며, 해일은 머나먼 나라의 해안에서나 일어나는 거라는 믿음이 확고했다. 한때는 모두 그렇게 보였다. 아름다운 어머니와 강한 아버지와 밝고 기운찬 아이의 결합체가 곰 세 마리의 삼위일

체와 경쟁하던 시절에는.

"그래요, 내가 깜빡했네요. 아, 농장들이 아주 많았죠." 돈이 그 농장들 생각만으로도 흡족하다는 표정을 지으며 말했다. "거기에서 우리한테 최고의 소를 보여줬어요. 멋지고 따뜻한 축사였죠. 우리는 소가 아직 목초지로 나오지 않은 초봄에 거기에 갔거든요. 소는 집 밑에 살고 있었어요. 샬레*가 위에 있었죠. 도자기 스토브도 있었어요. 장식이 아주 화려했죠······" 어떻게 그렇게 근시안적일 수 있었는지 이해가 안 돼. 어떻게 미친 게 뻔한 아이한테 그렇게 넘어갈 수 있었던 건지 이해가 안 된다고. 그애는 달아나고 있었어요. 그애를 되돌아오게 하는 건 불가능했어요. 그애는 전과 같은 애가 아니었어요. 뭔가가 잘못됐어요. 나는 그애를 돌아오게 해봐야 소용없다고 생각했어요. 그애는 너무 살이 쪘어요. 나는 그애가 너무 살이 찌고 너무 분노가 강해서 집에 아주 나쁜 일이 일어난 게 틀림없다고 생각했을 뿐이에요. 그러니까 내 잘못이라는 거로군. 그렇게 생각하지는 않았어요. 우리 모두 집이 있어요. 집은 항상 모든 게 잘못되는 곳이죠. "······우리한테 자기들이 만든 와인과 함께 먹을 걸 좀 주더군요. 아주 친절했어요." 돈이 말하고 있었다. "우리가 두번째로 갔을 때는 가을이었어요. 소는 여름 내내 산속에서 살았죠. 사람들은 우유를 짰어요. 여름 동안 우유를 가장 많이 내놓은 소가 목에 큰 종을 달고 가장 먼저 내려오게 돼요. 그게 1번 소예요. 사람들은 뿔에 꽃을 꽂고 크게 축하를 해주죠. 소는 높은 산에 있는 목초지에서 내려올 때 한 줄로 서서 내려와요. 1번 소가 제일 앞에 서죠." 그

---

* 스위스의 농가.

애가 계속 다른 사람을 죽이면 어쩔 거야? 그건 책임감을 좀 느껴야 하지 않나? 실제로 그렇게 됐어, 알아? 실제로 그렇게 됐다고, 실라. 그애는 세 명을 더 죽였어. 그건 어떻게 생각해? 나를 고문하려고 그냥 아무 말이나 하지 마요. 있는 얘기를 하는 거야! 그애는 세 명을 더 죽였다니까! 당신은 그걸 막을 수 있었어! 나를 고문하는군요. 나를 고문하려 하고 있어요. 그애는 세 명을 더 죽였단 말이야! "모든 사람들, 여름 내내 우유를 짜던 모든 아이들, 소녀들, 여자들이 아름다운 옷을 입고 와요. 스위스 전통 복장으로 오죠. 그리고 밴드도 와서 음악을 연주하고 광장에서 큰 축제가 열려요. 그러고 나면 소들은 또 집 밑에 있는 축사로 가서 겨울을 보내죠. 아주 깨끗하고 아주 좋은 곳이에요. 아, 대단한 일이었어요. 그걸 보는 것 말이에요. 시모어가 그 소 사진을 잔뜩 찍었어요. 나중에 환등기로 보려고요."

"시모어가 사진을 찍었다고?" 어머니가 물었다. "사진 찍는 걸 죽도록 싫어하는 줄 알았는데." 그러면서 그녀는 몸을 기울여 스위드에게 입을 맞추었다. "멋진 내 아들." 실비아 레보브가 작은 소리로 말했다. 그녀의 눈에 처음 얻은 아들을 사모하고 감탄하는 마음이 반짝이고 있었다.

"아, 그때는 그랬어요. 그 멋진 아들이 말이에요. 그때는 시모어가 라이카* 맨이었죠." 돈이 말하고 있었다. "당신이 멋진 사진을 찍었잖아, 안 그래?"

그래, 그랬다. 그것도 물론 그랬다. 그 멋진 아들은 사진을 찍고, 메

---

* 카메라 상표.

리에게 스위스 소녀 옷을 사주고, 로잔에서 돈에게 보석을 사주고, 동생과 실라에게 메리가 사람 넷을 죽였다고 말했다. 그 멋진 아들은 그들의 삶에서 가장 영광스러운 스위스를 보여준 주였던 추크를 기념하려고 가족을 위해 도기 촛대, 지금은 촛농에 반쯤 덮인 촛대를 샀고, 동생과 실라에게 메리가 사람 넷을 죽였다고 말했다. 그 멋진 아들은 라이카 맨이었고 그 둘―세상에서 가장 신뢰할 수 없고 전혀 통제도 되지 않는 두 사람―에게 메리가 한 일을 이야기했다.

"또 어디에 갔어요?" 실라가 돈에게 물었다. 실라는 자신의 행동이 차에서 셸리에게 다 말할 거라는 뜻으로 읽히지 않도록 조심하고 있었다. 말을 하면 셸리는 "맙소사, 맙소사" 하고 말할 것이다. 그는 아주 온유하고 품위 있는 사람이기 때문에 어쩌면 울지도 모른다. 하지만 집에 가면, 집에 가자마자, 그는 가장 먼저 경찰에 전화를 걸 것이다. 전에 그는 살인자를 숨겨주었다. 사흘 동안. 그것은 무섭고, 끔찍하고, 잔인하게 신경을 혹사하는 일이었다. 하지만 그때는 한 명만 죽었다. 그것도 나쁜 일이기는 하지만, 그래도 그 수는 그의 정신으로 감당할 수 있었다. 그리고 그의 아내가 주장했듯이, 또 멍청하게 그 자신도 동의했듯이, 그들에게는 선택의 여지가 없었다. 그 아이는 환자였다. 약속을 했다. 직업적인 양심으로 허용할 수가 없었다…… 그러나 네 사람. 이건 너무 심했다. 이건 받아들일 수가 없었다. 무고한 사람 네 명, 그들을 죽여버리다니. 안 돼, 이것은 야만적 행위, 소름 끼치는 행위, 타락한 행위였다. 이것은 악이었다. 그들에게는 물론 선택의 여지가 있었다. 법. 법에 대한 의무. 그들은 그 아이가 어디 있는지 알았다. 이런 비밀을 지키려다가는 형사상의 문제가 생길 수 있었다. 안 돼, 이 문제가 셸리의 통제를 벗어난 곳으로 번져나가게 놓아둘 수는 없었다. 스위드는 그 모든 것이 눈에 보였다. 셸리는 경찰에 전화를 할 터였다—할 수밖에 없었다. "네 사람입니다. 그 아이는 뉴어크에 있습니다. 시모어 레보브가 주소를 압니다. 그 사람이 거기에 갔다 왔습니다. 오늘 거기에서 그 아이와 함께 있었습니다." 셸리는 루 레보브가 묘사한 그대로였다—"의사이고, 존경받는 사람이고, 윤리적인 사람이고, 책임감 있는 사람"이었다. 그는 자기 아내가 이 야비하고 혐오스러운 아이, 억압받는 세상을 구원하겠다고 나선 또 한 사람의 살인자가 저지른 살인의 공범이 되게 놓아둘 수는 없었다. 가짜 이데올로기와 결합된, 광기에 사로잡힌 테러 행위—그 아이는 사람이 할 수 있는 최악의 일을 했다. 그것이 셸리의 해석일 것이다. 스위드가 그것을 바꾸기 위해 무엇을 할 수 있을까? 이제는 그 자신도 다르게 볼 수 없는데 어떻게 셸리가 다르게 보게 할 수 있을까? 그를 당장 옆으로 데려가자. 스위드는 생각했다. 셸리에게 말하자. 지금 설명을 하자. 그가 행동하는 것을 막기 위해, 그가 메리를 신고하는 것이 법을 준수하는 시민으로서 지켜야 할 의무라고, 그것이 무고한 생명들을 보호하는 길이라고 생각하는 것을 막기 위해 해야 할 말이라면 뭐든지 하자. 이렇게 말하자. "그애는 이용당했어요. 사실은 유순한 아이예요. 자비심이 많은 아이죠. 훌륭한 아이예요. 하지만 아이일 뿐이잖아요. 어쩌다 엉뚱한 사람들과 함께 있게 된 것뿐이에요. 그애가 그런 짓을 혼자서 꾸몄을 리가 없어요. 그애는 그냥 전쟁을 싫어한 거예요. 우리 모두 그랬잖아요. 우리 모두 분노하고 무기력함을 느꼈잖아요. 하지만 메리는 어린애였어요. 혼란에 빠진 사춘기 아이였어요. 흥분하기 쉬운 애였죠. 너무 어려서 진짜 경험 같은 건 없었어요. 그러다 자기가 이해도 하지 못하는 일에 말려든 거예요. 그애는 여러 생명을 구하려고 한 거였어요. 정치적으로 그애를 변명하려는 게 아니에요. 정치적 변명이란 건 없으니까요. 정당화할 수 없죠. 절대 없어요. 하지만 그애가 한 짓의 무시무시한 결과만 볼 수는 없잖아요. 그애한테도 이유가 있었어요. 그게 그 아이한테는 아주 큰 거였죠. 지금은 그 이유가 중요하지 않아요. 그애도 철학이 바뀌었고 전쟁도 끝났어요. 사실 우리 누구도 일어난 일을 다 알지는 못하고, 사실 우리 누구도 그 이유를 다 알지 못해요. 배후에는 뭔가가 더 있어요. 우리가 이해할 수 없는 것들이 훨씬, 훨씬 많아요. 물론 그애는 잘못됐어요. 비극적이고, 끔찍하고, 무시무시한 실수를 저질렀죠. 그애를 옹호할 수는 없어요. 하지만 이제 그 아이는 누구를 위험에 몰아넣지 않아요. 이제 비쩍 마른, 애처로운 난파선 같은 아이예요. 파리도 못 죽이는 아이죠. 아주 조용하고, 누구를 해치지도 않아요. 냉담한 범죄자가 아니에요, 셸리. 끔찍한 일을 저질렀지만, 이제는 영혼의 밑바닥까지 그걸 뉘우치고 있는, 망가진 피조물이라니까요. 경찰에 신고해봐야 무슨 소용이 있겠어요. 물론 정의는 이루어져야죠. 하지만 그애는 이제 위험하지 않다니까요. 셸리가 개입할 필요는 없어요. 누구를 보호하기 위해 경찰에 신고할 필요는 없다는 거예요. 복수할 필요도 없어요. 이미 그애는 복수를 당했어요. 믿어줘요. 나도 그애한테 죄가 있다는 건 알아요. 문제는 그애한테 죄가 있느냐 없느냐가 아니에요. 문제는 지금 어떻게 하느냐예요. 그애를 나한테 맡겨주세요. 내가 알아서 할게요. 그애는 아무 짓도 안 할 거예요. 내가 책임질게요. 내가 알아서 돌보고, 내가 알아서 그애가 도움을 받도록 할게요.

셸리, 나한테 그애를 인간의 삶으로 돌아오게 할 기회를 주세요. 제발 경찰에 신고하지 마세요!"

그러나 셸리가 어떻게 생각할지 스위드는 알았다. 실라는 메리의 가족을 위해 할 만큼 했어, 그렇게 생각할 것이다. 그들 둘 다 할 만큼 했다고. 그 가족은 이제 진짜 곤경에 처했지만, 닥터 샐츠먼에게서는 더 도움을 받지 못할 것이다. 이것은 얼굴 주름을 펴는 수술이 아니었다. 네 사람이 죽었다. 그 아이는 전기의자에 앉아야 한다. 그래, 넷이라는 숫자는 셸리조차 전기의자 스위치를 당길 만큼 분노한 시민으로 바꾸어놓을 것이다. 그는 바로 가서 신고를 할 것이다. 메리가 그래 마땅한 년이라고 생각하기 때문에.

"두번째 갔을 때요? 아, 우리는 모든 곳에 다 갔어요." 돈이 말하고 있었다. "유럽에서는 사실 어디를 가든 중요하지 않아요. 어디를 가든 아름다운 게 있거든요. 우리는 말하자면 그 길을 따라간 셈이죠."

그러나 경찰은 알았다. 제리에게서. 불가피했다. 제리는 이미 연방 수사국에 신고했다. 제리. 제리한테 그애 주소를 알려주다니. 제리한테 말을 하다니. 누구한테든 말을 하다니. 메리가 한 짓을 밝히는 일의 의미를 간과할 정도로 망가진 채 여기 앉아 있다니! 망가져서, 아무것도 안 하면서—돈의 손을 잡고, 다시 애틀랜틱시티, 보리바주, 수석 웨이터와 춤추던 메리 생각이나 하면서—경솔하게 밝혀버린 짓의 결과는 생각도 하지 않고, 스위드 레보브가 되는 재능, 평생에 걸쳐 유지했던 재능을 잃어버린 채, 이 세상이라는 공성망치*에서 벗어나 둥둥 뜬

---

* 성벽을 파괴하는 무기.

채, 꿈을 꾸면서, 꿈을 꾸면서, 무력하게 꿈을 꾸면서. 그러는 동안 플로리다에서는 성미 급한 동생, 스위드를 최악으로 생각하는 동생, 스위드에게 동생도 아니었던 동생, 처음부터 스위드가 축복받았던 모든 것에, 그들 둘 다 붙들고 씨름할 수밖에 없었던 그 불가능한 완벽성에 적대감을 느꼈던 동생, 그 격하고 고집스럽고 무자비한 동생, 뭐든 어중간하게 하는 법이 없고, 심판─그래, 온 세상이 지켜봐야 할 마지막 심판─보다 더 좋아하는 것이 없는 동생……

그가 그애를 신고했다. 동생이 아니라, 셸리 샐츠먼이 아니라, 그 자신, 그가 그 일을 했다. 내 입을 막는 데는 뭐가 필요했을까? 나는 입을 열어서 무엇을 얻을 수 있을 거라고 기대했을까? 안도? 유치한 안도? 그들의 반응? 내가 그들의 반응 같은 우스꽝스러운 것을 추구했던가? 그는 입을 열어서 상황을 최악으로 만들었다. 메리가 자신에게 한 이야기를 그들에게 전해서. 스위드가 그런 것이다. 네 사람을 죽였다고 그애를 신고한 것이다. 이제 그는 그 자신의 폭탄을 설치했다. 그러고 싶지 않았으면서, 자신이 무슨 짓을 하는지도 모르면서, 심지어 누가 조르지도 않았는데, 그는 굴복했다. 자신이 해야 할 일을 했고, 하지 말아야 할 일을 한 것이다. 그애를 잡아넣은 것이다.

그가 입을 다물고 있으려면 완전히 다른 하루가 필요했을 것이다. 다른 날, 이날을 폐기하고 다른 날. 나를 이날로 이끌고 들어가지 마라! 그렇게 많은 것을 그렇게 빠른 시간에 보다니. 그가 얼마나 금욕적으로 보지 않는 능력을 발휘했던가. 질서를 잡는 그의 힘은 얼마나 대단했던가. 그러나 추가로 세 명을 죽인 사건에서 그는 질서를 잡을 수 없는 것과 마주쳤다. 심지어 그의 힘으로도. 그 이야기를 듣는 것만으로도 무시무시했지만, 그것을 전함으로써 그것이 얼마나 무시무시한지 이해할 수 있었다. 하나 더하기 셋. 넷. 이렇게 눈을 뜨게 된 계기는 메리다. 딸이 아버지의 눈을 뜨게 했다. 어쩌면 이것이 그 아이가 하고 싶었던 유일한 일이었는지도 모른다. 아이는 그에게 시력, 절대 질서를 잡을 수 없다는 것을 분명히 볼 수 있는 시력, 하나에 셋이 더해지기 전에는 볼 수 없고, 보이지 않고, 보려 하지 않는 것을 볼 수 있는 시력을 주었다.

그는 우리가 서로에게서 나와야 한다는 것이 얼마나 거짓말 같은지, 또 우리가 실제로 서로에게서 나온다는 것이 얼마나 거짓말 같은 일인지 보았다. 출생, 승계, 세대, 역사—정말이지 거짓말 같았다.

그는 우리가 서로에게서 나오지 않는다는 것, 우리가 서로에게서 나오는 것처럼 보일 뿐이라는 것을 보았다.

그는 사물이 존재하는 방식을, 넷이라는 수 너머를, 묶일 수 없는 모든 것을 보았다. 질서는 하찮은 것이다. 그는 대부분이 질서이고 아주 작은 부분만 무질서인 줄 알았다. 그러나 거꾸로 생각한 것이었다. 그는 환상을 만들었는데, 메리가 그를 위해 그 환상을 해체해주었다. 그 애가 염두에 둔 것은 특정한 전쟁이 아니었지만, 그럼에도 그애는 미국에게, 그녀 자신의 집에, 하나의 전쟁이 벌어지고 있음을 절실하게 느끼게 해주었다.

그 순간 그의 아버지가 비명을 지르는 소리가 들렸다. "안 돼!" 그들은 루 레보브가 비명을 지르는 소리를 들었다. "맙소사! 안 돼!" 부엌의 여고생들도 비명을 지르고 있었다. 스위드는 즉시 무슨 일이 벌어지고 있는지 이해했다. 메리가 베일을 쓰고 나타난 것이다. 그래서 할

아버지에게 사망자가 넷이라고 말한 것이다! 뉴어크에서 기차를 타고, 마을에서 8킬로미터를 걸어온 것이다. <u>스스로 온 것이다!</u> 이제 모두가 알게 되었다!

그애가 그 지하도를 단 한 번이라도 다시 지나간다는 생각에 그는 저녁 내내 겁에 질려 있었다. 넝마를 걸치고 샌들을 신은 채, 더러움과 어둠을 뚫고 지하도의 부랑자들 사이를 혼자 걷다니. 자기가 그들을 사랑한다는 것을 알고 있다고 믿으며 혼자 걷다니. 그러나 그가 식탁에 앉아 아무런 해결책도 만들어내지 못하는 사이 그애는 지하도 근처에도 가지 않고 이미 시골로 돌아와 있었다. 여기 어여쁜 모리스 카운티 시골로 돌아와 있었다. 그는 즉시 그 광경을 떠올렸다. 이곳은 미국인들이 10세대에 걸쳐 길들여놓은 곳이었다. 메리는 9월이면 가장자리에 붉은색과 타오르는 듯한 주황색의 조팝나물이 자라는 언덕길을 걸어 돌아와 있었다. 그 길에는 까실쑥부쟁이, 미역취, 당근도 빽빽하게 자라고 있었을 것이다. 평범하기 짝이 없는 줄기들 위에 흰색과 파란색과 분홍색과 와인색의 꽃들이 예술적으로 얹혀 흐드러지게 뒤엉켜 있었을 것이다. 모두 메리가 4H 클럽 프로젝트에서 이름과 분류를 배운 꽃들, 그런 뒤 산책을 하며 도시 소년인 아버지에게 가르쳐준 꽃이었다. "봐요, 아빠, 꽃잎 끝에 누-눈금이 있죠?" 치커리, 양지꽃, 엉겅퀴, 패랭이, 등골나물, 들판으로부터 억세게 흘러넘치며 노란 꽃을 피우는 들갓의 마지막 자취, 클로버, 톱풀, 해바라기, 근처 농장에서 탈출해 그 소박한 자주색 꽃을 자랑하는 끈 같은 알팔파, 하얀 꽃잎이 달린 꽃들이 덩어리를 이루고 꽃잎 뒤에는 메리가 손바닥에 올려놓고 톡 터뜨리기를 좋아하던 부푼 작은 자루가 달린 장구채, 메리가 혀 같은 보드라운 잎을 따서 운동화 안에 깔고 다니던—아이의 역사 선생님 말에 따르면 초기 정착자들은 그 잎을 깔창으로 사용했다고 한다—꼿꼿한 현삼. 어린 시절 메리가 그 절묘하게 생긴 꼬투리를 조심스럽게 찢어 씨가 담긴 비단 같은 솜털을 공중에 불면서 자신을 영원한 바람이라고 상상하며 자연과 하나됨을 느끼던 밀크위드. 아이의 왼쪽에는 인디언 개울이 빠르게 흘렀겠지. 그 위에는 작은 다리들이 놓여 있고, 가다보면 댐으로 막아 수영을 할 수 있는 웅덩이들이 있었다. 이 개울은 튼튼한 숭어가 뛰노는 냇물로 이어진다. 그곳은 메리가 아버지와 낚시를 하던 곳이었다. 인디언 개울은 도로 밑을 가로질러, 발원지인 산에서 동쪽으로 흘렀다. 아이의 왼쪽에는 땅버들이며 늪지 단풍나무를 비롯해 여러 늪지 식물들이 있었을 것이다. 아이의 오른쪽에는 거의 열매를 맺은 호두나무들이 있었을 것이다. 이제 몇 주 후면 호두가 떨어질 것이다. 메리가 그 껍질을 까면 손가락이 거무스름하게 물들고, 시큼하고 얼얼한 냄새가 기분좋게 풍겨오겠지. 아이의 오른쪽에는 검은 벚나무와 들의 식물들과 풀을 벤 들판이 있었을 것이다. 언덕 위쪽에는 말채나무가 있었을 것이다. 그 너머는 숲이었는데, 키가 크고 곧은 단풍나무, 떡갈나무, 쥐엄나무 등이 많았다. 메리는 가을이면 그 콩꼬투리를 모으곤 했다. 메리는 모든 것을 모으고, 모든 것을 분류하고, 모든 것을 그에게 설명했다. 그가 준 휴대용 돋보기로 카멜레온 같은 게거미를 살폈다. 아이는 그 거미를 집으로 가져와 축축한 유리병 안에 잠시 포로로 잡아두고 죽은 파리를 먹이다가 마침내 다시 미역취나 당근 위에 놓아주었다("이제 어떻게 되나 봐요, 아빠"). 그러면 거미는 다시 먹이를 잡으려고 색깔을 조절했다. 메리는 북서쪽으로,

빛이 아직 엷게 남아 있는 지평선으로 걸어갔겠지. 개똥지빠귀의 어슬
녁 울음소리를 뚫고 걸어갔을 것이다. 메리가 싫어하던 목초지의 하얀
담장을 지나 올라갔을 것이다. 건초밭, 옥수수밭, 아이가 싫어하던 무
밭을 지나 올라갔을 것이다. 축사, 말, 소, 연못, 냇물, 샘, 폭포, 물냉
이, 속새("개척자들이 단지와 팬을 닦을 때 저걸 사용했대요, 엄마"),
초원, 아이가 싫어하던 끝없이 펼쳐지는 숲을 지나 올라갔을 것이다.
마을로부터 올라가며, 아이 아버지가 기분좋게, 행복하게 조니 애플시
드처럼 걸었던 길을 따라갔을 것이다. 마침내 막 초저녁 별 몇 개가 나
타날 때, 메리는 자기가 싫어하던 백 년 된 단풍나무들과 아이의 존재
가 아로새겨진, 아이가 싫어하던 오래되고 튼튼한 돌집에 이르렀을 것
이다. 그 집에는 마찬가지로 아이의 존재가 아로새겨진, 마찬가지로
아이가 싫어하는 튼튼한 가족이 살고 있다.

　테러리스트였던 아이는 오래전부터 위안이라는 생각, 아름다움과
달콤함과 기쁨과 평화라는 생각과 연결되던 시간에, 그런 명절에, 그
런 풍경을 뚫고 왔다. 스스로, 뉴어크로부터 자신이 싫어하고 원하지
않던 모든 것으로, 자신이 경멸하던 일관성 있고 조화로운 세계로, 가
장 이상하고 난데없는 공격자가 되어 싸움을 즐기던 젊은 시절의 못된
심술로 완전히 뒤집어놓았던 모든 것으로 돌아왔다. 뉴어크로부터 돌
아와 즉시, 즉시 자신의 아버지의 아버지에게 자신의 위대한 이상주의
가 시켜서 했던 일을 고백했다.

　"네 사람이에요, 할아버지." 메리는 할아버지에게 말했고, 할아버지
의 심장은 그것을 감당할 수 없었다. 집안에 이혼이 있었다는 것만으
로도 견디기 힘든데 살인이라니, 그것도 한 사람이 아니라 한 사람 더

하기 세 사람의 살인이라니. 네 사람의 살인이라니.

"안 돼!" 할아버지는 베일을 쓰고 똥냄새를 풍기는 이 침입자, 스스로 그들이 사랑하는 메리라고 주장하는 침입자에게 소리쳤다. "안 돼!" 그의 심장은 굴복했고, 힘이 다했고, 그는 죽었다.

루 레보브의 얼굴에 피가 있었다. 그는 부엌 식탁 옆에 서서 관자놀이를 움켜쥔 채 아무 말도 하지 못하고 있었다. 한때 당당했던 아버지, 175센티미터도 안 되는 키로 180센티미터가 넘는 자식들로 이루어진 가족의 거인 노릇을 했던 아버지에게 이제 피가 점점이 박혀 있었다. 올챙이배만 아니면 아버지처럼 보이지도 않았다. 그 얼굴은 울지 않으려 안간힘을 쓰는 걸 제외하면 모든 것이 사라져 텅 빈 상태였다. 그러나 울음조차 막을 수 없을 정도로 무력해 보였다. 그는 아무것도 막을 수 없었다. 그는 평생 믿을 수 없었던 사실, 최고급 여성용 정장 장갑을 4분의 1 간격의 사이즈로 만든다 해도 그것이 그가 사랑하는 모든 사람에게 완벽하게 꼭 들어맞는 삶의 영위를 보장해줄 수는 없다는 사실을 이제야 믿을 준비가 된 것처럼 보였다. 그것은 턱도 없는 일이었다. 가족을 보호할 수 있다고 생각하지만 사실 나 자신도 보호할 수 없으니까. 자신의 과제에서 한눈팔지 않았던 사람, 무질서에 대항한, 인간의 오류와 결함이라는 지속적인 문제에 대항한 성전聖戰에서 누구 하나 소홀히 한 적 없던 사람에게 이제는 아무것도 남아 있지 않은 것 같았다. 그가 서 있던 자리에는 굽힐 줄 모르는 줄기 같던 열렬한 싸움에 나선 사람, 삼십 분 전만 해도 동맹자들과도 싸우려고 머리를 쑥 앞으로 내밀던 사람은 보이지 않았다. 이 사람은 겪을 수 있는 실망은 모두 겪은 사람의 모습이었다. 그러나 이제 그의 속에는 일탈을 때려죽일 만한 무딘 무기조차 남아 있지 않았다. 있어야 할 것이 존재하지 않았다. 일탈이 승리했다. 그것을 막을 수는 없다. 거짓말처럼, 일어나지 말았어야 할 일이 일어났고 일어나야 할 일은 일어나지 않았다.

질서를 만들던 낡은 체제는 이제 작동하지 않는다. 남은 것은 그의 두려움과 놀라움뿐이다. 하지만 이제 어떤 것으로도 감추어지지 않는다.

식탁에는 제시 오컷이 있었다. 반쯤 빈 디저트 접시와 손도 대지 않은 우유잔 앞에 앉아 있었다. 손에는 끝이 피로 붉게 물든 포크를 쥐고 있었다. 그녀는 그것으로 그를 찔렀다. 개수대에 있는 여고생은 사람들에게 그 일을 이야기하고 있었다. 다른 여고생은 비명을 지르며 집에서 뛰쳐나갔다. 따라서 부엌에는 이야기를 해줄 사람이 여고생 하나뿐이었고, 그녀는 울면서 최선을 다해 설명하고 있었다. 여고생은 말했다. 오컷 부인이 먹으려 하지 않았기 때문에 레보브 씨가 오컷 부인한테 파이를 직접 먹여주려 했어요. 한 번에 한입씩요. 그는 그녀에게 스카치위스키 대신 우유를 마시는 것이 얼마나 좋은지, 그녀에게 얼마나 좋은지, 그녀의 남편에게 얼마나 좋은지, 그녀의 자식들에게 얼마나 좋은지 설명하고 있었다. 곧 그녀에게 손자들이 생길 텐데 그들에게도 좋을 것이다. 그녀가 한입 삼킬 때마다 그는 말했다. "그래, 제시, 착하지, 제시 정말 착한 아이야." 그러면서 제시가 술을 끊는다면 세상 모든 사람에게 얼마나 좋을지, 심지어 레보브 씨 부부에게도 얼마나 좋을지 이야기했다. 그가 딸기대황파이 한 조각을 거의 다 먹었을 때 그녀는 말했다. "내가 제시에게 먹여줄 거야." 그는 아주 행복하여,

그녀에게 아주 만족하여, 웃음을 터뜨리며 포크를 건네주었다. 그러자 그녀는 바로 그의 눈을 노렸다.

그녀의 공격은 불과 1인치 정도 빗나간 것으로 확인되었다. "나쁘지 않은 솜씨군." 마샤가 부엌의 모든 사람을 향해 말했다. "그 정도로 술이 취한 사람치고는 말이야." 한편 오컷은 아내가 그때까지 고안했던 모든 것, 투철한 시민 정신으로 간통을 일삼는 남편에게 모욕을 주려고 고안했던 모든 것을 뛰어넘는 장면에 경악했다. 그는 전혀 무적으로 보이지 않았다. 그 자신에게나 다른 누구에게나 별로 대단해 보이지 않았다. 스위드가 친선 풋볼 시합 중간에 내동댕이쳤던 그 아침의 그처럼 멍청해 보였다. 오컷은 살며시 제시를 의자에서 일으켜세웠다. 그녀는 전혀 가책을 느끼는 것 같지 않았다. 전혀. 모든 수용기관과 전달기관이 사라진 것 같았다. 그녀에게 그녀가 문명생활의 근본적인 경계선을 넘어버렸다고 통보해주는 세포가 하나도 없는 것 같았다.

스위드의 어머니는 이미 축축한 냅킨으로 남편의 작은 상처들을 토닥이고 있었다. 마샤는 스위드의 아버지에게 말했다. "저 여자가 조금만 술을 덜 마셨으면 지금쯤 한쪽 눈이 멀었을 거예요, 루." 그 순간 이 몸집이 크고 거칠 것 없는, 카프탄 차림의 사회비평가는 도저히 자제할 수가 없었다. 마샤는 제시가 떠난 의자에 앉더니, 우유가 찰랑거리는 잔을 앞에 두고, 두 손으로 얼굴을 가린 채 웃음을 터뜨리기 시작했다. 그들이 우둔해서 이 신기해 보이는 장치 전체가 얼마나 허약한지 모른다는 듯이 비웃고 있었다. 그들 모두를 향해, 급속하게 무너져 그녀에게 아주 큰 기쁨을 안겨주고 있는 사회의 기둥들을 향해 웃고 웃고 또 웃었다. 역사적으로 이런 사람들은 늘 존재하는 것 같았다. 광포

하게 날뛰는 무질서가 얼마나 멀리 퍼져나갔는지 음미하며 웃음을 터뜨리는 사람들. 견고하다고 여겨지는 것들이 얼마나 공격받기 쉽고, 무르고, 연약한지 확인하며 즐거워하는 사람들.

그래, 그들의 요새는 금이 갔다. 여기 멀리 떨어진, 안전한 올드림록에서도. 이렇게 한번 벌어진 이상, 다시는 아물지 않을 것이다. 절대 회복되지 않을 것이다. 모든 것이 그들에게 맞서고 있었다. 그들의 삶을 좋아하지 않는 모든 사람, 모든 것이 맞서고 있었다. 외부에서 들려오는 모든 목소리가 그들의 삶을 비난하고 거부하고 있었다!

그런데 그들의 삶이 뭐가 문제인가? 도대체 레보브 가족의 삶만큼 욕먹을 것 없는 삶이 어디 있단 말인가?

유대인의 꿈, 미국인의 꿈

1933년생인 미국의 소설가 필립 로스는 팔십대에 이른 2012년에 프랑스의 한 잡지와 인터뷰를 하면서 이제 글은 쓸 만큼 썼다며 앞으로는 더 안 쓰겠다고 이야기했다. 로스는 글을 쓰느라 시간 낭비나 한 것은 아닌지 자기 인생을 살펴봤으나 그런대로 괜찮았던 것 같다고 자평하면서, 권투선수 조 루이스의 말을 인용해 "내가 가진 것으로 최선을 다했다"고 덧붙였다. 이로써 로스는 2010년에 나온 『네메시스』로 육십년에 가까운 작품 활동을 마무리한 셈이 되었다.[*] 로스는 그동안 누구 못지않게 생산성이 왕성한 작가였으므로 그를 좋아하는 독자라도 은퇴 소식에 큰 아쉬움은 없을 것이라고 생각할지 모르지만, 꼭 그렇지

---

[*] 작가의 삶과 관련된 자세한 내용은 본 전집에 속한 『휴먼 스테인』의 해설을 참조하라.

만도 않은 것이, 로스는 나이가 들면서 작품이 더 좋아진다는 평을 받는 드문 작가였기 때문이다. 아직 살아 있는 작가임에도 그의 작품 활동을 흔히 초기, 중기, 후기로 나누어 구분하는 것 또한 그가 비단 육십 년이란 오랜 세월 동안 소설을 써왔기 때문만이 아니라, 『포트노이의 불평』으로 대표되는 초기작들의 명성에 기대지 않고 오로지 소설을 쓰는 데에만 전념하면서 중기의 『미국의 목가』, 후기의 『에브리맨』 등 다수의 기억에 남을 만한 작품으로 자신을 갱신해왔기 때문인 것이다.

이런 작가 인생을 살아온 필립 로스가 "내가 가진 것으로 최선을 다했다"고 말할 때 그가 "가진 것"은 무엇이었을까? 로스의 동년배이자 로스 못지않게 중요한 작가이며 또 서로 존중하는 사이이기도 했던 존 업다이크는 1990년대에 발표한 로스의 한 작품을 약간 가혹하게 평가하면서, 그 작품은 "(1) 이스라엘과 그 영향, (2) 포스트모던적이고, 해체지향적인 소설의 발전, (3) 필립 로스"에게 관심을 가진 사람만 읽으면 된다는 식으로 이야기한 적이 있다. 여기에서 업다이크가 유대인 문제를 첫손에 꼽았다는 것에서도 알 수 있듯, 로스를 혹평하든 상찬하든, 그를 거론할 때 유대인 문제는 대개 함께 따라온다. 물론 로스 자신은 이런 식으로 "딱지를 붙이는" 시각을 단호히 거부한다. 그런 "정체성의 딱지는 사람이 실제로 삶을 겪는 방식과 아무런 관계가 없다"는 것이다. 그러나 로스가 지적하는 일반화나 상투화의 위험은 충분히 이해하면서도, 그가 유대인이라는 자의식에 사로잡힌 인물들을 다수 빚어냈다는 사실 자체를 부정할 수는 없다. 흑인이 주인공으로 등장하는 소설에서 그가 흑인임을 무시하려고 하는 것이 오히려 소설을 제대로 읽는 것을 방해하는 경우와 마찬가지로, 그의 소설에서 주인공이 유대인임을 무시하는 것은 자칫 그의 소설로 들어가는 입구를 놓치는 일이 되기 십상이다. 실제로 로스는 작품 활동 초기부터 같은 유대인들로부터 반유대주의자라는 공격을 받을 정도로 유대인 문제의 예민한 부분을 건드려왔다. 또 로스가 소설가로서 평생 긴장을 늦추지 않고 살아온 것도 어떤 면에서는 미국 사회의 핵심을 이루고 있으면서도 결코 '주류'에 끼지는 못하는 유대인이라는 위치 때문이었는지도 모른다.

유대인 문제의 예민한 면을 다룬다는 점은 『굿바이 콜럼버스』(1960) 등을 내놓던 데뷔 때부터 로스의 주요한 특징으로 지적되어왔다. 흔히 로스의 소설에서 작가 개인의 이야기와 허구의 경계가 모호하다는 점이 지적되곤 하는데, 그 점은 그의 사생활의 디테일이 소설에 얼마나 들어가 있느냐 하는 문제보다도, 바로 이렇게 처음부터 작심하고 자신의 인종적 정체성 문제와 정면 대결했다는 점에서 찾아봐야 할 것이다. 그의 출세작으로 꼽히는 『포트노이의 불평』(1969)에서 정신분석가의 소파에 앉은 앨릭스 포트노이는 줄곧 자신의 유대인 정체성을 물고 늘어지며, 심지어 자신의 뿌리를 찾아 이스라엘까지 가보기도 한다. 물론 포트노이는 문란한 사생활에도 불구하고, 그런 사생활이 드러날까봐 공포에 떨 만한 지위에 있는, 공적 의무감에 충실한 실력 있는 유대인 법률가다.

포트노이는 유대인 공동체에서 태어나 뛰어난 능력으로 미국 엘리트 집단에 진입한 경우인데, 필립 로스 또한 1933년 포트노이와 마찬가지로 뉴저지 주 뉴어크의 위퀘이크(『미국의 목가』의 무대가 되는 곳이기도 하다)에서, 역시 포트노이와 마찬가지로 보험 대리인이라는 직업을 가진 아버지 밑에서 태어났다. 부모는 모두 유대인 1세대 이민자였으며, 위퀘이크는 미국 문화에 동화되려고 노력하던 유대인들의 공동체가 단단히 뿌리를 박은 곳이었다. 로스는 이곳에서 고등학교까지 마치고, 『울분』(2008)의 주인공 마커스 메스너처럼 한국전쟁이 한창이던 시기에 고향을 떠나 작은 대학으로 진학한다. 그뒤에 시카고 대학 석사 과정에 들어가면서 대도시로 진출하고, 이곳에서 솔 벨로 같은 선배 유대인 작가를 만나면서 작가로서 첫걸음을 내딛게 된다. 바야흐로 미국 주류 사회에 얼굴을 내밀게 된 것이지만, 로스는 작가로서 처음부터 자신의 유대인 정체성을 탐구 주제로 삼았다. 그는 어떤 경우에는 또 이 점을 솔직히 인정하여, 한편으로는 "유대인의 연대라는 소명"을 느끼면서도, 다른 한편으로는 "문화적 동화와 사회적 상승 이동의 시대에 자신의 정체성을 확신하지 못하는 중간계급 유대계 미국인의 가치와 도덕에 자유롭게 문제를 제기하고 싶은 욕망"을 느낀다면서, 이 둘 사이의 "갈등을 탐사해보고 싶다"고 말하기도 했다.

아마 이런 그의 작가적 욕구를 가장 충실하게 반영한 대표적 작품이 북구인의 준수한 외모를 타고나 어린 시절 '스위드(스웨덴 사람)'라는 별명을 얻고 운동선수로서 이름을 날린 뒤 장성해서는 사업가로서 미국 주류 사회에 깊숙이 진입한 인물의 몰락을 그린 중기 대표작 『미국의 목가』일 것이다. 잠시 후 조금 더 자세히 이야기하겠지만, 이 작품에서 주인공은 '이방인'과 결혼까지 하여 미국 주류 문화에 깊숙이 동화되었다는 환상에 빠져 살다가 딸이 미국 사회의 격변의 소용돌이에 휘말리면서 정체성과 삶 전체가 크게 뒤흔들리는 경험을 하게 된다. 여기서 흥미로운 것은 이 작품의 제목이 '유대인의 목가'가 아니라 '미국의 목가'라는 점이다. 즉 유대인이 미국 사회의 주류에 완전히 동화되지 못하는 이유를 유대인 자신만이 아니라 미국 자체에서도 찾고 있는 것이다. 실제로 로스는 미국이 그런 동화 능력과 탄력을 가졌던 시기는 1940년대 어름이며, 그 이후로는 그런 능력을 상실해간다고 본다. 로스의 이런 비관적 또는 복고적 진단이나 전망이 옳든 그르든, 이 작품에서 우리는 로스가 유대인의 문제에서 출발했으면서도 미국 사회 전체를 조망하는 지점에 올라서게 되었다는 것을 알 수 있다. 즉 필립 로스라는 작가의 그릇의 크기를 확인할 수 있는 것인데, 이것이 그가 단지 중요한 유대인 작가를 넘어 미국을 대표하는 작가가 될 수 있었던 이유라고도 할 수 있다.

그가 이런 위치에 오른 것은 어떤 면에서는 유대인 문제에서 출발한다는 작가적 전략이 성공한 결과라고도 볼 수 있다. 주변에서 주변성을 당연시하며 살아가는 경우보다는, 오히려 유대인처럼 자신의 주변성을 쉽게 받아들이지 못하는 경우에 그 주변성이 더 강하게 드러나고, 또 그 주변의 빛으로 중심을 비출 수도 있기 때문이다. 사실 주류란 말이 있을 뿐이지 실제로 주류에 속한 사람, 적어도 자신이 주류에 속했다고 느끼는 사람은 별로 없다는 것이 주류의 아이러니이기도 하다. 대다수는 주변부에서 아슬아슬하게 버티며 삶을 이어가고 있기 때문이다. 따라서 주류라는 것은 많은 경우 환상으로만 존재하는 것인지도 모르는데, 로스는 후기 대표작 『에브리맨』(2006)에 이르러 주류의 삶을 살아왔다는 착각에 빠졌던 한 중간계급 유대인의 말년을 통해 그런 주류의 환상을 깨면서 모든 인간의 보편성으로 나아간다. 이 작품이 강력한 힘을 발휘하는 것은 로스가 그려내는 것이 추상적인 '에브리맨'이 아니라, 유대인에서 출발하여 주류 미국인을 통과하여 도달한, 구체적 보편성을 가진 '에브리맨'이기 때문이다. 칠십대가 되어 다시 청춘을 되돌아본 『울분』에서도 로스는 유대인의 문제를 구체적인 역사적 상황이나 인간의 보편적인 조건과 맞물린 것으로 파악하는 균형 잡힌 시각을 보여주고 있다. 결국 로스는 유대인이라는 동굴로 들어가, 갈 수 있는 데까지 깊이 파고든 끝에 온 인류의 땅으로 나온 것이다.

앞에서도 보았듯 『미국의 목가』는 유대인의 꿈과 미국의 꿈이 만나는 지점을 그리고 있으며, 그 꿈이 무너지는 원인 또한 단지 유대인의 문제가 아니라 그야말로 미국의 문제에서 찾고 있다는 점에서, 자신은 "유대인이 아니라 미국에 관해 쓴다"는 로스 자신의 발언을 가장 강력하게 뒷받침해줄 만한 작품이라고 할 수 있다. 로스가 이 작품으로 퓰리처상을 탄 것도, 이 책이 〈타임〉지가 선정한 '100대 소설'에 들어간 것도, 2006년 〈뉴욕 타임스〉가 200여 명의 작가, 비평가 등에게 지난 25년간 최고의 작품이 무엇이냐고 물어보았을 때 최종 후보로 올라간 것도(1위는 토니 모리슨의 『빌러비드』였다), 『미국의 목가』가 미국 문제의 핵심을 찌르고 들어갔다는 사실을 인정받았기 때문일 것이다.

이 소설은 작가의 분신인 네이선 주커먼이 1990년대에 직접 만나기도 하고 소식을 전해 듣기도 한 시모어 '스위드' 레보브의 이야기를 소설로 재구성해나가는 형식으로 진행된다. '스위드'는 미국의 꿈을 내면화하면서 유대인이 아닌 '이방인'과 결혼까지 한 인물로, 유대인 사회의 우상이었던 사람이다. 그런 그의 삶이 파국을 맞이하기까지의 이야기가 『미국의 목가』의 중심 부분을 이룬다. 스위드의 삶이 위기를 맞이하는 시기는 곧 미국이 큰 위기를 맞이한 시기와 일치하는데, 구체적으로 말하자면 그것은 1960년대 말부터 1970년대 초다. 이때 미국은 베트남전쟁에 깊숙이 휘말려들고, 그에 대한 대응으로 반전운동과 민권운동이 활발하게 벌어지고, 다른 한편으로는 성 혁명이 일어나는 (이 작품에도 등장하는 포르노 영화 제목 〈목구멍 깊숙이Deep Throat〉는 닉슨 대통령 사임의 계기가 되는 워터게이트 도청 행위를 알려준 비밀 정보 제공자의 암호명이기도 했다) 등 격변이 일어나고 있었다. 이 격변의 소용돌이는 탄탄한 사업을 바탕으로 미국 나름의 전통을 간직한 목가적 전원지대에서 미국의 꿈을 이루려 했던 한 유대인 가족까지 빨아들여, 이 가족의 운명은 미국 전체의 운명과 맞물려 파국을 향해 나아가게 된다.

실제로 이 소설에서 유대인의 문제와 미국의 문제가 당대의 구체적인 정황을 배경으로 절묘하게, 조밀하게 교직되는 과정을 보고 있노라면 그 두 가지 문제의 결합이 단지 추상적인 이론상의 결과물이 아니라 삶의 현장에서 실제로 벌어지던 일이었음을 실감하게 된다. 여기에서 무엇보다 중요한 점, 특히 "사람이 삶을 겪어내는 방식"을 중시하는 로스에게 중요한 점은, 그의 시야가 넓어졌다거나 안목이 달라졌다는 것보다도, 이 작품이 이루어낸 성취가 어디까지나 구체적인 소설적 성취라는 점일 것이다. 단지 이 작품이 디테일의 충실함—예를 들어 장갑공장과 관련된 묘사를 보라—에서 전통적인 대가에게 밀리지 않는 솜씨를 선보였다는 뜻만은 아니다. 아무리 추상적으로 유대인 문제와 미국인 문제가 불가분이다 어떻다 한들, 로스에게는 그것이 소설로서 그려지지 않으면 아무런 의미가 없었을 것이라는 뜻이기도 하다. 어쩌면 이것 때문에 로스는 굳이 액자소설 비슷한 형식을 빌려, 언뜻 보면 군더더기처럼 보이는 부분, 즉 1990년대를 살아가는 육십대의 소설가 주커먼이 스위드의 삶을 쓰겠다고 마음먹게 되는 과정을 책 앞머리에서 우리에게 보여주는 것인지도 모른다.

　이 과정의 핵심은 작중 화자 주커먼이 스위드의 이야기를 재구성하는 일을 자신의 소설적 과제로 삼는 것인데, 이 과제란 스위드에게서 성공한 성실한 유대계 미국인이라는 딱지를 떼어내고 그가 "실제로 삶을 겪어낸 방식"을 구체적으로 그려낼 수 있을 만큼 그를 이해하는 것이다. 이것은 과거의 선입관이나 잠깐 만나본 인상 때문에 스위드라는 인물에 대한 피상적이고 그릇된 인식에 갇히고 말았다는 주커먼의 반성에서 생겨난 과제다. 주커먼이 이 과제를 수행하게 되면서, 처음에는 내면조차 없는 인간 취급을 당했던 스위드는 시대의 격변 한복판에서 그 누구보다 아픈 고통을 견뎌내야 했던 비극적 인물로 바뀌어나간다. 이렇게 주커먼이 스위드의 삶의 진실로 들어가는 과정은 곧 이 소설이 쓰여나가는 과정임과 동시에 그것을 읽는 독자가 한 개인이 아프게 겪어내는 삶을 가장 깊은 의미에서 함께 겪어나가는 과정이기도 하다. 결국 스위드의 비극은 한 고결하고 성실한 인간이 곡진한 선의에도 불구하고 좌절하고 마는 이야기로, 유대인의 비극이자 미국인의 비극이자 인간의 비극이 된다. 미국에서 꼽은 100대 소설에 들어가는 작품이라서가 아니라 바로 이런 이유 때문에 『미국의 목가』는 스위드와는 다른 시대에 다른 곳에서 그와 다르면서도 또 비슷하게 삶을 겪어내고 있는 우리의 깊은 곳을 흔든다. 그러면서 소설이 무엇이냐고 다시 묻는다.

마지막으로 에피소드 하나. 소설의 주인공 시모어 '스위드' 레보브의 모델은 시모어 '스위드' 메이신이라는 실존 인물이다. 책이 나오기 전까지는 로스를 만난 적이 없지만, 현실의 스위드의 삶은 위퀘이크 고등학교를 나온 것에서부터 유명한 운동선수였다가 이방인 여자와 결혼하는 것까지 소설 속 인물과 거의 비슷했다고 한다. 물론 결혼 이후부터는 소설 속 인물과 행적이 달라지지만, 그는 소설을 읽고 이렇게 말했다고 한다. "놀라운 일이지만, 만일 내가 그런 상황이었다면 책에 나오는 것과 거의 똑같이 행동했을 것이다."

정영목

1933년	뉴저지 주 뉴어크에서 유대계 미국인 1세대인 허먼 로스와 베스 로스의 차남으로 출생.
1950년	위퀘이크 고등학교 졸업, 뉴어크 대학에 입학.
1951년	버크넬 대학으로 옮김. 교내 문학잡지 〈엣 세트라*ET Cetera*〉에 작품과 비평을 실으며 논설위원을 맡음.
1954년	버크넬 대학에서 영문학 학사학위 받음. 단편 「눈 오던 날 *The Day It Snowed*」을 〈시카고 리뷰〉에 발표.
1955년	시카고 대학에서 영문학 석사학위 받음. 8월 군 입대. 〈에포크*Epoch*〉에 「애런 골드의 경기 *The Contest for Aaron Gold*」를 실음.
1956년	8월 부상으로 제대. 시카고 대학에 한 학기 강의를 신청, 1956년부터 1958년까지 시카고 대학에서 강의를 맡음.
1957년	〈뉴 리퍼블릭〉에서 영화와 TV 프로그램 리뷰어로 활동.
1958년	시카고에서 맨해튼 남동쪽으로 이사. 「유대인의 개종 *The Conversion of the Jews*」 「엡스타인*Epstein*」 「굿바이, 콜럼버스 *Goodbye, Columbus*」를 〈파리 리뷰〉에 실음. 「엡스타인」이 〈파리 리뷰〉의 아가 칸 상 수상.
1959년	마거릿 마틴슨과 결혼. 〈뉴요커〉에 「신앙의 수호자*Defender of the Faith*」, 〈코멘터리〉에 「광신자 엘리*Eli, the Fanatic*」를 게재. 첫 소설집 『굿바이, 콜럼버스』로 휴턴 미플린 문학협회상, 미국 문학예술협회 기금 수상.
1960년	9월 아이오와 대학 작가 워크숍에 교수단으로 참여. 『굿바이, 콜럼버스』로 전미도서상과 전미유대인도서협회에서 수여하

는 다로프상 수상.

1962년 프린스턴 대학에서 1964년까지 강의를 맡음. 「노보트니의 고통 *Novotny's Pain*」을 〈뉴요커〉에 발표. 『자유를 찾아서 *Letting Go*』 출간.

1963년 포드 기금 수혜. 마거릿 마틴슨과 이혼. 〈에스콰이어〉에 「정신분석적 특징 *Psychoanalytic Special*」 발표.

1967년 뉴욕 주립대학 스토니브룩 방문교수. 『그녀가 착했을 때 *When She Was Good*』 발표.

1969년 「굿바이, 콜럼버스」 영화화. 『포트노이의 불평 *Portnoy's Complaint*』 출간. 〈뉴욕 타임스〉 선정 올해의 베스트셀러.

1970년 「허공에서 *On the Air*」를 〈뉴아메리칸 리뷰〉에 발표.

1971년 『우리들의 갱단 *Our Gang*』 발표.

1972년 『포트노이의 불평』 영화화. 『유방 *The Breast*』 출간.

1973년 『위대한 미국 소설 *The Great American Novel*』 출간. 「카프카 바라보기 *Looking at Kafka*」를 〈아메리칸 리뷰〉에 발표.

1974년 『남자로서 나의 삶 *My life as a Man*』 출간.

1975년 산문집 『나와 타인들 읽기 *Reading Myself and Others*』 출간.

1976년 영국 여배우 클레어 블룸과 지속적인 관계를 맺음. 일 년의 반은 런던에서, 나머지 반은 코네티컷에서 생활.

1977년 『욕망의 교수 *The Professor of Desire*』 출간.

1979년 『유령작가 *The Ghost Writer*』 출간.

1980년 『필립 로스 소설집 *A Philip Roth Reader*』 출간.

1981년 어머니 사망. 『주커먼 언바운드 *Zuckerman Unbound*』 발표.

1983년 『해부학 강의 *The Anatomy Lesson*』 출간.

1984년 『유령작가』를 BBC와 PBS에서 클레어 블룸이 출연한 TV 드라마 〈미국의 장난감집 *American Playhouse*〉으로 각색.

1985년	『주커먼 바운드 *Zuckerman Bound*』 출간. 『프라하의 주연 *The Prague Orgy*』 출간.
1986년	『카운터라이프 *The Counterlife*』 출간.
1987년	컬럼비아 대학과 러트거스 대학에서 명예 박사학위 받음. 『카운터라이프』로 전미도서비평가협회상 수상. 런던에서 미국으로 돌아옴.
1988년	헌터 대학 방문교수. 『카운터라이프』로 전미유대인도서협회에서 수여하는 전미유대인도서상 수상. 자서전 『사실들 *The Facts*』 출간.
1989년	하트퍼드 대학에서 명예 박사학위 받음. 아버지 사망.
1990년	클레어 블룸과 결혼. 『기만 *Deception*』 출간.
1991년	『아버지의 유산 *Patrimony*』 출간. 전미도서비평가협회상 수상.
1993년	『샤일록 작전 *Operation Shylock*』 발표. 펜/포크너 상 수상.
1994년	『샤일록 작전』이 〈타임〉 선정 올해의 베스트 소설에 뽑힘. 체코 정부로부터 카렐 차페크 상 수상. 클레어 블룸과 이혼.
1995년	『새버스의 극장 *Sabbath's Theater*』 발표. 전미도서상 수상.
1997년	『미국의 목가 *American Pastoral*』 발표. 전미도서상 후보에 오름.
1998년	『나는 공산주의자와 결혼했다 *I Married a Communist*』 출간. 대사 도서상 수상. 『미국의 목가』로 퓰리처상, 국가예술훈장 받음.
2000년	『휴먼 스테인 *The Human Stain*』 출간.
2001년	『휴먼 스테인』으로 펜/포크너 상 수상. 〈타임〉 선정 '미국 최고의 소설가'. 체코 정부로부터 프란츠 카프카 상 수상. 『죽어가는 짐승 *The Dying Animal*』 출간.
2002년	『휴먼 스테인』으로 프랑스 메디치 해외 도서상 수상. 전미도

서재단 메달 수상. 미국 문학예술아카데미 골드 메달 수상.

2004년 『미국을 노린 음모 *The Plot Against America*』 출간.

2005년 『미국을 노린 음모』로 미국 역사가협회상 수상.

2006년 『에브리맨 *Everyman*』 출간. 펜/나보코프 상 수상.

2007년 『에브리맨』으로 펜/포크너 상 수상. 펜/솔 벨로 상 수상. 『유령 퇴장 *Exit Ghost*』 출간.

2008년 『울분 *Indignation*』 출간.

2009년 『전락 *The Humbling*』 출간.

2010년 『네메시스 *Nemesis*』 출간.

2011년 맨부커 인터내셔널 상 수상. 백악관 국가인문학훈장 수훈.

2012년 스페인 아스투리아스 왕세자 상 수상.

2013년 프랑스 코망되르 레지옹 도뇌르 훈장 수훈.

2018년 85세를 일기로 타계.

문학동네 세계문학전집 발간에 부쳐

세계문학은 국민문학 혹은 지역문학을 떠나 존재하는 문학이 아니지만 그것들의 총합도 아니다. 세계문학이라는 용어에는 그 나름의 언어와 전통을 갖고 있는 국민문학이나 지역문학의 존재를 인정하면서 그것을 넘어서는 문학의 보편적 질서에 대한 관념이 새겨져 있다. 그 용어를 처음 고안한 19세기 유럽인들은 유럽문학을 중심으로 그 질서를 구축했지만 풍부한 국민문학의 전통을 가지고 있는 현대의 문학 강국들은 나름의 방식으로 세계문학을 이해하면서 정전(正典)의 목록을 작성하고 또 수정한다.

한국에서도 세계문학 관념은 우리 사회와 문화의 변화 속에서 거듭 수정돼왔다. 어느 시기에는 제국 일본의 교양주의를 반영한 세계문학 관념이, 어느 시기에는 제3세계 민족주의에 동조한 세계문학 관념이 출현했고, 그러한 관념을 실천한 전집물이 출판됐다. 21세기 한국에 새로운 세계문학전집이 필요하다는 것은 명백하다. 우리의 지성과 감성의 기준에 부합하는 세계문학을 다시 구상할 때가 되었다.

문학동네 세계문학전집은 범세계적으로 통용되는 고전에 대한 상식을 존중하면서도 지난 반세기 동안 해외 주요 언어권에서 창작과 연구의 진전에 따라 일어난 정전의 변동을 고려하여 편성되었다. 그래서 불멸의 명작은 물론 동시대 세계의 중요한 정치·문화적 실천에 영감을 준 새로운 작품들을 두루 포함시켰다.

창립 이후 지금까지 한국문학 및 번역문학 출판에서 가장 전문적이고 생산적인 그룹을 대표해온 문학동네가 그간 축적한 문학 출판 경험을 바탕으로 새로운 세계문학전집을 펴낸다. 인류가 무지와 몽매의 어둠 속을 방황하면서도 끝내 길을 잃지 않은 것은 세계문학사의 하늘에 떠 있는 빛나는 별들이 길잡이가 되어주었기 때문이다. 우리가 자부심과 사명감 속에서 그리게 될 이 새로운 별자리가 독자들의 관심과 애정에 힘입어 우리 모두의 뿌듯한 자산이 되기를 소망한다.

문학동네 세계문학전집 편집위원
민은경, 박유하, 변현태, 송병선, 이재룡, 홍길표, 남진우, 황종연

지은이 **필립 로스**

1998년 『미국의 목가』로 퓰리처상을 수상했다. 전미도서상과 전미도서비평가협회상을 각각 두 번, 펜/포크너 상을 세 번 수상했다. 2005년에는 『미국을 노린 음모』로 미국 역사가협회상을 수상했다. 또한 펜(PEN) 상 중 가장 명망 있는 펜/나보코프 상(2006)과 펜/솔 벨로 상(2007)도 받았다. 2018년 85세를 일기로 세상을 떠났다.

옮긴이 **정영목**

번역가로 활동하며 현재 이화여대 통역번역대학원 교수로 재직중이다. 지은 책으로 『완전한 번역에서 완전한 언어로』 『소설이 국경을 건너는 방법』, 옮긴 책으로 『에브리맨』 『울분』 『포트노이의 불평』 『굿바이, 콜럼버스』 『네메시스』 『죽어가는 짐승』 『패신저』 『스텔라 마리스』 『바르도의 링컨』 『말 한 마리가 술집에 들어왔다』 『책도둑』 『달려라, 토끼』 『제5도살장』 『바다』 『하느님이 아이를 도우소서』 등이 있다. 『로드』로 제3회 유영번역상을, 『유럽 문화사』로 제53회 한국출판문화상(번역 부문)을 수상했다.

세계문학전집 118
미국의 목가 2

1판 1쇄 2014년 5월 12일
1판 6쇄 2024년 1월 3일

지은이 필립 로스 | 옮긴이 정영목

책임편집 이현자 | 편집 윤정민 홍유진 오동규 | 독자모니터 전혜진
디자인 김마리 이원경 | 저작권 박지영 형소진 최은진 서연주 오서영
마케팅 정민호 서지화 한민아 이민경 안남영 왕지경 황승현 김혜원 김하연 김예진
브랜딩 함유지 함근아 고보미 박민재 김희숙 박다솔 조다현 정승민 배진성
제작 강신은 김동욱 이순호 | 제작처 영신사

펴낸곳 (주)문학동네 | 펴낸이 김소영
출판등록 1993년 10월 22일 제2003-000045호
주소 10881 경기도 파주시 회동길 210
전자우편 editor@munhak.com | 대표전화 031) 955-8888 | 팩스 031) 955-8855
문의전화 031) 955-1927(마케팅) 031) 955-2685(편집)
문학동네카페 http://cafe.naver.com/mhdn
인스타그램 @munhakdongne | 트위터 @munhakdongne
북클럽문학동네 http://bookclubmunhak.com

ISBN 978-89-546-2421-3 04840
     978-89-546-0901-2 (세트)

www.munhak.com

● 문학동네 세계문학전집은 계속 출간됩니다